Tempêtes à Fermont

Édition : Sandrine Lazure
Révision : Christine Barozzi
Design et illustration de la couverture : ©Kinos
Mise en pages : Mélodie Landry

Collection New Romance® créée par Hugues de Saint Vincent
et dirigée par Arthur de Saint Vincent.

34-36, rue La Pérouse
75116 Paris
www.hugopublishing.fr

ISBN : 9782755669596
Dépôt légal : octobre 2023
Imprimé en Espagne par CPI Black Print en septembre 2023

Jo Bessett

Tempêtes à Fermont

Hugo Poche

NEW ROMANCE®

À ma mère.

Rien d'extérieur à vous ne peut vous apporter ce que vous cherchez.

Katie Byron

PRÉAMBULE

Une rupture ne survient pas du jour au lendemain. C'est quelque chose qui se prépare. Comme une tempête en hiver ou une tornade en été. Certains ingrédients doivent être réunis pour la constituer, et selon ceux-ci, l'intensité du phénomène variera. Parfois, avec de la chance, la tempête passera son chemin et ira se dissoudre dans l'atmosphère. Mais la plupart du temps, elle laissera derrière elle un paysage dévasté.

Sur une échelle de 1 à 10, ma tempête a atteint un bon 8.

Au fil des semaines, j'ai bien vu certains de ces ingrédients se mettre en place, mais j'étais sûre qu'ils finiraient par former quelque chose de bon. J'aurais dû me méfier. Aujourd'hui, tout ce que j'ai construit ici a été brusquement soufflé par le vent du nord.

Mon Jasper. L'homme qui partage ma vie depuis sept longues années. Mon meilleur ami. Mon amour. Le futur père de mes enfants. Celui pour qui j'ai tout quitté et avec qui je pensais vieillir… a tout fait voler en éclats en m'annonçant qu'il ne m'aime plus.

Ce soir, alors que nous venions de terminer notre repas en nous disputant, comme souvent ces derniers temps, il m'a dit qu'il devait me parler franchement. Son visage agréable, d'ordinaire si affable, était triste et las quand il a prononcé ces mots honnis. *Je ne suis plus amoureux de toi.* J'ai cru que j'avais mal entendu.

Je savais bien que quelque chose avait changé. Que nous nous étions un peu éloignés l'un de l'autre. Mais le quotidien, le travail, la fatigue, tout cela n'est-il pas le lot de tous ? Cela ne veut pas nécessairement dire que nous ne nous aimons plus. C'est simplement… une moins bonne période de notre vie. Du moins, c'est ce que je me suis dit. Mais pas Jasper. Ses sentiments se sont transformés. Et là, maintenant, il devait se rendre à l'évidence. Il ne m'aimait plus. Enfin, plus comme avant. Plus comme un amant.

Il m'a tout avoué il y a près d'une heure et je suis toujours sans voix. Tétanisée.

Mes yeux fixent sans la voir notre porte d'entrée. Mon amoureux des sept dernières années vient de disparaître en me laissant seule dans cette maison à l'autre bout du monde, à un peu moins d'un mois de Noël. Je me demande ce qui pourrait m'arriver de pire. À part mourir.

Non, ce n'est pas possible. Il va revenir, j'en suis sûre. Il l'a toujours fait. Si ça se trouve, il est déjà là, la mine basse et préparant ses excuses. Je soulève avec effort mon corps du sol où je me suis effondrée et me précipite vers la porte pour écraser ma pupille embuée sur l'œil magique. Notre minuscule balcon enneigé est désert. J'ouvre grand le battant pour examiner l'extérieur : des rangées de maisonnettes identiques à la nôtre, collées les unes contre les autres dans un tapis de neige. À ma droite, au bout de la venelle, se dresse le mur. Là où toute l'activité de la ville est rassemblée. Le vent glacé me cingle le visage et le froid s'insinue sous mes vêtements, mais je ne sens rien.

Je regarde le soleil se coucher à l'horizon de Fermont.

CHAPITRE 1

Jasper n'est pas revenu.

Je passe la journée du lendemain au lit, prétextant un fort rhume pour justifier mon absence de la bibliothèque où je travaille comme directrice. Mille fois, j'ai failli lui écrire. Mille fois j'ai renoncé.

Condenser en quelques phrases toutes les émotions qui m'assaillent est au-dessus de mes forces. Quant à l'appeler, c'était hors de question. J'allais certainement perdre mes moyens et dire des choses que je regretterais. Et puis, ma mère me l'a interdit.

– Ma pauvre fille ! Je ne peux pas croire qu'il t'ait plantée là alors que tu as tout laissé pour le suivre ! s'exclame-t-elle au bout du fil lorsque je l'appelle après ma troisième crise de larmes. Qu'est-ce qui lui arrive ? C'est la crise de la quarantaine ?

– Maman, il n'a que trente-deux ans.

– Oui, c'est vrai, mais il y en a qui s'y prennent tôt, tu sais.

Je soupire, m'enfonçant davantage dans les draps.

– Peut-être. Cela expliquerait son revirement. Franchement, je ne m'attendais pas à ça. Je sais bien que ce n'était pas facile pour lui ces derniers temps, mais de là à quitter le navire en pleine mer…

Je me remets à pleurer. Ma mère soupire à son tour.

– Je suis vraiment désolée, Jilliane.

Je pousse un hoquet.

– C'est de ma faute aussi ! Je suis trop intense...

– Pourquoi ce serait de ta faute ? Qu'est-ce que tu as fait encore ?

Horripilée par son ton suspicieux, je proteste :

– Comment ça, « encore » ?

Ma mère recule.

– Pardon. Je me suis mal exprimée. Je voulais dire : pourquoi dis-tu que tu es trop intense ?

Je prends le temps de me moucher un bon coup avant de répondre.

– J'aurais dû réaliser que Jasper était fatigué et que ce n'était pas le bon moment pour remettre le sujet sur le tapis.

– Ah ! Et de quel sujet tu parles au juste ?

Je dissimule (mal) mon agacement.

– Tu sais bien. De notre avenir.

– Hum… se contente de dire ma mère.

Je sais ce qu'elle pense. Nous avons eu cette discussion cent fois déjà. Elle voudrait me dire de cesser d'être aussi obnubilée par mon désir d'enfant et de mariage, surtout en ce moment, alors que je me retrouve isolée et que Jasper n'est visiblement pas prêt. Mais elle ne le fera pas. Si ma mère n'approuve pas mes projets, essentiellement parce qu'elle croit que ma relation avec Jasper n'est pas assez solide pour les supporter, elle a compris qu'elle devait les respecter.

Mais moi, j'ai le droit d'aborder le sujet. Et je lui donne raison.

– Je n'arrête pas de me dire que si je n'avais pas insisté autant pour que l'on se marie et… tout le reste… peut-être qu'il m'aimerait encore ?

J'ai un peu honte de mes propos dignes d'une ado de quatorze ans. Au fond de moi, je sais bien que la situation est plus complexe que cela, mais j'ai besoin de me faire rassurer.

Nouveau soupir de ma mère.

– Franchement, c'est un raisonnement un peu simpliste et tu le sais. Mais… si tu veux profiter de mon expérience de personne âgée…

Je m'insurge.

– Arrête de dire ça, tu n'es pas vieille !

– Si tu veux. Disons alors que d'après ma longue expérience, ce n'est pas un mariage, et encore moins un enfant qui sauve un couple chambranlant. Par contre, ça peut le briser, oui. Mais je ne crois pas que tout cela ait grand-chose à voir avec le fait que Jasper ne t'aime plus, comme tu dis. Ce sont juste…

Elle s'arrête et pousse un long soupir avant de conclure.

– … des choses qui arrivent. Malheureusement.

Cette constatation me frappe comme un coup de poignard. Et je me remets à renifler.

– Laisse-lui un peu d'air, conseille ma mère sur un ton adouci. Profites-en pour faire le point sur ce que tu ressens…

Je ne comprends pas ce qu'elle veut dire. Il me semble que je sais très bien ce que je ressens. Mais je n'ai plus la force d'argumenter.

– D'accord, dis-je platement.

– Et tu ne le contactes pas, hein ? S'il t'appelle, ne réponds pas tout de suite. Si ça se trouve, c'est lui qui va s'inquiéter en voyant que tu encaisses très bien le choc et son orgueil va en prendre un coup. Il a peut-être simplement besoin de courir un peu.

– Qu'est-ce que tu veux dire ?

– Ma fille, j'en ai connu des hommes dans ma vie et ils sont tous pareils. Enfin, presque. Ils ont besoin de *challenge*, tu sais ? Ils doivent sentir que ce sont eux qui te courent après et pas l'inverse. Je te l'ai déjà dit mille fois, non ? Tu dois apprendre à te faire désirer un peu.

Je résiste à l'envie de raccrocher. Seigneur ! Je ne peux pas croire que ma mère n'ait rien de mieux à me dire que ces banalités teintées d'insultes. Cela me coupe mon envie de pleurer.

– Est-ce que tu insinues que je suis du genre pot de colle ? Je te rappelle que je viens de me faire larguer comme une vieille plante desséchée ! Ce n'est pas le moment de me faire la morale.

Il y a un silence, puis ma mère se racle la gorge.

– Excuse-moi. J'ai oublié mon rôle de mère l'espace d'un instant.

L'espace d'un instant, mon œil, oui.

– Ce ne serait pas la première fois, ne puis-je m'empêcher de marmonner.

– Qu'est-ce que tu as dit ? Je n'ai pas bien entendu.

J'opte pour un demi-mensonge.

– Je dis que ce n'est pas la première fois que je me fais larguer ! Je vais m'en remettre.

– Excellente attitude ! De toute façon, Jasper n'était pas vraiment le bon gars pour toi. Il te faut quelqu'un de plus solide. De plus viril. Le pauvre. Déjà, s'appeler Jasper, ce n'est pas la meilleure façon de commencer dans la vie. Je me suis toujours demandé ce que ses parents avaient bien pu penser pour l'appeler ainsi !

Elle émet un petit rire moqueur et je soupire encore avant de répondre, d'un ton las.

– C'est le prénom du héros d'un film que sa mère adorait. Tu le sais très bien.

Ma mère enchaîne pendant que je cherche un moyen d'abréger la discussion.

– Ce n'est pas une raison. Elle aurait dû penser à l'effet que ça lui ferait, à ce pauvre enfant, de se balader avec un tel prénom. Surtout accroché à un nom de famille pareil. Jasper Lachance ! On se demande si ce n'est pas une blague !

J'utilise la méthode directe.

– Bon. Il faut que je te laisse, là.

– Tu vas revenir à la maison ?

– Quoi ? Mais pourquoi ?

– Mais… tu ne peux pas rester là-bas toute seule ! C'est pour lui que tu es allée vivre à l'autre bout du monde dans un congélateur. Alors, maintenant qu'il a ramassé ses pantoufles…

Je râle, à nouveau au bord des larmes.

– D'ailleurs, il les a posées où, ses pantoufles ? Il te l'a dit ?

– Chez Francis, son meilleur ami.

– Hum… Il doit souhaiter que tu partes afin de pouvoir récupérer le logement ! Il t'en a parlé ?

– Il m'a dit que je pouvais rester jusqu'après les fêtes. Francis part dans quelques jours pour rejoindre sa blonde à Val-d'Or et les deux vont revenir après leur congé. Elle s'installe avec lui. Jasper aura donc la maison pour lui tout seul quelques semaines. Cela me laisse un peu de temps pour voir venir…

Je ne sens plus le sang dans mon bras et je transfère le téléphone dans mon autre main. Ma mère insiste :

– Prends des vacances. Reviens à la maison.

– Je ne peux pas. C'est une période occupée en ce moment. De toute façon, je ne vais pas prendre une décision si importante sur un coup de tête. Et puis… on ne sait jamais…

Ma mère fait comme si elle n'avait pas entendu mes derniers mots.

– Tu es une femme forte et très intelligente, Jilliane. Ce que tu vis est difficile et c'est normal que tu aies de la peine, mais je sais que tu vas t'en sortir. Tu vas rebondir et trouver quelqu'un de bien mieux que Jasper, c'est moi qui te le garantis !

J'oscille entre l'exaspération et l'espoir qu'elle ait raison. Ce dernier sentiment l'emporte malgré moi, et j'esquisse un frêle sourire devant l'optimisme indécrottable de ma mère qui en rajoute.

– Il y a quelqu'un de merveilleux sur cette terre qui est parfait pour toi. Et si tu étais demeurée avec Jasper, tu ne l'aurais jamais rencontré !

Je ne trouve rien à répliquer devant cette logique maternelle.

– Bon. Je vais raccrocher, maintenant. Merci pour tes encouragements.

– Appelle-moi demain, OK ?

– OK.

Même si j'ai encore le cœur lourd, je me sens un peu mieux après lui avoir parlé. Mais je dois prendre garde à ne pas dépasser quinze minutes de conversation, car passé ce délai, il y a de fortes chances que je m'emporte.

Je sais bien qu'elle n'a jamais vraiment aimé Jasper.

Je mets mon téléphone en mode hors-ligne avant de me rouler en boule sur le côté. J'ai un instant d'hésitation en pensant que mon numéro est sur la liste des personnes à contacter en cas d'urgence au travail, puis je décide que je m'en fous. Quand bien même le feu prendrait à la bibliothèque, ils s'arrangeront sans moi.

L'envie de chialer et de m'apitoyer sur moi-même pour le reste de mon existence me reprend. J'attire à moi l'oreiller de Jasper. Le pauvre a un peu souffert de mon déluge de larmes de la veille, mais je l'enlace néanmoins et le presse contre mon cœur. Comme s'il était possible que ce tas de plumes inertes puisse me réchauffer autant que le corps chaud de mon amoureux. Je respire les relents des effluves boisés de sa lotion après-rasage et mon estomac se noue. Il me manque.

CHAPITRE 2

Je passe la nuit à me retourner dans mon lit. Mon esprit en peine d'amour esquisse des scénarios de réconciliation et épluche ses souvenirs. Au petit matin, épuisée, je me traîne jusqu'à la cuisine pour démarrer la cafetière avant de me rendre sous la douche. Le jet brûlant finit par dénouer mes épaules et le café relance la vie dans mes veines. Même si je n'ai pas faim, je me force à avaler un bol de céréales. Hier, tout ce que j'ai pu manger dans ma journée est un sac de chips barbecue. Je dois me ressaisir.

Lorsque je réactive enfin mon téléphone, je m'aperçois que Jasper a tenté de me joindre à plusieurs reprises dans la soirée. Je me jette sur ses trois messages textes comme une louve affamée. Peut-être qu'il regrette ? Après avoir retenu mon souffle en lisant les quelques phrases laconiques qu'il m'a laissées, j'aspire une forte goulée d'air. Il s'excuse une nouvelle fois. Souhaite que je lui pardonne. Rien de plus.

J'ai mal au cœur tout à coup et je renonce à terminer mes céréales. Je dépose mon bol dans l'évier et me coiffe rapidement avant d'enfiler un pantalon noir étroit, un col roulé et ma veste préférée, en mohair rose. Elle est chaude et confortable, exactement ce dont j'ai besoin en ce moment. Hier, je ne suis pas rentrée au boulot et j'ai pu me prélasser dans mon lit, mais aujourd'hui je ne peux pas me défiler. Ce matin, je me suis permis de faire la grasse matinée, mais si je ne me pointe pas, je risque de voir Dominic, mon supérieur, marcher jusqu'ici et frapper à ma porte pour me tirer hors du lit. Pas question de le mettre au courant de ma séparation ! Ma vie personnelle ne regarde que moi.

La bibliothèque se situe à l'extrémité est du mur emblématique de Fermont, tout juste après l'école primaire. Ce mur est la première chose que j'ai vue sur Internet lorsque je me suis renseignée sur notre futur lieu de vie à Jasper et moi, il y a presque deux ans de cela. Ensemble, nous avions regardé de nombreuses photos aériennes de l'impressionnant édifice haut de cinq étages et long de 1,3 kilomètre. Mais c'est surtout l'originalité de son architecture en V qui nous a marqués. Nous avions lu que le mur était destiné à protéger la ville minière des vents dominants du nord, même si certains arguent que ces vents proviendraient plutôt de l'ouest. À mon avis, qu'ils soient du nord ou de l'ouest importe peu. Tout ce qu'il faut savoir, c'est que ce blizzard est capable de traverser vos vêtements pour atteindre vos os en moins d'une demi-seconde !

Et c'est ce qui se passe dès que je referme la porte de notre maison derrière moi. J'ai beau être habillée chaudement, je ne peux m'empêcher de grelotter en recevant de plein fouet une première bourrasque. Comme chaque fois, je me mets à rêver d'un voyage dans le Sud. Mais ce ne sera pas pour aujourd'hui ! Je marche d'un pas vif jusqu'à La promenade, notant les décorations de Noël qui habillent déjà certaines des habitations de la venelle où nous habitons. Ces petites ruelles, construites perpendiculairement au mur, offrent un paysage pittoresque avec leurs flancs bordés de maisons en rangées identiques, toutes en bois de cèdre coloré. La plupart de ces habitations appartiennent au parc immobilier de l'employeur de Jasper, qui est aussi le principal employeur de la ville : Arctic Nord. La nôtre est située au bout de la dernière venelle, celle qui donne sur le lac Daviault. Et elle n'affiche aucune décoration.

Malgré la courte distance, je suis littéralement frigorifiée quand j'arrive devant l'entrée principale du mur. Je m'y engouffre avec soulagement et parcours l'immense hall d'un pas rapide, observant d'un œil distrait les vitrines des commerces au passage. Il me faut généralement sept minutes pour parcourir le demi-kilomètre qui mène à mon lieu de travail. Par temps plus clément, je préfère faire le trajet à l'extérieur, la bibliothèque possédant également une entrée donnant sur le stationnement. Mais ce matin, ce n'est pas uniquement la température extérieure qui me fait rechercher la chaleur. Le départ soudain de Jasper a jeté une chape de glace sur mon corps tout entier.

Enfin, j'aperçois la haute silhouette de mon collègue Mario, adossé à la porte vitrée de la bibliothèque.

– Tu es en retard ! lâche-t-il en regardant sa montre. Cinq minutes.

Je croise ses yeux plissés de mécontentement sous ses sourcils noirs et drus. Un long foulard enroulé autour de son cou recouvre son visage du nez jusqu'au menton et il porte la tuque à l'effigie des Canadiens que je lui ai offerte au dernier Noël, lors de notre échange de cadeaux. Pour ma part, je suis tout aussi camouflée que lui et je commence à avoir chaud. Je repousse ma capuche en arrière.

– Je sais. Désolée.

Je m'affaire à déverrouiller la porte.

– Tu dois commencer à cuire là-dessous, commenté-je sur un ton moqueur en lui glissant un regard par en dessous.

– T'as pas idée…

Je souris, pousse la lourde porte en verre et laisse passer Mario devant moi pour refermer à clé derrière nous. Je le suis le long de l'allée de tapis qui mène au comptoir de prêt et à la section administrative. Je me sens mieux, maintenant que je suis ici. J'aime cet endroit. Je m'y sens chez moi. La bibliothèque n'est pas très grande, un peu moins de mille pieds carrés, et le décor est défraîchi, mais les plantes en pot disséminées ici et là ainsi que les grandes fenêtres percées dans le mur extérieur d'où jaillit un flot de lumière naturelle rendent l'espace agréable et chaleureux. On a spontanément envie de se blottir dans un des fauteuils usés placés le long du mur pour y feuilleter un livre ou une revue.

Nos pas laissent de légères traces humides derrière nous dans l'allée. Nous dépassons maintenant le comptoir à côté duquel se trouve la salle réservée aux employés et Mario ouvre la porte en ronchonnant contre les agents de ménage qui ont oublié de vider la poubelle en rentrant.

– C'est pas croyable... marmonne-t-il en secouant la tête. Je me demande ce qu'ils font de leur temps toute la nuit.

Il grommelle quelque chose que je ne comprends pas tout en ouvrant la porte du placard où nous rangeons nos vêtements. Je l'observe. C'est un bel homme de cinquante-six ans, retraité des mines et lecteur passionné, que j'ai moi-même embauché deux mois après mon arrivée, à la suite du départ de l'employée en poste. Lorsque je l'ai reçu en entrevue, j'ai tout de suite été séduite par sa bonhomie, son sourire franc et ses yeux pétillants auréolés de fines rides qui s'ouvrent comme un soleil lorsqu'il rit. J'ai pensé que, malgré son manque d'expérience, sa nature serviable et débonnaire plairait à la clientèle. Et puis, il faut dire que dans ce coin reculé de la province, les postulants ne se bousculent pas au portillon. Heureusement, mon intuition s'est révélée exacte. Mario est très apprécié de nos abonnés. Mais depuis quelques semaines, je le sens irrité et impatient.

– Je vais envoyer un courriel au responsable, dis-je en retirant mes gants et mon foulard.

Mais Mario a un autre sujet en tête.

– Ce n'est pas normal que je doive t'attendre tous les jours, Jill. Surtout si tu commences à arriver en retard.

Aujourd'hui, mon aimable employé a troqué son charme de cinquantenaire pour un sourire contrarié. Je songe à protester, mais je n'en ai pas le temps.

– Je ne comprends pas pourquoi c'est si long d'obtenir une nouvelle clé, poursuit-il sans attendre de réponse de ma part. Tu l'as bien demandée, au moins ?

J'acquiesce de la tête tout en retirant mon manteau.

– Oui. J'ai écrit à Dominic il y a quelques jours. Il a peut-être oublié. Je vais l'appeler.

Je n'ose pas lui dire que notre supérieur, Dominic Richmond, le directeur des Loisirs, m'a clairement fait comprendre qu'il tolérait difficilement une telle négligence de la part d'un employé et que par conséquent, il hésitait à lui remettre une autre clé aussi rapidement. Je ne peux pas lui donner tort : c'est la troisième fois que Mario égare sa clé. Au cours de la dernière année, j'ai eu largement le temps de constater que mon nouveau collègue n'est pas l'homme le plus organisé de la terre. Mais qui suis-je pour lui jeter la pierre ? J'égare mon téléphone une fois par mois au minimum.

Ma tentative d'apaisement n'a pas eu l'effet escompté. Mario continue de râler tandis que je retire ma parka assez longue pour me couvrir les cuisses et mes bottes doublées de fausse fourrure. J'ai l'impression qu'il n'y a pas que cette absence de clé qui le dérange.

Je demande sur un ton désinvolte :

– Sinon, tout va bien chez vous ?

Dans l'espace restreint qui nous tient lieu de vestiaire, Mario se penche dans le placard pour déposer ses bottes sur le plateau à chaussures pendant que je tends le bras au-dessus de sa tête pour attraper un cintre libre. Il se cogne le crâne sur mon coude en se redressant et pousse un cri en se rattrapant au chambranle.

– Ouche ! Ça allait bien avant que tu tentes de m'éborgner, oui !

Je réprime un rire.

– Excuse-moi. Je n'ai pas fait attention.

– Tu te rappelles que je suis une personne âgée, hein ?

Je ris tout en suspendant mon manteau. Mario se frotte le dessus de la tête en grommelant et ramasse son foulard qui traîne par terre. Son grand corps costaud est vêtu d'un jeans bleu foncé – malgré le règlement qui interdit le jeans bleu ! – et d'un chandail en polaire gris doté d'un col montant garni d'une fermeture éclair. Ses cheveux, plus sel que poivre, sont coiffés en arrière, dégageant son visage aux traits acérés, quoiqu'un peu adoucis par le poids des années. Il a les yeux clairs, d'un gris très pâle, et d'épais sourcils à peine striés de fils blancs qui lui donnent un regard d'aigle. Je ne suis pas la seule à le trouver bel homme. Toutes les abonnées âgées de plus de trente-cinq ans se mettent à minauder en sa présence.

– Tu portes encore un jeans !

– Il est noir, se défend-il.

Je baisse les yeux vers l'objet incriminant. Effectivement, avec beaucoup de bonne volonté, son jeans bleu pourrait passer pour un jeans noir très pâle.

Je hausse les épaules.

– Un jour, je te collerai un grief.

Il rit.

– Ça m'étonnerait. Tu as trop besoin de moi ! Mais je vais faire attention, promis.

Je renonce à discuter et prends mes bottillons au fond du placard. Pendant que je les enfile, assise sur le petit banc de bois blanc, je sens sur moi le regard intense de mon collègue.

– Qu'est-ce que tu as ce matin ? finit-il par me demander lorsque je relève la tête.

J'affiche un air de surprise.

– Moi ? Rien. Pourquoi tu dis ça ?

Ses sourcils se froncent et je peux presque voir les points d'interrogation dans ses yeux.

– Je ne sais pas exactement, mais tu as l'air différente. Et un peu échevelée pour tout dire.

Je me redresse, piquée au vif.

– Comment ça, « échevelée » ?

Mon collègue a un geste apaisant de la main.

– Ne monte pas sur tes petits chevaux. Je veux juste dire que tu es moins…

Il cherche ses mots.

– Moins centrée que d'habitude, disons. Ça se voit dans ton énergie. Et dans tes cheveux.

Je me lève.

– D'abord, on ne dit pas des *petits chevaux*, mais de grands chevaux. *Ne monte pas sur tes grands chevaux.* C'est la bonne expression.

– Non, me corrige Mario. À cinq pieds trois pouces, tu ne peux avoir que de petits chevaux.

Je rétorque, un peu froissée :

– Cinq pieds quatre pouces et demi.

– Oui, avec tes chaussures, admet-il d'un ton conciliant.

Il semble s'amuser beaucoup tout à coup. Je le fusille du regard en passant la main dans ma tignasse.

– Et je ne suis pas échevelée. Je suis juste un peu décoiffée.

Mario acquiesce.

– Oui. Tu as un style « savamment décoiffé », comme dirait ma femme. C'est la mode, je crois.

– *C'était* la mode, tu veux dire. Maintenant, les cheveux sont bien lisses ou ondulés style plage. Mes cheveux sont donc ondulés style plage, un poil décoiffés.

Mario hausse un sourcil.

– Ah !

Je m'apprête à le relancer lorsque je croise son regard. Il se moque de moi. Je lui fais une grimace.

– Je ne sais pas pourquoi je discute de cela avec un homme qui se promène avec sa carte de l'âge d'or, dis-je. Tu devrais aller préparer l'ouverture avant que la clientèle ne déferle.

Il jette un regard inquisiteur derrière lui.

– Il y a un homme de l'âge d'or ici ? Mince, je croyais que nous étions seuls.

Je lui donne une petite tape sur le bras.

– Allez, moussaillon, faites votre boulot.

– Oui, chef. À vos ordres, chef.

Il fait claquer ses talons et esquisse un salut militaire de la main avant de s'éclipser. J'attends qu'il disparaisse derrière le battant de la porte pour attraper mon sac et passer à la salle de bain. J'allume et m'examine dans le miroir avec suspicion. Pour être honnête, je dois dire que Mario n'a pas tort. Ma coiffure tient plus du décoiffé que de n'importe quoi d'autre. Je scrute mon visage qui a effectivement quelque chose de différent. Le manque de sommeil commence à marquer mes traits et j'ai l'air d'un fantôme tellement je suis pâle.

Un peu découragée, je lisse quelques mèches et me repoudre le nez avant de faire glisser un baume coloré sur mes lèvres. Je devrais peut-être ajouter des mèches à ma chevelure ? Ce châtain pâle n'est-il pas un peu… terne ? Quelques reflets blonds, ou même roux, tiens, pourquoi pas ? Cela ferait ressortir le vert de mes yeux. J'en parlerai à ma coiffeuse, Janice, la prochaine fois que je la verrai. Même si elle a une coupe de cheveux rétrograde, c'est la meilleure de la région.

L'idée de mèches me donne un regain d'énergie : un peu de changement ne me fera pas de tort. Ma mère a raison. Je dois réfléchir à ce que je ressens vraiment au fond de moi. Car l'impression de m'être un peu oubliée dans ma tentative de réussir mon couple commence à émerger dans mon esprit. Et je n'ai plus envie de l'ignorer.

CHAPITRE 3

Mon bureau est une grande pièce carrée que je partage avec Amélie, notre technicienne-animatrice, qui est aussi mon amie. C'est une pétillante jeune femme aux cheveux roux bouclés et aux grands yeux bleus, dotée d'un caractère affable. Dès que nous nous sommes rencontrées, ça a cliqué entre nous. À mon arrivée, je rechignais un peu à l'idée de partager mon espace de travail avec quelqu'un. En principe, lorsque vous êtes gestionnaire, vous avez votre propre bureau. Mais nous sommes à Fermont et rien n'est habituel ici ! Et puis, je me suis surprise à apprécier la présence d'Amélie et il m'arrive même parfois de regretter son absence. Mais pas aujourd'hui.

Par ailleurs, ma collègue est très peu présente. Ses tâches font qu'elle passe finalement peu de temps à son poste, où elle effectue surtout la préparation matérielle des documents et planifie ses animations. Le reste du temps, elle officie au comptoir de prêt, en alternance avec Mario et Hugo, notre employé étudiant, pour qui je remercie le ciel chaque jour. Ici, la moyenne d'âge est de trente-trois ans et les jeunes s'empressent de quitter la région pour aller étudier en ville, dès qu'ils atteignent l'âge légal. Mais pas Hugo. Il habite avec son père qui travaille à la mine et suit des cours d'informatique à distance. Une autre raison de me réjouir : certains abonnés ayant pris l'habitude de venir le voir pour leurs petits problèmes informatiques, nos statistiques de fréquentations et de prêts ont significativement augmenté depuis son entrée en poste.

Avec envie, je jette un coup d'œil sur la table de travail parfaitement lisse de ma collègue, placée face au mur sur ma gauche, puis je me rends à mon bureau en forme de L situé au fond de la pièce, contre le mur opposé. J'ouvre en passant le store de l'unique fenêtre et un peu de lumière vient réchauffer le local. Je jette ensuite mon sac à main sur la surface encombrée et m'affale sur ma chaise à roulettes avant d'ouvrir l'ordinateur. Mes projets du jour sont de deux ordres : finaliser ma dernière commande de livres avant Noël, pour ça, pas de problème, et entreprendre la rédaction d'un plan triennal pour la bibliothèque, projet beaucoup plus complexe. C'est un euphémisme de dire que je n'ai pas la tête à ça ! Mais je ne peux m'y soustraire. Le nouveau conseil municipal souhaite recevoir ce document avant la fin de l'année.

Les dernières élections municipales ont soufflé un vent de changement sur la ville. Le maire sortant,

Michel Laliberté, a été éjecté de son poste après douze années de long règne et ce n'est pas moi qui vais m'en plaindre. Le personnage ne m'était pas particulièrement sympathique avec ses airs supérieurs et son regard pervers. En revanche, notre nouvelle mairesse est jeune, jolie et débordante d'ambition. C'est à elle que je dois ce projet de plan triennal qui m'est tombé dessus à trois semaines des vacances de Noël.

Ç'aurait pu être pire. Car notre mairesse a des projets dignes d'une métropole pour Fermont, qui compte à peine plus de 2 700 habitants. Parmi ses priorités, l'assainissement des finances publiques et la transformation de la municipalité en une destination touristique de choix pour les visiteurs tant canadiens qu'étrangers. J'avoue que je me suis presque étouffée avec mon café la première fois que je l'ai entendue s'exprimer sur le sujet dans une interview télé. J'étais persuadée que quiconque connaissant un tant soit peu la ville ne pourrait s'empêcher d'être un brin dubitatif devant une telle proposition. À l'exception des balades en motoneige ou en traîneaux à chiens, et de la pêche, trois activités praticables à de nombreux autres endroits du Québec, qu'a vraiment à offrir Fermont aux touristes ? Des explosions de dynamite en provenance du mont Wright le midi ? Du bingo à la radio ? Un resto-bar qui propose un menu d'une étoile et demie et un maximum de cinq variétés de bière ? Mais j'ai été bluffée. Les citoyens se sont enthousiasmés pour cette idée.

Pour ma part, je n'arrive toujours pas à y adhérer. Je ne vois pas quel potentiel touristique nous pourrions bien exploiter dans cette ville sombre et glaciale, à des années-lumière du monde civilisé. Oui, c'est dépaysant. Oui, c'est pittoresque. Mais bon. Ce n'est pas… beau. Et c'est fichtrement loin. Mais peu importe ce que j'en pense, je n'ai pas voix au chapitre et mon travail est de me conformer aux directives. N'empêche. Dès que je verrai en personne cette Mélanie Dufour-Lacoste, je m'empresserai de le lui dire !

En attendant, je n'ai pu m'empêcher de partager mon scepticisme avec mon patron lorsqu'il m'a commandé ce plan il y a quelques jours à peine, en s'excusant à l'avance du délai restreint qu'il me donnait. Comme souvent, il a fait mine de ne rien entendre et m'a expliqué que mon plan devrait contenir des objectifs à court et moyen termes, pour ce qu'il appelle « l'expansion et l'intégration de la bibliothèque à une offre culturelle modernisée visant à augmenter la qualité de vie des citoyens et à contribuer aux attraits touristiques de la ville ». J'étais sans mots. Et sans idées. Encore aujourd'hui, je me creuse la tête. Comment une bibliothèque peut-elle contribuer aux attraits touristiques d'une ville ? En se transformant en igloo ? Tiens, c'est une idée, ça ! J'imagine la tête de Dominic avant de grimacer. C'est faux de dire que je n'ai pas de suggestions, mais elles n'ont clairement pas le niveau d'intérêt requis. Je vais devoir me botter les fesses si je veux être en mesure de rendre mon document avant les vacances de Noël.

Enfin, le dinosaure qui me sert d'ordinateur a terminé sa procédure d'ouverture et je clique sur ma boîte de courriel. Dans le lot, je remarque tout de suite le message de Jasper, envoyé plus tôt ce matin. Encore lui ? Mon cœur fait un saut. J'imagine qu'il s'inquiète de ne pas avoir de mes nouvelles, car il n'utilise jamais ma boîte professionnelle. Mon sang se met à circuler un peu plus rapidement dans mes veines. Peut-être que cette fois-ci, il commence à regretter ce qu'il a fait ? J'ouvre son message le cœur battant.

Salut Jilliane,

J'espère que tu vas bien dans les circonstances. Je comprends que tu ne souhaites pas répondre à mes messages ou me parler, mais je voulais que tu saches à quel point je m'en veux terriblement de ce qui se passe. Jamais je n'ai souhaité te faire de la peine. Tu es une femme extraordinaire et tu n'as rien fait de mal. C'est juste moi. Je n'ai pas vraiment plus d'explications à te donner, car je ne comprends pas moi-même ce qui m'arrive. Je sais seulement, comme je te disais, que mes sentiments ont changé. J'ai l'impression que nous allons maintenant dans des directions opposées. Tu avoueras avec moi que, ces derniers temps, nous passons plus de temps à nous disputer qu'à nous aimer. Tu as envie de te marier et d'avoir des enfants, mais pour être honnête, je ne me vois pas dans cette situation. Je ne ressens pas ce besoin. Mais je sais que toi, tu en as envie. Alors j'espère que de ton côté, tu pourras tourner la page et poursuivre ta route avec quelqu'un qui partagera tes rêves et avec qui tu seras heureuse. Tu le mérites.

Jasp

P.-S. J'aimerais venir chercher quelques affaires bientôt. Peux-tu me dire à quel moment ce sera préférable pour toi ? Aussi, comme je te le disais, j'aimerais récupérer la maison au début de janvier prochain. Je te donnerai la date exacte. Si tu as besoin d'aide pour quoi que ce soit, n'hésite pas.

Je sens l'eau tiède de mes larmes couler sur mes joues et dans mon cou. Jasper ne m'écrit pas qu'il regrette. Il ne dit pas qu'il a réfléchi et qu'il a changé d'idée, non, il persiste et signe. Pire encore, il souhaite que je poursuive ma route avec un autre que lui. Mon estomac me fait mal tant il est noué.

Je fais pivoter ma chaise pour observer dans un brouillard d'eau les murs blafards qui m'entourent et le linoléum usé sur le sol. J'ai toujours trouvé ce bureau triste et aujourd'hui, il s'accorde parfaitement à mon humeur. Tout ce beige est déprimant. Il n'y a rien qui égaie la morosité ambiante à l'exception de la plante-araignée qui vivote sur le rebord de la fenêtre. Ma mère a raison : qu'est-ce que je fabrique ici ? Je devrais faire mes bagages, sauter dans le premier avion et ne plus jamais revenir dans ce trou perdu où il ne fait pas plus de vingt degrés en été.

Lorsque Jasper m'a parlé pour la première fois de venir vivre ici, j'ai ri. Qu'est-ce qu'il voulait que j'aille faire à l'autre bout du monde ? Mais il est revenu à la charge. Il a invoqué les nombreuses perspectives dans son domaine et le salaire alléchant, mais je n'en étais pas convaincue. Nous n'en avons plus reparlé jusqu'à ce qu'il me dise qu'on cherchait une nouvelle directrice à la bibliothèque de Fermont. Mais comment savait-il cela ? Il m'a avoué être à l'affût des nouvelles offres d'emploi pour la région et j'ai été obligée de reconnaître qu'il était sérieux. Il a fini par me convaincre de tenter l'expérience une année ou deux. Pour le *trip*, comme il a dit.

Les choses se sont mises en place naturellement, comme si les astres s'étaient alignés pour nous amener ici. J'ai eu le poste et presque en même temps, Jasper a accepté une offre de la principale compagnie minière du nord du Québec. Nous avons emménagé dans notre maison en rangée deux semaines plus tard, laissant nos familles, nos amis et nos anciens employeurs encore sous le choc de notre décision.

Même si j'en doutais au départ, je me suis habituée à la vie sur la Côte-Nord. Je me suis liée d'amitié avec la plupart de mes collègues. J'ai appris à connaître les commerçants du mur, et plus particulièrement Michel et Janie, les propriétaires du restaurant le P'tit bar où je passe tous les matins chercher mon café. À la bibliothèque, certains abonnés sont devenus des connaissances, assez pour que nous prenions des nouvelles les uns des autres et je côtoie de façon plus ou moins régulière plusieurs employés des services de la ville. Je connais les problématiques de Fermont, dont le flot de travailleurs qui profitent des largesses du *fly-in, fly-out*[1] et qui monopolisent nos services de santé notamment. Même le bar de danseuses qui officie dans le mur sept jours sur sept, et qui m'horripilait tant, ne me dérange plus.

J'essuie mes larmes et me mouche un bon coup tandis que mon esprit continue de divaguer sur les deux dernières années. Je me rappelle notre arrivée ici, dans le petit avion brimbalant, et l'extraordinaire paysage qui s'est déroulé sous nos yeux lorsque nous avons atterri à l'aéroport de Wabush. Des kilomètres de plaines enneigées traversées de quelques boisés et de fines lignes sinueuses de conifères, comme si une main soigneuse les avait brodés sur une toile tendue. Certes, arrivée près du mur, j'ai un peu déchanté à la vue de la ville

1. Système qui consiste à transporter par avion des travailleurs extérieurs vers des sites éloignés des centres urbains. Les horaires de travail sont établis en rotation selon des périodes de deux semaines ou à raison de 12 heures par jour, en alternance avec des périodes de congés équivalentes.

sur le versant nord qui n'a rien de romantique ni de pittoresque. Mais c'était avant de découvrir le versant sud et ses chaleureuses venelles avec leurs centaines de maisons colorées et leurs petites cours privées. C'était aussi avant d'emprunter les sentiers de motoneige et de quatre roues qui sillonnent cette fabuleuse forêt. Avant d'admirer la ville du haut du mont Daviault et d'arpenter les parcours piétonniers le long de la rivière. Et avant d'avoir été témoin de ma première aurore boréale. Rien de tel à Montréal où les lumières omniprésentes étouffent la moindre lueur sidérale.

Soudain, ça me saute aux yeux. Voilà ce que je dois exploiter pour *intégrer la bibliothèque à cette offre culturelle modernisée visant à contribuer aux attraits touristiques de la ville*. Quelques idées à développer dans mon plan triennal montent à la surface de mon cerveau avant que ce dernier ne me ramène à la réalité. Aujourd'hui, le projet que j'échafaude depuis quelques mois dans le secret de mon cœur, mon projet de vie ici, avec Jasper et nos futurs enfants, a fait place à un immense trou noir. Devant moi, c'est le vide. Ou plutôt, un paysage explosé. Cette image désespérante me replonge dans ma tristesse. Je cesse de résister et m'effondre sur le bureau, la tête entre les bras pour pleurer un bon coup.

C'est un raclement de gorge qui me tire de mon chagrin.

– Hum…

Horrifiée, je relève la tête avant de me détourner aussitôt pour soustraire mon visage aux yeux inquisiteurs de Mario. D'une main maladroite, je tâtonne à la recherche de la boîte de mouchoirs censée se trouver quelque part au milieu ce fouillis. C'est Mario qui me la tend.

– Je m'excuse, dit-il avec un sourire contrit. Je ne savais pas que tu…

Je l'interromps d'un geste.

– Ce n'est rien.

Je me mouche vigoureusement avant de lui faire face. Je dois avoir l'air complètement défaite, mais il ne dit rien, se contentant de me regarder. Après m'être asséché les yeux, je tente un sourire.

– Tu voulais quelque chose ?

Il a un geste de la main signifiant que cela n'a aucune importance et tire la chaise qui se trouve devant lui pour s'y asseoir.

– Qu'est-ce qui se passe, Jilliane ? Je vois bien que ce n'est pas à cause de la grippe que tu n'es pas entrée hier. Tu n'as aucun symptôme apparent. Tu veux m'en parler ?

J'élude sa question.

– Ça va aller, ne t'inquiète pas.

La ligne horizontale qui barre son front s'accentue et il m'examine d'un œil suspicieux.

– Allez, raconte-moi. Tu sais que tu peux me faire confiance.

Je demeure silencieuse. J'ai la stupide impression que si je lui dis la vérité, cela va rendre la rupture de mon couple *officielle*, alors qu'au fond de moi, j'ai toujours l'impression de vivre un cauchemar dont je vais me réveiller. Mario a cet air à la fois bienveillant et perplexe qui me rappelle mon père quand, enfant, je tentais de lui cacher mes bêtises. Je finissais toujours par craquer. Comme maintenant.

Je soupire.

– C'est Jasper. Il m'a laissée.

C'est inattendu, mais je me sens tout de suite mieux. Comme si les mots avaient libéré la tension dans mon corps. Je n'ai plus besoin de faire semblant. Je lève des yeux attristés vers Mario et il m'enveloppe de son regard compatissant.

– Jill… Je suis franchement désolé. Que s'est-il passé ?

Je lui raconte brièvement la scène qui a mené à notre séparation, avant de lui résumer le contenu du courriel de Jasper. Je conclus en papillotant des yeux pour éclaircir ma vision embuée :

– Comme tu vois, c'est la fin.

Mario contourne mon bureau d'un pas décidé et me fait signe de me lever.

– Viens là.

Il ouvre les bras et, sans me faire prier, je m'y glisse, savourant la chaleur de son étreinte. Ma tête vient s'appuyer contre l'épaule large de mon collègue et je me laisse bercer pendant quelques secondes hors du temps. Ma peine s'apaise.

– Je suis désolé, répète Mario, en me tapotant maladroitement le dos. Je sais combien tu l'aimes.

C'est vrai. Il le sait. Avec un soupir, je me dégage doucement et recule d'un pas.

– Je te remercie pour ta sollicitude, dis-je en me forçant à sourire. Ça m'a fait du bien de t'en parler. Je vais essayer de travailler, maintenant.

M'épancher devant les autres m'a toujours mise mal à l'aise. J'ai peur à la fois de les ennuyer et de me rendre vulnérable.

– Tu es certaine que ce n'est pas qu'une simple pause ? insiste quand même Mario. Cela se produit chez les meilleurs couples, tu sais. Prends Marie-Andrée et moi, par exemple.

Je le fixe, les yeux ronds.

– Vous êtes séparés ?

Il rit.

– Mais non ! Je parle d'il y a plusieurs années. On a vécu une courte séparation. Quelques mois. Elle avait besoin de réfléchir, de se recentrer, mais, comme tu vois…

Il ouvre les bras largement, manquant m'envoyer une claque.

– Je l'ai vite conquise à nouveau, ma femme, hein ?

Il affiche un air si sûr de ses charmes que je ne peux m'empêcher d'approuver.

– On dirait bien, monsieur le séducteur.

– Alors, pourquoi cela ne serait-il pas la même chose pour toi ? poursuit-il. Laisse un peu le temps à Jasper de s'ennuyer de ta petite personne puis, tranquillement, commence à surgir sur son chemin, jusqu'à ce qu'il se dise : « Mais qu'est-ce que j'ai fait ? C'est une fille géniale ! Et moi qui croyais que je ne l'aimais plus ! »

Cette fois, je ris franchement.

– Sauf que nous ne sommes pas dans un roman sentimental à la fin prévisible. Nous sommes dans la vraie vie et habituellement, cela se passe rarement comme on le voudrait.

– Ne dis pas ça, rétorque Mario, soudain sérieux. On peut tous influencer le déroulement des choses. Le passé est déjà écrit, mais l'avenir reste à créer. Les choix que tu fais, la façon dont tu réagis à ce qui se passe dans ta vie te mèneront, ou pas, à ta fin rêvée. C'est ce qui est fantastique. On a toujours le choix. Tu as le choix. Si ce n'est pas celui de l'action, c'est celui de la réaction.

Son discours est peut-être un peu *mielleux,* mais je sais qu'il est sincère. Alors que je m'apprête à lui répondre, le son lointain d'un tambourinement insistant dans une vitre nous fait sursauter. Je me tourne vers l'ordinateur.

– Oups ! Il est presque treize heures cinq. Dépêche-toi d'aller ouvrir avant qu'on défonce.

Je ne suis pas mécontente de voir cette conversation se terminer. Elle commençait à devenir embarrassante pour moi qui déteste étaler mes sentiments sur la place publique. Mario n'est pas dupe. Il se lève nonchalamment.

– C'est probablement madame Lacoste. Elle a toujours un peu d'avance. De toute façon, elle ne m'en voudra pas de l'avoir fait attendre.

Il m'envoie un clin d'œil salace. Nous échangeons un sourire et je le regarde sortir du bureau, réconfortée. Bien que je connaisse Mario depuis un peu plus d'un an seulement, il représente une figure paternelle pour moi qui suis loin de ma famille. J'ai très peu connu mon père biologique. Ma mère s'est séparée de lui alors que j'avais à peine sept ans et je l'ai rarement revu par la suite. C'est un alcoolique qui, malgré quelques épisodes de sobriété, n'a jamais réussi à se défaire de sa dépendance. Aujourd'hui, il reste un inconnu pour moi. Pourtant, il me manque. Même si Charles, le nouveau mari de ma mère, m'aime comme sa fille, il ne peut pas combler le vide laissé par l'abandon de mon père.

Mais parfois, la présence de Mario y parvient.

CHAPITRE 4

Enfin seule, je décide de m'attaquer à ma dernière liste d'achats de livres pour la bibliothèque. Rien de mieux que de faire des courses pour se remonter le moral ! Je me connecte à la plateforme utilisée par les libraires pour faire les commandes et j'affiche les dernières nouveautés. C'est une partie de mon travail que j'adore : choisir les livres qui viendront apporter de l'information ou un peu de détente aux abonnés. J'ai presque terminé lorsque je suis interrompue par l'arrivée d'Amélie.

– Salut, Jill ! Quoi de neuf ?

Vêtue d'une longue tunique rouge et d'un pantalon noir, ma flamboyante collègue marche d'un pas énergique jusqu'à son bureau où elle laisse tomber d'un geste négligé son immense sac de cuir brun qu'elle trimballe partout avec elle. Je m'efforce de sourire.

– Ça va. Et toi ? Prête pour ton animation ?

Elle ouvre son ordinateur, puis se tourne vers moi en esquissant une moue.

– Je ne sais pas trop. J'ai peur de ne pas avoir beaucoup de succès avec mon histoire de grand-mère morte.

Je souris à nouveau. Mon premier vrai sourire de la journée.

– Ah, c'est aujourd'hui ? Ne t'en fais pas. C'est une belle histoire. Tu vas les subjuguer, comme toujours.

Elle m'observe d'un air dubitatif.

– Si tu le dis.

Puis, ses yeux me scrutent plus attentivement.

– Toi, tu as une petite mine. C'est encore ta grippe qui te fait la vie dure ?

J'hésite un moment avant de me confesser. Si je ne lui dis pas, Mario va le faire. Il est incapable de garder un secret.

– J'ai menti. Je n'ai pas eu la grippe. C'est… Jasper m'a laissée.

La stupéfaction se lit sur le visage d'Amélie.

– Quoi ? C'est une blague ?

Je secoue la tête, les lèvres pincées.

– *Oh my God !* Je suis désolée, Jilliane. Ce doit être épouvantable pour toi !

– Bah, je vais m'en remettre, j'imagine… De toute façon, j'avais envie de changement.

Ma tentative de plaisanterie tombe à plat. Amélie marche vers moi, les yeux pleins de compassion, et je me lève pour accueillir son étreinte. Quelques secondes de chaleur dans le blizzard de mon cœur.

– Je n'arrive pas à y croire, commente mon amie en se redressant. C'est vraiment sérieux ?

– Malheureusement, oui.

Elle soupire.

– Pauvre toi, répète-t-elle. Et pour la maison ? Que vas-tu faire ?

Je hausse les épaules.

– Je ne sais pas. Je vais sans doute tenter de trouver autre chose.

Mon amie prend une mine soucieuse.

– Hum… Tu sais qu'il y a un manque de logements en ce moment ?

Je gémis.

– S'il te plaît, ne me parle pas de ça maintenant ! Autant m'effondrer tout de suite ! De toute façon, je ne sais même pas si je veux rester. On va boire un verre après ? Tu peux ?

Elle acquiesce de la tête.

– Oui, je peux. On parlera de tout ça plus tard, alors. Je te laisse te concentrer sur ton travail.

– Et toi sur ton animation…

– Ouais, ça va être gai…

Elle plisse les yeux, une expression de doute sur le visage, avant de pivoter pour se rendre à sa table de travail. Je l'entends farfouiller parmi les livres sur son chariot de nouveautés, puis elle disparaît pendant plusieurs minutes. Lorsqu'elle revient, elle affiche un air triomphant. Je hausse des sourcils interrogateurs.

– J'ai changé d'idée ! explique-t-elle, les yeux brillants. À la place de la mère-grand, je vais faire mon animation sur l'origine du sapin de Noël.

Elle me montre un album coloré qu'elle tire d'un lot de nouveautés sur la deuxième tablette de son chariot. Puis, elle poursuit d'un ton excité :

– Je vais leur lire l'histoire et à la fin, je vais inviter les enfants à décorer notre sapin. Mario m'apportera les boîtes de plastique avec les décorations qui sont dans la réserve. Qu'en dis-tu ? Ça va être génial, non ?

La veille, Mario a installé le sapin artificiel de la bibliothèque devant les fenêtres de la devanture. Mais il n'a pas accroché les décorations aux branches, faute de temps. Je jette un regard approbateur à Amélie, avant de me rappeler que ce n'est pas ce qui est annoncé dans notre programmation. Elle balaie mon inquiétude d'un geste.

– Ne t'en fais pas. Les enfants vont être ravis de ce changement. Tu me fais confiance ?

Comment résister à ses yeux implorants ? Je capitule.

– D'accord. On laisse tomber la mère-grand.

Et j'ai bien fait, si j'en juge par les exclamations qui me parviennent une demi-heure plus tard. L'activité proposée génère une telle quantité de décibels que je dois sortir mes écouteurs et me brancher à ma *playlist* afin de pouvoir me concentrer. Pas de doute, les murs sont faits de carton ici.

À dix-sept heures, je mange une barre de chocolat pour calmer mon estomac vide tout en m'étirant sur ma chaise, satisfaite. J'ai réussi à esquisser les grandes lignes de mon plan malgré l'image obsédante de Jasper en arrière-plan de mon esprit. J'ai toujours aussi mal, mais j'arrive à travailler, ce qui me rassure. Il y a vingt-quatre heures à peine, je pensais ne jamais plus pouvoir sortir de mon lit. Mais je suis là. Avec une partie de moi en moins, mais quand même fonctionnelle.

Je ferme mon ordinateur, puis rejoins mes collègues qui sont en train de s'habiller au vestiaire après avoir préparé la bibliothèque pour sa fermeture. Les deux commentent le succès de l'animation d'Amélie et je pose quelques questions pour avoir l'air intéressée. Bottes aux pieds et manteaux sur le dos, nous marchons dans la bibliothèque à la queue leu leu jusqu'au grand sapin, maintenant surchargé de décorations. Ses lumières multicolores jettent des reflets bigarrés sur les murs et le mobilier environnant. C'est beau. Noël a toujours été mon moment préféré de l'année. Jusqu'à maintenant.

– C'est super magnifique fantastique ! lance Amélie, les yeux brillants.

J'acquiesce, souriant malgré moi. Seul Mario ne semble pas impressionné. Il pousse un long soupir.

– Encore rendu à Noël, marmonne-t-il, les mains dans les poches.

Je lui plante un coup de coude dans les côtes. Contrairement à moi, Mario déteste Noël. Il prétend que ce n'est qu'une fête commerciale destinée à nous soutirer de l'argent. Et que toutes ces chansons festives qui tournent en boucle à la radio lui donnent des maux de tête.

– T'es juste un vieux grincheux, dis-je sur un ton léger. Incapable d'apprécier les bonnes choses de la vie.

– Je te retourne le compliment, ma chère, réplique-t-il, imperturbable. Depuis quelques mois, tu n'arrêtes pas de te plaindre de tout.

Je le dévisage, offusquée.

– Moi ? Et de quoi je me plains selon toi ?

– Du froid, du vent, de la neige, du manque de lumière, de ton logement trop petit, de la nouvelle mairesse, de…

Je l'interromps juste avant qu'il ne mentionne Jasper.

– Bon, OK. T'as raison, je suis une grincheuse.

C'est vrai. Depuis quelque temps, je suis irritable. Je ne me suis pas encore attardée à me demander pourquoi, mais la pensée m'effleure que c'est peut-être là une raison du départ de Jasper. Nous restons silencieux devant le sapin.

– Bon. On éteint ou on laisse allumé ?

– On laisse allumé, Jilliane ! répond Amélie en battant des mains. Ça va être joli de dehors.

J'acquiesce.

– D'accord.

Après nous être assurés qu'il n'y avait pas de danger que le tout prenne feu, nous nous dirigeons ensemble vers la sortie sur l'extérieur. Je ferme la porte à clé derrière nous.

– Alors, on va le prendre, ce verre ? me demande Amélie. Ma mère a insisté pour s'occuper de Lucas. Elle dit que j'ai besoin de sortir.

Elle piétine le sol gelé en enfilant ses mitaines.

– Et c'est vrai ?

Elle hausse les épaules. Sous l'éclairage du lampadaire, son bonnet blanc fait ressortir le bleu de ses yeux qu'elle a grands et ronds, ce qui lui donne l'air d'être constamment étonnée. Bizarrement, ils me rappellent un chat que j'ai eu il y a des années.

– Peut-être un peu, finit-elle par grommeler. Ce n'est pas toujours facile de s'occuper toute seule d'un enfant.

Je la crois sur parole.

– J'imagine. Je te trouve bien courageuse.

Après ce qu'elle a vécu, je ne comprends pas comment elle fait pour garder cet éternel pétillement dans les yeux. Lucas avait à peine deux ans lorsque Cédric est décédé dans un accident de VTT. Amélie a été dévastée. D'un seul coup, elle a perdu le père de son enfant et l'amour de sa vie. C'était peu de temps avant mon arrivée. Mais après une période d'anéantissement – ce sont ses propres mots –, mon amie a fini par reprendre le dessus : elle n'avait pas le choix, il y avait Lucas.

Près de moi, Mario secoue la tête en enroulant son immense foulard autour de son cou.

– Allez-y sans moi, les filles. Je dois rentrer et aider Marie-Andrée pour le souper. David arrive ce soir.

– Ah ! C'est vrai ! J'avais oublié.

Je lance un clin d'œil à Amélie.

– Le retour du fils prodigue, dis-je en plaisantant.

– Comme tu dis, rétorque Mario, impassible. Marie-Andrée a vraiment très hâte de le voir.

– Et toi ?

– Moi aussi. Je suis content.

Hum. Sa voix manque de sincérité. Je m'interroge sur la relation qu'il entretient avec son fils unique. Je n'ai jamais compris pourquoi Mario évitait ce sujet. Normalement, les parents adorent parler de leurs enfants ! Mais pas Mario. En réalité, j'ignore tout de David : son âge, sa profession, s'il a une petite amie ou s'il est gai... Je me suis imaginé toutes sortes de scénarios, si bien que je ne serais même pas surprise que ce soit un orphelin africain adopté en Chine.

– Dis bonjour à Marie-Andrée et salue ton fils pour nous, dis-je.

– Oui, renchérit Amélie. N'oublie pas de l'inviter à passer à la bibliothèque. On a hâte de le rencontrer enfin !

– Ouais, bon. Faites attention à vous. Ne vous faites pas kidnapper par un extraterrestre et ne buvez pas trop.

Je fais un salut militaire de la main.

– Oui, chef. On sera prudentes, chef.

Après une dernière salutation, Mario s'éloigne vers son camion à grandes enjambées. Je regarde Amélie.

– On va au P'tit bar ?

– On a le choix ? plaisante-t-elle.

CHAPITRE 5

Le P'tit bar est situé à l'autre extrémité du mur. Nous aurions pu passer par l'intérieur, mais, dans cette ville, il faut s'obliger à sortir de temps à temps si on ne veut pas oublier ce que c'est que de respirer de l'air pur.

À environ cent cinquante mètres devant nous, l'enseigne lumineuse de l'établissement déjà décorée de lumières de Noël nous attire comme un aimant dans ce froid. Je relève ma capuche pour me protéger du vent. Son bonnet bien enfoncé sur sa crinière rousse, Amélie se tourne soudain vers moi.

– La dernière arrivée paie la tournée !

Sans attendre, elle bondit sur la neige épaisse. Après un moment de surprise, je me prends au jeu et me mets à courir à mon tour, manquant de trébucher sur une plaque de glace. Je me rattrape de justesse, mais l'incident m'a ralentie. Une main tenant ma capuche pour l'empêcher de glisser, je sprinte vers la porte d'entrée maintenant à quelques mètres seulement. Amélie et moi poussons la porte ensemble, essoufflées et rieuses. Profitant de mon relâchement, elle me surprend à nouveau en se précipitant vers une banquette vide près d'une fenêtre.

– J'ai gagné ! s'exclame-t-elle en se laissant tomber sur le banc rembourré.

Je la rejoins avec une demi-seconde de retard.

– Tu as triché, fais-je remarquer en m'assoyant face à elle. Tu es partie avant moi.

– Je me suis inspirée de toi, réplique-t-elle en retirant son manteau de duvet rose bonbon. La dernière fois que nous avons fait la course, tu es partie avant que je donne le signal.

Je lui fais ma plus belle grimace.

– C'était une simple erreur. Tu bouges tellement quand tu parles que j'ai confondu l'un de tes gestes avec le signal de départ.

– Oh ! s'exclame Amélie en levant les yeux au ciel. Tu n'as pas honte de mentir ainsi ?

Elle arrache son bonnet d'un geste et l'envoie sur le banc. Puis, elle secoue vigoureusement sa tête pour redonner un peu de bouffant à ses cheveux bouclés. Avec le doux ovale de son visage, son teint de pêche et ses profonds yeux clairs, elle a l'air d'une poupée. J'enlève à mon tour ma parka North Face achetée en solde l'hiver dernier et censée me protéger de toutes les intempéries. Je retire ensuite mes cache-oreilles. Je ne porte pas de tuque, car je déteste ça. Lorsqu'il le faut, je mets mon chapeau aviateur doublé de fausse fourrure acheté aussi en solde au même endroit.

La propriétaire du bar, Janie, qui officie ce jour-là en tant que serveuse, s'approche de nous avec sa démarche de danseuse. Ce qu'elle est d'ailleurs. En plus de tenir le restaurant avec son mari, Michel, elle enseigne aux petits et aux grands la danse classique et des trucs plus modernes comme le hip-hop.

– Salut, les filles ! Quoi de neuf à la biblio ?

Je secoue la tête en regardant Amélie.

– Pas grand-chose, dis-je. La routine.

– On va recevoir le père Noël bientôt, ajoute Amélie. Dommage que ton fils soit trop grand maintenant ! Et toi, ça va ?

– Occupée depuis que Marie-Pier est partie sur un coup de tête il y a deux semaines ! Mais je gère.

J'affiche une mine désolée.

– Tu n'as pas trouvé quelqu'un pour la remplacer ?

Son visage se tord.

– Non. Mais Alexandra a accepté de faire plus d'heures, heureusement. Alors, je vous sers la même chose que d'habitude ?

Nous hochons la tête en chœur. Toutes les deux, nous commandons systématiquement une pinte de bière blonde lorsque nous nous rencontrons ici. Et visiblement, ce n'est pas aujourd'hui que nous allons changer nos habitudes !

– Parfait ! Je reviens tout de suite, lance notre serveuse du jour en tournant les talons.

Je l'observe tandis qu'elle se glisse derrière le bar et commence à préparer nos boissons. J'aime bien Janie. Contrairement à Alexandra, sur qui je tombe habituellement, Janie est toujours souriante et serviable. C'est une fille simple et naturelle, qui ne ressent pas le besoin d'en faire plus pour se faire remarquer et c'est ce que j'apprécie chez elle.

– Est-ce qu'elle a teint ses cheveux ? Il me semble qu'ils sont plus foncés.

Mon amie jette un coup d'œil derrière elle.

– Peut-être.

Je lui fais part de mon envie d'éclaircir ma chevelure et elle m'examine avec attention.

– Des mèches blondes, peut-être ?

J'acquiesce d'un signe de tête avant de pousser un long soupir.

– J'ai besoin de changement, je crois.

– Pourquoi pas ? Je crois que cela t'irait bien.

Elle fouille dans son immense sac à main, à la recherche de son téléphone, et pousse un petit cri triomphant lorsqu'elle met la main dessus.

– Au cas où ma mère appellerait, m'explique-t-elle en déposant l'objet sur la table.

Je hoche la tête.

– C'est bon, enchaîne-t-elle. Raconte-moi.

Je comprends qu'elle veut que je lui parle de Jasper. Avec effort, je lui relate les derniers événements en tâchant de ne rien omettre. La fatigue de mon amoureux ces dernières semaines, nos disputes plus fréquentes, mon irritation face à ces longues heures de travail, jusqu'à cette scène fatidique qui a mené à son départ.

– Ouche ! commente Amélie.

– Ouais. Je ne l'ai pas vu venir…

Je vais craquer. J'enfouis ma tête dans mes mains, coudes sur la table, avant de la relever aussitôt, gênée à l'idée de me donner en spectacle. Je prends une grande respiration.

– Il n'y a vraiment plus d'espoir, tu crois ? me questionne mon amie avec un air compatissant.

Je lui parle alors du courriel reçu ce matin.

– Comme tu vois, finis-je par dire plus calmement, il ne semble pas regretter sa décision.

– Eh bien ! Il a quand même du culot de te balancer ça sans prévenir. Il aurait pu commencer par parler de ses doutes face à votre relation. Il n'a jamais mentionné quelque chose de ce genre ?

Je ne réponds pas. Mes yeux viennent de buter sur un magnifique spécimen d'homme assis seul à une table à quelques mètres de nous. Grand, bien bâti, cheveux clairs, il sirote une bière et son expression est… indéchiffrable. Je suis certaine de ne l'avoir jamais vu ici, mais quelque chose chez lui me semble familier.

– Hou, hou, fait Amélie en s'agitant. Il y a quelqu'un là-dedans ?

Je sursaute.

– Excuse-moi. Tu disais ?

Amélie a un geste vague de la main.

– Peu importe. Ah ! Voilà Janie avec nos verres.

Je m'adosse à la banquette pour laisser la place libre à la propriétaire qui dépose devant nous deux pintes de liquide ambré ornées d'une belle mousse blanche d'une parfaite épaisseur. Alors qu'elle s'apprête à tourner les talons, je ne peux m'empêcher de lui demander ce qu'elle a fait à ses cheveux. Elle hoche la tête, ravie que j'aie remarqué.

– C'est une idée de ma coiffeuse, explique-t-elle. Elle m'a proposé de les foncer et de les raccourcir un peu.

– Je trouve que ça te va super bien, dis-je en examinant son carré flou aux épaules. Ça me donne envie de changer, moi aussi.

– Oh ! Mais tes cheveux sont si beaux ! Moi, je n'y toucherais pas !

– Tu crois ?

Je passe une main hésitante dans ma longue chevelure châtain adoucie par un dégradé.

– Sûr ! Si je pouvais avoir ta tête, je serais bien heureuse. Les miens frisottent dès qu'il y a un peu d'humidité.

Je rougis, embarrassée, mais incapable de révéler que la nature n'a rien à voir avec l'absence de frisottis de mes cheveux que je passe au fer quasiment chaque matin pour les lisser ou créer les ondulations légères que je porte en ce moment. Sans cet outil magique, ma crinière ressemble à un portrait abstrait.

– Euh, merci.

– Avec plaisir, chantonne Janie. Appelez-moi si vous avez besoin d'autre chose, les filles.

Elle fait demi-tour pour rejoindre un petit groupe d'habitués qui vient de faire irruption dans l'entrée. Je l'entends les saluer avec son enthousiasme habituel.

– Qu'est-ce que c'est que cette histoire de cheveux ? me questionne Amélie d'un ton curieux en attrapant son verre. On dirait que tu en fais une obsession. C'est à cause de Jasper ?

– Je ne sais pas.

Du coin de l'œil, je vois le bel inconnu porter une bouteille de bière à ses lèvres et j'en profite pour l'examiner discrètement. Il a les cheveux blond foncé coupés court et dressés sur sa tête dans un séduisant désordre, comme s'il y passait constamment la main. Son front est haut et ses sourcils sont épais et bien dessinés. Je ne peux pas voir la couleur de ses yeux d'où je me trouve, mais je parierais qu'ils sont clairs. Bleus ou gris, peut-être. Je m'attarde sur les traits de son visage à demi recouvert par une barbe de plusieurs jours qui souligne le carré de sa mâchoire. Lorsqu'il redépose sa boisson sur la table, je suis prise en flagrant délit. Ses yeux me transpercent et je m'empresse de détourner le regard.

Face à moi, Amélie affiche un air songeur. Elle semble réfléchir à quelque chose et finit par secouer la tête.

– Tu sais, j'ai du mal à croire que tu n'aies pas remarqué de changement d'attitude de la part de Jasper. Il me semble que cela a dû transparaître s'il ne t'aimait plus, comme il le dit.

Elle a mis le doigt dans le mille. Jusqu'ici, j'ai refusé de l'admettre, mais je dois me rendre à l'évidence : indirectement, Jasper m'a signifié de plusieurs façons son désamour, sans toutefois prononcer ces mots. J'aurais pu m'en rendre compte avant si j'avais été plus attentive. C'est aussi simple que ça.

Je hoche la tête, dépitée.

– Tu as raison, dis-je en fixant la table. Ça faisait un petit moment qu'il ne m'avait pas dit qu'il m'aimait. Et il m'est arrivé d'avoir l'impression qu'il endurait tout juste ma présence ! Mais…

Je prends une grande respiration avant de poursuivre.

– … j'ai mis tout cela sur le dos de son travail. Il fait beaucoup d'heures supplémentaires depuis quelques mois et j'ai supposé que ses changements de comportement étaient dus au stress et à la fatigue, mais aujourd'hui...

J'ai un petit rire désabusé.

– Je crois plutôt qu'il m'évitait. Qu'il ne voulait pas rentrer à la maison parce que j'y étais.

Ma voix craque un peu sur les derniers mots et mon amie me prend la main.

– Je suis désolée. Si je peux faire quoi que ce soit…

Je renifle.

– Merci, dis-je. T'es gentille.

L'inconnu se lève soudain. Il est vêtu d'un jeans et d'un chandail noirs sous une épaisse veste doublée de couleur olive. Je le vois attraper son portefeuille et son téléphone sur la table et les fourrer dans ses poches, puis se saisir de sa paire de gants. Il lève alors la tête dans ma direction. Je me fige, brusquement intimidée. Nous nous fixons une fraction de seconde avant que je ne capitule. Lorsque je relève les yeux, il m'observe toujours et me fait un léger signe de tête. J'étire les lèvres en un demi-sourire et je sens la gêne m'envahir en songeant à mes yeux humides et à mes joues rougies par l'émotion.

Je me détourne, mais trop tard. J'ai attiré l'attention d'Amélie, qui risque le torticolis en voulant regarder ce qui m'obsède tant derrière elle.

– Hum... chuchote-t-elle en revenant vers moi. Tu le connais ?

Je secoue la tête, puis j'ose regarder l'inconnu à nouveau. Il se dirige maintenant vers le comptoir du bar, où se trouve la caisse. Je m'attarde à ses larges épaules en essayant de comprendre pourquoi je suis si troublée. Il ne m'a pas souri, ne m'a rien dit, mais l'intensité de son regard m'a embarrassée. Cela et cette connexion immédiate, cette familiarité difficile à expliquer et rarement ressentie auparavant. Je me tourne vers Amélie.

– Tu l'as déjà vu dans le coin, toi ?

– Hum... Si je l'avais déjà vu, je m'en souviendrais, observe-t-elle sur un ton coquin.

Je lui souris.

– Oui… Moi aussi, je crois.

On s'esclaffe.

– Il t'a regardée, non ? me questionne Amélie.

J'attrape mon verre nonchalamment.

– Tu crois ? Peut-être un peu.

J'avale une longue gorgée et le liquide pétillant me chatouille le palais avant de réchauffer mon ventre. Amélie me sourit.

– On peut faire enquête auprès de Janie ?

Je n'ai pas le temps de la dissuader qu'elle a déjà le bras levé. Au bar, Janie, qui est en train de conclure la transaction bancaire avec le bel inconnu, pose brièvement les yeux sur nous en hochant la tête. Amélie m'adresse un sourire triomphant et je plisse les yeux, contrariée.

– Pourquoi tu fais ça ?

– Je me renseigne, c'est tout.

L'objet de notre curiosité marche vers la sortie tandis que la propriétaire se dirige vers nous avec empressement.

– Vous voulez autre chose ?

– Ce gars qui s'apprête à partir, c'est la première fois qu'il vient ici ?

Janie tourne la tête vers la porte avant de reporter son regard sur nous.

– C'est la première fois que je le vois, confirme notre serveuse. Il débarque à peine de l'avion, à ce qu'il m'a dit.

– Il est là pour le travail ? demandé-je à mon tour.

– Aucune idée ! Il n'est pas très bavard.

– Ah !

Je cherche ce que je pourrais lui demander d'autre. Amélie me prend de vitesse.

– Il va rester longtemps ? Il t'a dit comment il s'appelle ?

Janie se met à rire.

– Je vois qu'il a attiré votre attention, se moque-t-elle gentiment. J'avoue que si j'étais célibataire…

Elle louche un peu avant de lancer :

– Non, il ne m'a pas dit comment il s'appelle ni quoi que ce soit d'autre, mais je lui demanderai la prochaine fois.

– Pas la peine, dis-je.

– Bonne idée, lance Amélie en même temps.

Je la fusille du regard.

– Vous êtes drôles toutes les deux, rigole Janie.

Amélie lève une main.

– C'est Jill qui a commencé. Elle n'arrêtait pas de le regarder.

Janie me dévisage, visiblement surprise. Elle n'est pas au courant de ma rupture avec Jasper. En fait, personne ne le sait à part Amélie, Mario… et ma mère. Je me racle la gorge.

– Amélie plaisante. C'est que…

J'hésite un moment. Si je le dis ici, l'information se répandra dans toute la ville en moins de deux. Mon amie me prend de court.

– Jilliane et Jasper ne sont plus ensemble.

Janie a un hoquet.

– Quoi ? s'exclame-t-elle, interloquée. Mais depuis quand ?

Je réponds rapidement :

– Deux jours. C'est… très récent, comme tu vois.

À nouveau, mes yeux foudroient Amélie qui baisse la tête, contrite. Janie m'adresse un sourire compatissant.

– Je suis vraiment désolée. Tu tiens le coup ?

Cette fois, je hoche la tête sans répondre.

– Eh bien, si je m'attendais à ça ! J'aurais parié que vous alliez vous marier !

Elle se redresse et serre son plateau contre elle, inconsciente de la peine que cette dernière phrase me cause. Cette fois, Amélie semble vraiment regretter son indiscrétion. Janie déclare :

– Ne t'inquiète pas, Jilliane, je vais garder ça pour moi.

Je pince les lèvres. Il m'est impossible de la croire. Depuis que je suis ici, c'est elle qui m'alimente en potins ! Elle poursuit sans rien remarquer.

– Pour revenir à ce joli monsieur, il a tout de même précisé qu'il avait aimé notre cuisine et qu'il allait revenir.

– Donc, on va le revoir, s'enthousiasme Amélie. C'est super !

Malgré moi, j'ai un sursaut d'excitation qui s'éteint dès que la réalité de ma situation se rappelle à moi. Je viens de me faire larguer comme une vieille poche de linge sale et mon cœur est en miettes. Cet homme n'est rien d'autre qu'un bel inconnu.

Je lève les yeux vers Janie.

– J'espère que tu ne t'imagines pas que je…

– Oh, mais non ! Ne t'en fais pas. C'est un nouveau visage et qui plus est, très agréable à regarder, alors… c'est normal qu'il suscite la curiosité.

Elle a raison. L'espace d'un instant, cet homme intrigant a réussi à me faire oublier le désastre dans lequel je me trouve.

CHAPITRE 6

Les yeux brillants, Amélie me raconte maintenant les derniers exploits de Lucas. À bientôt quatre ans, c'est un petit bonhomme énergique qui lui en fait voir de toutes les couleurs. Je l'écoute avec une pointe d'envie. Elle finit par s'interrompre.

– Je suis désolée, je parle trop. Tu sais comment sont les mères !

Je proteste :

– Mais non ! Ça va. Ça ne me dérange pas, au contraire. Ça me change les idées.

Mais Amélie a deviné ce qui me tracasse.

– Il n'y a pas que les enfants dans la vie, tu sais ? Mais si tu en veux vraiment, tu en auras. Et puis, si ce n'est pas le cas, tu feras autre chose. Imagine ! Une vie entière à faire ce que tu veux, sans responsabilité parentale, sans inquiétude. Ce doit être tellement merveilleux !

Elle soupire d'envie. Je sais qu'elle ne dit pas ça sérieusement, elle adore son fils, mais je ne me sens pas d'humeur à blaguer. Je suis même un peu piquée qu'elle prenne mon désir d'enfant aussi à la légère. Mais je ne dis rien.

– Écoute, ajoute mon amie en se penchant vers moi, je sais que ça fait cliché, mais... avec le temps, ça s'arrangera, tu verras.

Pour l'instant, je n'y crois pas tellement. Mais je me remémore la première fois où cette jeune femme que je connaissais à peine s'est confiée à moi. Après l'horrible accident de Cédric qui la laissait seule avec leur fils de deux ans, elle a dû se battre avec l'énergie du désespoir pour ne pas être ensevelie par sa douleur. Son acharnement à vivre le plus normalement possible pour son fils a porté fruit. Elle a commencé à travailler à la bibliothèque et sa mère a emménagé avec elle pour l'aider à s'occuper de Lucas. Ce qui devait être une situation temporaire est devenu une réalité permanente, pour le bien de tous. Aujourd'hui, Lucas est un petit garçon enjoué et affectueux qui ne semble pas trop affecté par la disparition de son père. Quant à Amélie, elle commence à retrouver sa véritable nature. Celle d'une jeune femme énergique et extravertie, pouvant parfois se montrer impatiente et d'une franchise redoutable, mais toujours chaleureuse et authentique. Cette blessure qui l'habite, cette fragilité que l'on perçoit en elle, ne la rend, à mon avis, que plus attachante.

Le visage de Jasper flotte devant mes yeux et j'ai subitement un intense désir de me blottir contre lui. Je songe avec nostalgie à ces rares matinées de congé où nous paressions au lit, collés l'un contre l'autre. Sa chaleur me manque. Le froid ne me quitte pas depuis qu'il est parti.

– Je sais, mais je n'arrive pas à m'imaginer sans lui. C'est dur.

Amélie hoche gravement la tête.

– Oui. Mais tu survivras. Tu verras.

Je soupire. Ce qu'a vécu Amélie est bien pire que ce qui m'arrive. Si elle-même a survécu à un drame autrement plus terrible que le mien, je dois pouvoir y arriver aussi.

– C'est dommage que je n'aie pas de Lucas pour m'aider, dis-je.

– Je peux te le prêter si tu veux, lance spontanément mon amie.

Je lui souris.

– Je ne suis pas certaine que ce soit le bon moment.

– Dommage, plaisante Amélie. Je planifiais une semaine dans le Sud, pour me détendre un peu.

– Je crois que tu peux oublier ça tout de suite.

Elle rit, puis me demande si j'ai appelé ma mère. Je hoche la tête avant de lui rapporter notre conversation.

– Finalement, elle considère que c'est une excellente chose, ce qui m'arrive. Elle a toujours pensé que Jasper n'était pas le bon gars pour moi et maintenant que la voie est libre, elle s'imagine que je vais enfin pouvoir rencontrer l'homme de ma vie.

– Ta mère me semble plutôt directe, observe Amélie.

Je soupire.

– Un peu trop, je dirais. Elle n'est pas très diplomate et j'ai parfois envie de la secouer tellement elle m'exaspère, mais… en ce moment, j'aimerais bien qu'elle soit ici. Elle est si optimiste ! Cela m'empêcherait peut-être de faire une dépression.

J'avale une autre gorgée de bière.

– Elle voudrait que je revienne à la maison. Mais… je n'en ai pas vraiment envie. C'est bête ce que je vais dire, mais je ne veux pas m'éloigner d'ici pour l'instant. Au fond de moi, j'ai l'impression que Jasper reviendra.

Amélie serre ma main.

– On devrait faire un vœu, dit-elle en se redressant brusquement.

Je suis sceptique. Pourquoi ne pas écrire au père Noël tant qu'à y être ? Amélie s'amuse de ma remarque.

– Mais oui ! C'est bientôt Noël, non ? C'est une période magique !

De la magie, c'est ce qu'il me faudrait. Je pourrais peut-être être catapultée dans une autre vie ?

– As-tu gardé ton cœur d'enfant, Jilliane ? me demande Amélie les yeux brillants.

Je secoue la tête.

– Je ne crois pas, non.

– Alors, c'est le moment de le retrouver, réplique mon amie avec conviction. Nous allons écrire une lettre au père Noël.

– Tu es sérieuse, là ?

– Très sérieuse ! Il doit bien y avoir quelques feuilles de papier et des crayons dans ce pub !

Je proteste :

– Pourquoi on ne commanderait pas une pizza à la place ?

– Pourquoi pas les deux ?

C'est elle qui gagne. Nous commandons une pizza moyenne toute garnie, des crayons et du papier. De vraies gamines. Janie revient cinq minutes plus tard avec des feuilles lignées arrachées d'un bloc et une douzaine de crayons de couleur. Elle les garde sous la main avec quelques cahiers à colorier pour les enfants des clients. Amélie prend une feuille et en pousse une vers moi. Je choisis un crayon vert, la couleur de l'espoir, tandis que mon amie s'empare d'un rose soutenu. Nous nous regardons, embarrassées.

– On n'est pas un peu stupides ?

– Probablement, confirme Amélie. Mais on s'en fout, non ? Nous ne faisons rien de mal ! Nous effectuons une sorte de… rituel, disons. Les rituels ont toujours existé. Malheureusement, ils ont à peu près disparu de nos vies. C'est dommage, car ils jouent un rôle symbolique important, tu sais ? Ils marquent les différents passages, leur donnent du sens, et participent au sentiment de communauté.

Je la contemple avec étonnement.

– Je ne te savais pas si philosophe.

– Lorsque Cédric est décédé, j'en voulais à la vie de me l'avoir enlevé si rapidement et j'avais beaucoup de colère en moi. Mais un jour, j'ai décidé qu'il était temps de me libérer. Pour moi, mais surtout pour Lucas. Alors, je me suis fabriqué mon propre rituel.

Elle hésite.

– Tu ne racontes ça à personne, hein ?

Je secoue la tête vigoureusement.

– Jamais. C'est promis.

– J'ai lu dans un livre qu'il arrive que les personnes décédées ne puissent pas passer dans l'autre dimension, car elles conservent des liens forts avec ceux et celles qu'elles laissent derrière. Elles ne veulent pas quitter les personnes qu'elles ont aimées. Parfois, c'est le contraire qui se produit. Ce sont les vivants qui refusent d'accepter leur mort, et qui les retiennent inconsciemment près d'eux.

Elle baisse la tête et ses joues se colorent légèrement.

– Bien sûr, il faut croire qu'il existe une autre dimension. Et c'est le cas pour moi.

Je hoche la tête.

– Moi aussi. Je préfère penser que quelque chose nous attend plutôt que l'inverse. Sinon, à quoi bon ?

Amélie acquiesce.

– Bref, en lisant ce bouquin, je me suis dit que je retenais peut-être Cédric près de moi avec ma tristesse et mon refus d'accepter sa mort. Alors, je lui ai écrit une lettre. Je lui ai dit combien il me manquait et combien je l'aimais, mais que je devais tourner la page. Que ce que nous avions vécu était un magnifique cadeau que peu de gens avaient la chance de connaître, et qu'il m'avait laissé le plus beau des présents, Lucas.

Malgré moi, je sens mes yeux se mouiller. C'est la première fois qu'elle me confie cela.

– Et qu'il continuerait à vivre à travers son fils…

Mon amie s'interrompt. Son regard fixe le vide derrière moi pendant qu'elle semble revivre la scène. Je bats des paupières à plusieurs reprises pour refouler les larmes qui se pointent. J'ai perdu Jasper, mais il n'est pas mort. Cela me donne un aperçu de la douleur qu'a dû ressentir Amélie. Après un moment, elle reprend la parole.

– J'ai terminé ma lettre en lui disant qu'un jour, nous nous retrouverions tous ensemble, mais que d'ici là, il devait continuer sa route et nous aussi. Qu'il n'avait pas à s'inquiéter pour nous, que tout irait bien. J'ai allumé un lampion et j'ai brûlé la lettre en imaginant Cédric se détacher de moi et s'en aller. Ensuite… ensuite, j'ai prié. J'ai demandé à l'univers de m'aider à continuer ma vie et de m'entourer de bonnes personnes pour m'appuyer.

Elle s'arrête et me fait un clin d'œil humide.

– Et toi, tu venais d'arriver et tu te démenais pour réussir à améliorer la bibliothèque et pour que mon poste devienne permanent. Je t'ai tout de suite respectée comme directrice, mais je ne savais pas que nous deviendrions aussi des amies. Mario et toi avez été formidables. Même Jasper a toujours été très gentil avec moi.

– C'est normal, tu sais.

– Je ne te remercierai jamais assez pour ton soutien.

C'est à mon tour d'être émue. J'attrape une serviette de table et essuie mes yeux.

– Arrête, dis-je, je n'ai rien fait de spécial. Et tu mérites amplement ton poste.

Amélie se mouche avec sa serviette et je décide de prendre les choses en main, avant que nous nous effondrions sur la table.

– Alors, on l'écrit, cette lettre ? demandé-je de ma voix la plus enthousiaste.

Nous nous attelons à la tâche avec sérieux. Au départ, je me sens un peu ridicule, mais ce sentiment disparaît rapidement. Je me laisse aller à imaginer ce que serait mon plus grand souhait et je m'efforce de le formuler clairement, surprise de voir combien cette activité m'apaise. Lorsque nous avons terminé, je demande à Amélie quelle est la suite de son plan.

– On va poster nos lettres !

Je la dévisage, interloquée. Je ne pensais pas qu'elle irait jusque-là. Je m'étais plutôt imaginé les planquer quelque part jusqu'à Noël, mais les poster…

– OK... Et où ça ?

– Au pôle Nord, bien sûr !

Hum… Je reste muette en songeant qu'elle exagère un peu. Je ne suis plus une enfant depuis longtemps et je sais très bien que ces fichues lettres ne se rendent jamais là-bas. Ce ne sont pas de petits lutins, mais des humains qui répondent aux enfants. Et je n'ai pas du tout envie que des étrangers lisent ma lettre. Amélie doit blaguer, c'est sûr.

Devant ma mine sceptique, mon amie tend la main.

– Donne-moi ça, m'ordonne-t-elle. Et cesse de tout analyser.

Bon. Elle ne blague pas. Je lui obéis à contrecœur. Elle prend ma lettre et la glisse dans son sac avec la sienne.

– Je m'en occupe.

Je panique un peu en réalisant qu'elle va effectivement les poster.

– Je crois que j'ai changé d'idée...

– Arrête. Fais-moi confiance, tu veux ?

Elle me fixe avec ses grands yeux de poupée et je finis par capituler.

– C'est bon. Mais ne me fais pas regretter, hein ?

Cinq minutes plus tard, nous nous régalons de la délicieuse pizza de Michel, le mari de Janie, et je ne pense plus à ces lettres lorsque je rentre chez moi. Ni au charmant inconnu.

Je pense à Jasper.

CHAPITRE 7

En voyant mon visage chiffonné dans le miroir de ma salle de bain, j'en reste stupéfaite. Mes nuits blanches et mes crises de larmes ont fini par laisser des traces et c'est ce matin que cela me rattrape. Mes traits sont tirés, mon teint est plus pâle qu'une crème chantilly et les cernes sous mes yeux donnent l'impression que mon mascara a coulé. J'ai beau frotter, ils sont toujours là… Je dois donc me résigner à me procurer mon premier cache-cernes. Car les vacances ne sont que dans trois semaines et ce n'est pas avec une tête pareille que je vais pouvoir récupérer Jasper. Si la chose est possible.

J'ouvre les robinets de la douche pour laisser couler l'eau le temps qu'elle se réchauffe. Ma minuscule salle de bain est glaciale et, en hiver, le calorifère fonctionne toute la journée sans qu'il ne fasse jamais plus de dix-huit degrés. Malgré cela, je serai triste quand je vais quitter cette maison. Je frissonne. Amélie a raison, les logements sont rares à Fermont. Une part de moi le sait, mais une autre continue de vivre dans le déni et croit que tout va s'arranger, car il le faut ! Je teste l'eau. Elle est enfin chaude. Je m'apprête à retirer mon pyjama en flanelle à motifs d'ours polaire que Jasper m'a offert à Noël dernier, quand une sonnerie retentit. Je sursaute en entendant l'air familier. C'est une chanson que Jasper et moi adorons. C'est aussi la sonnerie qui l'identifie sur mon téléphone.

La douleur et le sentiment d'irréalité qui m'habitent depuis quatre jours maintenant n'ont pas faibli. C'est la première fois que je vais lui parler depuis son départ et franchement, j'ignore ce que je vais lui dire. Mais je me sens prête à l'affronter. Je ferme le robinet et me précipite dans ma chambre où j'ai laissé mon téléphone.

– Jasper ? dis-je légèrement essoufflée.

– Salut, Jill. Je te dérange ?

La voix de Jasper est basse et feutrée. J'aime sa voix.

– Je m'apprêtais à prendre une douche, mais ça va.

– Ah, bon, euh… je peux rappeler si tu veux.

– Non, non... Ça va, je te dis. Et toi ?

– Pas très bien, en fait. Je pense souvent à toi.

Mon souffle s'accélère. Jasper s'ennuie de moi. M'appelle-t-il pour me dire qu'il regrette ce qui s'est passé et qu'il souhaite qu'on se remette ensemble ?

– Je me sens tellement mal que je n'arrive pas à penser à autre chose, poursuit mon ex, inconscient de mes attentes. Tu ne méritais pas ça, Jill. Tu as tout laissé pour venir ici avec moi, et moi, comme un con, je te plante là.

Je ne pourrais pas dire mieux. On dirait qu'il renifle. Il pleure ou c'est le froid ? Je tends l'oreille, essayant de décoder la moindre intonation, la moindre nuance qui pourrait m'apporter un peu d'espoir. Mais Jasper dégonfle mon ballon en moins de deux.

– Je regrette que cela n'ait pas fonctionné, tu sais. Je me sens coupable.

Je sens la colère monter. Non seulement Jasper ne m'appelle pas pour amorcer un processus de réparation, mais en plus, il espère que je le console. Que je l'aide à se sentir mieux.

– Arrête, Jasper. Tu fais chier.

Les mots m'ont échappé. Je l'entends se racler la gorge.

– Tu as raison. Désolé, je ne voulais pas me plaindre. Mais… mes excuses sont sincères. Si j'avais su que ça tournerait ainsi, je ne t'aurais jamais demandé de me suivre.

Ça y est, je ne peux plus me retenir. La moutarde me monte au nez.

– C'est vrai, dis-je en criant presque, je n'aurai jamais dû venir ici ! Toutes ces belles promesses que tu m'as faites, tous ces projets que nous avions… Je n'arrive pas à croire que tu aies pu faire ça !

– Je sais, gémit Jasper. C'est pour ça que je me sens si mal.

– Mais qu'est-ce qui t'est arrivé, bon sang ? T'as changé d'idée du jour au lendemain ?

– Mais non ! Ça ne s'est pas fait en quelques jours, proteste-t-il. Il y a un moment déjà que…

Je l'interromps.

– Quoi ? Un moment ? Combien de temps, Jasper ? Depuis combien de temps tu songes à me quitter ?

Il proteste à nouveau :

– Je ne songeais pas vraiment à te quitter, Jill. Ce n'est pas ça. C'est juste que je n'étais plus certain de vouloir la même chose que toi.

– Ça, je le sais. Tu l'as assez répété. Mais pourquoi tu ne m'en as pas parlé plus tôt, hein ? Nous aurions pu en discuter et…

C'est à son tour de m'interrompre.

– J'ai essayé, Jill ! J'ai essayé ! Mais tu ne m'écoutes pas ! Je te l'ai dit que je ne me sentais pas prêt à fonder une famille, que je n'étais pas certain que c'était ce que je voulais. Je t'ai dit aussi que je me remettais en question…

Je le coupe.

– Toi et tes remises en question ! dis-je sur un ton persifleur.

Il pousse un long soupir.

– Justement. Et si je ne voulais pas voir ce qui clochait vraiment ? J'ai fait une réorientation de carrière, j'ai changé d'emploi, puis je me suis trouvé de nouveaux loisirs en espérant me sentir mieux. Mais… ça ne va pas mieux, Jill. Et quand j'essayais de t'en parler, tu ne pouvais t'empêcher de ramener sur le tapis la question du mariage et des enfants, alors que tout ce que je voulais, c'était de tenir jusqu'aux prochaines vacances…

Je reste silencieuse. Je suis bien consciente d'avoir fatigué Jasper avec mon désir irrépressible de mariage et de bébés. Et peut-être qu'effectivement, je n'ai pas accordé assez de sérieux à ses états d'âme. Mais j'étais larguée aussi. Déménager, changer de travail, d'amis, de routine… Et Jasper qui travaillait comme un fou. Je me suis sentie seule. J'ai alors regardé d'un autre œil les femmes de mon âge autour de moi. Comme Amélie, plusieurs avaient des enfants et il y avait entre elles un sentiment de communauté que j'enviais. J'ai commencé à considérer sérieusement cette possibilité et à échafauder des plans pour notre vie future : une belle maison, un bébé tout potelé et moi, demeurant à la maison, préparant de bons petits plats pour mon mari, car, bien sûr, nous serions mariés. Un vrai cliché ! Tout ce dont je me moquais auparavant.

– Oh, bon. Je suis désolée, finis-je par dire.

Je m'arrête, ne sachant pas quoi ajouter. Après un moment de silence, Jasper reprend :

– Tu sais, même si c'est difficile, même si je suis bien conscient de t'avoir fait du mal, je crois que c'est ce qu'il fallait faire. Je suis certain que, dans quelques années, tu seras bien plus heureuse que tu ne l'étais avec moi. Te marier, avoir des enfants, cela fait partie de toi, Jilliane.

Je me sens confuse. Il n'a pas dit textuellement qu'il ne voulait plus de moi.

– Quand tu es parti, dis-je lentement, tu m'as expliqué que c'était parce que tu ne m'aimais plus. Tu me l'as même écrit deux jours plus tard. Pourquoi tu me parles d'enfants, maintenant ? Si c'est ça le problème, on peut discuter. Ce n'est pas obligatoire d'avoir des enfants dans la vie.

– Jill…

Je l'ignore.

– Le plus important pour moi, c'est nous deux. On peut faire autre chose de notre existence.

J'émets un petit rire qui sonne faux, je le sais. Car au fond, je suis consciente de ne pas être tout à fait honnête. Mais je fais taire cette petite voix. Je m'efforce aussi d'ignorer le pincement au creux de mon ventre qui vient de se manifester. J'ai à peine vingt-huit ans. Je peux patienter quelques années encore avant d'avoir un bébé. Avant que nous ayons un bébé. C'est connu, les hommes se décident souvent sur le tard. Et si Jasper ne change pas d'idée, eh bien… je préfère ne pas y penser.

Mon ex-amoureux tue dans l'œuf tous mes espoirs.

– Arrête, Jill ! Ne te crée pas de fausses attentes. Cette histoire de bébé, ce n'est pas uniquement ça qui m'a fait partir. Comme je t'ai dit, je… mes sentiments pour toi ont changé.

Une idée horrible me vient en tête.

– Il y a une autre femme, c'est ça ? C'est pour ça que tu *travaillais* autant ? Tu étais avec quelqu'un ?

Jasper s'insurge.

– Je ne t'ai pas trompée, Jill !

Tiens, c'est bizarre. Il n'a pas dit que j'avais tort. Je laisse cette interrogation de côté. Qu'est-ce que ça change de toute façon ?

– Non, dis-je sur un ton raffermi. Tu as fait pire : tu m'as laissé croire que mes projets étaient possibles. Tu aurais dû insister davantage. Me forcer à t'écouter. À t'entendre. Mais tu n'as rien dit parce que c'était plus facile, j'imagine... Tu ne m'as pas fait assez confiance pour me parler honnêtement. Je me sens… stupide.

Ma voix flanche sur ces derniers mots. Sous la douleur et derrière le sentiment de perte, il y a la honte et l'impression d'avoir été flouée.

– Ce n'était pas mon intention, répond Jasper d'une voix lasse. Je t'aime beaucoup et je ne regrette rien de ce que nous avons vécu. C'est juste que… nous avons changé. J'ai changé.

Ma colère tombe aussi rapidement qu'elle s'est manifestée. Il a raison. Lorsque nous nous sommes rencontrés, il y a sept ans, je venais de terminer mon stage à l'université où j'étudiais et Jasper occupait un emploi d'inspecteur en bâtiment. Nous avons emménagé ensemble dans l'année qui a suivi. Au début, nous étions sur un petit nuage. Puis, il y a eu quelques désenchantements : j'alternais les contrats et les périodes de chômage, et Jasper a découvert qu'il détestait son boulot. Comme je rapportais peu d'argent à la maison, il a gardé son poste jusqu'à ce que je décroche un emploi permanent dans un collège privé. À ce moment, il était au bord de la dépression. Nous en avons discuté et il a pris la décision de retourner aux études pour suivre une formation d'ingénieur minier, un domaine qui l'avait toujours intéressé. Enfin, il a obtenu ce travail à Fermont qui a changé nos vies. J'ai d'abord cru que cette expérience serait bénéfique pour notre couple, même si elle nous éloignait de nos familles – la mienne se résumant à ma mère et à mon demi-frère, Jordan, qu'elle a eu avec Charles, son deuxième mari, avec qui elle est toujours. Finalement, nous avons changé, oui. Nous sommes devenus des adultes et, à travers ce processus, peut-être nous sommes-nous perdus.

– Je comprends ce que tu ressens, Jasper. Mais laisse-moi encore un peu de temps. J'ai besoin de digérer tout ça. Je ne sais plus où j'en suis.

– Prends ton temps, Jill. J'espère que tu me pardonneras. Et qu'on pourra rester amis.

– Hum…

C'est tout ce que j'arrive à dire. J'ai hâte que cette conversation se termine.

– Je pensais passer chercher quelques affaires demain, mais si tu préfères un autre jour…

– Non, ça va. Avise-moi simplement de l'heure exacte avant de venir. Question que je te laisse le champ libre.

– D’accord. Et, euh… as-tu commencé à chercher un endroit où rester ?

Le fait qu’il me laisse sans logement ajoute à l’odieux de la situation et je sens la colère remonter.

– Bye, Jasper.

Le cœur lourd, je me traîne jusque dans ma cuisine pour brancher la bouilloire, l’esprit agité par mille pensées. Des souvenirs. Des regrets aussi. Pour ce qui n’a pas été et pour ce qui ne sera jamais. Je suis triste, mais bizarrement, je n’ai plus envie de pleurer.

CHAPITRE 8

Comme prévu, Jasper est passé ramasser quelques affaires pendant que je sortais faire des courses. À mon retour, j'ai eu un choc. Outre ses vêtements, il avait emporté son oreiller, une des tables de chevet et quelques menus objets, dont une lampe. Il avait aussi pris ses skis et son casque de moto qu'il conservait dans la chambre d'amis. Ne plus voir la plupart de ses vêtements dans la garde-robe, ni ses objets de toilette dans la salle de bain, a laissé mon cœur exsangue. J'ai ouvert un sac de chips et je l'ai vidé en entier avant d'aller me coucher.

J'ai réussi à dormir un peu. Le lendemain, après avoir téléphoné à ma mère, je suis repartie à la bibliothèque. En semaine, quand je ne travaille pas le soir, j'entre le matin à neuf heures, même si la bibliothèque est fermée. Ce sont là mes moments préférés. Dans le silence, je peux me concentrer plus facilement. Surtout lorsque je suis seule. Mario ou Amélie, selon leur horaire, me rejoignent généralement vers midi, à l'exception d'un matin par semaine où ils entrent en même temps que moi pour effectuer quelques tâches administratives.

J'ai presque terminé la première ébauche, très succincte, de mon plan triennal lorsque j'entends le grincement familier de la porte d'entrée extérieure. Je souris intérieurement. La veille, j'ai fait faire un double de ma clé que j'ai remise à Mario. Il a promis de ne pas la perdre cette fois-ci. Je jette un coup d'œil au bas de mon écran. Déjà presque midi. Je décide de me préparer un second café et de faire réchauffer le potage que j'ai apporté pour le dîner. En sortant de mon bureau, je tombe nez à nez avec Mario et… surprise ! Le bel inconnu entrevu trois jours plus tôt au P'tit bar. J'en reste sans voix.

– Salut, Jill, me lance mon collègue en ouvrant la porte de la garde-robe. En forme ?

– Euh, ça va, oui. Et toi ?

Debout à côté de Mario, l'inconnu m'examine attentivement pendant que j'essaie de reprendre contenance. Visiblement, lui aussi m'a reconnue et la chose semble l'amuser, car ses lèvres s'étirent en un demi-sourire. Je détourne le regard non sans avoir noté qu'à cette distance, dans la lumière du jour, il est encore plus séduisant que sous les lueurs tamisées du bar. Son manteau de sport gris anthracite, bien rembourré, lui fait de larges épaules et la capuche sertie d'une couronne de fausse fourrure fait ressortir le blond chaud de ses cheveux. Il semble s'être préparé à faire un sport d'extérieur, car il porte aussi un pantalon de ski noir et de grosses bottes généralement utilisées pour la motoneige. Mes yeux se posent à nouveau sur son visage et je remarque les fines rides sous ses yeux – gris, comme je le supposais – et les lignes creuses de son front quand il hausse les sourcils, comme il le fait maintenant. Je sais alors pourquoi il me semblait familier.

Mario confirme mon intuition tout en farfouillant sur une tablette.

– Jilliane, je te présente mon fils, David.

Puis, il s'exclame :

– Ah tiens ! Les voilà !

Il se tourne vers son fils en brandissant d'un air triomphant une paire de gants de motoneige noirs. Celui-ci les attrape d'une main.

– Super. Merci.

Sa voix est grave, légèrement teintée d'un accent anglophone. Il s'avance ensuite vers moi.

– Enchanté.

Je tends la main vers lui en lançant un « moi aussi » d'un ton que j'espère chaleureux et assuré. La large paume de David enserre mes doigts fins d'une poigne solide et ferme. Ses yeux plantés dans les miens, il esquisse un sourire et ses traits, un peu sévères au repos, s'éclaircissent. Je souris à mon tour.

– Contente de te rencontrer enfin.

Je sens une légère fébrilité me gagner sous l'intensité de son regard et je m'ordonne silencieusement de me détendre. Après tout, ce n'est qu'un être humain comme les autres. Peut-être est-il un peu plus agréable à regarder que la plupart d'entre nous, mais si ça se trouve, il est antipathique et désagréable.

– Mario m'a beaucoup parlé de toi, poursuit David en lâchant ma main pour enfiler un des gants de son père.

Il le retire aussitôt en hochant la tête, l'air de dire que ça ira.

– Ah oui ?

Je me demande ce que Mario a bien pu lui raconter. Mais plutôt que de le questionner davantage, la politesse m'incite à répondre que c'est la même chose pour moi.

– Vraiment ? réplique David en souriant franchement cette fois. Ça m'étonne.

– Euh… Bien… Peut-être pas tant que ça, finalement, concédé-je en rougissant.

Il lève un sourcil. Je m'empresse de préciser :

– Ton père est assez discret. Ce n'est pas son genre de raconter sa vie, comme tu le sais probablement.

Je sens que je m'enfonce. Mal à l'aise, je commence à me balancer d'un pied sur l'autre.

– Et qu'est-ce qu'il t'a dit au juste ? insiste David.

– Euh… Que tu travailles pour une compagnie internationale ? Et que tu ne viens pas souvent lui rendre visite.

Je sens que Mario m'observe d'un œil dubitatif. Je n'ose toujours pas le regarder de peur de subir ses foudres.

– En effet, je ne suis pas souvent dans les environs, admet David. J'ai tout du fils indigne.

Il lance à son père un regard narquois et celui-ci hausse les épaules.

– Je ne crois pas que cela intéresse Jill, réplique Mario d'un ton sec.

Pendant ce petit échange, Mario a retiré manteau, foulard et bottes. Assis sur le banc à proximité du placard, il termine de lacer ces solides chaussures de cuir noir.

– Bon, je dois aller faire la caisse, dit-il en se relevant. Tu peux rester si tu veux voir ce que je fais, ajoute-t-il à l'intention de son fils, mi-figue mi-raisin.

David reste muet quelques secondes, puis secoue la tête.

– Merci, mais ça va. Il commence à faire chaud, habillé comme ça. Je vais tester ta super motoneige, comme prévu.

Il se tourne vers moi.

– Content d'avoir fait ta connaissance, Jilliane. Si ça te dit, on pourrait aller prendre un verre un de ces jours.

Je pique un fard, surprise par sa proposition. Cet homme ne perd pas de temps. Et son accent anglophone est absolument charmant, bien que je ne comprenne pas d'où il vient, puisque ses parents sont francophones, que je sache.

Je réponds sans hésiter :

– D'accord. Quand tu veux.

Il incline la tête et lâche un « *Good* » avant de quitter l'administration à la suite de son père. Je reste plantée là quelques instants, les écoutant se saluer brièvement. Lorsque la porte claque enfin, je me précipite dans la bibliothèque.

– *My God,* Mario ! Tu ne m'avais pas dit que ton fils était aussi craquant !

Derrière le comptoir, Mario plisse le front en ouvrant le tiroir-caisse.

– Désolé, je ne savais pas que cela t'intéresserait, rétorque-t-il en retirant l'argent de la caisse. C'est important ?

– Ben, non… mais, c'est juste qu'il est très… il paraît bien, quoi !

Et je précise avec un demi-sourire, dans l'espoir de le dérider un peu :

– Comme son père !

Mario me glisse en regard par en dessous.

– Je sais très bien ce que tu fais. Tu essaies de me flatter pour me soutirer des informations.

Je proteste :

– Bien sûr que non ! Je respecte ton intimité. Ce n'est pas parce que je te raconte tout de ma vie que tu dois faire de même.

– Bien tenté, répond Mario, imperturbable.

Je le rejoins derrière le comptoir.

– Allez, le supplié-je. Il y a bien quelque chose que tu peux me dire sur lui. N'importe quoi, je ne suis pas difficile. Il est marié ?

– Je croyais que tu étais en peine d'amour.

Je fais claquer ma langue.

– C'est très gentil à toi de me le rappeler…

J'ai honte tout à coup. Ça ne fait même pas une semaine que mon amoureux m'a quittée et l'espace d'un instant, cela m'était complètement sorti de l'esprit. Instantanément, je suis à nouveau submergée par la peine.

– Je suis stupide, excuse-moi.

Mario se montre surpris.

– Seigneur, il t'a vraiment fait de l'effet, hein ?

– Ben, ça vient de me passer.

Je m'attarde à cet environnement si familier qui me sert trop souvent de refuge. À cette heure, le soleil est à son plus haut dans le ciel et ses chauds rayons percent le double vitrage des fenêtres pour s'étaler jusqu'à la moitié de la pièce. Les rangées de livres aux dos de toutes les couleurs forment un labyrinthe scintillant. J'ai envie de m'y plonger, de les ouvrir tous, à l'affût de celui qui saura me transporter hors de ma réalité. Depuis ma plus tendre enfance, j'aime les bibliothèques publiques. Mais, à mon grand désarroi, elles sont en train de se transformer en quelque chose que je suis incapable de qualifier pour le moment. Tout ce que je sais, c'est qu'un endroit comme celui-ci, avec sa moquette élimée, ses rayonnages usés, bourrés à leur maximum, et son mobilier vieillot est voué à disparaître. Tout comme le relatif silence qui y règne encore.

Mario a terminé de compter la caisse et note soigneusement le montant à déposer sur le bordereau de dépôt en détaillant les billets et les pièces. Comme le prévoit la procédure, il a conservé cent dollars en petites coupures et monnaies pour les transactions à venir de la journée. Il vérifie ensuite le montant du dépôt avec le relevé de caisse et hoche la tête de satisfaction. Sa tâche achevée, il referme le tiroir-caisse et me dévisage, les mains sur les hanches.

– Écoute, Jilliane, je ne sais pas pourquoi David t'a invitée à prendre un verre, et je ne vais pas te dire quoi faire, mais… sois prudente. Mon garçon a tendance à ne pas s'attacher. Ni à une fille ni à sa famille. C'est un jeune homme très indépendant.

– Ne t'en fais pas. Je n'ai pas du tout la tête à ça. Jasper est venu chercher ses affaires, hier, et ça me fait encore tout drôle.

– Tu l'as vu ?

Je secoue la tête.

– Non. Je suis sortie un peu avant qu'il arrive. Mais… nous avions pas mal discuté la veille au téléphone.

– Et qu'est-ce qu'il t'a dit ?

Je pince les lèvres en une moue désabusée avant de répondre.

– Qu'il avait changé ! Qu'il ne désirait plus la même chose que moi. C'est-à-dire se marier, acheter une maison, avoir des enfants… Et qu'il ne m'aimait plus comme avant…

Bien que je commence à me faire à l'idée, ma voix trébuche sur les derniers mots.

– Je suis désolé, commente Mario sur un ton compatissant. C'est dommage, mais ce sont des choses qui arrivent. Les gens changent.

Je pousse un soupir, les yeux dans le vague.

– Je sais. J'étais sous le choc quand il est parti. Je n'arrivais pas à le croire. Je lui en voulais et j'étais dévastée. Mais maintenant, je suis seulement… triste. Notre discussion m'a fait comprendre que j'avais changé aussi. Avant, j'avais peur d'y réfléchir à cause de ce que cela impliquait. À la place, je me suis accrochée à ce désir d'avoir un enfant. Inconsciemment, je devais croire que cela nous rapprocherait.

J'émets un rire embarrassé.

– Tout ça est tellement cliché.

– C'est sûr. Mais c'est humain aussi.

Il marche vers moi et m'étreint de ses bras solides. La tête sur son épaule, je savoure l'odeur piquante de son après-rasage.

– Ne te décourage pas. Tout est encore possible. Tu es jeune et tu as l'avenir devant toi.

– Ça aussi, c'est cliché, marmonné-je, le nez dans son chandail.

Puis, je me redresse.

– Bon, je vais dîner.

Je prends un ton professionnel.

– N'oublie pas le décalage dans les romans adultes. C'est vraiment serré. Nous allons sortir plusieurs nouveaux titres cette semaine et il faudra faire la rotation avec le présentoir des nouveautés. J'ai prévu de l'élagage dans les prochaines semaines, ce qui devrait nous donner un peu d'air.

Mario me fait un salut militaire.

– C'est déjà planifié. J'ai demandé à Hugo de s'en occuper ce soir.

Je hoche la tête.

– Super. À tout à l'heure, alors.

Je quitte le comptoir et Mario fait de même en attrapant au passage un chariot de retours à moitié rempli. Il entreprend de reclasser les livres sur les tablettes pendant que je reste plantée devant une affiche encadrée qui fait mention de l'inauguration de la bibliothèque, vingt ans plus tôt. Je songe qu'il va me falloir contacter quelques collègues de Montréal pour élaborer ma vision de modernisation.

Il est presque deux heures et je sèche toujours sur mon plan lorsqu'une conversation animée dans la bibliothèque attire mon attention. De mon bureau, j'entends les bruits ambiants, mais cette fois, je perçois quelque chose d'inhabituel dans l'échange. Je crois reconnaître la voix de madame Beauchemin, bien qu'elle soit un tantinet plus suraiguë que d'ordinaire, si cela est encore possible.

Âgée d'une soixantaine d'années, Jeannette Beauchemin, qui ne m'est pas particulièrement sympathique, figure parmi les premiers abonnés de la bibliothèque. Elle travaille à l'hôtel et habite dans le mur depuis plusieurs années, au même étage que l'ancienne directrice, madame Picotte. Selon ses dires, elle a toujours fréquenté régulièrement l'établissement, mais depuis l'arrivée de Mario, son assiduité est exemplaire. Je la soupçonne d'être une fervente admiratrice de mon collègue. Il faut dire à sa décharge que les hommes de cet âge qui n'ont pas trente livres de trop et les artères encrassées, ça ne court pas les rues. Le bar de danseuses nues avec ses tonneaux de bière est pas mal plus fréquenté que le gym ou l'aréna.

Je demeure immobile sur ma chaise, tentant de saisir quelques mots dans la discussion qui a lieu, mais c'est peine perdue. Quand s'élève une exclamation de surprise de la part de Mario, je n'en peux plus. Je me lève, dévorée par la curiosité.

– Qu'est-ce qui se passe ? demandé-je d'un ton inquisiteur en poussant la porte de l'administration.

Madame Beauchemin fait face à Mario, derrière le comptoir. Ses cheveux, colorés en mauve, sont coupés en un carré sévère au-dessous du menton. La dernière fois que je l'ai vue, ils étaient roses et, à mon avis, c'était beaucoup plus flatteur pour son teint.

– Ça vous va bien, cette couleur, dis-je néanmoins poliment lorsqu'elle se retourne vers moi.

Elle m'adresse un sourire pincé, comme si elle se doutait que je mens.

– Merci, laisse-t-elle échapper du bout des lèvres.

J'observe un moment son petit manteau de cuir beige qui la serre comme une veste de contention pour résidents d'une aile psychiatrique.

– Jilliane ! lance Mario avec un air catastrophé. Tu ne devineras jamais ce que madame Beauchemin vient de m'annoncer !

Je les regarde tour à tour. Le visage poudré de madame Beauchemin est rougi par l'excitation et Mario semble un peu sonné.

– Effectivement, je ne devine pas. Que se passe-t-il ?

Mon collègue jette un regard interrogateur à notre abonnée des premiers jours et celle-ci hoche la tête, signifiant ainsi qu'il peut parler. Son casque de cheveux mauve bouge avec elle et je remarque que son rouge à lèvres fuchsia déborde légèrement sur les ridules autour de sa bouche.

– C'est fou ! Tu ne le croiras pas !

J'attends la suite.

– C'est madame Picotte. Elle a été assassinée !

– Dans sa cuisine, précise madame Beauchemin avec un rictus.

Pour la seconde fois de la journée, je reste sans voix.

CHAPITRE 9

Nous sommes en train de discuter avec animation au comptoir de prêt quand la cloche de la porte d'entrée tinte. Dans un ensemble parfait, nous levons tous les trois les yeux vers l'homme au teint foncé et aux traits autochtones qui s'avance. Vêtu d'un épais pantalon bleu et d'une parka noire au logo de la Sûreté du Québec, il est brun, grand, costaud et à peine plus âgé que moi. Le policier jette un bref regard autour de lui avant de se diriger vers nous d'un pas assuré. Je me redresse aussitôt en arborant un air sérieux.

– Bonjour, dit-il avec un léger signe de tête en notre direction.

Nous le saluons en chœur. Un bref silence s'ensuit.

– Je suis venu rencontrer, euh, attendez un instant…

Il plonge la main dans la poche de son manteau et en ressort un minuscule calepin qu'il ouvre d'une chiquenaude. L'espace d'un instant, je me crois dans un film.

– Madame Jilliane Henry, lit-il d'une voix grave.

Il referme son calepin et le replace dans sa poche. Je m'avance en levant une main, comme si j'étais en classe.

– C'est moi.

Il hoche la tête.

– Bonjour, madame Henry, je peux vous parler en privé quelques minutes ?

– Bien sûr… Vous voulez qu'on aille dans mon bureau ?

– S'il vous plaît.

Je l'invite à me suivre et nous poussons la porte de la section administrative sous les yeux attentifs de Mario et de Jeannette Beauchemin. Je désigne au jeune policier la chaise devant mon bureau de travail et je me glisse dans mon fauteuil.

L'homme se présente.

– Inspecteur Éric Coon.

Je le salue et me retiens de lui demander s'il est parent avec le représentant bien connu de la communauté crie.

– Que puis-je faire pour vous, inspecteur ?

– C'est au sujet de Colette Picotte. Vous a-t-on appris la nouvelle ?

Je hoche la tête.

– Tout juste. Madame Beauchemin que vous avez vue dans la bibliothèque vient de nous en informer. Elle a dit à mon collègue qu'on l'avait trouvée assassinée chez elle. C'est vrai ?

Je le regarde avec inquiétude. Il faut dire que je n'arrive toujours pas à y croire.

– C'est exact, acquiesce le policier, le visage impassible.

Je ne peux m'empêcher de le questionner.

– Qu'est-ce qui vous fait dire qu'elle a été assassinée ?

– Elle a reçu un violent coup sur la tête avec une poêle à frire, qu'on a retrouvée par terre, près du corps. Je doute qu'elle se soit assommée elle-même.

Un moment, j'ai l'impression qu'il blague.

– Le choc a été fatal, précise-t-il.

Bon. Il ne blague pas. Je porte la main à ma bouche, horrifiée.

– C'est vrai ? Mais c'est horrible !

– C'est tragique, en effet, admet le policier.

– Mais qui a bien pu faire ça ?

– C'est pour découvrir cela que je suis ici, madame Henry. Vous connaissiez bien madame Picotte ?

Je m'agite sur mon siège.

– Moi ? Pas vraiment, non. Comme vous le savez probablement, c'était l'ancienne directrice de la bibliothèque. Nous avons travaillé ensemble environ un mois, le temps qu'elle me forme avant son départ à la retraite.

– Et que savez-vous d'elle ?

Je réfléchis un peu, soucieuse de pouvoir lui être utile.

– Eh bien, qu'elle était divorcée et qu'elle vivait seule dans l'un des appartements du mur. Elle avait un fils, je crois.

– Savez-vous si elle était proche de cet enfant ?

– Selon mon impression, pas tellement. Mais j'ignore pourquoi. Il faut dire qu'elle ne parlait pas beaucoup d'elle en général.

– Que savez-vous d'autre ?

– Hum... qu'elle était toujours employée par la Ville. Elle faisait des remplacements à certains postes, mais j'ignore lesquels. Cela devait être temporaire, mais à cause de la pénurie de main-d'œuvre, elle ne s'est jamais arrêtée. Il faudrait vous adresser au directeur général.

Le policier pose son calepin sur ses genoux.

– Elle avait aussi un chat. Il s'appelle Fripon.

Je secoue la tête, subitement attristée.

– Pauvre chat ! Qu'est-ce qui va lui arriver ?

Une image surgit dans mon esprit. Je vois le corps de madame Picotte allongé par terre face contre le sol et un gros chat noir qui tourne autour en poussant de lugubres miaulements parce qu'elle ne lui a pas donné ses croquettes du matin. Je me sermonne mentalement de penser à un animal alors qu'une pauvre femme s'est fait assassiner.

Ma question semble surprendre le policier, qui me fixe.

– Euh… je ne sais pas. Quelqu'un s'en occupera, j'imagine.

Je repense au beau Fripon que l'ancienne directrice avait l'habitude d'amener à la bibliothèque et qui en était devenu un peu la mascotte, à l'image de Dewey le chat[2]. Pour ma part, je trouve Fripon encore plus adorable ! Son épaisse fourrure noire aux reflets chocolat est si douce qu'on a envie d'y enfouir son visage et la couronne de longs poils autour de son cou lui donne l'allure d'un petit lion. Ses yeux verts, ronds comme des billes, affichent généralement un air étonné, sauf quand il les plisse en une mince fente pour vous observer comme une potentielle proie.

J'ai soudain une folle envie de récupérer Fripon.

– Il est encore à l'appartement ? Je peux m'en occuper si personne ne le veut.

Visiblement déstabilisé par mon intérêt pour ce chat, l'inspecteur ouvre la bouche et la referme sans répondre. Puis, il baisse les yeux sur son calepin. Je me permets d'insister.

– Quelqu'un l'a peut-être déjà apporté au poste ? Ou chez le vétérinaire ?

---

2. En 1986, dans la ville de Spencer, en Iowa, une bibliothécaire a trouvé un matin d'hiver un chaton abandonné dans la chute à livres de la bibliothèque. Ses collègues et elle ont recueilli le chaton transi et Dewey, nom donné en référence au système de classement décimal des livres en bibliothèque, est rapidement devenu la mascotte de l'institution, puis la vedette de la ville. Sa propriétaire, Vicky Miron, a écrit son histoire dans un livre qui porte son nom.

– Euh, au poste, je crois. Ma collègue, peut-être.

– Vous lui direz que je peux prendre le chat ?

– Euh… D'accord. Bien sûr… Si personne ne le réclame.

Satisfaite, je croise les mains sur mes genoux en attendant que mon invité poursuive. L'inspecteur Coon toussote et fouille à nouveau ses poches, probablement à la recherche d'un stylo. Je lui en donne un.

– Merci, dit-il en tendant le bras. Je dois avoir laissé le mien dans le véhicule. Alors, est-ce que..., savez-vous si madame Picotte avait des ennemis ? Quelles étaient ses fréquentations ?

– Je n'en sais rien. Franchement, nous n'avons pas tellement sympathisé. C'était une femme sévère et les employés m'ont laissé entendre qu'elle pouvait être très contrôlante. Mais elle avait aussi ses qualités, bien sûr. À ce sujet…

Je fais un geste de la main en pointant le mur derrière moi.

– Vous devriez interroger madame Beauchemin, la dame qui était avec nous quand vous êtes entré. Elles se connaissaient depuis des années.

L'inspecteur approuve.

– Je le ferai. Mais d'abord vous, que pensez-vous de madame Picotte plus précisément ?

– Eh bien… que c'était une femme dure, à l'esprit étroit, dis-je franchement. Je l'ai entendue émettre quelques commentaires racistes pendant les semaines où j'ai travaillé avec elle.

– Quel genre de commentaires ? interroge le policier en prenant des notes.

Je reste muette.

– Sur les Autochtones ? suggère l'inspecteur, en relevant la tête.

Face à mon trouble, une lueur amusée flotte dans le regard du policier, ce qui le rend tout de suite plus sympathique. J'acquiesce lentement, consciente que, vu ses traits, sans compter son patronyme, l'inspecteur Coon a du sang indien dans les veines.

– Continuez, s'il vous plaît, lance-t-il imperturbable. Avez-vous des exemples de commentaires ?

– Euh… que les Indiens sont tous des alcooliques ? Et qu'ils sont paresseux. Je tiens à préciser que ce n'est pas du tout mon opinion.

Le policier m'observe avec un sourire.

– Ne vous inquiétez pas, ce n'est pas la première fois que j'entends ce genre de propos.

– Ah, euh… Tant mieux. Je veux dire…

Je rougis d'embarras avant de rectifier :

– Je veux dire qu'en effet, vous avez probablement entendu cela souvent.

– Autre chose ? demande l'inspecteur sans réagir.

Je tente de me rappeler d'autres informations, mais mon cerveau me paraît vide.

– Je ne sais pas… Elle avait une vie rangée à ce qu'il me semble. Elle ne buvait pas, ne fumait pas... Elle n'avait pas de conjoint non plus, je crois…

Je suis distraite par la jambe droite de l'inspecteur qui s'est mise à tressauter.

– Quand l'avez-vous vue pour la dernière fois ?

Je réfléchis.

– Il y a deux ou trois semaines environ. Mais, elle est peut-être venue à la bibliothèque en mon absence. Je peux consulter son dossier d'abonnée, si vous voulez. Nous saurons la date à laquelle elle a fait sa dernière transaction.

– Faites, s'il vous plaît.

J'ouvre un logiciel et j'effectue une recherche au nom de Colette Picotte pour retracer son numéro d'abonnée. Puis, je consulte son dossier. Je constate qu'elle a emprunté des livres le vendredi précédent. Je tourne l'écran vers le policier.

– Elle est venue le vendredi 1er décembre. Elle a emprunté trois livres. Il était dix-neuf heures trente-deux minutes exactement.

– Qui travaillait à ce moment-là ? demande encore l'inspecteur Coon en se penchant pour examiner les écritures.

– Hugo. Notre employé étudiant.

– Son nom complet ?

– Hugo Roy-Desjardins.

– Merci.

Il note l'information pendant que je fais une recherche avec le code à barres de l'un des documents qu'elle a empruntés pour en retrouver le titre. Je ne peux retenir une exclamation de surprise. L'inspecteur lève vers moi un regard interrogateur.

– Qu'y a-t-il ?

– C'est bizarre, dis-je, perplexe.

– Qu'est-ce qui est bizarre ?

– Un des livres qu'elle a empruntés lors de cette visite. Ce n'est pas son genre de lecture.

– Pourquoi dites-vous ça ?

– C'est un documentaire sur les nazis.

– Et cela vous étonne ?

– Beaucoup. Elle ne lisait que des romans sentimentaux. À moins qu'elle n'ait fait cet emprunt pour quelqu'un d'autre…

Le policier s'arrête, songeur.

– Vous pouvez me donner le titre exact des derniers livres qu'elle a empruntés ? Nous allons vérifier s'ils se trouvent dans son appartement.

Je m'exécute. Les deux autres titres sont, comme je le prévoyais, de banals romans à l'eau de rose.

– Et votre employé étudiant, quand pourrais-je venir le voir ?

Je consulte le fichier Excel que j'utilise pour inscrire les horaires de travail et l'informe de la prochaine présence d'Hugo.

L'inspecteur Coon se lève et range son calepin dans la poche intérieure de sa parka.

– Parfait. Merci pour ces informations, madame Henry. Il est possible que je doive vous interroger à nouveau pour les besoins de l'enquête.

J'acquiesce.

– Sans problème.

Je me lève à mon tour pour le raccompagner.

– Dites-moi, inspecteur…

– Oui ?

– Il me semble qu'il y a rarement des meurtres ici, je me trompe ?

Pour la première fois, il me fait un vrai sourire.

– Non, vous avez raison. Il est vrai que, statistiquement, le taux de criminalité a un peu augmenté ces dernières années, mais la population aussi. En comparaison avec d'autres villes de taille similaire, le nombre de meurtres demeure peu élevé. Vous n'avez pas à vous inquiéter.

– Je ne m'inquiète pas, dis-je en secouant la tête.

Puis, j'ajoute plus franchement :

– Enfin, peut-être un peu.

– Voici ma carte. Appelez-moi si vous vous rappelez quoi que ce soit.

Je prends la carte qu'il me tend après l'avoir extirpée de son portefeuille.

– Merci, dis-je en glissant celle-ci dans le tiroir de mon bureau.

Nous traversons la bibliothèque en direction de la sortie, puis il me salue et pousse la porte pour se rendre dans un véhicule de police stationné à quelques mètres de là, dans un endroit interdit. Je suis convaincue que la présence d'une voiture à gyrophares a attisé la curiosité des habitants du mur et qu'ils sont quelques-uns à le regarder démarrer le moteur par leur fenêtre. L'espace d'un instant, la pensée m'effleure que nous allons peut-être augmenter notre taux d'abonnement. Ils vont tous se ruer chez nous à la première occasion pour tenter de nous soutirer des informations.

Je secoue la tête pour chasser ces pensées indignes d'une directrice respectable et me détourne de la vitre en frissonnant. L'unité de chauffage archaïque placée dans l'entrée fonctionne à plein régime, mais l'air glacial s'engouffre tout de même par tous les interstices de la porte désuète. J'ai très froid tout à coup.

CHAPITRE 10

Mario est toujours planté derrière le comptoir de prêt face à madame Beauchemin qui, je ne l'avais pas remarqué plus tôt, porte aussi un pantalon noir bien trop moulant pour son âge et ses jambes maigrichonnes. Avec ses pieds chaussés de bottillons à talons compensés et ses genoux cagneux, elle a l'air d'une sauterelle anorexique.

– Viens là, chérie, me lance-t-elle avec un geste impérieux de la main. Raconte-nous tout.

Chérie ? Pour qui elle se prend ? Dès que je les ai rejoints, Mario me questionne.

– Qu'est-ce qu'il t'a dit ?

Je m'efforce d'ignorer les brindilles qui tiennent lieu de jambes à madame Beauchemin et me concentre sur mon collègue en tâchant de conserver un ton professionnel.

– L'inspecteur Coon m'a interrogée à propos de madame Picotte. Je lui ai dit ce que je savais, c'est-à-dire pas grand-chose.

J'ouvre les bras en signe d'impuissance.

– Je lui ai suggéré de vous parler, madame Beauchemin, puisque vous la connaissiez depuis longtemps.

Cette dernière s'appuie contre le comptoir et me regarde en plissant les yeux. Elle éprouve peut-être des problèmes oculaires ? Sa main glisse lascivement sur la surface en direction de Mario, lequel se tient très droit, à bonne distance de l'abonnée.

– Je ne la connaissais pas si bien, rectifie l'interpellée d'une voix éraillée en se redressant.

Puis, une lueur d'inquiétude passe dans son regard.

– Vous pensez qu'il va venir chez moi ?

Je confirme d'un signe de tête.

– Sans doute.

Je l'examine avec attention, surprise par son expression. Ses petits yeux fardés clignent rapidement et elle se tient toute raide maintenant. Je jette un coup d'œil à Mario, dont l'expression du visage m'indique qu'il partage mon étonnement.

– Ben voyons, Jeannette ! Pourquoi vous dites ça ? Vous connaissiez Colette depuis au moins une quinzaine d'années. C'est vous-même qui me l'avez dit. Vous en savez plus sur elle que Jilliane et moi réunis.

Jeannette ? Je dévisage Mario qui reste imperturbable.

– Vous m'avez souvent parlé de son fils d'ailleurs.

– Je l'ai bien rencontré quelquefois, admet madame Beauchemin, mais je ne sais pas grand-chose sur lui. À part que c'est un bon à rien, d'après sa mère.

– C'est déjà ça, dis-je en souriant. Savez-vous s'il habite la région ?

– Aux dernières nouvelles, non. Je crois qu'ils n'avaient plus de contacts. C'est tout ce que je sais, s'empresse-t-elle de conclure, comme si elle en avait déjà trop dit. Nous étions beaucoup moins proches que vous semblez le croire. Surtout ces dernières années.

Elle serre autour d'elle les pans de son manteau et pose sur moi son regard charbonneux.

– Ce policier, me questionne-t-elle d'un air dégagé, il vous a donné des détails sur le meurtre ?

– Pas vraiment.

– Hum...

Puis sa voix reprend son intonation mielleuse.

– Tu as enregistré mes prêts, mon beau ? demande-t-elle en pointant une pile de livres sur le comptoir.

Mario secoue la tête et prend sa carte d'abonnée sur le dessus de la pile.

– Je le fais tout de suite.

Je ne peux pas m'empêcher de trouver l'attitude de madame Beauchemin étrange. Hésitant à les laisser à leur transaction, je demande nonchalamment :

– Et vous, quand avez-vous appris la nouvelle ?

– Ce matin. C'est l'un des préposés à l'entretien des chambres qui me l'a dit, répond-elle en évitant de me regarder.

– Ah. C'est lui qui a découvert le corps ?

Cette fois, elle me détaille sans aménité.

– Vous faites votre propre enquête ? lance-t-elle d'un ton aigre.

Je souris sans répondre. Je ne vais quand même pas lui dire que Fripon retient davantage mon attention que sa propriétaire elle-même. Mon interlocutrice balaie l'air de la main.

– Je ne sais pas trop. J'imagine que c'est son nouveau compagnon qui l'a trouvée, précise-t-elle.

Je réprime un hoquet de surprise.

– C'est vrai ? Je croyais qu'elle vivait seule.

– Pourquoi ? Elle n'avait pas la tête à vivre avec quelqu'un ?

Je me raidis devant le ton accusateur.

– Si elle vivait avec un homme, il y a de fortes chances que ce soit lui le coupable.

– Ils ne vivaient pas ensemble, tranche-t-elle. Il venait la visiter de temps à autre.

– Vous voyez ? Vous en savez quand même pas mal. Vous allez sûrement pouvoir aider ce pauvre policier.

Madame Beauchemin ignore sciemment ma dernière réplique et se tourne vers Mario, qui lui remet la pile de documents démagnétisés et maintenant enregistrés à son dossier. Elle glisse les livres un à un dans un gros sac de toile épaisse, puis remercie mon collègue avant de se diriger vers la sortie intérieure en flageolant sur ses talons. En passant devant moi, elle esquisse un bref salut de la tête et ses lèvres pincées s'étirent avec effort en un demi-sourire.

– Bonne journée, Jilliane.

– Bonne journée, madame Beauchemin.

Dès qu'elle passe la porte, je me précipite vers Mario.

– Qu'est-ce que tu en penses ?

– Que ce meurtre est horrible ? répond-il en se grattant le crâne.

Je le rejoins derrière le comptoir.

– Bien sûr ! Mais je parlais de madame Beauchemin. Tu ne trouves pas qu'elle a réagi de façon bizarre ?

– Madame Beauchemin est toujours bizarre, Jill, rétorque-t-il en croisant ses bras sur sa poitrine.

– Je sais bien, mais là... On aurait dit qu'elle voulait nous cacher quelque chose.

Mon collègue m'observe de ses yeux pétillants.

– À mon avis, tu lis trop de polars, dit-il sur un ton amusé.

– Peut-être bien...

Je me mordille les lèvres, songeuse, avant de secouer la tête avec conviction.

– Non. Il ne s'agit pas de mon imagination. Ton amie Jeannette a changé d'attitude dès l'instant où le policier est entré. Et je me demande bien pourquoi…

Mario lève les yeux au ciel, puis attrape le chariot de documents à reclasser derrière lui et le pousse en me frôlant au passage.

– Fais attention, Jill, me sermonne-t-il. On parle quand même d'un meurtre ici. Ne va pas te mêler de ça.

Je tourne les talons pour le suivre.

– Ne t'inquiète pas. Je n'en ai pas du tout l'intention. Mais peut-être que madame Beauchemin a quelque chose à voir là-dedans.

Mario secoue la tête, découragé.

– Je peux travailler, maintenant, boss ?

– Mais faites, mon cher, dis-je en esquissant une révérence. Je serai sur mon trône si vous me cherchez.

Mario s'esclaffe et je m'enfuis en riant. J'ai bien hâte de raconter tout ça à Amélie demain ! Elle va regretter de ne pas avoir été présente aujourd'hui.

CHAPITRE 11

Je quitte la bibliothèque vers dix-sept heures en y laissant seul Mario, qui effectue sa soirée de travail. Dehors, la noirceur est déjà bien installée, mais les lampadaires et les lumières des commerces et des habitations repoussent la nuit au-delà du mur, là où la ville se fond dans la nature sauvage. Plusieurs résidents ont déjà installé des lumières de Noël à leurs fenêtres ou le long des toits de leurs maisons, et leurs multiples couleurs dansent dans la neige blanche, donnant à la ville un petit air de carte postale. Dans ma venelle, la première des maisons en rangée a même installé un traîneau illuminé sur son toit !

Mes pensées dérivent en direction du fils de Mario tandis que j'avance à pas lents. Songer à David me donne d'inexplicables chatouillements dans l'estomac. Cet intérêt subit pour un homme que je ne connais pas, au moment même où je vis une séparation difficile, me trouble un peu. Qu'est-ce qui m'arrive ? Alors que je suis au trente-sixième dessous, je ne peux m'empêcher de me demander comment s'est passée la journée en motoneige d'un quasi-inconnu. C'est pathétique.

Il faut dire que j'adore la motoneige. J'ai pratiqué ce sport pour la première fois l'hiver dernier avec Jasper. Pendant toute la saison, nous avons sillonné des kilomètres de sentiers ensemble, moi assise derrière lui, mes bras enroulés autour de son torse, les joues rosies de froid. Ces excursions figurent certainement parmi nos meilleurs moments ! Subitement, l'image de David, plus grand et plus costaud, se superpose à celle de mon Jasper, mais je la chasse rapidement. Seigneur ! Comment je peux avoir de telles pensées en ce moment ?

Lorsque j'arrive devant mon balcon, j'hésite. Ma maison me semble triste et sombre en comparaison des autres. Je n'ai pas envie de rentrer chez moi. Personne ne m'attend et le frigo est vide. Mes pieds pivotent d'eux-mêmes et sans réfléchir davantage, je fais demi-tour en direction du P'tit bar.

Dès que je pousse la porte, les lueurs scintillantes des guirlandes de Noël, l'ambiance chaleureuse et les conversations feutrées agissent comme un baume sur mon cœur esseulé. Je repère une table libre à deux places, collée contre le mur du fond. Je m'y dirige en évitant de regarder autour de moi pour ne pas avoir à saluer une connaissance. Ce soir, j'ai envie d'être tranquille et de me vider la tête.

Je viens à peine de m'asseoir et de retirer mon manteau quand une sonnerie retentit, assourdie par le solide cuir de mon sac. J'hésite avant de plonger la main dans le fouillis qui y règne pour attraper mon téléphone. Je n'ai pas l'intention de répondre, mais je dois quand même vérifier d'où provient l'appel, au cas où il s'agirait d'un problème à la bibliothèque. Zut. C'est ma mère. J'appuie sur le bouton au dernier moment.

– Maman ? Ça va ?

– Jill ! Est-ce que je te dérange ? Où es-tu ?

– Au P'tit bar. Excuse-moi, il y a beaucoup de bruit.

– Au bar ? Tu n'es pas en train de devenir alcoolique, au moins ?

– Oui, justement ! Je noie ma peine.

– Bon. De toute façon, je voulais juste te dire que j'arrive dans quelques jours.

Mon cerveau se bloque.

– Quoi ? Je pense que j'ai mal compris.

– Tu as très bien compris ! Je viens te visiter ! J'ai harcelé ton frère pour qu'il m'achète un billet d'avion sur Internet et ça y est ! Mon vol est… attends un peu…

J'entends un bruit de papier froissé.

– Ah ! Le voilà. Le 12 décembre à sept heures vingt-cinq, je serai à l'aéroport de Wabush. J'ignore où c'est ! Tu viendras me chercher ?

Je me frotte le front de ma main libre, sentant venir un mal de tête. J'aime beaucoup ma mère et cela me fait toujours plaisir de la voir, mais dans l'état mental où je suis, je ne suis pas certaine d'avoir envie de partager mon quatre et demie avec elle.

Je bredouille néanmoins :

– Euh, je suppose que oui.

– Tu supposes ?

– Je veux dire, bien sûr… Je viendrai te chercher. Je… tu restes combien de temps ?

– Jusqu'à Noël ! Il se pourrait même que Jordan vienne nous rejoindre avec Sabrina. Ce serait super, non ? On passerait Noël à Fermont !

Au secours ! Pas mon frère et sa copine en plus ! C'est un cauchemar. Je dors et je ne m'en rends pas compte.

– Je ne suis pas certaine que…

Ma mère me coupe.

– Ton enthousiasme me réjouit, ma fille. Je savais bien que cela te ferait plaisir. C'est ce que j'ai dit à Jordan.

Je proteste :

– Mais… ce n'est pas vraiment le bon moment. J'ai beaucoup de travail et je n'ai pas trop le moral, tu vois ? Je ne suis pas certaine que je serai de bonne compagnie. Et puis, je n'ai pas la place pour vous accueillir tous.

Ma mère balaie rapidement mes objections.

– C'est justement pour te remonter le moral que j'ai pris cette décision. Je me fais du souci pour toi, Jilliane. Ça te fera du bien de ne pas te morfondre dans ta peine.

Je sais que rien de ce que je pourrais dire ne la fera changer d'avis, alors je capitule.

– OK, c'est bon. J'irai te chercher à l'aéroport. Est-ce que Charles vient aussi ?

Si son conjoint l'accompagne, j'ignore comment je vais faire pour les héberger tous les deux. Il faudra que je leur laisse mon lit et que j'aille dormir sur une banquette à la bibliothèque.

– Non. Il a encore du travail. J'hésitais à le laisser seul, mais il m'a dit : « Millie, ta fille a besoin de toi. Vas-y et je te rejoindrai plus tard. » Ce ne serait pas merveilleux d'être tous réunis chez toi ?

Elle s'interrompt pour crier quelque chose à quelqu'un. À Charles, sûrement.

– Excuse-moi. Je voulais te dire aussi de ne pas t'inquiéter : j'ai loué une chambre d'hôtel. Tu me connais, j'aime bien avoir mon intimité. Je ne vais donc pas envahir ton espace.

Enfin une bonne nouvelle ! Je réprime une exclamation de satisfaction.

– À quel hôtel ?

Je demande pour la forme, car le choix d'hébergement est limité dans la région.

– À l'hôtel Fermont, me confirme-t-elle. J'ai pris la dernière chambre libre. Mais c'est dans le mur, tu savais ? Je pourrais aller te voir à la bibliothèque en pantoufles ! C'est pas cool, ça, comme vous dites ?

– Mmm. Je dois te prévenir, ce n'est pas le gros luxe, cet hôtel…

Ma mère éclate de rire.

– Ça ne fait rien, ça me rappellera ma folle jeunesse.

Je ne peux m'empêcher de sourire. Je commence à me faire à l'idée d'avoir ma mère ici, avec moi. Finalement, ce n'est pas si désagréable.

– Ça ne devait pas être beau à voir, cette folle jeunesse, dis-je. Écoute, je dois te laisser, je vais commander quelque chose à manger.

– Pas trop d'alcool, hein, ma fille ? J'ai bien hâte de te voir.

– Moi aussi, maman.

Nous raccrochons. Et comme si une surprise par jour ne suffisait pas, lorsque je lève enfin les yeux, je le vois, lui.

CHAPITRE 12

– Salut, Jilliane.

Troublée, je pose lentement mon téléphone sur la table et redresse le dos comme pour m'ajouter quelques centimètres. Il me domine de toute sa hauteur.

– Salut, David, dis-je avec une pointe de gêne dans la voix. Tu vas bien ?

Il hoche la tête. Il a toujours son manteau de sport, mais il a retiré son pantalon de neige pour laisser place à un classique jeans bleu. Ses cheveux clairs, visiblement malmenés par le casque de moto, sont en bataille, ce qui lui donne l'air plus jeune que ce matin. De toute évidence, il est également beaucoup plus détendu.

– Tu es toute seule ? demande-t-il d'un air dégagé.

– Je… Oui.

– Ah. J'ai parlé ce matin de t'inviter pour un verre, mais je ne croyais pas que ce serait si tôt, blague-t-il.

Il sourit et je me balance sur ma chaise, ne sachant quoi lui répondre. Je comprends soudainement qu'il attend que je lui propose de se joindre à moi. Et pourquoi pas ?

– Tu veux t'asseoir ?

Il hoche la tête et retire avec empressement son manteau, qu'il suspend au dossier de sa chaise. Cette fois, il est proprement vêtu d'un épais chandail gris avec un col en V, qui met en valeur la largeur de ses épaules. Dessous, on voit l'encolure d'un t-shirt blanc.

– Il y a des crochets libres à l'entrée si tu veux.

Il jette un œil à son manteau dont les manches traînent par terre et acquiesce avant de se lever pour aller le suspendre, ce qui me donne un peu de temps pour l'admirer et reprendre mes esprits. Je fais mine de ne pas remarquer sa silhouette musclée, mais je constate que les rares femmes qui nous entourent ne se gênent pas, elles, pour le détailler au passage. Je les comprends.

Lorsqu'il se rassoit, je cherche la serveuse des yeux pour me donner une contenance.

– Tu as commandé quelque chose ? me questionne-t-il.

– Pas encore. Je venais juste d'arriver.

Ce n'est pas la serveuse qui se pointe, mais Émile, le fils de quinze ans de Janie et Michel.

– Salut, Émile ! Tu fais serveur, maintenant ?

– Ouais. Je donne un coup de main. Maman est au lit avec la grippe.

Je compatis.

– Oh, je suis désolée. J'espère qu'elle ira mieux rapidement.

– Moi aussi. Il faut que j'étudie, sinon je vais rater mes exams.

J'évalue qu'il doit se trouver en troisième ou quatrième secondaire. Il prend un air sérieux en tournant la page de son bloc-notes.

– Alors, qu'est-ce qu'on vous sert ? demande-t-il, son crayon prêt à inscrire notre commande.

Je me retiens de rire. Il est mignon tout plein avec ses cheveux bruns coupés en brosse et sa chemise blanche. Je consulte David du regard.

– Je vais prendre une pinte de blonde, dit-il. N'importe laquelle.

– Un verre de vin rouge.

Émile note soigneusement.

– Vous allez manger aussi ?

– Moi oui, fis-je. Je ne sais pas pour toi ?

Je regarde David, qui confirme.

– Je meurs de faim !

– Tu peux nous apporter des menus, Émile ?

– OK.

Il glisse son calepin dans sa poche arrière et chaloupe entre les tables en direction du bar.

– Il est chouette.

J'acquiesce.

– Oui. Il est gentil. Toujours très poli. Janie dit qu'elle a de la chance d'avoir un garçon si serviable et responsable. En tout cas, il prend l'école au sérieux !

– Janie, c'est la propriétaire ?

– Oui. Avec son mari, Michel, qui est derrière le bar…

David se retourne discrètement pour observer Michel, un grand gaillard dans la quarantaine au crâne un peu dégarni et à la barbe rousse fournie, en train de servir un pichet de bière.

– Il a l'air sympa.

J'enchaîne avec ce que je sais sur Janie et Michel, soit qu'ils sont venus ici il y a une dizaine d'années, quand Michel s'est fait embaucher comme contremaître. Après que son fils eut passé le cap de l'enfance, Janie a eu envie d'ouvrir ce resto-bar pour offrir aux Fermontois du coin un autre choix que le bar de danseuses.

– Elle donne aussi des cours de hip-hop. Elle a une formation en danse classique, mais cela n'est pas très populaire ici.

Il rit.

– Je te crois.

Puis, il ajoute :

– Et toi ? Qu'est-ce qui t'a amenée si loin de la civilisation ?

J'espérais poursuivre plus longtemps cet échange de banalités, mais visiblement, David n'a pas l'habitude de tourner autour du pot.

– J'ai suivi mon ex-conjoint. Il s'appelle Jasper. Il est ingénieur chez Arctic Nord.

David hausse un sourcil.

– Il y a longtemps que vous n'êtes plus ensemble ?

Je compte machinalement les jours dans ma tête. Je me demande si je dois dire la vérité. Bah, de toute façon, qu'est-ce que ça change ? David va repartir bientôt et je ne le reverrai jamais.

– Huit jours, dis-je sur un ton neutre.

Maintenant, ses deux sourcils sont froncés. Heureusement, Émile revient avec nos boissons en équilibre sur un plateau. Je le complimente.

– Tu es très habile.

Il ne répond pas, concentré sur sa tâche. Une fois que les verres sont en sécurité sur la table, il nous tend les menus qu'il tenait sous son bras.

– Je vous laisse regarder.

Il effectue un petit signe de la tête avant de nous quitter.

– Un vrai pro, dis-je en espérant détourner la conversation.

Mais David est tenace.

– Et tu comptes faire quoi ?

Je m'interroge une fois de plus sur ce léger accent anglophone dans sa voix. Cela m'indique qu'il parle plus souvent en anglais qu'en français. Peut-être habite-t-il aux États-Unis ? Je prends une petite gorgée de vin pour me laisser le temps de penser à ce que je vais lui répondre. Oui, qu'est-ce que je compte faire ? Tenter de récupérer Jasper ? Rien d'autre ne me vient à l'esprit.

– Je ne sais pas. C'est tout récent, alors je n'y ai pas vraiment réfléchi. Je suis encore sous le choc de ce qui nous arrive. Mais il y avait un moment que nous éprouvions, disons, certaines difficultés.

Je ne vais quand même pas lui raconter à quel point j'ai été prise au dépourvu par la décision de Jasper ! Ni comment je ne songeais qu'à avoir un bébé pendant qu'il réfléchissait à la manière de me quitter. Je fixe mon verre de vin, mal à l'aise.

– Hum…

David sirote sa bière, l'air songeur. Mon regard dérive sur ses mains, puis sur ses bras posés sur la table. Ses poils sont presque roux sous la lumière artificielle et je remarque un petit tatouage sombre à l'intérieur de l'un de ses avant-bras.

– Désolé pour ta séparation.

Je lève les yeux.

– Merci.

Nos regards s'accrochent quelques secondes. Il se passe quelque chose, impossible de le nier. Il y a une certaine familiarité entre nous et la communication est facile, comme si nous nous connaissions déjà. L'énergie presque électrique qui se dégage de lui m'aspire, et je dois me retenir de tendre la main pour le toucher. J'ai le sentiment qu'il ressent la même chose. Nous échangeons un sourire embarrassé.

Je romps le silence.

– Et toi ? Tu vis avec quelqu'un ?

Il secoue la tête.

– Non. Je suis ce qu'on appelle un célibataire endurci.

Les paroles de Mario me reviennent en tête : « Sois prudente. Mon garçon a tendance à ne pas s'attacher. Ni à une fille ni à sa famille. »

– Et que fais-tu dans la vie ?

– Je suis mécanicien de machinerie lourde. Je travaille sur des chantiers étrangers pour une compagnie internationale. Actuellement, je vis en Afrique.

J'en suis bouche bée.

– C'est vrai ? Tu vis en Afrique ?

Il acquiesce.

– C'est un contrat de deux ans avec possibilité de prolongation. Nous sommes en train de faire des canalisations d'eau. J'y suis depuis plus d'un an maintenant.

– Et d'où vient ton accent anglais ?

– Ces dernières années, je n'ai pas souvent eu la chance de parler français. À Ajuba, au Nigéria, la plupart des gens parlent anglais. J'ai aussi travaillé dans l'Ouest canadien et aux États-Unis avant que ma compagnie me propose ce transfert. En général sur les chantiers où je travaille, les ouvriers sont de différentes nationalités et l'anglais est la langue commune à tous.

– Aimes-tu vivre là-bas ?

Il prend le temps d'avaler une gorgée de bière.

– Plus que je le pensais. D'abord, il fait soleil !

Il m'adresse un clin d'œil.

– Même si le plus souvent, il fait un peu trop chaud… Et puis, j'adore les Nigérians. Ils sont joyeux et chaleureux. Je me suis fait quelques amis et parfois, le soir, on *jamme* ensemble. C'est cool. Ce sont des musiciens nés pour la plupart.

– Et des danseurs nés aussi.

– C'est vrai. Pas mal plus que moi.

Je m'adosse à ma chaise avec un sourire en coin.

– Tu danses comme un manche à balai ?

– Pire que ça, confirme-t-il les yeux pétillants. Mais je joue très bien de la guitare.

Quand il sourit, de fines rides, comme celles de son père, mais moins prononcées, se dessinent autour de ses yeux. Il a aussi le même sourire franc. Je l'imagine bien autour d'un feu de camp, une guitare à la main, le visage caressé par les lueurs dorées des flammes.

C'est à son tour de se redresser.

– On regarde ce qu'on peut manger ? propose-t-il en attrapant le menu devant lui.

– D'accord.

Nous choisissons le hamburger maison, lui avec des frites et moi de la salade, puis nous passons la commande à Émile. La conversation se poursuit sur son travail et le mien. Il me parle aussi longuement de Demba, un bon ami qu'il s'est fait au Nigéria, et qui a surmonté plus d'épreuves en vingt ans qu'un homme en affronte habituellement dans toute une vie.

Il se dégage de David, au premier abord sûr de lui, beaucoup de sensibilité et d'humanité. C'est agréable et facile d'échanger avec lui. En même temps, j'ai l'intuition que cette apparente assurance et cette bonne humeur abritent un fardeau lourd à porter. Mais rien de cela ne transparaît dans ses mots.

Je me remémore les sorties au restaurant avec Jasper. Nous étions toujours à deux doigts de nous chamailler. Je devais faire des efforts pour ne pas lui dire de lâcher son téléphone ou pour m'intéresser à ses anecdotes d'ingénierie. Avec David, je n'ai pas besoin de me forcer. Mon intérêt est réel et il n'y a pas la moindre trace d'un téléphone à ses côtés.

Lorsque nous nous préparons à partir, David insiste pour payer.

– Laisse, dit-il en ramassant la facture. Je t'invite.

– Mais…

– Ça me fait plaisir, me coupe-t-il. J'ai apprécié ta compagnie.

– Merci, dis-je sans protester davantage. J'ai beaucoup apprécié ta compagnie moi aussi.

Il se penche vers moi. Ses yeux gris, si clairs, m'observent avec ce qui m'apparaît être un mélange de douceur et de fermeté.

– Il faudra qu'on remette ça bientôt, alors.

J'acquiesce d'un signe de tête.

Dans le hall d'entrée, David m'aide à mettre mon manteau avant d'enfiler le sien. Il passe ensuite devant moi pour m'ouvrir la porte. J'ai déjà fait un pas à l'extérieur lorsque je fige sur place. Devant moi se tient Jasper. Et dans son dos, j'aperçois Amélie, un air d'excuse sur le visage.

CHAPITRE 13

Jasper a l'air aussi stupéfait que moi.

– Jill, s'exclame-t-il en reculant d'un pas. Je ne m'attendais pas à te voir ici.

– Salut, Jasper.

– Tu vas bien ?

Mentir ne m'a jamais fait peur.

– Super et toi ?

J'entends quelqu'un crier au loin :

– *Fuck !* La porte !

Je réalise que David est toujours derrière moi ; je bloque l'entrée, l'empêchant de sortir. J'avance de quelques pas, me déplaçant de côté pour conserver une saine distance entre mon ex et moi. Nous sommes maintenant tous les quatre dehors à nous geler les fesses sous les lumières du stationnement. J'évite de regarder Amélie, qui n'a pas encore dit un mot, mais je ne peux m'empêcher d'observer Jasper. Il a l'air fatigué. Ses cheveux bruns sont un peu trop longs sur ses oreilles et ses yeux sombres sont cernés. En comparaison avec David, il m'apparaît frêle et aminci. Mon cœur se serre.

C'est mon amie qui brise le silence inconfortable qui s'est installé entre nous.

– Jasper n'avait pas le moral, m'explique-t-elle. Il m'a appelée pour m'inviter à prendre un verre.

– Oui. J'avais besoin de parler à quelqu'un, renchérit mon ex.

– Je comprends, dis-je machinalement.

Sous l'effet de la surprise, mon cerveau tourne au ralenti. Je savais qu'Amélie et Jasper s'entendaient bien, mais je n'aurais pas imaginé les voir ensemble, surtout à ce moment précis. Prenant l'initiative, David s'avance et tend la main à Amélie.

– Bonsoir. Je suis David, le fils de Mario.

– Vous êtes le fils de Mario ? répète Amélie en me jetant un regard étonné.

Je peux presque voir les rouages de son cerveau se mettre en branle.

– Wow ! Enchantée de vous rencontrer, David, enchaîne-t-elle en serrant sa main.

– Tu peux me tutoyer, répond David en riant.

Amélie porte ses mitaines roses avec son manteau de duvet blanc, serré à la taille par une ceinture. Ses cheveux roux s'étalent sur ses épaules en douces vagues. Je remarque qu'elle s'est maquillée, ce qu'elle fait rarement.

Mon ex s'avance à son tour.

– Jasper, dit-il simplement en avançant le bras.

Les deux hommes échangent une poignée de main. David dépasse Jasper d'une bonne tête.

– Content de te rencontrer, Jasper.

Je croise les yeux écarquillés d'Amélie. Elle se retient difficilement de me bombarder de questions, mais j'en aurais autant pour elle. Je me contente d'articuler à voix basse :

– Je t'expliquerai.

Puis, sentant le malaise, David prend la parole.

– Pardon, mais nous devons y aller. On vous souhaite une belle soirée.

Il se tourne vers moi.

– Je te raccompagne ?

J'acquiesce avec reconnaissance. À peine Jasper et Amélie nous ont-ils salués en retour que David attrape ma main et m'entraîne avec lui en direction du stationnement.

– Tu as ta voiture ? me demande-t-il.

Je secoue la tête.

– Je n'ai pas de voiture. J'habite à seulement deux rues d'ici. Je vais au travail à pied.

– Je te reconduis, alors.

Nous avançons de quelques mètres dans la neige, puis David s'arrête devant un véhicule noir dont le modèle semble dater de quelques années.

– C'est la voiture de ma mère, explique-t-il en m'ouvrant la portière.

Le siège de cuir est froid sous mes fesses et je glisse mes mains gantées entre mes cuisses pour les réchauffer pendant que David fait le tour du véhicule. Lorsqu'il ouvre de nouveau, un vent glacé s'engouffre dans l'habitacle et je suis secouée d'un frisson. Fichue température.

David roule à basse vitesse et je le guide jusque chez moi.

Je pointe la façade de mon domicile, gracieusement offert par la compagnie de Jasper.

– C'est ici.

Je note que mon voisin de droite a surchargé son petit balcon de lumières de Noël. Il a dû les installer dans la journée, car je ne les avais pas remarquées avant. C'est un jeune homme célibataire, mécanicien pour la même compagnie que celle de Jasper. Ils se connaissent bien et j'imagine qu'il est au courant pour notre séparation, même si je ne lui ai pas parlé depuis. Quant à Francis, l'ami chez qui Jasper s'est installé, il habite dans un autre quartier à quelques minutes d'ici.

David se range le long du trottoir et observe un moment les décorations.

– Wow ! siffle-t-il. C'est…

– Trop ?

– Peut-être… Ta maison a l'air toute triste à côté.

– C'est vrai.

Je n'ai pas eu le temps d'installer quoi que ce soit et de toute façon, je n'ai pas le cœur à ça. Je trouve que mon logement reflète mon état d'âme et c'est très bien ainsi pour l'instant.

– Ça va aller ? demande David avec sollicitude.

Je le soupçonne de pouvoir lire dans mes pensées.

– Je crois, oui.

J'essaie d'empêcher mon cerveau de s'emballer comme un cheval fougueux dont on lâcherait la bride. J'ai une imagination féconde et après avoir vu Jasper en compagnie de ma meilleure amie, je dois avouer que ce ne sont pas les scénarios qui manquent ! Même si j'ai de la difficulté à croire qu'Amélie pourrait fréquenter mon ex sans m'en avoir parlé, je ne peux écarter complètement cette possibilité.

David semble percevoir mon trouble. Encore son sixième sens ?

– Tu veux que j'entre un moment pour discuter ?

J'essaie de distinguer ses traits dans la pénombre. Je ne suis pas certaine que ce soit une bonne idée.

– OK, dis-je en poussant la portière.

Il fait noir dans la maison et la première chose que je fais est d'allumer la lampe de l'entrée. Puis, je me débarrasse de mes bottes avant de régler le thermostat de la cuisine sur vingt-deux degrés. David me suit. Je l'invite à s'asseoir à la table et je me dirige vers ma chambre. Le sol est froid. Comme à mon habitude, j'enfile trois paires de chaussettes l'une par-dessus l'autre, puis je reviens dans la cuisine et mets la bouilloire en marche.

– Tu veux un thé ? Ou une tisane ? proposé-je en retirant mon manteau pour le suspendre à une chaise.

David fait de même.

– N'importe quoi. Merci.

J'allume le lustre suspendu au-dessus de la table et les lieux ont l'air tout de suite plus accueillants. Pendant que je m'affaire, David fait le tour des pièces avec curiosité. Je lui propose une paire de bas de laine qu'il accepte volontiers.

– C'est un peu froid ici, remarque-t-il en les enfilant.

– Ouais. Jasper m'a habituée à économiser le chauffage. Je le baisse quand je n'y suis pas. Les factures montent vite à Fermont !

– Il habite où maintenant ?

– Chez un ami. Mais cette maison est réservée aux travailleurs de son employeur et je vais devoir partir bientôt.

Je lui montre les boîtes de thé et de tisane rangées sur une tablette du garde-manger.

– Que préfères-tu ?

Il choisit un thé à la menthe et j'opte pour cette infusion aussi. J'attrape la théière bleue de Chine que mon frère m'a offerte à Noël dernier et y dépose deux sachets, avant de la remplir d'eau bouillante. Je prends ensuite deux tasses blanches ornées de museaux de chats dessinés artistiquement au crayon noir et dépose le tout sur la table. Nous nous assoyons l'un en face de l'autre. L'épais tapis sous la table réchauffe mes pieds glacés.

– Alors, tu es mal à l'aise que Jasper nous ait vus ensemble ?

Son regard franc m'intimide.

– Un peu, oui. Mais je suis surtout surprise de l'avoir vu en compagnie de ma meilleure amie.

– Je comprends. C'était peut-être seulement amical, non ?

– Je l'espère !

J'affronte ses yeux magnifiques et je remarque une touche d'or dans tout ce gris, comme si des petits points de lumière dansaient sur la mer. C'est… déconcertant de beauté. Je me secoue.

– En fait, pour être tout à fait honnête, j'ignore ce que je ressens vraiment en ce moment. J'ai même l'impression d'être hors de mon corps. Être ici avec toi, c'est…

– Bizarre ? suggère-t-il, amusé.

J'éclate de rire et entreprends de verser le thé dans les tasses. Il ajoute :

– Une chance que tu connais mon père. Sinon, tu ne m'aurais jamais invité à rentrer chez toi !

– Peut-être pas, effectivement, dis-je en lui rendant son sourire. Mais… je prends quand même un risque.

– Le pire qui puisse t'arriver serait que tu ne saches pas comment te débarrasser de moi !

De nouveau, il me fait un clin d'œil. Je baisse la tête pour qu'il ne voie pas mes joues s'empourprer.

– Cette amie, elle travaille à la bibliothèque aussi ?

– Oui. Comme animatrice. Elle s'occupe également de préparer les livres.

– Qu'est-ce que tu veux dire ?

Je lui explique comment nous renforçons les livres en recouvrant la couverture de plastique et en installant des rubans charnières, puis je lui détaille les différentes étiquettes à apposer comme la cote de classement et le code à barres pour le lecteur de prêt.

David émet un sifflement.

– Wow ! C'est plus complexe que je ne le pensais.

J'approuve d'un signe de tête.

– Je crois que mon père m'a effectivement parlé d'elle. Elle le remplace aussi parfois au comptoir de prêt, non ?

J'acquiesce de nouveau.

– Et tu aimes travailler ici ? Diriger cette équipe ?

– Oui. C'est une belle équipe. Ton père est super ! Il est très bon avec la clientèle. Surtout avec les dames âgées !

David a une lueur moqueuse dans son regard.

– Il a toujours été assez charmeur.

J'émets un petit rire.

– Oui, je crois que c'est le bon terme.

Nous discutons ensuite de cette ville et de ce qui a changé depuis son départ. Puis nous évoquons avec une certaine émotion le meurtre de madame Picotte. Je commence à me réchauffer et je me sens bien, ce qui ne m'est pas arrivé depuis longtemps.

Je me lève pour attraper la théière et remplir à nouveau nos tasses presque vides, avant de me rasseoir en tailleur sur ma chaise.

– Alors, demande David, toujours aussi direct, votre séparation, c'est définitif à ton avis ?

– Euh…

Je suis distraite par ses mains qui enserrent la tasse et je me surprends à les imaginer sur mon corps. Qu'est-ce qui m'arrive ? Je croise encore son regard attentif. Non, ce n'est pas possible, il a sûrement d'énormes défauts, ce type.

– Donc ? insiste-t-il sans remarquer mon trouble.

Je fixe le vide derrière lui, comme si je venais d'y remarquer un truc intéressant.

– Ça semble être le cas, en effet. Je ne me suis pas encore faite à l'idée, mais… il le faudra bien.

Il y a un moment de silence.

– Hum… Les séparations sont toujours difficiles, finit par commenter sobrement David. Surtout lorsque ça fait longtemps que les gens vivent ensemble. J'imagine que c'était le cas ?

Enfin, j'ose le regarder. Il m'observe avec une curiosité qui me trouble.

Je m'exclame sur un ton que je souhaite léger :

– Hé, je vois que tu aimes faire parler les gens !

– Désolé. Je ne voulais pas être indiscret. Je m'intéresse à toi, c'est tout.

Je vide le fond de ma tasse, puis je cale mon dos contre le dossier capitonné de la chaise.

– Puisque tu veux savoir, Jasper et moi avons été ensemble un peu plus de sept ans. C'est la seule relation sérieuse que j'ai eue et je l'aimais beaucoup.

J'entreprends alors de lui résumer les dernières années de ma relation avec Jasper et comment nous avions abouti ici, dix-huit mois auparavant. Je lui fais part ensuite de mon projet de fonder une famille et des hésitations de Jasper à cet égard, ce qui l'avait peut-être amené à s'éloigner de moi avant qu'il ne réalise qu'il ne m'aimait plus. Je lui parle aussi du choc et de la détresse que j'ai ressentis quand il me l'a avoué.

À coup sûr, je viens d'anéantir l'espoir de vivre une relation romantique avec David. Mais n'était-ce pas mon but ?

– Je ne sais pas pourquoi je te raconte tout ça ! On se connaît à peine.

– Je comprends ce que tu vis. J'ai déjà connu une situation semblable.

J'ai envie de lui demander : « N'es-tu pas un célibataire endurci, comme tu me l'as déjà dit ? » Mais je me retiens. Je scrute ses yeux. D'où vient cette forme de gravité que je sens en lui ? Malgré les mises en garde de Mario, je l'imagine mal multiplier les aventures sans lendemain, mais bon ! Je peux me tromper.

– Aussi, poursuit David sur le même ton détendu, ça peut sembler cliché, mais j'ai l'impression qu'on se connaît depuis un petit moment. Comme si on s'était déjà rencontrés avant.

– Dans une autre vie, tu veux dire ? dis-je en plaisantant.

– Tu crois aux vies antérieures ?

Quand il sourit, une petite fossette se creuse sur sa joue droite. C'est craquant. Comme il attend visiblement que je dise quelque chose, je réfléchis. À quoi est-ce que je crois ? J'avoue que je ne le sais plus vraiment. La pensée que je suis en train de vivre une crise existentielle m'effleure. Moi qui déteste cette expression !

C'est ce que je lui réponds et cela le fait rire.

– Jusqu'à la mi-vingtaine, j'étais persuadé que tout se terminait à notre mort, m'avoue-t-il. Puis, j'ai rencontré quelqu'un qui m'a ouvert l'esprit sur d'autres possibilités. Aujourd'hui, à bientôt trente ans, je me dis souvent que si tout cela n'a pas de sens, s'il n'y a rien après cette vie, qu'on m'enterre et que tout est fini, à quoi ça sert ? Alors, je préfère penser qu'il y a autre chose. Cela me permet de continuer à avancer.

Waouh ! C'est qu'il est sérieux ! Je scrute son visage, cherchant quoi dire. Je finis par me contenter d'approuver.

– Je comprends.

Nous finissons nos boissons en discutant de bouddhisme et de méditation, et je lui raconte une retraite de yoga que j'ai faite à Bali avec une bonne amie, il y a quelques années. Il m'écoute avec intérêt. Je me fais la réflexion que je n'ai jamais eu ce genre de discussion avec Jasper et cela me plaît. Une pensée me traverse, à savoir que ma mère adorerait ce gars, mais je me frappe le front mentalement. Quelle idée stupide ! Je ne le reverrai probablement pas.

David consulte son téléphone et se lève en s'étirant.

– Bon, je dois y aller. Je suis encore sur le décalage horaire et je commence à tomber de sommeil.

Je l'imite.

– Déjà presque minuit ! Je n'ai pas vu le temps passer.

– Moi non plus.

Il prend son manteau sur le dossier de sa chaise et l'enfile. Je le suis jusque dans l'entrée.

– Qu'est-ce que tu fais demain ? demande-t-il en mettant ses bottes.

La surprise m'empêche un moment de réfléchir. Oui, qu'est-ce que je fais demain ? Déstabilisée par sa question, je mets une demi-seconde avant de me rappeler que je travaille.

– Ton prochain jour de congé, alors ? C'est quand ?

Il se tient debout devant moi, son beau visage un peu sévère affichant un air dégagé.

– Samedi, dis-je machinalement. Et je ne fais rien.

Je vois dans ses yeux qu'il est content de ma réponse. Même soulagé.

– Ça te dirait une balade en motoneige ?

Mon cœur fait un bond et je porte machinalement la main à ma poitrine.

– Hum… Oui, pourquoi pas ?

Je tente de réagir comme si sa proposition me semblait tout à fait banale.

– Parfait !

Quelque chose que je ne comprends pas est en train de se passer. L'ambiance a changé. Cet homme, qui n'est plus tout à fait un inconnu, mais que je connais si peu, fait un pas vers moi et son visage se penche au-dessus du mien. J'ai l'impression qu'il va m'embrasser sur la joue, mais il change d'idée à la dernière seconde. Sentir ses lèvres chaudes caresser les miennes même brièvement suffit à me faire plier les genoux. Son baiser est parfait, à la fois léger et appuyé, et mon corps se tend naturellement vers lui. Quand il relève la tête, j'effleure de la main mon menton où les poils rudes de sa barbe naissante ont laissé de petits picotements.

Il bredouille, mal à l'aise :

– Je suis désolé, je ne sais pas ce qui m'a pris.

Je secoue la tête.

– Ça va. C'est OK.

J'essaie d'ignorer le trouble qu'il a semé en moi. Ma réponse semble le satisfaire, car ses traits s'illuminent. Misère ! Comme il peut être beau quand il sourit ainsi ! Qu'est-ce que je suis censée faire ? Je ne suis pas faite de bois, tout de même ! Mario va m'étrangler lorsqu'il apprendra que je suis sortie avec son fils.

– Je viens te chercher à neuf heures samedi ?

– D'accord.

Lorsqu'il ouvre la porte, un léger tourbillon de neige pénètre dans mon entrée et je croise les bras sur ma poitrine pour me protéger du froid. David s'immobilise sur le seuil, puis se retourne et me fait signe de le rejoindre.

Je fais quelques pas.

– Qu'est-ce que…

Puis, je suis éblouie. Le ciel est presque noir et de magnifiques rideaux de couleurs ondoient au-dessus de nos têtes. Il y a du vert, du violet sombre et du mauve chatoyant. Mon cœur s'élargit et je suis envahie d'une sensation indescriptible.

Je parviens à souffler :

– Wow…

David se tourne vers moi.

– C'est magique, non ?

La lumière de mon balcon éclaire son visage qui affiche un air épaté.

– C'est… féerique.

Nous restons un long moment en silence à admirer la magnificence de ce phénomène naturel. C'est la quatrième fois que je vois une aurore boréale depuis mon arrivée et c'est la plus belle à ce jour. Je prends soudain conscience de mon corps gelé.

– Je crois que je vais rentrer.

Il se secoue.

– Oh ! Désolé. Tu veux que je te réchauffe ?

Il me tire vers lui et je profite de sa chaleur pendant quelques secondes avant qu'il ne me relâche.

– Bonne nuit, Jilliane.

– Toi aussi.

Il entreprend de descendre les quelques marches qui mènent à la rue et je me dépêche de rentrer. La porte ouverte a permis au froid d'envahir la cuisine et je grelotte dans mes vêtements trop légers pour les circonstances. Je viens de vivre un moment surnaturel. Pourquoi suis-je si attirée par cet homme quand il y a tout juste quelques jours, je pleurais ma vie parce que Jasper me quittait ? Je ne sais pas, mais je me dis que cette aurore est peut-être un bon présage.

CHAPITRE 14

Amélie est déjà installée à son bureau lorsque j'arrive un peu avant onze heures. Nous nous saluons avec gêne, chacune ayant en tête l'expérience de la veille. Pour ma part, j'ignore quoi penser de sa relation avec Jasper, alors je préfère attendre d'y voir plus clair avant d'aborder le sujet. J'allume mon ordinateur et vérifie rapidement mes courriels. Il n'y a rien de significatif, à l'exception d'un message de Dominic. C'est bien ma veine. Mon patron veut me rencontrer à son bureau dans l'après-midi. Il m'a envoyé un message laconique, comme à son habitude. Après avoir rédigé une réponse rapide, je vais à la cuisine me faire un café bien fort pour pallier mes heures d'insomnie. Amélie se lève en même temps que moi et me suit.

Pendant que je mets la machine en marche, elle sort sa boîte à lunch du frigo et en retire une pomme verte.

– Jill, pour hier, je…

Je l'interromps.

– Je n'ai pas envie d'en parler pour l'instant, d'accord ?

– Mais… Il faut que je t'explique…

– Ne t'en fais pas. Ça va aller.

Mais Amélie est plus tenace que je ne le croyais.

– Écoute, il n'y a absolument rien entre Jasper et moi. Tu me crois ?

Je hoche la tête sans la regarder et saisis une tasse dans l'armoire. Je la glisse sous la machine à café, j'insère une capsule, puis j'appuie sur le bouton. Pendant que je regarde couler le liquide onctueux, Amélie me relance :

– Et ta soirée ? Je t'avoue que tu m'as étonnée !

– C'était la soirée des surprises, il faut croire.

Je me rends compte de mon ton un peu sec et j'essaie de me reprendre en lui donnant quelques détails.

– Ce n'était pas prévu. Je venais juste de m'asseoir quand il s'est pointé. Il était seul et moi aussi, alors nous avons mangé ensemble. Nous avons fait connaissance hier matin.

J'ouvre le frigo pour attraper le contenant de crème dix pour cent et en verse un peu dans ma tasse.

– Wow ! s'exclame Amélie. Et c'était comment ? Il est gentil ?

Je contemple Amélie, dont les grands yeux sont arrondis par la curiosité. J'ébauche un sourire.

– Très. Ç'a été une super soirée.

Je ne précise pas davantage. Je préfère garder ces moments pour moi. Amélie semble m'avoir comprise.

– Tant mieux, répond-elle en ouvrant le robinet pour laver sa pomme.

Je sais qu'elle est sincère. De mon côté, même si je m'interroge aussi, je n'ai pas l'intention de la questionner. Je conclus donc d'une voix adoucie :

– Je t'en reparle plus tard.

Après tout, Amélie est ma seule véritable amie ici. Et je meurs d'envie de parler de David !

– Parfait !

Elle croque dans sa pomme et nous retournons ensemble à nos bureaux respectifs, toutes les deux soulagées d'avoir, en somme, cassé la glace. Même si je ne suis pas vraiment fâchée contre Amélie et qu'elle m'a en partie rassurée sur la teneur de sa relation avec mon ex, un malaise persiste en moi quand je songe au fait que Jasper s'est confié à elle.

À quinze heures trente, je quitte la bibliothèque pour me rendre au bureau de Dominic situé à la mairie, qui bénéficie d'un bâtiment autonome à moins d'un kilomètre du mur. Je salue la réceptionniste à l'accueil et me dirige vers l'escalier intérieur qui mène à l'étage supérieur. Le rez-de-chaussée est réservé aux services aux citoyens, alors que les bureaux administratifs sont, pour la plupart, localisés à l'étage.

Je frappe discrètement contre le battant de la porte entrebâillée.

– Entre, Jilliane, me lance la voix grave de Dominic. Je t'attendais.

Mon directeur est assis à son bureau devant un bloc de papier ligné et un stylo. Il porte un chandail gris et ses cheveux foncés, presque noirs, sont coiffés en arrière, dégageant son large front et dévoilant un début de calvitie. Son visage rond aux joues pleines toujours un peu rougies et son nez busqué lui donnent un petit air méditerranéen. Je ne connais pas son âge, mais j'estime qu'il a une petite quarantaine d'années.

Affable, il me fait signe de m'asseoir, avant de demander :

– Il paraît que tu as reçu la visite de la police ?

Je hoche la tête en examinant son bureau propre et bien rangé. Tout le contraire du mien. Rien n'y traîne et aucun grain de poussière ne brille sous l'éclairage fluorescent. Je me demande parfois s'il y travaille vraiment. En guise de concession à cette période festive qui s'amorce, un petit sapin en plastique décoré de minuscules boules de Noël est déposé à côté de son poste informatique.

Je lui raconte ma conversation avec le policier au sujet du meurtre de Colette Picotte. Dominic siffle entre ses dents.

– Toute une histoire, hein ? J'ai de la difficulté à croire que c'est vraiment arrivé.

– Moi aussi. Tu la connaissais bien ?

– Un peu. C'était quelqu'un de réservé, mais elle avait tout un caractère !

– C’est ce j’ai constaté !

Dominic s’agite sur sa chaise.

– Passons aux choses professionnelles. Je t’ai fait venir ici parce que je voulais te parler des nouvelles orientations qui sont en discussion en ce qui concerne la bibliothèque.

Je tends l’oreille. De nouvelles orientations ? Qu’est-ce qu’il veut dire ?

Dominic toussote avant de reprendre :

– Donc, comme tu sais, la nouvelle mairesse a beaucoup d’idées.

J’espère que mon visage reste de marbre. J’ai appris au fil des ans que le plus important face à un patron est de ne jamais montrer ses émotions. Toujours garder une attitude neutre. Une attitude positive serait évidemment préférable, mais c’est un peu trop me demander en ce moment.

– Notamment pour la bibliothèque, poursuit Dominic. Elle a elle-même deux jeunes enfants et, tu seras heureuse de l’entendre, elle considère les bibliothèques publiques comme des éléments très importants de la vie citoyenne.

Je suis, comme il le dit si bien, très heureuse de savoir que la mairesse est une fervente défenseure des bibliothèques, mais je m’abstiens de mentionner que je ne l’ai jamais vue y mettre les pieds, pas plus que ses enfants.

– La première mesure qu’elle souhaite mettre en place est l’augmentation des heures d’ouverture.

Là, j’avoue que je suis surprise.

– Pardon ? Je croyais qu'elle attendait mon plan et les propositions que je pourrais faire avant de discuter de quoi que ce soit !

Visiblement mal à l'aise, Dominic commence à pianoter des doigts sur son bureau.

– Bien sûr, répond-il le front soucieux, elle attend ton plan avec impatience. Et elle est convaincue, comme moi, que tu auras d'excellentes idées pour promouvoir la bibliothèque. Mais l'augmentation des heures d'ouverture était une de ses promesses électorales, comme tu dois le savoir.

Son air interrogateur me trouble. Il a sûrement été question des promesses des candidats à l'élection lors d'une réunion des gestionnaires, mais il m'arrive d'être dans la lune à des moments inappropriés. D'autre part, comme plusieurs de mes collègues, j'étais certaine que le maire en place serait réélu et rien dans son programme ne concernait la bibliothèque.

– Bien sûr, dis-je aussi en mentant effrontément. Mais je ne croyais pas que cela se ferait aussi rapidement. Tu es conscient des coûts que cela peut générer ? Vous les avez déjà évalués ?

C'est au tour de Dominic d'être déstabilisé.

– Je lui ai dit que nous le ferions rapidement. Il nous reste en effet à déterminer de quelle façon nous allons procéder.

Je ne relève pas le « nous » qui, implicitement, veut dire *tu* dans ce cas précis. L'unique pensée qui me vient est : « Je n'avais pas besoin de ce dossier maintenant. »

– Déterminer de quelle façon nous allons procéder ? Que veux-tu dire ? Tu sais que ce sont des êtres humains qui vont fournir ces heures supplémentaires ?

J'ai parfaitement conscience d'être à la limite de l'insubordination et je résiste à l'envie de quitter le bureau. Ma rupture récente me rattrape. Ainsi que mon manque d'heures de sommeil, le meurtre de madame Picotte et le tourbillon d'émotions que je vis depuis quelques jours. J'ai peur de ne pas être à la hauteur du défi que m'imposera la mairesse.

Mon supérieur s'est raidi sur sa chaise et son visage affiche un air beaucoup moins amène.

– Je suis désolée. Je suis fatiguée. Excuse-moi.

Je vois les épaules de Dominic se relâcher. Il m'observe avec attention.

– Tu vas bien, Jilliane ? C'est vrai que tu as l'air… crevée.

Je prends une grande respiration pour chasser le brouillard qui se forme dans ma tête.

– J'ai du mal à dormir. La santé de ma mère m'inquiète.

Je ne suis pas très fière de ce nouveau mensonge, mais c'est pour une bonne cause, en l'occurrence ici, pour sauver ma peau.

– Ah ! fait Dominic. Ta mère est malade ?

J'improvise.

– On ne sait pas trop. Elle passe des tests.

– Je suis désolé. J'espère que ce ne sera pas grave, ajoute-t-il d'un ton compréhensif.

Je hoche gravement la tête.

– Moi aussi.

Silence.

– Bon, reprend-il, pour en revenir aux heures d'ouverture…

Je décide de prendre les devants pour démontrer ma bonne volonté.

– Tu veux que je fasse une analyse des coûts ? Quelle sorte de prolongation souhaite la mairesse ? A-t-elle des plages horaires en tête ?

Le visage de Dominic est maintenant beaucoup plus détendu. J'avais déjà remarqué qu'il supportait mal la confrontation. Peut-être qu'il n'aime pas devoir faire preuve d'autorité ? Cela expliquerait pourquoi il est sec et raide lorsqu'il le fait.

– Eh bien, elle a parlé de la possibilité d'ouvrir toute la journée le samedi.

Je réprime juste à temps un hoquet de surprise.

– Et peut-être ouvrir plus tôt certains jours, poursuit Dominic.

J'aime quand je suis consultée.

– Mais la bibliothèque demeurerait fermée au public les dimanches et lundis, précise-t-il.

– D'accord, dis-je d'un ton affable. Je vais te faire différents scénarios. Il nous faudra embaucher un nouvel employé pour combler ces heures, tu lui as dit ? Peut-être un deuxième étudiant, si on arrive à en dégotter un, sinon un employé temporaire, affecté uniquement à la bibliothèque.

Je réfléchis.

– Oui, ce serait peut-être mieux, car le personnel temporaire a généralement une plus grande disponibilité.

Dominic fait la moue.

– Hum… J'avais pensé qu'une réorganisation des heures de travail en semaine pourrait suffire ? Vous êtes quand même trois employés permanents… Attends que je vérifie…

Il ouvre un tiroir et en tire un cahier noir qu'il consulte.

– … ton animatrice, Amélie, si j'ai bien compris, elle ne travaille que vingt-huit heures par semaine. Elle pourrait facilement passer à trente-deux heures, comme Mario et toi. Et avec quelques heures supplémentaires offertes à votre étudiant, on n'aurait pas besoin d'ajouter de personnel.

Je vois qu'il a bien réfléchi à la situation.

– Il y a aussi la possibilité que Mario et toi augmentiez vos heures. Vous pourriez passer à trente-cinq heures, voire trente-sept.

Je songe que Mario n'acceptera jamais. Déjà, il me harcèle pour que je cesse de lui ajouter des heures supplémentaires. Je le comprends. Il est quand même retraité et souhaite profiter un peu de la vie. Quant à moi… Je ne me souviens pas d'avoir déjà fait une semaine de trente-deux heures. Je ne compte pas mon temps et je remplace régulièrement les autres membres de mon personnel dans l'exécution de leurs tâches. J'ai même déjà dû donner une heure du conte en l'absence d'Amélie ! Un vrai désastre ! Au début de mon entrée en poste, j'avoue que cela me déplaisait assez. Je suis habituée à davantage de hiérarchisation. Mais j'ai vite compris que je n'étais pas dans une grande organisation et qu'il me fallait faire preuve de souplesse.

Je chasse ces pensées distrayantes avant d'émettre une timide objection.

– Je comprends ce que tu dis, mais il faudrait pour cela que les employés acceptent. Pour ma part, je dois te mentionner que je fais déjà régulièrement plus de trente-deux heures.

Il semble surpris.

– Également, si nous n'ajoutons pas un poste, je pense que cela compliquera encore les choses en ce qui concerne les remplacements pour les vacances. Je l'avoue, la dernière employée temporaire que la Ville nous a envoyée était complètement incompétente. Nous avons même reçu des plaintes d'abonnés. De plus, le budget que nous avons pour ces heures temporaires est ridicule.

Dominic affiche désormais un sourire crispé.

– Tu exagères un peu, là, tente-t-il en levant la main. Jusqu'à maintenant, cela a semblé fonctionner, non ?

Ça y est, je ne peux plus me retenir. À mon tour de lever les bras au ciel.

– Dominic, je n'exagère pas ! Mario et moi faisons constamment des heures supplémentaires sans être rémunérés. Et nous sommes chanceux qu'il n'alerte pas le syndicat.

– Mais vous accumulez des heures en banque, fait-il remarquer. Ce n'est pas du travail gratuit.

– Et quand veux-tu que nous reprenions ces heures ? Il n'y a personne pour nous remplacer. Et je te le dis tout de suite, je ne crois pas qu'Amélie acceptera de passer à trente-deux heures par semaine, à trente-cinq encore moins. Elle a un fils de trois ans dont elle doit s'occuper seule.

Dominic fronce les sourcils et reste perplexe un instant, hésitant.

– Hum… je vois que cette nouvelle mesure à mettre en place semble te contrarier, Jilliane.

Il a l'air très ennuyé.

– Je suis désolée de te paraître aussi fermée. Je t'assure qu'en fait, ce n'est pas le cas. Ce qui me dérange dans cette proposition, c'est qu'on ne nous donne pas les moyens de la mettre en œuvre. Comment je peux faire correctement mon travail ainsi ? Aussi, j'aurais aimé être davantage consultée. Je suis consciente que tu es le directeur des Loisirs et que tu as le pouvoir d'imposer toutes les règles que tu veux, mais quand tu m'as embauchée, tu m'as vanté le travail collaboratif et le respect des employés, et honnêtement, en ce moment, je n'en vois pas la trace.

J'espère ne pas être allée trop loin. Et puis, qu'est-ce que j'en ai à foutre ? Qu'il me vire. Cela règlera la question. Je m'adosse à ma chaise, le corps raide. Dominic s'est levé et fait les cent pas, visiblement perturbé par mes propos. Il s'arrête devant moi.

– Écoute, dit-il en me fixant sans aménité, ce n'est pas toujours facile pour moi non plus. Tu parles de travail collaboratif, hum… Laisse-moi te dire que je ne suis pas plus consulté que toi quand vient le temps des projets électoraux. À moi aussi, l'on m'impose des directives, mais cela fait partie de mon travail et je l'accepte.

Il pivote vers sa droite, marche jusqu'à la fenêtre et regarde dehors un moment. Puis, il se tourne vers moi.

– Si tu essaies de voir cela sous un autre angle, tu constateras que ces mesures ne visent qu'à améliorer le service aux citoyens, ce qui est la base de notre travail, je te le rappelle.

Mes épaules s'affaissent. J'ignore quoi répondre à cela. Dit de cette façon, cela semble juste. Je sens quand même confusément que je suis en train de me faire emberlificoter.

J'essaie d'organiser mes idées, puis je précise lentement :

– Je sais que c'est la base de notre travail. D'un autre côté, nous sommes là également pour conseiller et démontrer la faisabilité, ou non, de ce que souhaitent mettre en place les élus. C'est à nous de leur faire voir la réalité des choses sur le terrain et d'évaluer les coûts et les impacts.

Dominic se rassoit à son bureau. Encore une fois, je m'attends presque à ce qu'il me congédie.

– Bon. D'accord. Tes arguments sont valables.

Je réprime un cri de soulagement.

– Puisque c'est ce que tu prônes, poursuit-il, je m'attends à ce que tu me remettes d'ici lundi prochain différentes propositions d'augmentation d'heures d'ouverture et les coûts reliés à chacune. Essaie de trouver une façon de satisfaire les élus à un moindre coût. C'est ton travail, comme tu le dis.

Ces derniers mots sont prononcés sur un ton plus dur. Je calcule dans ma tête. Cela me laisse à peine six jours, dont deux où je ne travaille pas. J'ose demander :

– Pourrait-on dire d'ici la fin de l'année ? C'est une période occupée, je dois travailler sur mon plan triennal…

Il me coupe.

– C'est vrai, j'avais oublié. Écoute, tu peux intégrer tes propositions à ton plan.

Je hoche la tête, soulagée.

– D'accord. Merci de ta compréhension.

– Pas de problème.

J'amorce le geste de me lever lorsqu'il m'arrête d'un geste.

– Ah, euh… Aussi, j'ai appris pour Jasper et toi. Je suis désolé.

Dans cette petite ville où nous vivons tous les uns sur les autres, tout se sait rapidement. Comment ai-je pu l'oublier ? J'ai l'air d'une folle maintenant avec ce mensonge à propos de ma mère. Je pose les mains sur mes tempes.

– Ça va aller.

– Tu vas devoir quitter votre maison ?

– Oui.

– Hum. Appelle Marie aux ressources humaines. Il faut absolument qu'on te trouve quelque chose, sinon…

Sinon, vous n'aurez plus de directrice, je sais. J'ai l'impression que ce ne serait pas plus mal pour lui. Il préférerait probablement travailler avec quelqu'un de plus dynamique que moi, mais il n'oserait pas le dire. Je me sens incompétente et nulle.

– D'accord, je vais l'appeler, dis-je néanmoins.

– Tiens-moi au courant.

– Oui. Bonne fin de journée.

Je sors de son bureau en m'efforçant de garder la tête la plus haute possible pour ne pas sombrer dans mes angoisses.

CHAPITRE 15

À l'extérieur, des bourrasques font voler mes cheveux dans tous les sens. Je demeure sur place un instant, sentant le mal de tête se pointer. Il est plus de quinze heures et je devrais retourner au bureau, mais je décide que j'ai besoin d'air et prends la direction opposée. À cette latitude, le soleil a déjà plongé à l'horizon et le vent glacé me cingle le visage comme un boxeur déterminé à gagner. Je n'ai plus d'énergie. Ma combativité, mon allant, mon moral, tout cela m'a quittée en même temps que Jasper. Une subite faiblesse m'assaille et je m'accroupis sur le trottoir en rabattant ma capuche sur ma tête pour me protéger du vent. Je m'y accroche d'une main comme à une bouée de sauvetage tandis que les larmes débordent de mes paupières serrées. En moins de vingt secondes, mes mains et mon visage sont complètement gelés.

– Excusez-moi, fait une voix grave à moins d'un mètre de moi. Madame Henry ?

Je vois d'abord deux pieds chaussés de bottes de travail, puis de solides jambes masculines gainées d'un pantalon noir en toile épaisse. Mes yeux remontent un peu plus haut et je reconnais la parka caractéristique de la Sûreté du Québec, puis le visage avenant du policier chargé de l'enquête sur le meurtre de madame Picotte. Je balbutie en me relevant maladroitement :

– Ah… Inspecteur Coon. Vous allez bien ?

Il tend une main pour m'aider à me relever et je la saisis avec force. Il ne le sait pas, mais il vient de me sauver de la noyade.

– Vous, est-ce que ça va ? me demande le policier avec sollicitude.

Quoi répondre ? J'imagine mon visage rouge de froid et d'émotion, mes yeux larmoyants, mon air désespéré. Je tente un geste désinvolte.

– Oui, ne vous en faites pas… Une journée difficile, c'est tout.

Le policier acquiesce d'un bref signe du menton.

– Je connais.

Il m'offre un sourire compatissant et j'ai à nouveau envie de pleurer. Je retire ma main de la sienne et la fourre dans ma poche.

– Vous allez vous en remettre, ajoute-t-il gentiment. Tout finit toujours par s'arranger.

Il presse brièvement mon épaule de sa grosse main d'ours. Malgré moi, une partie de mes pensées se détache de la masse et se met à échafauder des plans d'avenir… pour Amélie. L'inspecteur est visiblement un homme bon, il a un emploi décent et il est assez beau, ma foi. De plus, il ne porte pas d'alliance et quelque chose me dit qu'il est célibataire.

– Et vous, inspecteur… l'enquête avance ?

– Vous connaissez le proverbe, lentement mais sûrement, prononce-t-il gravement. Je voulais justement vous voir à ce sujet.

– Ah bon ? Vous avez d'autres questions ?

– Pour l'instant, j'ai un chat dont je ne sais que faire… Vous disiez que… peut-être… ?

Je mets une seconde avant de comprendre de quoi il parle, puis ça me revient. Fripon ! Je l'avais presque oublié celui-là. Hum… Est-ce vraiment le bon moment pour adopter un chat ? Assurément, non. Mais la petite bouille de chat sauvage de Fripon, avec ses grands yeux verts et sa fourrure dense, me revient en mémoire. Je capitule.

– Bien sûr. Pas de problème.

Il affiche un air soulagé.

– Parfait ! Je peux vous l'amener ce soir ?

– Ce soir ? C'est que… je travaille.

J'ai l'impression que mes cils sont collés ensemble par le gel. Je cligne des yeux à plusieurs reprises pour tenter d'y voir plus clair. Et soudain, j'ai une idée.

– Vous n'avez qu'à me l'amener à la bibliothèque. Avec les accessoires, évidemment.

Il me regarde, l'air un peu perdu.

– Je veux dire sa nourriture, sa litière... Vous voyez ?

– Ah oui ! se réjouit-il. Parfait. Je vous apporte tout ça à la fin de ma journée.

Il hésite un peu, avant d'ajouter :

– Nous avons appris par un voisin de madame Picotte que l'ancienne directrice fréquentait un homme depuis quelque temps. Est-ce que vous savez qui c'est ?

– Malheureusement, non, dis-je en enfouissant plus profondément mes mains dans les poches de mon manteau. Vous devriez peut-être vous adresser à madame Beauchemin ?

Je commence à grelotter sur place et mes paupières menacent de se fermer complètement. De gros flocons se mettent à tomber, ce qui me rappelle qu'une tempête est annoncée pour la soirée.

– C'est bien ce que j'essaie de faire, répond l'inspecteur, visiblement insensible au froid. Mais on dirait qu'elle est très occupée.

Je reste interloquée.

– Occupée ? Elle ? Mais… Elle ne fait que quelques heures comme employée de l'hôtel.

– En effet. Mais sa fille lui prend une bonne partie de son temps. Elle souffre de problèmes mentaux, vous le saviez ?

– Madame Beauchemin a une fille ?

J'ai du mal à imaginer que cette femme froide et rigide ait pu enfanter. Mais peut-être n'a-t-elle pas toujours été ainsi ?

– Oui, confirme l'inspecteur. Elle a quarante et un ans et travaille à l'hôpital de Wabush où elle habite. Mais depuis quelques années, il semble qu'elle ait d'importants épisodes dépressifs. On a appris qu'elle avait fait une crise il y a quelques jours et que madame Beauchemin a fait le déplacement pour être auprès d'elle. Elle y est toujours.

Je ne sais pas quoi penser de cette nouvelle. À part que cela explique peut-être cette dureté que je sens couver chez cette femme.

Le téléavertisseur accroché au passant du pantalon du policier se met à biper. Il le décroche et y jette un œil.

– Excusez-moi, mais je dois me rendre au poste.

Je ressens tout de suite un soulagement. Un seul désir m'habite maintenant, me précipiter à la bibliothèque pour me réchauffer.

– Bien sûr. Pas de problème.

– Vous voulez que je vous ramène ?

J'envisage de refuser, mais mon corps proteste en intensifiant son grelottement.

Une fois dans la bibliothèque, j'ai à peine le temps de dégeler à la chaleur ambiante que Mario m'interpelle.

– Jill ! Le policier est passé pour te voir. Je lui ai dit que tu étais chez le patron.

La voix semble provenir du comptoir de prêt, mais je ne vois personne. Je frappe des pieds par terre pour déloger la neige collée sur mes bottes et lance à tout hasard :

– Oui, je viens tout juste de le croiser. Tu es où ?

– Ici.

Je vois soudain un doigt apparaître dans les airs derrière le comptoir, puis le grand corps de Mario se redresser.

– Tu as l'air complètement glacée, constate-t-il.

– Quelle perspicacité ! Tu devrais offrir des consultations comme télépathe.

Je croise les bras sur ma poitrine pour me réchauffer et marche en sa direction.

– Qu'est-ce qui se passe ?

Mario m'explique que l'ordinateur a encore planté et qu'il a dû tout rebrancher. Il le redémarre et nous patientons devant l'écran noir. Vraiment, cet ordinateur est de plus en plus problématique. J'ai laissé courir, mais là, je ne peux plus. Je vais devoir appeler le Service informatique.

– Je vais faire une requête pour cet ordi, dis-je.

Mon collègue jette un regard par terre.

– Jill ! s'offusque-t-il. Tes bottes !

Je fixe mes pieds et la petite flaque d'eau sale qui s'est formée dessous, puis devant moi, ainsi que sur le chemin que j'ai pris pour me rendre ici. Hum… On dirait des traces laissées par le Petit Poucet.

– Désolée.

– Tant pis, je vais devoir laver le plancher.

Je bats des cils en faisant la moue et Mario roule des yeux.

– OK, arrête ça. Je te pardonne à condition que tu me dises ce que voulait l'inspecteur.

Je m'offusque.

– Mais c'est du chantage !

Il ne bronche pas. Je soupire.

– Tu vas être déçu. Il voulait me demander si je pouvais toujours prendre le chat.

Mario affiche un air d'incompréhension.

– Le chat ? Quel chat ?

Je lui explique. Mario me regarde, surpris. D'abord, il ne savait pas que j'aimais les chats et ensuite, il s'inquiète de ce qu'il va lui arriver, puisque je n'arrive même pas à m'occuper d'une plante verte. Je le rassure :

– Je ne vais pas m'occuper du chat. NOUS allons nous occuper du chat. Il va vivre ici, à la bibliothèque.

Il me dévisage, les yeux ronds.

– C'est une blague ? Que veux-tu qu'on fasse d'un chat ?

– Le caresser ? Jouer avec. En prendre soin. Le nourrir…

Mario m'arrête d'un geste.

– Ça va, j'ai compris. Et qui va faire tout ça ?

– Nous ?

– Tu veux dire Amélie, Hugo et moi ?

Comme une enfant, je lui tire la langue. Je ne sais pas pourquoi, mais en sa présence, je me sens comme une petite fille le plus souvent. Ce qui n'est pas très professionnel, je l'avoue.

– Je vais vous aider.

– C'est ça, marmonne-t-il. Et je suppose que c'est moi qui vais être de corvée de litière ? Tu sais que ce n'est pas dans ma description de tâches ? Je pourrais déposer une plainte au syndicat.

– Toi ? Tu détestes le syndicat.

– C'est malheureusement vrai, commente-t-il, mi-figue mi-raisin.

Nous sommes interrompus par une jeune femme qui passe la porte intérieure de la bibliothèque en tenant par la main deux enfants en bas âge. Elle nous sourit gauchement.

– Bonjour, dis-je.

Mario la salue à son tour. Je pointe ensuite l'ordinateur du doigt.

– L'ordi. On dirait qu'il a ressuscité, non ?

– Eh oui !

– Cool. Je vais quand même faire cette requête. Ce n'est pas normal qu'il plante toujours ainsi. Je te laisse, je vais manger un morceau.

Mario regarde sa montre.

– Tu n'oublies pas que je finis dans vingt minutes ?

– Non. Mais Hugo devrait arriver bientôt. Je dois travailler sur un plan, alors je l'ai appelé tantôt pour savoir s'il était disponible ce soir.

J'ai envie de lui demander comment va David, mais je me retiens. Visiblement, ce dernier n'a pas informé son père de notre rencontre au P'tit bar, car je suis certaine que j'en aurais déjà entendu parler.

– Excusez-moi. Désolée de vous déranger.

La jeune femme entrée un peu plus tôt affiche un air confus. Mario se tourne vers elle avec empressement, le visage avenant.

– Mais non, vous ne nous dérangez pas. Je peux vous aider ?

– Vous avez des livres de la Pat'Patrouille ? C'est pour lui.

Elle désigne le plus jeune de ses enfants. Gêné, celui-ci se réfugie derrière ses jambes en cachant son visage.

Je souffle un « à plus tard » à Mario et me dirige vers la section réservée aux employés, pendant qu'il répond à la jeune mère.

– Oui, nous en avons quelques-uns. Par contre, ils pourraient être prêtés. C'est très populaire, vous savez ? Attendez que je vérifie.

CHAPITRE 16

Je termine d'avaler un sandwich aux œufs lorsque j'entends quelqu'un pousser la porte de l'administration. Ça farfouille un peu près du placard, puis des pas se dirigent vers moi.

– Salut ! lance Hugo en s'immobilisant sur le seuil de mon bureau.

Grand et maigre, le jeune étudiant en programmation a pour principal signe distinctif une longue et épaisse chevelure bouclée brune, qu'il repousse généralement derrière ses oreilles, comme maintenant. Son visage est plutôt banal : ni laid ni beau. Toutefois, lorsqu'il sourit, ce qui lui arrive rarement, je ne le reconnais plus. On dirait qu'une autre personne a pris possession de son corps.

– Salut, Hugo ! Ça va ?

– Ouais.

Il porte un pantalon cargo vert armée et un t-shirt noir enfilé par-dessus un chandail gris à manches longues. À travers les vitres épaisses de ses lunettes, ses yeux regardent le mur derrière moi. Une gêne extrême ou une légère forme d'autisme, je n'ai pas encore compris. Au début, c'est un peu dérangeant cette façon d'éviter de vous regarder dans les yeux, mais on s'y fait vite.

– Merci de me dépanner, dis-je enfin.

– Pas de quoi. Quelque chose de spécial ?

Ses yeux m'effleurent avant de se poser par terre. Je secoue la tête.

– Je ne pense pas. Demande à Mario.

– OK. À tantôt.

Pendant l'heure qui suit, je compile toutes les statistiques de la bibliothèque des dix dernières années et j'essaie de les transposer en graphiques à l'aide d'Excel. Mais certaines d'entre elles ne s'affichent pas comme je le voudrais. Je m'acharne sans succès, jusqu'à ce que j'aie l'idée d'aller trouver Hugo pour qu'il me donne un coup de main. N'est-il pas un crack de l'informatique ?

Je trouve mon jeune employé en compagnie de l'inspecteur Coon. Les deux discutent à voix basse au comptoir de prêt et n'ont pas remarqué ma présence. Je jette un coup d'œil autour et soupire en songeant à mes statistiques de prêts. Il n'y a pas grand monde. Un homme et une femme sont installés dans nos fauteuils défraîchis près du sapin décoré face à la vitrine et un jeune homme s'attarde dans la section histoire des documentaires adultes. Je donnerais ma main à couper qu'il regarde des livres sur la Deuxième Guerre mondiale. Toutes les atrocités perpétrées sous le règne d'Hitler fascinent généralement les hommes, allez savoir pourquoi. Ce qui me fait penser à Colette Picotte et au documentaire sur les nazis qui se trouvait parmi ses prêts. Était-ce pour un homme qu'elle avait emprunté ce titre ?

Je marche en direction des deux conspirateurs.

– Bonsoir, inspecteur. Vous venez me remettre le chat ?

L'interpellé se retourne vivement.

– Bonsoir, madame Henry. Oui, il est dans la voiture. Je suis désolé pour le délai. J'ai dû m'occuper d'un dossier en urgence.

– Pas de problème. Je vois que vous avez rencontré Hugo ?

– En effet.

Il referme le petit carnet noir qu'il a une fois de plus à la main et le range dans sa poche.

– J'en ai profité pour lui poser quelques questions informelles, ajoute-t-il.

Je me rappelle qu'il souhaitait interroger l'étudiant, puisque c'était lui qui travaillait lors de la dernière visite de madame Picotte.

– Vous voulez que je vous laisse mon bureau ?

L'inspecteur secoue la tête.

– Non, ça va. J'ai terminé pour l'instant. Je vais chercher le chat.

Parce que je commence à bien le connaître, je remarque qu'Hugo a l'air nerveux. Ses mains s'agitent un peu plus qu'à l'habitude et de fines gouttelettes de transpiration perlent sur son front.

Lorsque le policier s'éloigne, Hugo essuie la sueur sur son front, avant de se concentrer de nouveau sur l'ordinateur. Je lui demande si ça va.

– Ouais.

– Qu'est-ce qu'il te voulait ?

– Il m'a demandé si c'était bien madame Picotte qui avait emprunté les derniers livres à son dossier et si elle était seule.

Hugo attrape un paquet de feuilles de brouillon et entreprend de les découper en petits carrés. J'attends la suite, laquelle finit par venir.

– Mais ce n'était pas elle, dit-il les yeux fixés sur les papiers. C'était un homme que je n'avais jamais vu.

Je le regarde, étonnée.

– Ce n'était pas madame Picotte ? Un nouveau conjoint, alors ?

Hugo hausse les épaules, toujours attentif à son découpage.

– Aucune idée.

– Et tu l'as laissé emprunter des livres sur sa carte à elle, même si tu ne l'avais jamais vu ?

– Ben quoi ? Tout le monde fait ça. Ils viennent avec la carte des enfants, de la femme ou du mari. On ne les empêche pas d'habitude, non ?

Il a raison. Les gens se baladent avec les cartes de membre de leurs enfants ou conjoints et les utilisent lorsque leur propre carte est « pleine » ou s'ils l'ont égarée. On ne s'y oppose pas. De toute façon, nos cartes n'ayant pas de photo, l'identification des usagers est quasi impossible. Toutefois, il est moins courant que la carte d'une de nos abonnées se retrouve entre les mains d'un inconnu. Je demande à Hugo de me décrire l'individu en question.

– Un vieux, répond-il le regard fuyant. Il a pris les deux réservations de madame Picotte et a emprunté un livre pour lui. Il a dit qu'il était un ami.

Ah, ça alors ! Cet homme était-il vraiment son nouveau conjoint ? Comment le savoir ? Je regarde Hugo, indécise. Il a repris son air habituel et ramasse les papiers découpés avant de sortir de derrière le comptoir pour les déposer dans le cube de Plexiglas à côté de l'ordinateur destiné à la recherche au catalogue. Il s'assure aussi que le petit crayon de bois servant à noter les cotes des documents est bien aiguisé.

Je cherche quel autre détail je pourrais soutirer à Hugo, lorsque l'inspecteur Coon revient avec une cage de transport recouverte d'une fine couche de neige. Je me précipite au-devant de lui.

– Voilà la bête, lance-t-il en me tendant la grosse boîte de plastique. Je vais chercher le reste de ses affaires.

J'attrape la cage par la poignée et manque l'échapper. Qu'est-ce qu'il est lourd ! Fripon serait-il devenu obèse ? Je pose ma main libre dessous et le soulève à la hauteur de mes yeux. Derrière le grillage, je reconnais sa frimousse noire. Il s'est réfugié tout au fond et me fixe de ses grands yeux ronds.

– Allô, minou !

Il cligne des yeux sans bouger.

Je marche jusqu'au comptoir de prêt sous le regard étonné d'Hugo.

– Qu'est-ce que c'est ?

J'annonce fièrement :

– Notre nouveau chat de bibliothèque !

Je dépose la boîte sur le comptoir et retire le grillage pour que le chat puisse sortir. Mais rien ne se passe.

– Allez, le chat, sors de là ! dis-je en penchant la tête pour voir à l'intérieur.

Il ne remue pas d'un poil.

– Allez, Fripon ! Viens me voir, mon beau minou.

Il me fixe d'un regard inquiet. Je soupire. Il va me falloir un peu plus de fermeté. Je tends la main et flatte sa tête. Sa fourrure est tiède et douce. J'essaie de tirer le chat vers moi en l'attrapant par une patte, mais il s'écrase sur lui-même. Je me redresse.

– Je crois qu'il ne veut pas sortir, observe finement Hugo.

L'inspecteur revient avec le bac à litière et un sac de nourriture.

– Je dépose ça où ?

Je demande à Hugo d'accompagner l'inspecteur à la réserve pour qu'il y laisse le tout. Cette pièce, dotée d'une porte extérieure pour les livraisons, nous sert également de rangement pour notre matériel.

Je passe la minute qui suit à déployer mes charmes sur Fripon, qui demeure insensible à mes efforts. L'inspecteur Coon revient vers moi, flanqué d'Hugo.

– Je peux vous aider ?

Je lui explique que je n'arrive pas à faire sortir le chat de la boîte, et, sans faire ni une ni deux, le policier pose ses mains sur la cage et manipule de petits fermoirs sur les côtés que je n'avais pas remarqués. Puis, il attrape la moitié supérieure du contenant et la soulève, exposant ainsi le chat qui se redresse aussitôt sous le coup de la surprise.

– Ça se sépare en deux, m'explique le policier. C'est fait exprès, vous voyez ?

Je rougis. Pourquoi je n'y ai pas pensé ? Je bats des mains avec enthousiasme.

– Super ! Viens ici, mon gros matou !

Je tends les bras vers Fripon et l'attrape une seconde avant qu'il ne se sauve. Je serre contre moi l'animal et frotte mon front contre sa grosse tête.

– Relaxe, mon chat. Ça va aller.

Son corps est tout chaud contre mon cœur et j'entends un faible ronronnement qui monte. Quelque chose en moi y fait écho. Un sentiment inédit. Un désir de protection pour ce chat abandonné qui n'a rien demandé. Je sais maintenant que j'ai pris la bonne décision. Pile à cet instant, il se met à gigoter et à se tortiller dans mes bras, comme si j'étais en train de le torturer. J'éclate de rire.

– OK, j'ai compris. Va te promener, le chat.

Trois paires d'yeux l'observent renifler autour de lui et explorer le dessus du comptoir. Il fait tomber un crayon, puis renifle l'ordinateur. Une exclamation nous parvient.

– Maman ! Regarde ! Un chat !

Un petit garçon de trois ou quatre ans tenu solidement par sa mère se précipite vers nous, entraînant celle-ci derrière lui. À sa vue, Fripon jette des regards apeurés un peu partout avant de se jeter dans le vide pour aller se cacher dans un coin.

– Non ! s'écrie le garçon. Maman ! Pas parti le chat. Pas parti !

La jeune femme le retient fermement et l'attire vers elle.

– Arrête, chéri, lui dit-elle d'une voix douce. Tu lui fais peur !

– J'ai fait peur au chat, se lamente aussitôt le gamin. Il aime pas moi.

– Mais non, mon chéri, tente de le rassurer sa mère.

Le policier choisit ce moment pour se retirer.

– Bon, hum... Je dois y aller. Mais si j'étais vous...

Il s'interrompt pour pointer du doigt la porte vitrée qui donne sur le *mail*.

– Si j'étais vous, je fermerais cette porte. Sinon, vous allez perdre le chat dans le mur. Bonne soirée, madame Henry.

Je me frappe le front avant de me précipiter pour la refermer. Puis, je demande à Hugo de me faire une petite affiche indiquant que nous sommes ouverts et de la coller sur la porte, ce qu'il fait avec empressement.

Le gamin pleure maintenant à chaudes larmes. Je m'approche.

– Ne t'inquiète pas, Fripon est un peu gêné parce qu'il vient juste d'arriver. Ça ira mieux dès qu'il aura pris ses repères. Je suis certaine que tu pourras le flatter lorsque tu reviendras.

Le visage du garçon laisse transparaître un faible espoir.

– C'est vrai ? demande-t-il d'une petite voix. Il est mignon comme tout.

– Mais oui, tu verras. Viens, je vais te montrer des livres sur des chats. Tu pourras les apporter chez toi.

Il hoche la tête en essuyant ses larmes et sa mère lâche enfin sa main, soulagée.

– Merci, dit-elle.

Le gamin me suit en hoquetant jusqu'à la section des documentaires pour les jeunes. Je lui remets quelques livres sur les animaux de compagnie et il s'installe dans un fauteuil pour les feuilleter. Sa mère s'éloigne pour aller fouiller dans la section des romans adultes et moi je ratisse la bibliothèque pour repérer Fripon, sans succès. Je rejoins Hugo au comptoir, un peu découragée.

– Il va sortir quand on va partir, m'assure-t-il.

Comme s'il s'y connaissait en chat ! Après tout, qu'est-ce que j'en sais ?

– D’accord.

Une heure plus tard, il est l’heure de fermer et nous n’avons toujours pas trouvé Fripon. Je décide de laisser les portes de la réserve et de la section administrative ouvertes.

– On y va. Il y a de l’eau, de la nourriture et une litière. Il devrait survivre au moins une nuit !

À l’intérieur de moi, je me dis que nous aurons de la chance s’il survit une semaine. Quelqu’un ira certainement se plaindre du chat de bibliothèque à son conseiller ! Il sera allergique au poil ou aura peur de lui. On dira ce qu’on voudra, les choses étaient beaucoup plus faciles avant. Si je me souviens bien, Dewey a quand même vécu près de vingt ans dans cette petite bibliothèque de Spencer. En Iowa qui plus est ! C’est peut-être le point commun entre Fripon et Dewey : le fait de vivre dans un coin isolé où la plupart des gens n’ont pas envie d’aller. Peut-être que Fripon pourrait devenir la vedette de Fermont, un peu comme l’a fait Dewey pour sa ville ? Tiens, c’est une idée, ça.

CHAPITRE 17

Le samedi, je suis si fébrile à la perspective de passer la journée avec David que je suis debout dès cinq heures. J'essaie de méditer un peu pour me calmer, mais je tiens à peine cinq minutes. Bien sûr, les deux cafés que j'avale ensuite en naviguant sur ma tablette ne font que m'énerver davantage ! À six heures, je décide d'aller courir. Depuis ma séparation, je n'ai pas parcouru le moindre kilomètre et le manque d'exercice commence à se faire sentir. De façon générale, à ce moment-ci de l'année, mon niveau de stress est assez élevé à cause du manque d'ensoleillement, du froid, des budgets à boucler au travail, des cadeaux de Noël à acheter… Bref, au 24 décembre, je n'aspire plus qu'à être déjà rendue au 2 janvier.

Dehors, l'air piquant blesse mes yeux et me fait presque rebrousser chemin. Finalement, je ne crois pas que je pourrais passer ma vie dans une région aussi froide que celle-ci, d'autant plus que je n'ai plus aucune raison d'y rester. L'idée de retourner à Montréal fait peu à peu son chemin.

Je commence par un petit trot tranquille pour m'échauffer en direction de la rue Le Carrefour et tourne à gauche sur celle-ci. La dernière tempête a laissé plusieurs centimètres de neige dont certains recouvrent toujours les trottoirs. Je remonte de l'Hématite jusqu'à la rue des Bâtisseurs et prends à droite en accélérant le tempo. Le vent est si fort que je peine à avancer. Arrivée devant le bâtiment évangélique et son étrange clocher, je fais demi-tour en direction de la bibliothèque pour voir Fripon et me réchauffer un peu avant de retourner chez moi.

Le gros matou a plus que survécu à sa première nuit ! En trois jours, il est devenu le roi de la bibliothèque ! Peu farouche, il se laisse volontiers caresser par les visiteurs et les gamins surexcités. Lorsqu'il en a marre de se faire tirer la queue, plutôt que de mordre l'un d'entre eux, il se réfugie dans la section administrative. Les moments tranquilles, il court entre les rayonnages, il se prélasse sur le large rebord de la fenêtre ou dans l'un des deux fauteuils au tissu élimé, ou alors il tente d'attraper les décorations de Noël du sapin. La nuit, nous laissons la porte de la réserve ouverte pour qu'il puisse aller et venir à sa guise, et le jour, lorsque nous devons la garder fermée, il attend patiemment que quelqu'un lui ouvre. Un parfait chat de bibliothèque ! Il n'y a que Mario qui ronchonne un peu, mais est-ce surprenant ? Il répète que nous allons recevoir des plaintes. Il a raison, bien sûr, mais je préfère ne pas y penser. Pour l'instant, je n'ai reçu que des commentaires positifs sur Fripon et je croise les doigts pour que cela dure !

J'entre dans le mur par l'entrée principale. La bordée de neige tombée pendant la nuit a bloqué la porte extérieure de la bibliothèque, qui n'a pas encore été déneigée par les employés des travaux publics. Dans le *mail*, tout est silencieux. Les boutiques de service sont fermées à cette heure matinale et je ne croise pas âme qui vive sur mon chemin. Je déverrouille la porte de verre et l'entrouvre avec précaution au cas où Fripon se trouverait dans le secteur. Mais le champ est libre.

À l'intérieur, je m'étonne de ne pas entendre le bip familier du système d'alarme. Peut-être Hugo a-t-il oublié de l'activer avant de partir hier soir ? Je fais quelques pas, lorsqu'un bruit au fond de la pièce attire mon attention. Je tends l'oreille. Je songe un instant à un voleur avant de me raviser. C'est sûrement Fripon.

J'avance à nouveau dans la pénombre et ma respiration se bloque quand j'aperçois une silhouette derrière le comptoir. Il y a bel et bien quelqu'un. Le cœur battant, j'attrape machinalement mon téléphone dans la poche de mon manteau, puis je reconnais l'intrus à son grand corps maigre penché sur l'ordinateur. Le soulagement m'envahit aussitôt.

– Hugo ? Que fais-tu ici à cette heure ? Tu m'as fait peur !

L'interpellé se redresse brusquement. Son regard m'effleure avant de se planter dans la porte vitrée derrière moi.

– Ah, euh, salut, Jilliane, marmonne-t-il en mettant les mains dans les poches de son pantalon. Désolé… j'étais réveillé, alors…

Il cligne plusieurs fois des yeux, signe qu'il est anxieux. Les bras croisés sur ma poitrine, je me contente de le dévisager. La suite vient comme une dent qu'on arrache.

– Je, hum… ouais… c'est que... euh…

Il se gratte l'arrière du crâne, à la recherche d'une explication crédible avant de lever un doigt, comme s'il était saisi d'une illumination.

– Je voulais voir si le chat allait bien ! Il avait l'air un peu bizarre hier, tu sais ?

Non, je ne savais pas. Je croise les bras, sceptique.

– Mais… tu l'aurais vu à midi, puisque tu travailles aujourd'hui.

– Ouais, mais…

Il hésite avant d'avouer qu'il avait besoin d'utiliser notre connexion Internet pour terminer un travail scolaire. À ce qu'il paraît, chez lui, la limite de données est atteinte. Pour ma part, cette seconde explication me semble une bien meilleure excuse que la première. Il est déjà arrivé qu'Hugo emprunte nos ordinateurs pour faire ses travaux d'école et, bien que ce soit interdit, j'ai toujours passé l'éponge. Mais le fait qu'il ait commencé par attribuer sa présence à Fripon et qu'il n'ait pas pris le temps de mieux s'installer me paraît étrange.

– Alors, dis-je en me dirigeant vers lui, Fripon va bien ?

Hugo hoche la tête avec vigueur.

– Ouais. Super. J'ai vidé sa litière et je lui ai donné d'autres croquettes. Son bol était vide.

– À ce rythme-là, il sera bientôt obèse.

– Ouais, répète Hugo. C'est un gourmand, c'est sûr.

Je passe derrière le comptoir et jette un œil suspicieux sur l'écran. Je remarque que le module circulation du logiciel de la bibliothèque est ouvert, mais aucun dossier n'est affiché. Je ne sais pas ce qu'Hugo fabriquait, mais il a eu le temps de tout dissimuler.

– Tu fais tes devoirs, tu dis ?

– Je n'ai pas commencé encore, explique-t-il avec un geste vague de la main. J'ai renouvelé mes prêts avant.

J'en doute, mais je ne commente pas.

– Alors, il est où, le gros matou ?

Je regarde autour de moi. Hugo m'indique la section réservée aux employés.

Je trouve Fripon endormi sur ma chaise de travail. Je me penche vers lui.

– Salut, mon beau. Qu'est-ce que tu fais là ?

Je lui flatte la tête et il roule immédiatement sur le dos pour me montrer son ventre dodu.

– Eh bien ! Tu n'es pas farouche, toi !

Il me fixe de ses grands yeux verts où je crois discerner une pointe de supplication, si bien que je m'accroupis pour le cajoler. Son ronronnement m'emplit les oreilles et nous filons le parfait bonheur jusqu'à ce qu'il me morde la main. Je la retire prestement.

– Aïe ! Mais qu'est-ce que je t'ai fait ?

Il continue de me regarder fixement, les pattes en l'air, mais sa queue s'est mise à gigoter sous lui.

– Méchant chat !

Je secoue un index menaçant devant son museau et il cligne des yeux à quelques reprises avant de rouler sur le côté. On dirait qu'il a compris.

– Je vais aller t'acheter des jouets bientôt, dis-je, conciliante.

Ce serait effectivement une bonne idée. Il est encore jeune et doit avoir besoin de se dépenser un peu. Je n'ai aucune envie qu'il morde un enfant !

J'attrape mon téléphone et m'apprête à prendre une photo de Fripon lorsqu'une vibration se fait sentir. J'ai reçu un message. C'est David qui me confirme qu'il sera chez moi à neuf heures trente et je sursaute en regardant ma montre. J'ai juste le temps d'aller prendre une douche et de me préparer.

– Bye, mon Fripon ! On te croquera le portrait une autre fois.

Je lui flatte la tête une dernière fois avant de sortir en saluant au passage Hugo, visiblement soulagé par mon départ. J'aurai bien le temps de poursuivre plus tard ma petite enquête. Dans mon ventre, il y a ces fourmillements légers que l'on ressent quand on se retrouve face au vide ou, comme moi, face à un bel inconnu sorti de nulle part.

CHAPITRE 18

J'ai un petit coup au cœur lorsque je vois arriver David par la fenêtre de la chambre d'amis qui donne sur la rue. Il a emprunté le camion de Mario. À l'arrière, la grosse motoneige noire solidement attachée me rappelle le programme du jour. Le véhicule ralentit et s'arrête devant ma porte. Je me précipite dans l'entrée pour revêtir mon manteau de neige et mes bottes Kodiak.

Un coup de klaxon résonne dans l'air pendant que je fourre dans mon sac à dos mon bonnet de laine, une paire de mitaines, mon *gloss* et un baume à lèvres au beurre de karité.

– Salut ! lance David à travers la vitre baissée lorsque je m'approche du véhicule.

J'ouvre la portière et je jette mon pantalon de ski, mon casque et mon sac à dos sur la banquette arrière avant de me hisser sur le siège passager. David me décoche un sourire éblouissant qui me fait m'étouffer. En trois jours, j'avais presque oublié à quel point il est beau ! Nerveuse, je ravale ma salive pour lui sourire à mon tour.

– Ça va ?

Il approuve d'un geste avant de désigner le porte-gobelet entre nous.

– Je t'ai pris un café. Deux crèmes, sans sucre, c'est bien ça ? Comme le thé.

Je suis ravie de voir qu'il se souvient de mes préférences.

– Tu es très jolie, ajoute-t-il en me jetant un regard en coin.

Le sang afflue à mes joues. Je balbutie un « merci » timide.

– C'est bien, tes cheveux comme ça.

Je porte machinalement la main à ma tête. L'humidité ayant fait gonfler ma tignasse après mon expédition matinale, j'ai décidé de la laisser telle quelle. Inutile de la discipliner puisqu'elle allait se retrouver coiffée d'un casque de motoneige.

– Ils sont au naturel, fais-je remarquer, en décidant aussitôt de les laisser plus souvent ainsi puisque cela semble lui plaire.

J'attrape le gobelet de café qui m'est destiné pour me donner une contenance. Je ne suis pas obligée de lui dire que c'est mon troisième de la journée, n'est-ce pas ? Je le sirote tranquillement en espérant que mon cœur tienne le coup tandis que nous roulons en direction du parc Jean-Fortin où David a prévu laisser le camion. Il y a une piste locale à partir de ce parc qui mène jusqu'à la 399, un sentier régional de motoneige. Si je suis fébrile, David, lui, paraît plutôt décontracté. Bien davantage même que lors de notre dernière rencontre. Les petites rides de son front se sont relâchées et un franc sourire étire régulièrement ses lèvres pleines, découvrant la petite fossette sur sa joue droite.

En deux minutes, je réussis à parler de Fripon, de la température à Fermont et de mon travail. Prenant conscience de ma volubilité, je me confonds en excuses, mais il s'empresse de me dire que je suis très divertissante. Je ne crois pas que Jasper n'ait jamais dit cela de moi. Exaspérante, oui, mais divertissante… certainement pas. Lorsque je mentionne que ma mère a acheté un billet d'avion pour venir me rejoindre sans même me demander mon avis, tant elle est persuadée que je ne m'en sortirai pas sans elle, David rigole. Puis, il ajoute qu'elle a l'air très sympathique et qu'il a hâte de la rencontrer. J'en reste bouche bée.

David stationne le camion près de la piste et nous débarquons ensemble pour installer la rampe afin de pouvoir y faire glisser la motoneige. Puis nous enfilons nos pantalons de neige, nos gants et nos lunettes de soleil. La température est un peu plus froide que la normale – si normale il y a ici ! – mais j'ai prévu le coup en superposant les couches de vêtements. Ce qui explique probablement pourquoi j'ai trop chaud maintenant. Sous mon pantalon de ski, je porte un pantalon en molleton et un collant de laine, et ces trois épaisseurs me donnent une démarche de pingouin. Ce n'est guère mieux pour le haut. Le col roulé de mon chandail bleu ciel en mohair me gratte le cou et le sous-vêtement à manches longues que je porte en dessous commence à être mouillé aux aisselles.

Heureusement, nous sommes presque prêts à partir. J'avale une dernière gorgée de café et David me tend mon casque et ma cagoule. J'extirpe un élastique de mon sac pour attacher mes cheveux avant de l'enfiler. Il m'aide ensuite à bien serrer la bride sous mon cou et donne une petite tape sur mon casque.

Nous convenons d'un signal en cas de problème : si je souhaite qu'il ralentisse, je serre fortement sa cuisse de la main. Si je veux qu'il s'arrête, je la serre deux fois. J'ai des papillons dans l'estomac lorsqu'il démarre la motoneige. Je me hisse derrière lui, subitement intimidée à l'idée de devoir l'enlacer. Avec hésitation, mes bras s'enroulent lâchement autour de sa taille, mais il les attrape et les plaque fermement contre lui, ce qui a pour effet immédiat de me faire rougir pour une autre raison que le froid.

– Accroche-toi, me prévient-il en se tournant brièvement vers moi. Ça va démarrer raide et je n'ai pas envie que tu foutes le camp !

Il m'adresse un clin d'œil et je me serre contre lui. Puisqu'il le demande...

Il donne quelques puissants coups d'accélérateur pour rincer le moteur avant de faire décoller l'engin et je le remercie intérieurement de m'avoir prévenue.

À coup sûr, je serais tombée par terre ! Mais je suis bien en selle et pendant l'heure qui suit, je décroche complètement. Mon travail, Jasper, ma mère, plus rien n'existe. Sauf David et moi sur cette motoneige, dévorant la piste glacée baignée de soleil.

Le sentier local traverse le boulevard J.-C. Ménard pour rejoindre la 399, cette route balisée régionale qui plonge au cœur de la taïga et que Jasper et moi n'avons jamais empruntée, nous contentant généralement de parcourir les sentiers locaux. Pendant quelques kilomètres, nous suivons en parallèle la 389. Cette route mythique, célèbre pour ses pentes escarpées et ses virages sinueux, relie Baie-Comeau au Labrador et est à ce jour la plus longue route du Québec. Lorsque nous la traversons pour nous enfoncer dans la forêt boréale, je reste ébahie devant la densité des conifères qui nous isolent de la civilisation. C'est un dépaysement pour moi, encore plus brusque que celui que j'ai ressenti à mon arrivée à Fermont, et l'adrénaline parcourt mes veines, alors que la motoneige semble avaler la route.

Je me concentre sur mes sensations et elles sont multiples ! Cette expédition est presque aussi grisante que le corps de David emboîté au mien. Nous longeons pendant un moment une baie qui nous mène jusqu'à une vaste étendue d'eau, le lac Boulder m'expliquera plus tard David. À nouveau, je suis émerveillée par la somptuosité des images qui imprègnent mes rétines. D'un côté, le lac gelé recouvert d'une neige brillante, tel un long voile nuptial, et de l'autre, cette masse sombre faite de conifères qui semblent avoir été saupoudrés de sucre glace par une coquine cuisinière.

Le ciel bleu. Les grands espaces. La nature pure.

Le couvert d'épines glacées forme un vaste toit troué de lumière au-dessus de nos têtes et je suis encore étourdie par tant de beauté quand nous entamons la dernière partie du parcours qui nous mène au refuge. Lorsque David doit négocier des virages plus serrés, je me raidis. Malgré moi, mon cerveau repasse en boucle les annonces d'accidents de motoneige aux informations et je m'apprête à utiliser notre code pour signifier à David de ralentir, mais comme s'il avait lu dans mes pensées, il décélère brusquement. Mon chauffeur a peut-être senti la tension dans mon corps, car une de ses mains abandonne le volant pour venir presser ma cuisse. Comprenant qu'il me communique ainsi que tout va bien, j'enserre plus fortement sa taille, mes craintes envolées.

Le refuge est une cabane en bois rustique au toit enneigé. David arrête la motoneige devant l'entrée et se tourne dans ma direction.

– Ça va ? demande-t-il en retirant ses lunettes de protection. Pas trop gelée ?

Je tente un sourire, mais mon visage sous la cagoule ne coopère pas très bien. David rit.

– On va se réchauffer ?

– Oui.

Je me soulève avec difficulté pour débarquer de l'engin. Je me sens raide et gauche, mais je parviens tout de même à mettre mes pieds par terre sans encombre. David détache le sac de guidon attaché à la motoneige et mes muscles se détendent dès que nous pénétrons à l'intérieur du chalet où la température est plus confortable. L'endroit n'est pas très grand et il y a un poêle à bois avec des braises encore chaudes, signe que quelqu'un est passé avant nous. David prend une bûche par terre et la dépose dans l'appareil avec un peu de papier journal pour relancer le feu. Nous nous assoyons côte à côte sur la banquette qui court le long du mur à notre droite et retirons nos casques, habits de neige et gants. Puis je me lève pour faire quelques étirements pendant que David sort une bouteille thermos de son sac et deux tasses de métal qu'il remplit d'un liquide foncé dont je reconnais immédiatement l'odeur.

– Du chocolat chaud ! m'exclamé-je en battant des mains. Merci.

Il attrape son manteau et retire deux barres de noix de la poche intérieure. Je reçois avec gratitude celle qu'il me tend, car il est midi passé et je commence à avoir faim.

– Tu penses à tout, fais-je remarquer.

– J'aimerais bien.

Je dépose le gobelet et la barre sur le banc pour terminer mes étirements.

– Yoga ? demande David en se rassoyant, son chocolat à la main.

– Oui, monsieur, dis-je en exécutant avec effort une salutation au soleil.

Je manque un peu de flexibilité, mais j'exécute parfaitement les mouvements malgré tout.

– J'en ai fait beaucoup dans mon ancienne vie, dis-je ensuite. Un peu moins depuis que je suis ici.

Je m'assois à ses côtés et nous mangeons notre barre avec appétit. C'est lui qui rompt le silence.

– Tu as aimé la balade ?

– Beaucoup. C'est bizarre, je ne suis jamais venue ici. Pourtant…

Je m'arrête, un peu mal à l'aise à l'idée d'évoquer devant lui ma relation avec Jasper. Mais il me prend de court.

– Tu faisais de la motoneige avec ton ex ?

J'acquiesce en silence.

– Et vous n'êtes jamais venus jusqu'ici ?

– Non. Ce sentier est magnifique. Et les refuges… Qui s'en occupe ?

– Ils sont entretenus par le club de motoneiges de la région en collaboration avec la municipalité, m'explique David. Ils vérifient les conditions des pistes et s'assurent que tout est fonctionnel dans les refuges. À l'exception des toilettes, il n'y a pas d'équipement, mais sous le comptoir d'accueil, il y a une trousse de premiers soins et un walkie-talkie.

Je jette un regard autour de moi et tout à coup, je prends conscience que s'il nous arrivait quelque chose, il faudrait quand même plus d'une heure à un sauveteur pour nous rejoindre. Je frissonne.

– Tu as froid ?

– Non. Je viens juste de réaliser que nous sommes loin de tout.

– C'est vrai, répond-il sur un ton grave. J'espère avoir assez d'essence pour le retour.

Je mets un moment avant de comprendre qu'il se paie ma tête. Je lui assène un faible coup sur le bras.

– Ce n'est pas drôle !

Il lève les mains en signe de protestation.

– Je n'oserais jamais me moquer de toi, assure-t-il le plus sérieusement du monde.

Je remarque néanmoins une lueur amusée dans son regard et je pouffe de rire.

– Tu n'es pas très convaincant !

Je prends une gorgée de mon chocolat et l'observe par en dessous. Troublée par le pétillement de ses yeux, je tente de me concentrer sur le liquide chaud. Je cherche à relancer la conversation.

– Tu aimes beaucoup faire de la motoneige ?

– Ouais, j'adore ça ! C'est ce qui me manque le plus en Afrique. L'an dernier, je me suis acheté une moto. Ça compense un peu.

Je l'imagine sur une moto et j'ai tout de suite chaud. Je chasse rapidement cette image importune.

– J'ai déjà voulu suivre le cours de conduite de moto, mais je me suis défilée. Je suis trop paresseuse pour me lever aux aurores et rouler sous la pluie à la queue leu leu derrière un professeur sur une moto usagée. Tu as remarqué que chaque fois que l'on croise des élèves sur la route, il pleut ?

Il rit et je m'attarde à nouveau à la petite fossette sur sa joue droite.

– Au moins, maintenant, je connais l'un de tes défauts !

– Et ce n'est que le premier d'une longue liste, dis-je en plaisantant.

Puis, j'ajoute :

– Mais pour que ce soit juste, il faut que tu m'en dises un également.

– Hum, laisse-moi penser…

Il réfléchit.

– Malheureusement, il m'arrive d'être jaloux, finit-il par dire piteusement.

Je me fige un instant.

– C'est vrai ? Dans quel sens ?

– Il m'arrive d'envier les gens qui ont ce que je n'ai pas. Je ne parle pas nécessairement de matériel. Les gens que j'envie le plus sont ceux qui arrivent à être en paix avec eux-mêmes et leur passé.

Je ne m'attendais pas à cette réponse. Je croyais qu'il allait me dire qu'il était jaloux lorsqu'il était en couple.

– Eh bien, c'est vrai que la sérénité et la résilience ne sont pas données à tous. Cela demande un peu de travail. Mais j'imagine que l'effort en vaut la peine.

– Ouais. C'est sûr que ça en vaut la peine, répète-t-il d'une voix lente.

Je lui jette un coup d'œil. Ses lèvres sont pincées et les traits de son visage, plus durs qu'à l'ordinaire. De toute évidence, nous venons de changer de fréquence. Je reste silencieuse un moment, désorientée par ce brusque revirement d'humeur. Son énergie me rend mal à l'aise pour la première fois depuis que l'on se connaît et je soupçonne de nouveau que, sous son apparente légèreté, David porte une part sombre en lui. Une peine d'amour ? Ou autre chose qui l'aurait poussé à s'éloigner de sa famille ?

Devant le silence qui persiste, j'ose demander :

– Tu as envie d'en parler ?

Il relève la tête et me regarde, surpris. Puis, ses lèvres s'étirent en un mince sourire.

– Excuse-moi. J'étais ailleurs.

Il fait un effort pour reprendre un air normal et se lève d'un coup.

– On s'en va ?

Il vide son gobelet d'un trait. Je comprends qu'il n'en dira pas plus pour l'instant.

– D'accord. Allons-y.

J'ai à nouveau froid, mais ce n'est plus à cause du vent.

CHAPITRE 19

Il est presque quatorze heures lorsque nous arrivons à notre point de départ, à Fermont. Le trajet s'est fait plus lentement qu'à l'aller, et malgré la fin un peu abrupte de notre discussion dans le refuge, l'atmosphère entre nous demeure agréable. David est redevenu David. Saoulés de grand air et d'émotions fortes, nous embarquons la motoneige dans le camion et grimpons dans la cabine en nous moquant de la raideur qui restreint nos mouvements. Lorsque l'adrénaline ressentie pendant notre balade commence à retomber, j'éprouve, pour la première fois depuis longtemps, un fort sentiment de bien-être.

– Nous sommes arrivés.

David immobilise doucement le véhicule devant mon appartement et je me prends à regretter de ne pas habiter plus loin. Je me tourne vers lui.

– Et tu es saine et sauve ! ajoute-t-il, moqueur.

Ses yeux pétillent à nouveau. Je ne veux pas qu'il s'en aille tout de suite.

– Tu veux entrer ? Je n'ai pas grand-chose dans le frigo, mais j'ai de quoi nous faire une omelette, si ça te dit.

Mon sentiment premier est qu'il va refuser, mais il me surprend.

– Bonne idée. Je t'avoue que je crève de faim.

J'essaie de réprimer l'emballement de mon cœur.

À l'intérieur, nous nous débarrassons de nos habits de neige et je file à la salle de bain pour me soulager et voir de quoi j'ai l'air. Évidemment, avec le bonnet et le casque, ma chevelure en a pris un coup. Je répare les dégâts du mieux que je peux et j'enduis mes lèvres desséchées d'un baume hydratant teinté. Mes joues rosies par le froid me donnent une mine épanouie qui contraste fortement avec l'air hagard que j'ai trimballé ces derniers jours. Je me souris dans le miroir.

Juste avant de quitter la pièce, je remarque une culotte qui sèche sur le rebord de la baignoire. Heureuse de l'avoir vue à temps, je la ramasse et la fourre dans le panier à linge sale. Tant pis. Elle devra subir un second lavage. Dans la cuisine, David est assis à la table et feuillette un magazine à potins que j'ai laissé traîner.

– Tu veux quelque chose à boire ? Il me reste quelques bières et une demi-bouteille de vin. À moins que tu ne préfères quelque chose de chaud ?

Il secoue la tête.

– Une bière, ça ira. Avec un verre d'eau, s'il te plaît.

Je nous sers de l'eau et deux bières blondes.

– Je peux utiliser tes toilettes ?

– Bien sûr. Fais comme chez toi.

Pendant son absence, j'ouvre le frigo en croisant les doigts. Heureusement, j'ai encore de quoi faire une omelette substantielle. Je prends la demi-douzaine d'œufs qui trône, esseulée, sur la deuxième tablette, puis je sors du tiroir à légumes, une barquette de champignons entamée, un oignon, un poivron rouge et un paquet de persil défraîchi. Dans le congélateur, j'attrape un reste de bacon qui attend depuis des lustres que je le mange, et je commence à en faire cuire les tranches tout en préparant les légumes pour l'omelette. J'ajouterai en fin de cuisson un peu du fromage de chèvre que je tartine parfois sur mes rôties le matin.

L'odeur de la viande cuite envahit rapidement tout l'appartement.

– Hum… commente David en sortant de la salle de bain. Ça sent super bon. Bacon ?

– Oui, monsieur.

Il se rassoit à la table face à moi et vide la moitié de son verre d'eau, avant de s'attaquer à sa bière. Ses yeux scrutent chacun de mes mouvements et cela me rend nerveuse.

– Tu veux que je t'aide ?

– Non, non. Tu es mon invité.

Je l'observe du coin de l'œil tout en terminant de hacher les légumes. Il a pu redonner un peu de volume à ses cheveux, mais quelques mèches indisciplinées partent dans tous les sens. On dirait qu'il vient de sortir du lit et franchement, c'est absolument craquant. Je tente d'ignorer le frémissement d'excitation qui monte en moi.

– Ce ne devrait pas être trop long. Parle-moi de ton travail en attendant.

Je pose napperons et ustensiles sur la table, puis je l'écoute distraitement m'expliquer les projets de chantier de l'entreprise qui l'embauche tout en battant les œufs avec du lait d'amande et des herbes séchées. Dans un second poêlon, je fais revenir les oignons, les champignons et les poivrons. Quand ils sont ramollis, je les recouvre de l'omelette et réduis légèrement le feu.

La sonnerie de mon téléphone retentit, interrompant David.

– Oups ! Désolée, dis-je en cherchant mon sac à main des yeux.

Je le trouve par terre, près de l'entrée. J'attrape mon téléphone tout au fond et jette un rapide coup d'œil sur l'écran. À regret, je prends la communication.

– Maman ? Tu vas bien ?

Ma voix doit avoir un ton angoissé, car ma mère laisse échapper un rire.

– Pourquoi tu t'inquiètes toujours comme ça ?

– Ben, parce que tu es ma mère, peut-être ? rappelé-je en marchant vers la cuisine.

Millie soupire.

– Je vais bien. Je t'appelle pour te donner les coordonnées de mon vol.

– OK. Attends que je trouve de quoi écrire.

Je réussis à dénicher un stylo dans le fouillis d'un tiroir et une enveloppe contenant une proposition de carte de crédit. Je m'appuie contre la table face à David.

– C'est bon, vas-y.

Je note les informations qu'elle me donne et ravale un hoquet.

– Mais… le 15, c'est demain ?

– C'est ce que je t'avais dit, non ?

Je cherche dans ma mémoire sans pouvoir me rappeler.

– J'ai dû oublier, dis-je avec une pointe d'angoisse dans la voix.

– Mon billet est acheté, ma chambre est réservée et ma valise est prête. À moins d'une raison majeure, je ne peux pas annuler, ma chérie.

Elle semble si heureuse de venir me retrouver que je culpabilise.

– Mais non, ça va ! Pas de problème. C'est juste que les vacances de Noël ne sont pas si loin et que j'ai plein de choses à faire au travail d'ici là.

Et je dois me trouver un nouveau logement, me souffle ma petite voix intérieure.

– Ne t'en fais pas. Je vais t'aider, tu vas voir.

Je ne vois pas en quoi elle pourrait m'aider au travail, mais je ne le relève pas. Je vois alors David repousser sa chaise. Il me fait signe qu'il va jeter un coup d'œil à l'omelette. Ishhh, l'omelette !

– Jill ? s'inquiète ma mère. Tu es toujours là ?

– Oui, oui… Excuse-moi. C'est bon pour demain, huit heures quarante-cinq. Je dois te laisser, je ne suis pas seule.

– Tu es avec Jasper ? m'interroge ma mère, suspicieuse.

– Non...

– Ah bon ? Tu es avec un homme ?

Je coupe court à son interrogatoire.

– Je t'expliquerai demain.

Ma mère a un petit rire de gorge.

– Je meurs déjà de curiosité ! Oh, je voulais te dire, ton frère a décidé de passer les fêtes au Mexique. Il vient d'acheter des billets pour sa copine et lui.

Je raccroche, soulagée de savoir que je n'aurais pas un couple à héberger, mais un peu anxieuse pour demain. Quand ma mère m'a annoncé qu'elle venait me voir, j'avais prévu demander à Amélie de me prêter sa voiture, mais je ne l'ai jamais fait. J'espère qu'elle pourra me dépanner ! Sinon, je devrai tenter de trouver une voiture de location ou appeler un taxi, mais je préférerais économiser cet argent.

J'envoie un rapide message à Amélie en m'excusant à l'avance pour le court délai d'avis et pose mon téléphone sur la table avant de rejoindre David.

– Je crois que c'est prêt.

Je me penche sur l'omelette. Il a raison. Mais surtout, David est beaucoup trop près de moi. Je recule d'un pas.

– Oui… Elle semble à point.

Il retire le poêlon du feu.

– Je nous sers ?

J'attrape une mitaine pour retirer le bacon du four.

– Laisse, je m'en occupe. Tu peux me donner le pain dans le frigo ?

David me tend l'emballage qui ne comprend plus que quelques tranches et je le saisis en m'efforçant de ne pas me laisser distraire par l'odeur un peu piquante de son antisudorifique. Je l'entends se décapsuler une seconde bière pendant que je mets deux tranches dans le grille-pain.

– J'ai cru comprendre que ta mère arrivait demain ? me lance-t-il, le dos appuyé contre le frigo.

J'acquiesce avec une moue et il plisse les yeux.

– Ça te déplaît ?

J'explique que j'ai oublié de réserver la voiture d'Amélie et il propose aussitôt de m'accompagner si cette dernière ne peut pas me la prêter.

J'ai un sursaut. Mon Dieu ! Surtout pas ! Ma mère en ferait des gorges chaudes. Je refuse avec empressement.

– Je ne crois pas que ce soit nécessaire. Mais merci de le proposer.

Je vais chercher les assiettes sur la table et commence à y répartir l'omelette et le bacon.

– Ta mère vient seule ?

– Oui. Mon beau-père la rejoindra plus tard.

– Et ton frère ?

Je secoue la tête.

– Il a prévu de passer Noël au Mexique avec sa nouvelle amie.

Les tranches de pain grillé s'éjectent du grille-pain avec une telle force que l'une d'entre elles atterrit sur le comptoir. David éclate de rire.

– Wow ! Ton grille-pain est survolté !

Je me mets à rire à mon tour en mettant à griller deux autres tranches.

– Réparation maison. Je suis douée, tu ne trouves pas ?

– Y a pas de doute !

Riant toujours, nous allons nous asseoir, assiettes en main.

– Très bon, commente David après quelques bouchées.

– À la vitesse à laquelle tu manges, je crois que tu as tellement faim que tu avalerais n'importe quoi !

– Oui, mais si je mange aussi vite, c'est parce que ton omelette est parfaite, répond-il en souriant. Comme toi.

Je pique un fard. Par chance, je suis sauvée par un tintement familier. Amélie. J'attrape mon téléphone.

Pas de prob ! Je viens te l'apporter
dans une heure ?

Je m'empresse de répondre.

Demain matin, ce serait mieux.
Vers 8h ?

La réponse fuse.

Tu n'es pas chez toi ?

Oui, mais je suis occupée !

OK. Bonne soirée alors. ☺

Merci encore. À demain !

Je pousse un soupir ; j'ai craint un instant qu'elle ne me questionne davantage et je n'ai pas envie de parler de ma relation naissante avec David. J'explique à ce dernier ce qui a été convenu avec Amélie.

– Super alors, se contente-t-il de dire.

Puis, il ajoute :

– C'est bien la fille qui était avec ton ex l'autre soir ?

Je confirme en mâchouillant une tranche de bacon et prie pour qu'il change de sujet. Mais non.

– Est-ce que tu as trouvé ça difficile de revoir Jasper ?

Zut. Je ne dois pas être assez connectée avec les forces supérieures pour que l'on exauce mes vœux.

– Pas tant de revoir Jasper que de le trouver en compagnie d'Amélie. Cela m'a étonnée.

– Tu t'es expliquée avec elle ?

– Oui. Ça va, maintenant.

Je me lève pour aller chercher les rôties qui refroidissent dans le grille-pain et lui en tends une. Il étale dessus une épaisse couche de beurre et un peu de la confiture aux framboises que j'ai déposée sur la table. Je m'assois et l'imite.

– Ça ne te semble pas bizarre d'être ici avec moi, alors que je viens tout juste de me séparer de mon conjoint des sept dernières années ?

– C'est vrai que c'est long sept ans, commente-t-il simplement.

Il n'a pas l'air perturbé par la situation.

– Oui. Très long.

Puis, plutôt que de répondre, il me retourne la question.

– Et toi ? Qu'est-ce que ça te fait d'être ici avec moi ?

Je réfléchis pour essayer de démêler l'enchevêtrement confus de mes sentiments.

– C'est étrange. Depuis que je suis toute petite, je rêve de me marier et d'avoir des enfants. Quand j'ai rencontré Jasper, je me suis dit que ça y était. Je l'aimais, il m'aimait, tout était parfait ! Mon rêve allait se réaliser. J'ai tout misé sur nous deux. J'étais convaincue que nous serions ensemble toute notre vie et j'ai fait beaucoup de compromis pour ça. C'est surtout la disparition de ce rêve-là qui me fait mal, je crois.

Je m'arrête et désigne de la main la pièce où nous sommes.

– Et là, je me retrouve toute seule ici, dans une maison en rangée qui ne m'appartient pas, avec un emploi que j'apprécie, mais loin de ma famille. De plus, je n'ai même pas de voiture et je ne suis pas certaine d'avoir les moyens de m'en offrir une ! Je n'ai presque pas d'économies. Nous venions à peine de terminer de payer les études de Jasper.

Les lèvres pleines de David s'étirent en un sourire compréhensif.

– Je comprends. Mais tu es totalement libre, quoi !

Je reste interdite.

– Tu te retrouves devant une page blanche. Tu peux écrire ce que tu veux, et même te réinventer.

Je l'observe d'un œil dubitatif avant de répondre que je ne sais pas comment faire.

– Tu trouveras.

Aussi simple que cela. Nous continuons de manger en discutant de choses et d'autres. J'apprends que, comme moi, David préfère le calme de la nature à la vie en ville. Et qu'il est un grand amateur de musique classique. Plus j'en apprends sur lui, plus je constate que nous avons de nombreux points communs. En outre, j'apprécie sa personnalité calme et introvertie. Sa simple présence agit comme un sédatif sur mon esprit agité. Il pourrait devenir ma drogue préférée.

Notre repas terminé, David m'aide ensuite à faire la vaisselle et à ranger.

– C'était une belle journée, commente-t-il en essuyant le dernier ustensile.

Il le met dans le tiroir, puis s'adosse au comptoir.

– Il faudra qu'on remette ça.

L'alcool jumelé à notre sortie en plein air commence à faire son effet. Je me sens fatiguée, mais détendue. Trop détendue.

– Oui, ce serait bien.

Je rince l'évier et dépose l'éponge dans son contenant. Je passe ensuite mes mains sous l'eau chaude pour en retirer le savon restant, puis je les sèche avec une serviette. Mes mouvements sont exagérément lents. Comme si je pensais pouvoir ainsi ralentir le temps et empêcher le départ de David ! Il tend un bras vers moi et attrape ma main.

– J'ai envie de t'embrasser depuis que tu es montée dans le camion ce matin, dit-il d'une voix sourde.

Il pose sa main libre sur ma taille et m'attire doucement à lui. Le sang me monte immédiatement à la tête.

– Je peux ? chuchote-t-il.

Je cligne des yeux, tentant de calmer ma respiration, et je le regarde se pencher vers moi sans réagir. Son baiser est doux et j'entrouvre naturellement les lèvres pour l'approfondir. Lorsqu'il se détache, à regret, me semble-t-il, je suis tout étourdie. Puis il me serre avec force contre lui et j'enfouis mon visage dans son torse, pressant ma joue contre sa poitrine. Les émotions se bousculent en moi. David appuie le menton sur mon crâne et nous restons ainsi, le temps que les battements de nos deux cœurs s'apaisent.

– Je n'ai pas envie de m'en aller, murmure enfin David.

J'avoue spontanément en respirant son odeur :

– Je n'ai pas envie que tu t'en ailles non plus.

Nous nous détachons enfin l'un de l'autre et je recule d'un pas pour mieux l'observer. J'admire le dessin légèrement asymétrique de sa bouche, ses lèvres douces et charnues, le carré si masculin de sa mâchoire. Ses iris m'apparaissent d'un gris plus sombre qu'à l'habitude alors qu'ils scrutent les miens comme s'ils cherchaient la réponse à une question essentielle. C'est là que David se penche vers moi.

– Alors, je peux rester ? demande-t-il d'une voix rauque.

CHAPITRE 20

Je me pends à son cou telle une noyée que l'on vient d'extirper des mers. Il n'y a plus d'hésitation, plus de question, rien que ce baiser qui me rappelle que je suis faite de chair et de sang. Lorsque nos lèvres se séparent, j'ai la tête qui tourne et je me sens affaiblie.

Je colle mon front dans le chandail de David. J'entends son cœur battre, toujours un peu trop vite, mais exactement sur le même rythme que le mien.

– Wow ! souffle-t-il dans mes cheveux. C'était intense. Qu'est-ce que tu me fais, Jilliane ?

Je me demande la même chose pendant que ses doigts caressent ma joue, repoussant quelques mèches de cheveux derrière mon oreille. Je relève la tête pour le regarder et lui lance un petit sourire coquin.

– C'est de ta faute tout ça. T'avais juste à rester en Afrique.

J'attrape sa main et dépose un baiser dans sa paume large et carrée. Nos doigts s'enlacent.

– On va dans ma chambre ?

C'est bien moi qui ai dit ça ? David penche la tête et embrasse mon cou.

– J'attendais que tu le demandes.

Je l'entraîne à ma suite, tirant sur sa main que je tiens toujours. Sur le seuil de la pièce, je m'arrête un instant. Je ne peux m'empêcher de penser à Jasper. Mais son image est rapidement chassée par les paroles que David a prononcées un peu plus tôt : je suis totalement libre. Soudain, je prends pleinement conscience de ce que cela veut dire. Et c'est grisant.

J'allume ma lampe de chevet et sa lumière tamisée enveloppe l'espace d'une agréable chaleur. Au pied du lit, nous nous embrassons à nouveau. David est si grand que je dois me tenir sur la pointe des pieds pour rejoindre ses lèvres. Je me presse contre lui avec impudeur. Il sent bon. Sa peau est chaude et douce. Ses mains parcourent mon dos, puis glissent sous mes fesses pour me soulever sans effort, m'arrachant un petit cri de surprise. Mes jambes s'enroulent instinctivement autour de sa taille pendant qu'il fait le tour du lit en tâtonnant. Lorsqu'il se laisse tomber sur le matelas, nous roulons sur le côté sans cesser de nous embrasser et je me cogne contre le bois de la tête de lit.

– Aïe !

David s'écarte aussitôt, inquiet.

– Ça va ?

Je ris en me frottant le crâne.

– Je devrais survivre.

Je m'éloigne du mur de quelques centimètres et m'allonge sur le dos. David se colle à moi. En appui sur un coude, il glisse sa main sous mon chandail pour effleurer mon ventre offert. J'ai un bref gémissement lorsque ses doigts remontent le long de mes côtes jusqu'à ma poitrine. Doucement, il caresse la peau à découvert au-dessus des balconnets soyeux de mon soutien-gorge et je tends mon visage vers lui pour qu'il m'embrasse encore. Je commence à avoir chaud. Bien trop chaud.

– Attends, dis-je d'une voix légèrement essoufflée, en écartant mon visage.

Je m'assois dans le lit et David m'aide à retirer le col roulé sous lequel je me consume. Je suis contente d'avoir mis de jolis dessous et non pas les trucs usés que je porte quand je suis toute seule. Ses yeux se posent sur mes seins dissimulés en partie par la lingerie bleu ciel et il penche la tête pour embrasser la peau délicate qui recouvre mes clavicules. Une main dans ses cheveux soyeux, je lui offre mon cou et retiens mon souffle lorsque ses doigts glissent le long de mon dos pour défaire d'une main experte l'attache du vêtement qu'il retire avec précaution.

– Tu es aussi belle que je l'imaginais, dit-il en me regardant.

La pâle lumière de ma lampe de chevet éclaire son visage. Je rougis. Sa voix grave fait battre le sang dans mes tempes et cela ne s'arrange pas lorsqu'il caresse lentement ma poitrine. Ses doigts suivent un chemin invisible autour de mes mamelons qui se raidissent aussitôt. Avec une légère pression, il fait jouer son pouce sur l'un d'eux et penche la tête pour embrasser l'autre. Sa bouche chaude et sa langue habile me tirent un gémissement de plaisir qui semble le satisfaire. Il relève la tête, un sourire taquin sur les lèvres.

– Tu veux que je continue ? chuchote-t-il.

– Pas tout de suite...

Je l'aide à mon tour à retirer son chandail et son jeans, et contemple son corps à la musculature bien dessinée, ses épaules juste assez larges, ses jambes fortes. Lui aussi, il est exactement comme je l'imaginais.

– Tu es beau.

Il sourit tandis que j'explore sa peau ferme. Il a un léger duvet de poils tout doux qui recouvre le haut de sa poitrine et son ventre, avant de descendre en une mince ligne sous son caleçon, jusqu'à un endroit que j'évite de regarder pour l'instant. Il me laisse faire un moment avant d'attraper ma main pour me repousser sur le dos. Il roule ensuite sur moi et pendant une seconde, le poids de son corps me coupe le souffle. Son visage tout près du mien, il lève mes bras de chaque côté de ma tête. Ses mains pressent avec force les miennes contre le matelas, si bien que je ne suis plus libre de mes mouvements. Cela semble lui plaire de me maintenir prisonnière. Ses yeux sont rivés aux miens et je fouille son regard, subitement inquiète. Cet homme fait le double de mon poids et, après tout, je ne le connais pas vraiment. Il a peut-être des fantasmes tordus et une poupée gonflable dans son placard.

Mais ses iris assombris n'expriment rien d'autre qu'un désir qui fait écho au mien et mon cœur s'allège lorsqu'il libère mes poignets pour enserrer mon visage. Il prononce mon prénom avec une tendresse toute nouvelle qui calme immédiatement mon angoisse.

– Jilliane…

Je savoure la sensation de nos peaux nues pressées l'une contre l'autre. Mes mains errent dans son dos, sur ses bras, sur ses épaules. Je sens sur mon bas-ventre son érection évidente et en réaction, mon corps s'arque contre le sien. Son baiser se fait passionné, presque affamé, et j'ai une envie folle de ne faire plus qu'un avec lui.

Car, il est parfait.

Tout est parfait.

Jusqu'à ce que…

… je glisse une main sous la ceinture de son jeans et que mes doigts explorent la peau lisse de ses fesses.

C'est un raidissement presque imperceptible. Un subtil recul. Mais nous sommes si intimement liés que je m'en rends compte aussitôt. Je suspends mon geste et demande à voix basse :

– Ça ne va pas ?

David émet un grognement, la tête dans mon cou. Puis il se remet à m'embrasser. Mais quelque chose a changé.

J'essaie de le repousser gentiment. Je chuchote :

– Dis-moi ce qui se passe.

Il s'immobilise. Plusieurs secondes s'écoulent pendant lesquelles nous n'entendons que nos souffles. Puis, il pousse un profond soupir avant de rouler sur le dos, les mains croisées derrière la tête. D'un seul coup, comme dans la cabane du relais, l'ambiance vient de basculer. Je pivote sur le côté pour mieux l'observer. Ses yeux sont fermés. Je ne comprends pas ce qui se passe. Qu'est-ce que j'ai fait ? Comme s'il m'avait entendue, David ouvre les yeux et fixe le plafond.

– Je suis désolé.

Je me mords les lèvres.

– Ça va, finis-je par dire.

Cette fois, il tourne la tête vers moi.

– Ce n'est pas de ta faute.

Je n'en suis pas si sûre. Quoi qu'il en dise, de toute évidence, j'ai fait quelque chose.

– Je suis allée trop vite ?

J'aimerais bien que ma voix ne soit pas si suppliante. Il roule sur lui-même pour me regarder avec tendresse et cela me bouleverse. Ses doigts effleurent mon bras, remontent jusqu'à mon épaule. Comme je l'ai fait un peu plus tôt dans la cuisine, j'attrape sa main et dépose un baiser dans sa paume. Un enchaînement de gestes maintenant devenu nôtre, preuve de cette intimité qui se crée entre nous. Mon visage doit refléter la peine que je ressens.

– Jill… Je t'assure que tu n'as rien à te reprocher.

Lui aussi semble triste. Sa main se pose sur ma taille et son regard glisse sur ma poitrine dénudée que je m'empresse de recouvrir d'un drap.

– Tu es si belle, dit-il d'un ton adouci.

– Toi aussi, tu es beau. Magnifique, même !

Prise d'une impulsion, j'étire le cou et embrasse sa joue avant de me blottir contre lui. Il ne me repousse pas, bien au contraire. Son bras m'enlace plus fortement et sa jambe vient encercler la mienne. Nous sommes parfaitement emboîtés. Je remonte la couverture sur nos corps. Il dépose un léger baiser sur le dessus de ma tête, puis colle sa joue contre mon front. J'aime quand il fait cela. Je l'enlace de mon bras libre et nous restons là un long moment, à écouter les battements de nos cœurs réunis. Progressivement, nos muscles se détendent, nos souffles se font plus lents. Le désir fait place à la quiétude. Je suis presque endormie lorsque je le sens bouger contre moi.

– Jill ?

– Hum...

– Il vaut peut-être mieux que je te laisse seule.

Mon bras l'enserre comme un étau.

– Non. Reste, s'il te plaît.

Je ne me reconnais plus. Où est la fille en larmes au cœur brisé ? La jeune femme rationnelle et prudente qui analyse tout ? L'anxieuse qui croit toujours que tout va mal finir ? Où suis-je, bordel ?

J'ai peur que ce nouveau moi, cette fille libre et vivante – si vivante ! – disparaisse en même temps que lui. Non, je ne veux pas qu'il s'en aille, même si je ne comprends pas ce qui vient de se passer.

Je tente de faire taire la petite voix qui s'élève dans ma tête, m'indiquant que l'ancien moi n'est pas si loin. « Tu ne vois pas que ce type a des problèmes ? siffle-t-elle, impitoyable. De vrais problèmes ! Pires que les tiens ! Pousse-toi donc de là, ça presse. »

Mais je ne l'écoute pas. Je me bats pour rester libre. Je me redresse pour regarder cet homme qui était encore un inconnu il y a quelques jours à peine. Son visage est las et... je crains le pire. Mais c'est plutôt l'inverse qui se produit.

– Je n'en suis pas très fier, mais je suis plutôt du genre à filer avant le lever du soleil si tu vois ce que je veux dire…

Je vois très bien. Des aventures sans lendemain. Je me soulève sur un coude.

– Mais là, ajoute David, je ne me souviens pas d'avoir ressenti ça auparavant. Je sais qu'on ne se connaît pas depuis longtemps, mais…

Je l'interromps.

– Je n'ai jamais ressenti ça non plus. Mais je ne suis pas une de ces filles qui…

Je me trouble et j'ouvre la bouche pour préciser, mais il me prend de vitesse.

– Une de ces filles qui… ? Jill, je sais que tu es une fille sérieuse. Je le devine.

Je ne me lasse pas de regarder son visage. Ses traits sévères, si semblables à ceux de son père, cette mâchoire sexy qui me donne chaud au ventre. Cette petite fossette lorsqu'il sourit. Mais ce sont ses yeux que je préfère. Ses yeux posés sur moi. Ses yeux d'un gris cristallin, si clairs que j'ai parfois l'impression d'y apercevoir les profondeurs de son âme.

Je suis immensément consciente de la précarité de cette potentielle relation. Et le mélange d'émotions qui m'habite devient insoutenable. Ma bouche se met à trembler.

David m'attire de nouveau à lui.

– Hé, ne t'en fais pas. Ça va aller.

Il n'en faut pas plus pour que je me blottisse davantage dans ses bras. Je cligne des paupières pour refouler les larmes qui montent. David gratte mon dos, de lents mouvements de bas en haut.

– Je dois démêler quelque chose dans ma tête. Donne-moi un peu de temps.

Je voudrais dire que, justement, du temps, nous n'en avons pas. Mais je ravale mes larmes et j'inspire un bon coup.

– Désolée. Je ne suis pas si sensible d'ordinaire.

Il sourit.

– Je ne te crois pas.

– Tu fais bien.

Lorsqu'il sort du lit, un frisson me parcourt. Je rabats les couvertures sur moi et l'observe se rhabiller en silence. Dès qu'il a terminé, il se penche et dépose un baiser sur mes lèvres.

– Je t'aime bien, Jill. Vraiment bien. Et j'ai passé une super journée.

Mon cœur tressaute.

– Moi aussi. Pareil.

Je me force à me lever pour le raccompagner à la porte, enroulée dans ma douillette. La main sur la poignée, il promet de m'appeler le lendemain. Des mots simples, mais importants. Des mots qui me réconfortent.

– Fais attention à toi sur la route.

Lorsque le battant se referme dans un grincement, je ne peux retenir une larme. Je m'étire pour regarder dans l'œil magique, mais cette fois, ce n'est pas Jasper que je cherche. C'est un bel inconnu qui est en train de voler mon cœur.

CHAPITRE 21

Je viens tout juste de terminer de déjeuner lorsqu'Amélie frappe à ma porte. Je jette un coup d'œil à l'écran de mon téléphone. Huit heures. Mon amie est pile à l'heure, comme d'habitude.

– Tu n'es pas habillée ? s'étonne-t-elle en me voyant.

Je porte ma robe de chambre rose dont la capuche est garnie d'oreilles de chat. Je secoue la tête en me dirigeant vers la cuisine.

– Tu veux du café ?

Je sors une tasse de l'armoire et la lui tends.

– Sers-toi.

Amélie me remercie et verse le reste du liquide chaud dans sa tasse avant d'y ajouter une quantité impressionnante de lait. Je vais me rasseoir à la table devant mon portable. En attendant Amélie, j'ai fait le ménage de mes courriels et navigué sur les sites d'emploi dans mon domaine. Une offre de Bibliothèque et Archives nationales du Québec à la recherche d'un gestionnaire pour ses collections numériques a retenu mon attention. Le poste prévoit une entrée en fonction le 20 janvier et, pour la première fois, j'envisage de mettre à jour mon CV. Après tout, cela ne me coûte rien de tenter ma chance.

Je ferme l'appareil. Son manteau toujours sur le dos, Amélie vient prendre place face à moi.

– Alors, quoi de neuf ?

Nous n'avons pas vraiment eu le temps de discuter depuis notre dernière sortie entre filles et il plane un reste d'inconfort entre nous après notre rencontre impromptue d'il y a quelques jours.

– Pas grand-chose. Et toi ?

– Un peu fatiguée. Lucas a la grippe. J'essaie de ne pas l'attraper. Il a toussé une bonne partie de la nuit et ça m'a empêchée de dormir.

Je compatis.

– Pauvre toi.

– Écoute, Jill… j'espère que le fait que je sois allée prendre un verre avec Jasper ne compromettra pas notre amitié. Je t'assure qu'il n'y a absolument rien entre lui et moi. Il m'a appelée parce qu'il avait besoin de parler à quelqu'un, et je n'ai pas pu refuser. Il était si… désemparé !

Elle lève les mains en l'air en signe d'impuissance. Ses yeux brillent d'émotion et, il me semble, de sincérité. Il me vient à l'esprit que Jasper n'est pas très proche de ses parents et qu'il n'a ni frères ni sœurs. Bien qu'il ait plusieurs connaissances ici, il a peu d'amis et il voit rarement des gens en dehors du travail. Même Francis venait très peu nous visiter. Et puis, c'est un gars plutôt taciturne. Je vois mal Jasper s'épancher auprès de lui. Devant Amélie, par contre, je peux comprendre. Mon amie est d'une nature si chaleureuse que tout le monde se confie naturellement à elle.

– Je te crois... Je m'excuse d'avoir été un peu distante ces derniers jours. J'avais besoin de réfléchir et d'assimiler certaines choses. J'avoue que, sur le coup, j'ai eu peur que cette histoire change quelque chose entre nous. Mais j'ai confiance en toi.

J'essaie de plaisanter pour détendre l'atmosphère :

– S'il fallait qu'on ne se parle plus, qu'est-ce qui me retiendrait ici ? Autant acheter mon billet d'avion tout de suite !

Amélie m'examine avec attention.

– T'es sérieuse, là ?

J'ai un geste d'impuissance.

– Euh... Oui ?

– Hum...

Elle fait mine de réfléchir.

– Je ne sais pas pourquoi, mais mon petit doigt me dit que je ne suis pas la seule à te retenir ici.

Je baisse les yeux. Lorsqu'elle me demande ce que j'ai fait de ma journée de congé, j'hésite avant d'avouer, un peu gênée, que j'étais avec David. Elle sursaute sur sa chaise.

– Encore ? Vous vous êtes donc revus ?

Un petit sourire me monte aux lèvres. Les yeux d'Amélie s'arrondissent.

– Arrête. Ne fais pas comme si tu étais surprise !

– Mais… je suis surprise !

Elle avale une gorgée de café avant de reprendre.

– Et Jasper ? Il y a quelques jours à peine, tu étais dévastée par votre séparation ! Je sais bien que ce type est super beau et tout, mais j'avoue que…

J'appuie mon dos contre le dossier de ma chaise. Je comprends son étonnement. J'essaie de lui expliquer ce que je ressens tout en avouant que je suis la première étonnée de ce qui m'arrive.

Amélie plisse les yeux dans un effort de compréhension.

– OK. Mais, je t'en prie, protège-toi et sois prudente. À part le fait que David est le fils de Mario, tu ne connais rien de lui. Mario a peut-être de bonnes raisons d'être discret à son sujet, qui sait ?

Cela me fait de la peine de l'admettre, mais elle a raison. Si mon instinct me dit que David est une bonne personne, son comportement d'hier est quelque peu inquiétant. J'avale une dernière gorgée de café avant d'assurer d'un ton faussement enjoué que je serai prudente. Amélie se garde de répondre.

– Il faut y aller, dis-je en me levant.

Amélie pointe un doigt en direction de ma robe de chambre.

– Habillée comme ça ?

Je ris.

– Mais non. Je vais me changer.

Dans ma chambre, je m'habille rapidement avant de m'examiner dans le miroir d'un œil critique. Si j'ai l'impression que tout mon intérieur est en pleine effervescence, à l'extérieur, je ne décèle aucun changement. Je suis presque déçue. Je retourne à la cuisine.

– Je suis prête !

Amélie se lève à son tour et va déposer sa tasse sur le comptoir. Dehors, il fait encore un froid de banquise. Mais le soleil luit faiblement sous la couverture brumeuse de nuages. Nous marchons jusqu'à sa voiture en pressant le pas. Amélie me tend ses clés et je me glisse derrière le volant de la petite Honda. La route est glacée malgré le sable répandu par les employés des travaux publics et je démarre prudemment. La dernière chose que je souhaite est d'abîmer la voiture de mon amie.

Quelques minutes plus tard, je m'arrête devant la porte de la maison qu'Amélie partage avec sa mère, rue de Brest, face au lac Daviault. Elle se penche pour m'embrasser sur les deux joues, avant d'ouvrir la portière.

– Tu pourras laisser la voiture devant la bibliothèque, je la récupérerai après le travail.

– D'accord. Merci beaucoup.

– Pas de quoi. Et dis bonjour à ta mère pour moi !

– Je n'y manquerai pas.

Elle s'extirpe du véhicule en prenant garde de ne pas glisser sur le trottoir. Avant de refermer la portière, elle se penche vers moi. Le vent balaie ses cheveux sur son visage.

– Je m'en veux d'insister, mais… prends garde à toi. N'oublie pas qu'en principe, ce type repart à la fin de l'année.

– Je sais, dis-je d'un air sérieux.

Puis, sur un ton plus léger, j'ajoute :

– Je vais peut-être battre un record ? Celui de la fille qui s'est fait larguer deux fois en un mois.

– Tu es pourrie en humour, commente-t-elle en se redressant. Appelle-moi plus tard, OK ?

Elle claque la portière et m'envoie un petit salut de la main à travers la vitre. Je redémarre doucement. Les inquiétudes émises par mon amie font écho aux miennes et se mettent à tourner en boucle dans ma tête.

Je ne connais pas ce type. Je ne le connais pas du tout.

Par ailleurs, n'est-ce pas excitant ?

CHAPITRE 22

Ma mère est débarquée de son vol, fraîche comme une rose et fébrile de me voir.

– Jilliane ! Enfin !

Ses bras m'enlacent. Elle me manquait et je viens tout juste de m'en apercevoir. Le départ de Jasper m'ayant laissée sans ancrage, le fait d'avoir quelqu'un de ma famille sur cette terre étrangère est un peu comme si on venait de m'équiper d'un parachute. Je vais peut-être pouvoir atterrir en douceur à la fin de ma chute.

Millie rompt notre étreinte après quelques secondes et fait un pas en arrière pour mieux m'observer.

– Hum, c'est bien ce que je pensais. Tu as maigri, ma fille… Il va falloir te remplumer un peu. Il était temps que j'arrive, non ? Tu as toujours eu tendance à te laisser aller lorsque les choses vont mal.

Pas de doute, c'est bien ma mère. Je lève les yeux au ciel, à la fois amusée et exaspérée. Pourquoi faut-il toujours qu'elle me fasse ce genre de remarque ? Comme si j'avais encore douze ans ! Je choisis d'ignorer son commentaire.

– Ton vol s'est bien passé ?

Je sais qu'elle n'aime pas prendre l'avion. Chaque fois, c'est une épreuve pour elle. Sa bouche se tord.

– Épouvantable ! Je ne sais pas si c'est toujours comme ça, mais il y a eu beaucoup de turbulences !

– C'est le vent du nord, dis-je pour plaisanter. Il est coriace.

– En tout cas, il m'a donné mal au cœur. Je dois avoir l'air d'une morte !

Je regarde son visage étonnamment juvénile. La cinquantaine ne l'a pas beaucoup changée jusqu'à maintenant. Son teint est aussi clair, sa peau presque sans rides, et elle porte la même coiffure depuis vingt ans, un carré flou à la hauteur des épaules qui lui sied bien. Malgré ses cheveux plus bruns que les miens et sa haute taille, on nous prend souvent pour des sœurs. Nos visages ont plusieurs traits similaires, sauf pour les yeux. Les miens sont la copie conforme de ceux de mon père.

Pendant que nous attendons l'arrivée des bagages, ma mère me donne des nouvelles de Jordan. Suivant les traces de son père, mon demi-frère a étudié en finances et il a alterné les petits contrats, mais depuis six mois, il occupe un poste de conseiller financier dans une grande banque et pour une fois, son travail lui plaît. De plus, son salaire est suffisamment bon pour que lui et Sabrina, sa conjointe, envisagent l'achat d'une maison.

– C’est super. Je suis contente pour lui.

– Moi aussi. Je n’en peux plus de le voir dans le sous-sol !

Puis, elle passe à son sujet préféré : Charles. Selon elle, mon beau-père, qui aura soixante-deux ans dans quelques mois, travaille encore beaucoup trop. Anciennement salarié d’une compagnie de placements, Charles œuvre maintenant à son compte comme planificateur financier spécialisé en fonds de retraite. Sa réputation lui a rapidement attiré une vaste clientèle. Trop vaste, même, selon ma mère. Malgré l’embauche d’une assistante, il doit régulièrement travailler les week-ends pour arriver à boucler ses dossiers. Je sens au ton de sa voix qu’elle s’inquiète réellement. Je tente de la réconforter :

– Ça va s’arranger. C’est probablement une situation temporaire.

– Un burnout est plus qu’une situation temporaire, ironise-t-elle froidement.

Puis, elle fait un pas vers le tapis roulant en apercevant ses bagages.

– Les voici ! lance-t-elle en les pointant du doigt.

Je me charge de la plus grosse valise et de son sac à bandoulière qui pèse au moins une tonne et demie. Dieu seul sait ce qu’elle a pu y mettre ! Sa collection de chaussures, peut-être ? Trottinant à mes côtés sur des bottes à talons compensés de cinq centimètres, Millie avance à petits pas en tirant derrière elle une plus petite valise. À côté d’elle, je dois avoir l'air d'une naine. Je m'arrête près des portes tournantes menant à l'extérieur.

– Tu m'attends ici ? Je vais chercher la voiture.

Au volant de mon véhicule, je réussis tant bien que mal à me faufiler jusqu'à un espace libre entre deux voitures de taxi, à quelques mètres seulement de l'endroit où j'ai laissé ma mère. Nous embarquons les bagages avec peine dans le minuscule coffre, et je case le sac à bandoulière sur la banquette arrière. Puis nous quittons le Labrador en direction de Fermont. L'autoroute 500, aussi appelée la Trans-Québec-Labrador, est complètement dégagée et, heureusement pour moi, il n'y a pas le moindre nuage annonciateur de tempête. Car cette route au cœur des vastes étendues est des plus traîtres lorsque le vent se lève.

Je jette un œil critique au manteau matelassé rose de ma mère dont la doublure me semble bien mince.

– J'espère que tu as apporté des vêtements plus chauds.

Millie me donne une tape sur le bras.

– Regarde en avant, m'intime-t-elle, et ne t'inquiète pas pour moi. Je n'ai pas envie de mourir dans un accident de voiture à peine arrivée.

Je commence à me détendre. Incapable de dormir après le départ de David, j'ai pourtant passé une bonne partie de la nuit à surfer sur Internet et à fouiner sur les réseaux sociaux. David n'a pas de compte Facebook, mais sa page Instagram comporte plusieurs photos représentant différents paysages de l'Afrique et quelques images avec des copains. Un jeune homme noir, très mince, avec un sourire éclatant, se retrouve sur plusieurs d'entre elles. Le fameux Demba dont il m'a parlé, j'imagine. Mais je ne vois aucune photo de fille parmi les dizaines de clichés. Ce qui s'ajoute aux autres bizarreries qui s'accumulent au sujet de l'auteur de cette page. Comment un homme aussi beau et gentil – du moins c'est la première impression qu'il me donne – peut-il être toujours célibataire, et surtout ne laisser aucune trace de passé amoureux ? Amélie avait raison. Je dois me méfier un peu plus. Le fait qu'il soit le fils de Mario ne veut pas dire que David est digne de confiance. D'ailleurs, Mario lui-même a peut-être de bonnes raisons de lui en vouloir…

– Je trouve que tu roules un peu vite, commente Millie.

Je m'attarde au cadran d'indicateur de vitesse et décélère un peu.

– Désolée, je pensais à autre chose.

– Il y a des chevreuils par ici ?

Je la corrige.

– Des caribous, oui. Tout un tas ! J'en ai déjà vu plus ici en deux semaines que dans toute ma vie.

Ma mère se lance dans la description d'un accident de voiture impliquant un cervidé, et qui a fait l'objet de plusieurs reportages télé les jours précédents. À ce qu'il paraît, la tête de l'animal a littéralement traversé le pare-brise de la voiture et le conducteur est passé à un cheveu d'y laisser sa peau. Pour ajouter au drame, le pauvre animal a agonisé sur place près de vingt minutes avant qu'on ne vienne l'achever.

J'ai un frisson.

– Quelle histoire horrible ! J'espère bien que cela ne m'arrivera jamais.

– C'est pour cela que je t'ai dit de ne pas rouler trop vite. J'aimerais bien retourner chez moi à la fin de ce voyage !

Ma mère a toujours eu de la répartie.

– Quel désert ! ajoute-t-elle, la tête tournée vers la vitre de sa portière.

– Tu sais que c'est une des routes les plus isolées de l'Amérique du Nord ?

– C'est vrai ? Et que fait-on quand on tombe en panne dans cette partie reculée du monde ?

Je décèle une pointe d'angoisse dans sa voix.

– On allume un cierge à l'église avant de partir pour que cela n'arrive pas.

– Tu ne peux pas répondre sérieusement ?

Elle a l'air contrariée.

– On s'assure d'avoir suffisamment d'essence ! Sinon, on attend qu'une voiture passe.

Je la vois secouer la tête.

– Ne t'inquiète donc pas. Il y a moins d'une demi-heure de trajet entre l'aéroport et Fermont.

Quelques minutes plus tard, l'autoroute fait place à la 389. Nous ne sommes plus qu'à une dizaine de kilomètres de la ville, ce qui rassure ma mère. Cinq minutes plus tard, j'emprunte le boulevard

J.-C. Ménard et, comme tout individu normalement constitué qui débarque pour la première fois dans cette ville, ma passagère est impressionnée par le mastodonte Caterpillar 172, un camion modèle 780 qui a établi des records de performance avant d'être mis hors service en 2005 pour contribuer à la cause touristique de la ville. La monture d'acier, totalement revampée, siège désormais à l'entrée de la ville.

Ma mère s'exclame :

– Seigneur ! Cette chose est gigantesque !

– C'est vrai. Ce camion est énorme. Il paraît que c'est ici que se trouvent les plus gros camions au monde !

Puis, ma mère siffle en apercevant l'imposante structure du mur.

– Mon Dieu ! J'ai beau avoir vu cette construction en photo et me l'être imaginée cent fois, je dois dire que cela dépasse mes attentes. C'est saisissant !

– N'est-ce pas ? dis-je fièrement comme si je l'avais bâtie moi-même.

– Vraiment ! Par contre, je ne peux pas dire que c'est beau. C'est juste… Wow ! C'est à voir, c'est certain !

Je ris devant sa mine mitigée.

– Eh bien, c'est là-dedans que tu vas dormir et c'est là que moi, je travaille.

Je stationne la voiture devant l'entrée principale et j'aide ma mère à retirer les bagages du coffre.

À l'intérieur, nous nous dirigeons vers l'administration de l'hôtel où elle effectue son inscription tandis que je retourne dehors pour me garer convenablement. Je la retrouve devant l'ascenseur. Pendant que nous patientons, je lui mentionne avec étourderie que sa chambre se trouve juste au-dessus de l'appartement de madame Picotte, l'ancienne directrice de la bibliothèque.

– Il y a des appartements ici ? réplique ma mère, surprise.

Je hoche la tête avant de lui expliquer que le mur comprend près de la moitié des habitations de la ville sous forme d'appartements. Au total, les différents étages comptent plus de quatre cents logements, dont des chambres pour célibataires et des appartements de trois, quatre ou cinq pièces.

– J'imagine que c'est pratique quand on vit dans une ville où il fait moins quarante degrés, commente ma mère. On peut faire ses courses sans sortir.

– Exact.

– Et cette madame Picotte, c'est bien elle qui t'a formée avant de partir à la retraite ?

– Oui.

– Je serais heureuse de la rencontrer !

Je me retiens de me taper le front.

– Euh. C'est que… elle est décédée, maman. Elle a été assassinée. La police cherche le coupable. Désolée, je ne sais pas pourquoi je t'ai parlé d'elle.

– Super. Je suis reconnaissante que tu me l'aies dit.

Ma mère grimace exagérément.

– Sachant cela, je vais certainement bien dormir.

Cette fois, je ne peux m'empêcher de rire.

– Ne t'inquiète pas. Il n'y a pas de danger.

Mais évidemment, je n'en sais rien. Les portes de l'ascenseur s'ouvrent pour laisser échapper deux occupants. Nous nous y engouffrons. J'appuie sur le bouton correspondant à son étage et l'appareil s'élève dans un grincement.

– Pour en revenir à cette madame Picotte, tu devrais avoir des nouvelles de l'enquête ? questionne ma mère.

Je hausse les épaules. Depuis ma dernière rencontre avec l'inspecteur quelques jours auparavant, je n'ai pas reçu la moindre information à ce sujet. De toute façon, à moins de pouvoir annoncer à ma mère que le meurtrier a été arrêté, je préfère ne pas lui donner de détails pour ne pas l'inquiéter outre mesure. Toutefois, sachant qu'elle aime les chats autant que moi, je lui explique comment j'ai adopté celui de la pauvre victime. Ma mère est émue par cette histoire.

– Quelle bonne idée ! Les enfants doivent adorer ça ! Mais tu n'as pas peur qu'il y ait des plaintes ?

– Jusqu'à maintenant, ça se passe bien. Mais quand mon patron apprendra la nouvelle, j'imagine que je vais devoir trouver une autre solution.

Mon cœur se serre à cette idée. Je me suis habituée à voir Fripon se balader dans nos espaces et je trouve qu'il fait du bien à l'équipe. J'ai d'ailleurs remarqué qu'Hugo arrivait plus tôt pour jouer avec lui. Prendre soin de ce chat abandonné, le câliner et s'amuser de ses pitreries allège le quotidien, il me semble. Du moins, le mien ! Je pourrais peut-être l'adopter.

L'ascenseur ralentit, puis s'arrête avec quelques soubresauts inquiétants au quatrième étage. Les portes automatiques s'ouvrent dans un grincement et ma mère me jette un regard en coin. Je lui fais signe de me suivre avant de constater que sa chambre se situe juste en face de nous. Je commente, pince-sans-rire :

– C'est pratique. Tu vas pouvoir te sauver rapidement s'il y a un problème.

Millie me répond avec un grognement en empoignant sa valise. Je patiente le temps qu'elle passe sa carte informatisée sur le détecteur. Le tapis gris qui habille le sol du couloir dégage une légère odeur de chien mouillé et j'appréhende l'allure de la chambre. Par bonheur, tout est beau de ce côté. Lorsque nous entrons dans la pièce, nous sommes toutes les deux agréablement surprises.

– C'est pas mal, commente ma mère.

J'acquiesce. La décoration ne pourrait être qualifiée de moderne, mais l'ensemble a du charme. Encadré par deux tables de chevet en mélamine blanche, le grand lit en métal brossé est recouvert d'une épaisse douillette couleur vert d'eau et de trois coussins marine et blanc de différentes tailles, soigneusement disposés sur les oreillers. Le reste du mobilier se compose d'une commode haute à tiroirs, d'une table ronde en verre et de deux fauteuils au tissu élimé, mais propre. Les murs peints d'une couleur claire et la large fenêtre, encadrée par deux longs panneaux du même tissu que le couvre-lit, apportent beaucoup de luminosité à la pièce. Noël oblige, un fil de lumières multicolores court le long du cadre.

– Tu as certainement eu la plus belle chambre de tout l'hôtel ! m'exclamé-je.

– En tout cas, c'était la plus chère ! renchérit ma mère. Et la seule disponible !

Elle pousse la porte de la salle de bain à la droite du lit et y jette un regard critique.

– Même la salle de bain est correcte ! ajoute-t-elle avec satisfaction.

J'ai envie de la taquiner un peu.

– Je crois que le gérant a dû éplucher ton compte Facebook. Quand il a vu à quel point tu étais difficile et que tu avais mauvais caractère, il a décidé de refaire la déco avant que tu arrives !

Je rigole. Ma mère me donne une petite tape sur le bras.

– Très drôle.

Nous déposons les valises sur le lit et je sors mon téléphone pour vérifier l'heure. Presque midi. Je dois descendre à la bibliothèque.

– Ça va si je te laisse t'installer ?

Ma mère confirme d'un geste de la main.

– Vas-y. Tu feras le guide touristique un autre jour.

– Je t'invite à souper plus tard, mais en attendant, si tu as faim, il y a un petit resto en bas. Ainsi que des boutiques, une pharmacie, une piscine…

Ma mère m'interrompt.

– Je sens que je vais m'amuser comme une folle. Tu me feras visiter la bibliothèque tout à l'heure.

Elle s'approche de moi pour me faire un câlin.

– Ça va s'arranger, tu sais, murmure-t-elle en me caressant le dos.

Cette phrase banale a sur moi un effet inattendu : mes larmes jaillissent sans que je puisse les retenir. Ma mère me serre plus fort et j'appuie ma joue contre son épaule, lui dissimulant ainsi mon visage et les orages qui m'habitent. Ma séparation subite, mes rêves détruits, mon avenir incertain, ma soirée avec David à demi gâchée, tout se mêle et tourbillonne dans cette tempête sourde qui gronde en moi. Soudain, j'ai dix ans et un grand chagrin que j'aimerais que ma mère efface de ses bisous et câlins. Mais je suis une grande fille dorénavant.

Je me redresse en reniflant et j'ouvre mon sac à main pour attraper un paquet de mouchoirs.

– Désolée.

Ma mère secoue la tête pendant que je me mouche. À cet instant, je prends une décision : ce soir, je lui parlerai de David. Elle pourra peut-être m'aider à démêler mes sentiments ? Je jette les papiers mouchoirs usagés dans la poubelle près de la commode et au même moment, mon téléphone vibre dans ma poche arrière. J'extirpe l'appareil et me concentre sur l'écran. Quand on parle du loup.

J'espère que tu passes une bonne journée
et que ta mère est bien arrivée.
On prend une bière ensemble bientôt ?
J'ai été con hier. ☹

Je ne peux empêcher mon cœur de battre un peu plus fort. Ni ma bouche de sourire. J'écris rapidement.

Ma mère va bien, merci de demander.
Pas libre ce soir, mais OK pour
demain. 20 h au Pub ?

La réponse fuse.

Cool ! 👍

Quand je relève la tête, ma mère me fixe avec des yeux interrogateurs.

– Quoi ? C'est un ami.

– Un ami, répète-t-elle d'un ton douteux. Hum… Le même que l'autre soir ?

Avant que je ne puisse répondre, je reçois un nouveau message. Cette fois, c'est Jasper. Comme coïncidence, on ne pourrait pas faire mieux.

Salut Jilliane.
Il faudrait qu'on parle
au sujet du logement.
Es-tu dispo ce soir ?

Aussitôt, l'excitation de revoir bientôt David est chassée par l'inquiétude. Je savais bien que cette conversation viendrait, mais pas aussi tôt.

Ma mère est ici et je vais souper
avec elle.

Dis-lui bonjour de ma part.
Si tu as du temps, texte-moi après.

OK.

J'ai remarqué que, dans la vie, les événements importants surviennent souvent en même temps. Pendant des jours, voire des semaines, vous avez l'impression qu'il ne se passe rien. Un peu comme si vous étiez sur un bateau qui a jeté l'ancre pour profiter du temps clément et de la mer calme. Une mer tellement paisible que vous commencez à vous ennuyer. Seule une petite brise vient de temps à autre vous taquiner la joue.

Puis, c'est la tempête.

CHAPITRE 23

J'ai à peine mis les pieds dans la bibliothèque que Mario m'interpelle du comptoir de prêt.

– Tu es en retard. L'inspecteur vient juste de passer. Il veut que tu le rappelles dès que possible.

J'hésite à relever son commentaire sur mon retard avant de laisser tomber. Je le rejoins derrière le comptoir.

– Il t'a dit ce qu'il voulait ?

Mario secoue la tête. Puis, il ajoute brusquement :

– Tu es sortie avec David hier ?

Le dos raide, le visage impassible, mon collègue attend une réponse que, visiblement, il connaît déjà. Son regard me brûle les rétines et malgré moi, je baisse la tête, penaude, avant de la relever aussitôt dans un geste de fierté.

– Oui, dis-je avec un air de défi.

Oh mince ! Il ne semble pas l'apprécier.

– Mais… pourquoi, Jilliane ? Tu as déjà oublié notre conversation ? Je n'ai pas envie de te ramasser encore une fois à la petite cuillère ! Car c'est ce qui va t'arriver avec lui.

Je suis offusquée par ses propos et par son ton directif, qui déborde largement du cadre du travail. Je prends soin de m'assurer que nous sommes seuls avant de lui répondre.

– Franchement, Mario, je crois que cela ne te regarde pas. Je suis désolée d'avoir pris de ton temps ces derniers jours, mais cela ne te donne pas le droit de me traiter comme une petite fille. Je suis adulte et je fais ce que je veux.

J'assène le coup de grâce.

– De plus, tu n'es pas mon père, que je sache.

Les épaules de Mario s'affaissent.

– Ah, merde ! dit-il en se passant une main sur le visage. Excuse-moi. Tu as raison.

Il se gratte ensuite le crâne et je m'adoucis devant son air désemparé.

– Mais enfin ! Qu'est-ce qui se passe entre David et toi ? Je sais que cela ne me regarde pas, mais…

Il s'interrompt d'un geste las.

– Laisse tomber. J'ai dépassé les bornes, je l'admets. Mais c'est pour toi que je m'inquiète ! Je connais bien mon fils et je ne voudrais pas qu'il te fasse de la peine. Tu sais qu'il repart dans deux semaines ?

Aïe ! Qu'est-ce qu'ils ont tous à me dire ça ? Évidemment que je le sais. Mais je fais tout pour ne pas y penser. C'est comme pour le reste. Je vis dans le déni, certes, mais c'est ce qui me permet de continuer d'avancer.

– Je suis au courant.

Mario se détourne pour attraper le chariot de livres à classer qu'Amélie a préparé la veille. Il le pousse devant lui et s'apprête à sortir de derrière le comptoir de prêt, mais je lui bloque le passage.

– Dis-moi, est-ce que David a fait quelque chose de mal ?

Ma question semble le frapper de plein fouet. À voir son air, j'imagine mille scénarios. Après quelques secondes de mutisme, Mario coupe court à mes élucubrations. Son fils n'est pas un criminel ni un délinquant. Je sens mes épaules se relâcher. C'est toujours ça de pris. J'ose lui redemander :

– Mais alors… Qu'est-ce qui se passe ? Pourquoi tu lui en veux ?

– C'est à quelqu'un d'autre que j'en veux.

Sa voix s'est durcie sur les derniers mots. Quant à moi, je suis plus troublée que je ne l'étais avant cette conversation. Sans préciser sa pensée, Mario s'avance pour m'enlacer en me soufflant qu'il n'est peut-être pas mon père, mais qu'il m'aime comme sa fille.

Je cligne des yeux, émue.

– Arrête ça ! dis-je en me dégageant doucement. Tu ne disais pas que j'avais assez pleuré tout à l'heure ? Bon, je vais rappeler ce foutu inspecteur.

Je remarque seulement maintenant Fripon, notre nouvelle mascotte, qui s'est étalé de tout son long sur le dessus du rayonnage des albums jeunesse, là où le soleil frappe le plus fort à cette heure de la journée. La tête posée entre ses pattes de devant, les yeux fermés, le gros matou se fait chauffer le dos. Dès que je me mets à le flatter, il émet un doux ronronnement à mon contact.

– Pauvre chat. La vie est dure, hein ?

Je me penche et colle mon front contre le sien. Il ne bouge pas d'un poil, mais ronronne un peu plus fort.

– Tu es presque parfait, toi ! Tu ne voudrais pas te marier avec moi ?

Je le grattouille sur le dessus du crâne, puis sous sa mâchoire et il tend le cou vers moi. Un jappement aigu interrompt notre jeu. Fripon saute sur ses pattes et ses yeux de chasseur remarquent immédiatement le petit chien de madame Lachance, une de nos abonnées, qui vient d'entrer par la porte intérieure. Elle traîne partout son shih tzu nommé Peanuts dans une grande sacoche blanche. Sans demander son reste, Fripon saute en bas du rayon et détale derrière le comptoir de prêt.

– Oh ! s'exclame madame Lachance, tout en tenant fermement Peanut d'une main pour l'empêcher de s'échapper. Je ne savais pas qu'il y avait un chat ici.

Je lui explique rapidement la situation et elle se répand en excuses, tout en m'assurant que son chien ne ferait jamais de mal à un chat. Je regarde la bête. Fripon fait au moins deux fois son poids.

– Ne vous en faites pas, madame Lachance. La plupart du temps, nous gardons le chat dans nos bureaux.

Je réussis à attraper Fripon et l'emmène avec moi dans la section administrative. Je réfléchis à l'idée d'y intégrer une chatière pour que notre nouveau compagnon puisse aller et venir à sa guise. Puis, j'imagine la tête de Dominic et manque pouffer de rire. Il nous jetterait dehors, le chat et moi, c'est certain.

Le jeune policier se présente sur le pas de ma porte une quinzaine de minutes après mon appel.

– Bonjour, inspecteur. Comment allez-vous ?

Je libère la surface de travail de mon bureau pendant que mon invité s'installe sur la chaise face à moi. L'homme n'est pas du genre à échanger des banalités, car il se contente d'un mouvement de la tête avant de plonger dans le vif du sujet.

– Dites-moi, madame Henry, depuis combien de temps monsieur Roy-Desjardins travaille-t-il à la bibliothèque ?

Sa question me surprend. Qu'est-ce qu'Hugo peut bien avoir à faire avec le meurtre de madame Picotte ? Et puis, je me souviens du jour où je l'ai surpris, bien trop tôt le matin, à farfouiller dans l'ordinateur. Sa réaction à mon arrivée donnait l'impression que je l'avais surpris en flagrant délit d'un acte illicite. Mais qu'est-ce qu'il fichait au juste ? Malgré mes soupçons, j'éprouve quand même le besoin de protéger le jeune homme. Du moins, jusqu'à ce que je sache vraiment ce qui se passe ! Je réfléchis quelques secondes avant de dire :

– Cela doit faire environ sept ou huit mois. C'est un bon employé.

– Justement, vous le décririez comment ? Donnez-moi plus de détails.

– Eh bien, c'est un garçon tout à fait correct. Il est fiable, ponctuel, doué en informatique. D'ailleurs, il est très patient avec les personnes aînées, ce qui n'est pas donné à tout le monde.

– Que fait-il pour elles plus spécifiquement ?

J'explique alors comment Hugo aide les abonnés plus âgés à se servir du catalogue de la bibliothèque, à renouveler leurs prêts et à utiliser nos bases de données, et ce, sans jamais montrer le moindre signe d'impatience. J'ajoute que je l'ai souvent vu à l'œuvre avec Jeannette Beauchemin. Je précise :

– La dame qui était présente la première fois que vous êtes venu, vous vous rappelez ?

Le policier acquiesce. Je déclare :

– Je ne sais plus combien de fois on lui a expliqué comment effectuer une réservation. Entre vous et moi, je la soupçonne de faire exprès.

Je balaie l'air de la main.

– Mais bon, ce n'est pas le sujet, n'est-ce pas ? J'ajouterais qu'Hugo aide parfois les abonnés pour des trucs plus personnels, comme ouvrir leur boîte de courriel ou utiliser les réseaux sociaux. Cela n'entre pas dans ses tâches, mais ça lui fait plaisir de le faire.

– Et… il l'a déjà fait pour cette madame Beauchemin ? demande négligemment l'inspecteur.

Je réfléchis avant d'acquiescer. L'inspecteur me prie encore une fois de préciser.

– Je l'ai vue un jour lui apporter sa tablette pour qu'il l'aide à débloquer son compte de courriel. Je ne sais pas ce qu'Hugo a fait exactement, mais elle était ravie.

– Vous avez été témoin de cela ? Vous n'étiez pas dans votre bureau ?

Son insistance me rend de plus en plus perplexe. Je précise tout de même que je fais régulièrement de l'analyse de documents et que cette fois-là, j'étais tout près d'eux, dans les documentaires adultes.

Il hausse un sourcil avant de chercher à savoir en quoi cela consiste. Je commence donc à lui expliquer comment nous vérifions régulièrement l'état de la collection par différents moyens afin d'élaguer les documents désuets ou en moins bon état, comme ceux qui sont peu prêtés ou qui ont été remplacés par de nouvelles éditions. J'allais poursuivre sur le sujet avant de remarquer le bâillement du policier.

– Excusez-moi, dis-je, je déborde un peu.

Il se redresse aussitôt sur son siège.

– Désolé. Ne vous sentez pas visée. Je n'ai pas beaucoup dormi ces derniers jours.

Je me fais alors la remarque qu'il est beaucoup plus séduisant qu'il le paraît de prime abord. Tout à coup, j'ai une vision nette d'Amélie en couple avec le beau policier. Après tout, cet homme est un bon parti. Il m'apparaît être quelqu'un de calme et posé. De plus, il peut faire preuve de sensibilité, si j'en juge par la façon dont il m'a traitée lorsqu'il m'a trouvée en pleurs à la sortie de ma rencontre avec Dominic. Bon, monsieur Coon est peut-être un peu plus introverti qu'Amélie le souhaiterait, mais... rien n'est parfait ! J'essaie de me souvenir s'il a mentionné être célibataire, mais rien ne me vient.

– Madame Henry ?

Je sursaute.

– Oui ?

– Vous vous souvenez quand c'était ? me rappelle-t-il patiemment. Votre employé qui aidait madame Beauchemin ?

Je fais un effort pour chasser mes pensées distrayantes.

– Euh, c'était environ deux semaines avant la mort de madame Picotte. Un samedi, je crois.

Je m'interromps.

– Attendez. Je vérifie.

J'ouvre le fichier des horaires.

– Alors, dis-je en examinant le document à mon écran, ça devait être le samedi 23 novembre. Hum...

Prise d'une idée subite, j'ouvre le logiciel de prêt et effectue une recherche au nom de Jeannette Beauchemin. Après avoir repéré son numéro d'abonnée, je clique sur son dossier et vérifie l'historique de prêts.

Je confirme la date à l'inspecteur.

– Madame Beauchemin a bien emprunté deux documents l'après-midi du 23 novembre, à quatorze heures douze exactement.

Le policier sort son calepin de la poche intérieure de son manteau et note ces nouveaux renseignements avant de hocher la tête avec satisfaction.

– Merci pour votre aide, madame Henry. Je vous recontacterai si nécessaire.

Il se lève et tombe face à face avec Amélie qui vient de faire irruption dans la pièce, les joues rougies par le froid et le souffle court. Dans sa hâte, elle se heurte presque au jeune policier.

– Oh ! Pardon, souffle-t-elle en s'arrêtant brusquement.

Ses mains sont encombrées par plusieurs sacs qu'elle transporte, en plus du sac à dos accroché à ses épaules.

– Je vous en prie, s'empresse de dire l'inspecteur, c'est moi qui suis désolé. Je ne m'attendais pas...

Je ne peux pas voir l'expression de l'inspecteur Coon, mais la façon dont il se balance d'un pied sur l'autre m'indique que l'apparition de ma collègue le trouble légèrement.

Je décide d'intervenir.

– Ah ! Amélie ! Tu te souviens de l'inspecteur Coon ?

J'ai fait exprès de mentionner le prénom d'Amélie pour que le policier le retienne et mon amie me fusille brièvement du regard avant d'effectuer un petit hochement de tête. Elle a compris la manœuvre.

– Bien sûr, répond-elle gracieusement au policier. Contente de vous revoir, inspecteur.

Sans montrer plus d'intérêt, elle le contourne et se dirige vers son bureau, où elle dépose bruyamment ses sacs. Puis, comme si elle se trouvait seule dans la pièce, elle tire son téléphone de la poche de son manteau et en explore l'écran. J'ai envie de lui flanquer des baffes.

– Amélie est notre technicienne-animatrice. Une super technicienne-animatrice !

L'inspecteur, dont la tête a fait un quart de tour pour la suivre des yeux, se reprend rapidement.

– Je n'en doute pas. Ravi de vous avoir revue, mademoiselle.

Sa politesse surannée me tire un sourire.

Après qu'il a quitté la pièce, je fais pivoter mon fauteuil en direction du bureau d'Amélie, qui déroule paresseusement le long foulard bleu lui entourant la gorge.

– Dis donc, tu le fais exprès ?

Elle me fixe de ses grands yeux étonnés.

– Exprès de quoi ?

– Mais… tu n'as pas vu comment il te regarde, cet homme ?

– L'inspecteur ?

Elle a répondu sur un ton agacé.

– Non, Fripon.

– Je n'ai rien remarqué, affirme-t-elle sérieusement en retirant sa doudoune rose.

Elle bat des cils et passe la main dans sa chevelure pour y mettre un peu d'ordre.

– Tu le fais exprès. Tu aimes le voir se troubler.

Amélie ouvre ses yeux plus grands encore si c'est possible.

– Tu crois qu'il l'était ?

– Je l'ai senti dans sa voix ! Je crois que tu as une touche, ma belle. Tu ne trouves pas qu'il est mignon ? Un beau grand brun musclé comme tu les aimes !

Je regrette immédiatement ce que je viens de dire. Le conjoint d'Amélie était effectivement un homme beau, grand, brun et musclé. Mais mon amie ne semble pas avoir fait le lien.

– Hum… c'est vrai qu'il est pas mal, avoue-t-elle en se mordant les lèvres. Mais un policier ? Je ne crois pas que je pourrais. Je passerais mon temps à m'inquiéter de ce qui lui arrive.

– Ah, je n'avais pas vu les choses ainsi... Mais quand même… J'ai l'impression que vous feriez un beau couple.

– Eh bien, je ne peux pas t'empêcher de rêver, mon amie ! me lance Amélie sur un ton joyeux.

Elle tire de l'un de ses sacs deux petits sapins de Noël en plastique décorés de boules colorées et les dépose sur son bureau. Puis, elle extirpe du même sac une longue guirlande rouge, bien touffue.

– Tiens, fait-elle en l'agitant. Pour toi.

– Tu veux que je mette ça où au juste ?

Elle marche vers moi, la décoration traînant sur le sol derrière elle.

– On va entourer ton bureau avec, précise-t-elle.

Elle étend l'objet brillant le long de l'arête du meuble en le maintenant de ses bras écartés.

– Il faut juste quelques clous pour la fixer.

– T'es folle ? protesté-je en levant les mains devant moi. Pas question de mettre des clous sur mon bureau.

– Du papier collant, alors ? Attends.

Elle se précipite vers un de ses tiroirs pour récupérer le distributeur de ruban adhésif.

– Tadam ! s'exclame-t-elle en revenant vers moi. Tu vas voir, ce sera très joli.

– Amélie, dis-je en la menaçant du doigt, enlève ça et laisse-moi tranquille.

Je repousse la guirlande d'un geste de la main, mais mon amie la retient.

– Pas question. Tu es la directrice, il faut que ton bureau soit décoré pour montrer à tout le monde que tu as l'esprit des fêtes.

Je soupire.

– Tout le monde… Tu exagères. Il n'y a pratiquement que vous qui venez ici. De toute façon, je préférerais le sapin. Tu ne veux pas faire un échange ?

– Pas question. Les sapins sont pour le comptoir de prêt et moi.

Je la regarde fixer la guirlande avec du ruban adhésif sur les deux côtés de mon bureau. Elle rabat ensuite les quelques centimètres restants sur la face interne devant moi. Je contemple la décoration avec résignation. Je déteste les guirlandes. Je trouve ça d'un kitsch dégoûtant.

– Et voilà ! s'exclame Amélie. De toute beauté. Viens voir !

Elle me tire par le bras pour m'obliger à me lever et nous faisons le tour du bureau ensemble.

– Ce n'est pas joli ? demande-t-elle en désignant fièrement son œuvre.

Je fais la moue.

– Je ne sais pas… Je n'aime pas trop le rouge.

Elle me tire la langue.

– Qu'est-ce que tu peux être rabat-joie ! C'est Noël, Jilliane, réjouis-toi un peu, bon sang !

– Et de quoi veux-tu que je me réjouisse exactement ? Je n'arrive pas à terminer ce foutu plan triennal, mon chum m'a laissée après sept ans de vie commune et je n'aurai plus d'endroit où vivre d'ici quelques semaines.

Je lève un doigt pour l'empêcher de commenter.

– Ah, et j'oubliais… ma mère vient de débarquer pour me faire engraisser et me remontrer le moral en m'expliquant à quel point Jasper était nul comme petit copain.

– C'est vrai que vu ainsi… admet Amélie en faisant la moue.

Je remarque le petit pétillement dans ses yeux. Je ne peux m'empêcher de sourire un peu. Je marmonne en retournant m'asseoir :

– Ça va, tu peux laisser ta guirlande.

Elle bat des mains comme une gamine.

– Super ! Cool !

Durant les heures qui suivent, je travaille comme une forcenée sur mon document, pendant qu'Amélie se consacre à son activité d'heure du conte. Parmi les idées que je mets de l'avant, il y a la création d'un « espace historique » dans la bibliothèque où nous pourrions rassembler quelques documents d'archives sur les origines de la ville et la préparation d'une exposition virtuelle à ce sujet sur notre site Web. Je vois très bien Hugo responsable de ce projet. On pourrait profiter de son expertise pour moderniser notre site Internet en même temps. Je relis mon plan attentivement avant de l'expédier à Dominic, satisfaite. J'ai l'impression qu'un poids énorme vient de m'être enlevé des épaules, bien qu'il subsiste en moi une pointe d'inquiétude. En effet, toutes ces propositions nécessitent du personnel et c'est là où le bât blesse. J'ai évoqué devant Amélie l'idée d'augmenter son nombre d'heures de travail et elle m'a tout de suite rembarrée. Elle préfère attendre que Lucas aille à l'école. J'espère donc que ma proposition de créer un nouveau poste, même à temps partiel, sera acceptée. Sinon, je devrai me contenter de personnel temporaire.

Des éclats de voix animés m'indiquent que les présentations entre ma mère et mes collègues vont bon train et je range précipitamment mon bureau avant de les rejoindre. Dans un coin de ma tête, je ne peux m'empêcher de me demander quel accueil mon patron réservera à mon plan. Mais il est trop tard pour reculer, maintenant.

CHAPITRE 24

L'Authentique resto est un peu plus grand et un peu plus chic que le P'tit bar, bien que les plantes en plastique disséminées le long des murs accumulent une poussière douteuse. Situé également dans le mur, tout près de l'hôtel, le restaurant a pour attraits des chaises rembourrées ultra-confortables et un menu qui propose autre chose que des hamburgers et de la pizza. Pour plus de variété, il faut se rendre à Labrador City, où on trouve quelques bons restos et plusieurs magasins.

Située près d'une fenêtre, notre table est décorée d'une bougie nichée dans une corolle de feuilles de gui. À cette heure, l'endroit est calme. Les autres clients sont un jeune couple assis à une table au fond de la salle et un homme âgé qui lit un journal en buvant un café à quelques mètres de nous.

Je retire mon manteau et l'accroche au dossier de mon siège en frissonnant. Je regrette de ne pas avoir mis quelque chose de plus chaud que cette blouse de coton crème à rayures roses, mais sa taille cintrée m'avantage et la couleur rehausse mon teint un peu pâle. Ma mère a été plus avisée. Son chandail bleu clair me semble beaucoup plus douillet.

La serveuse, une dame dans la cinquantaine dont le sourire se fait rare, nous apporte les menus et ma mère commande sans attendre une bouteille de son meilleur vin rouge.

– Pour fêter mon premier voyage dans le nord du Québec !

– Tu ne préfères pas que nous prenions juste un verre ? Je travaille demain.

– Tu es tellement sage et responsable ! Est-ce que tu t'amuses parfois, au moins ? Ne t'inquiète pas, j'apporterai la bouteille dans ma chambre s'il en reste. Ça me désennuiera !

Mon dos se raidit imperceptiblement, mais j'évite de répondre. Je n'ai pas envie de me disputer. La serveuse revient avec le vin et nous passons notre commande. Je choisis un *fish and chips* et ma mère, le plat de poulet. Le vin servi, nous entrechoquons nos verres pour un toast. Le liquide me réchauffe tout de suite l'estomac. J'avale une seconde gorgée en regardant ma mère s'adosser à son siège, d'un air détendu. Ses cheveux sont parfaitement coiffés et, comme toujours, elle est peu maquillée. C'est à peine si ses yeux bruns sont soulignés d'un trait de crayon et ses lèvres rosies par un gloss.

– Comment trouves-tu la ville jusqu'ici ?

– Eh bien, entre toi et moi…

Elle se penche en avant pour ajouter à voix basse :

– Je dois dire que c'est différent de ce que je m'imaginais.

Je suis amusée par son ton de conspiratrice.

– C'est vrai ? En mieux ou en pire ?

– Je ne saurais dire... Il fait plus froid que je le pensais, mais il y a moins de neige. Heureusement qu'il y a quelques habitations colorées, car le mur n'est pas très gai ! Et les espèces de blocs de maisons alignées où tu vis sont un peu ternes. On dirait des bunkers !

Sa remarque me fait sourire.

– Il faudrait que tu en touches un mot à l'architecte d'Arctic Nord. Plus de quatre-vingt-dix pour cent des habitations sont la propriété de la compagnie.

– Vraiment ? C'est comme si la ville leur appartenait alors ?

Je lui explique que cela correspond à peu près au pourcentage d'habitants qui travaillent pour la compagnie. Le reste est constitué de quelques professionnels de la santé, d'employés municipaux et du secteur privé. Je précise :

– À Fermont, ce sont les entreprises qui offrent le logement en location à leurs travailleurs. On ne vient pas s'établir ici si on n'y travaille pas !

– Je comprends pourquoi j'ai eu l'impression d'être dans une ville fantôme ! J'imagine que la plupart des gens travaillent ou dorment.

– Exactement ! La mine fonctionne vingt-quatre heures sur vingt-quatre. Plusieurs employés font des horaires de douze heures sur quatre jours et ont congé les trois jours suivants. Ceux qui viennent de l'extérieur travaillent souvent sur quatorze jours avant de retourner chez eux pour une semaine. On appelle ça du *fly-in, fly-out*.

– Quelle drôle d'idée !

– J'imagine qu'ils n'ont pas trop le choix de fonctionner ainsi. La plupart des gens ne veulent pas venir s'enterrer ici pour le travail. Remarque, il y a quand même beaucoup de familles.

– La plupart des gens, sauf Jasper et toi, commente ma mère.

Je reste silencieuse, revivant en pensée la journée de notre arrivée dans la ville. Mais je chasse ces images et m'efforce de prendre un ton léger.

– Tu vas voir, la ville a aussi ses charmes. Il y a beaucoup d'enfants ! Cela met de la vie.

Je prends une gorgée de vin.

– Et c'est vrai qu'il n'y a pas trop de neige jusqu'à maintenant, mais ne t'y fie pas ! L'an dernier, les bancs de neige ont recouvert la plupart des fenêtres. Chez moi, on ne voyait plus dehors !

– Seigneur ! J'espère que je vais survivre ! commente Millie en plaisantant.

Je la regarde avec affection.

– Tu survis à tout, maman.

– C'est ce que tu crois, réplique-t-elle. Mais parle-moi de toi. Tu as l'air un peu fatiguée.

Ses yeux m'observent avec tendresse et je me sens ramollir. Depuis deux semaines, j'essaie de ne pas me projeter dans l'avenir. Chaque jour, je me persuade que tout ira bien et que je saurai faire face, quoi qu'il arrive. Mais à ma mère, je ne peux mentir. Je lui raconte les jours qui ont suivi le départ de Jasper et ma difficulté à accepter la permanence de cette séparation. Lorsque j'aborde la question du logement, elle saute sur l'occasion.

– Désolée de te dire ça, mais… tu ne ferais pas mieux de revenir à Montréal ?

Je sais que cela lui ferait plaisir. Depuis que j'ai quitté la ville, ma mère s'inquiète de me savoir si loin. Elle me l'a dit à plusieurs reprises.

D'un geste machinal, j'essuie des doigts la buée qui s'est formée sur mon verre d'eau. Même si l'idée m'angoisse pour l'instant, je sais que toute cette histoire va probablement se terminer par un retour à la case départ.

– Peut-être...

La serveuse revient avec nos plats. Elle marche à petits pas et semble essoufflée, malgré le peu de clients à servir. C'est peut-être dû à son embonpoint.

– Bon appétit, dit-elle en s'inclinant.

Son visage est las et je me sens soudain une forme de familiarité avec elle. Les épreuves de la vie nous brisent tous à un moment ou à un autre. Je mange tout de même avec un appétit surprenant et le vin aidant, je commence à me détendre. Au cours de notre discussion, Millie m'apprend que Charles a confirmé qu'il arriverait d'ici quelques jours.

– Nous pourrions fêter Noël ici ! Ce serait fantastique, non ?

Fantastique ? Je tourne la proposition dans ma tête. Je n'en suis pas si sûre.

– Tu n'as pas à t'inquiéter, on fera ça chez toi, mais je m'occuperai de tout, enchaîne ma mère. Je vais même décorer ta maison, si tu n'as rien fait encore. Et n'essaie pas de m'en empêcher ! De toute façon, ton frère s'en va en vacances et je ne supporterais pas de te voir toute seule ici à cette période de l'année.

L'idée fait son chemin. Moi non plus, je ne souhaite pas être seule. Je me montre enfin reconnaissante.

– Merci, maman.

Nous discutons en long et en large de l'état de santé de Charles, puis du projet de ma mère de devenir agente d'artistes, puisque la fille de l'une de ses proches amies chante presque aussi bien que Céline Dion à ses débuts. Ma mère ayant été professeure de chant dans un collège privé avant de prendre sa retraite l'an dernier, ce nouveau projet me semble tout indiqué pour elle. La question de ma vie amoureuse refait surface à la fin du repas.

– En passant, avec qui étais-tu lorsque je t'ai téléphoné l'autre soir ?

Je laisse mes yeux parcourir les tables qui nous entourent, avant de m'arrêter sur une petite famille qui s'est ajoutée à la maigre clientèle. L'homme et la femme dans la trentaine sont accompagnés d'un garçon de six ou sept ans et d'une petite fille un peu plus jeune. Le parfait cliché. Exactement ce dont je rêvais.

– Alors ? insiste ma mère.

Alors, je capitule. Je lui parle de ma rencontre avec David et du tsunami d'émotions qui m'habite depuis.

CHAPITRE 25

Je reconduis ma mère à son hôtel et retourne chez moi, fatiguée par la longue journée. Je m'apprête à aller au lit quand je reçois un message de David.

Tu es disponible en ce moment ?

Le cœur battant, je tape *oui* sur l'écran de mon téléphone. Sa voix grave retentit à mon oreille quelques secondes plus tard.

– Salut, Jilliane.

– Salut, David.

– Je ne te dérange pas ?

– Pas du tout. Tu vas bien ?

Je m'installe dans mon lit, le dos bien appuyé sur les oreillers que j'ai redressés contre le mur.

– Ouais. Mais je n'arrive pas à dormir. Je pensais à toi.

Je réprime un hoquet. Misère ! Il a juré de me faire perdre la tête ou quoi ? Qu'est-ce que je réponds à cela ? J'opte pour la neutralité.

– Mmm… Je suis flattée.

Il rit un peu avant de me relancer.

– Comment a été ta journée ?

Je lui raconte la visite de l'inspecteur, puis l'arrivée de ma mère et notre souper de ce soir. J'omets sciemment de lui parler de la réaction de Mario face à notre rendez-vous de samedi dernier. De toute façon, il est probablement déjà au courant.

Il émet un sifflement.

– Eh bien, il s'en passe des choses à Fermont !

– C'est vrai ! Et toi ? Qu'as-tu fait de bon ?

Je ne peux empêcher ma voix de prendre un ton coquin. Je le regrette aussitôt. Ce n'est pas mon genre de minauder ainsi. Mais cet homme a beau se trouver à quelques kilomètres d'ici, mon corps est fébrile comme s'il était juste à côté.

– À part changer mes draps et laver mon linge, je n'ai pas eu grand-chose pour me distraire. Mais il faut dire que je suis un peu obsédé par toi.

La chaleur dans mon corps monte en flèche à l'évocation de ses draps et du mot « obsédé ». Je serre les cuisses sans m'en rendre compte.

– Puisque tu insistes, dis-je sans réfléchir, je dois t'avouer que moi aussi, je pense beaucoup à toi.

Une exclamation parvient à mes oreilles.

– Ah ! Enfin ! Vu ce qui s'est passé l'autre soir chez toi, je redoutais que tu reconsidères la situation.

Je ne peux résister à l'envie de le taquiner.

– Ah ! Parce que nous avons une *situation* ?

Je peux presque le voir sourire.

– Il me semble bien que oui, mademoiselle. À ce sujet, quand est-ce que l'on se revoit ? Tu prévois avoir un moment de libre dans les prochains jours ?

Mon souffle s'accélère à la seule idée de me trouver face à lui. Si je ne me retenais pas, je l'inviterais là, tout de suite.

– Peut-être demain soir pour un verre ?

– Super ! Je te texte dans la journée pour confirmer ?

– Tu me textes quand tu veux.

Encore une fois, j'ai répondu spontanément. Quelle étourdie ! Je ne veux pas paraître trop intéressée. D'autant plus qu'il y a à peine deux semaines, j'étais toujours en couple ! Est-ce que ça fait de moi quelqu'un d'horrible ? Je ne veux pas le savoir.

– Je retiens ta dernière phrase, dit David, visiblement amusé. Il y a aussi bien d'autres choses que j'aimerais faire avec toi, mais je vais les garder pour moi pour l'instant. Je ne voudrais pas t'effaroucher.

Seigneur ! Par chance, il ne peut pas me voir. Mon visage doit avoir des allures de coquelicot, tellement j'ai chaud !

– Je ne suis pas si facile à effaroucher, tu sais.

Il rit.

– Bonne nuit, Jilliane.

– Bonne nuit, David. À demain.

Quand je raccroche, je me sens dans le même état de tension que lorsqu'il se trouvait avec moi dans ce lit. Puis, l'image de Jasper surgit dans mon esprit et mon excitation retombe aussitôt. Je ne me comprends plus. J'ai envie de m'arracher les cheveux. Je devrais peut-être consulter un psychologue ?

Je saisis les oreillers et les malmène vigoureusement avant de me coucher dessus. Je verrai ça demain.

CHAPITRE 26

Je dors plus de sept heures sans interruption pour la première fois depuis le départ de Jasper. Après un rapide déjeuner, je me prépare pour me rendre au travail. Ce soir, je vais revoir David et mon ventre est déjà noué par la nervosité. Comment va-t-il se comporter ? Et moi ? Est-ce que nous allons nous plaire autant que la dernière fois ? Je tente encore de me convaincre que je ne fais rien de mal, que cette relation n'est qu'une façon de me distraire de ma récente rupture et que j'ai bien le droit m'amuser. Mais une petite voix dans ma tête me demande si c'est bien sage.

Des coups vigoureux à la porte me font sursauter. Le moment d'inquiétude passé, je devine qui est là.

– Tu ne m'as pas donné de nouvelles hier ! me reproche d'emblée Jasper, les sourcils froncés et les pieds solidement plantés dans quatre pouces de neige. Je peux entrer ?

Son visage affiche de la mauvaise humeur. Ma surprise ravalée, j'envisage de lui claquer la porte au nez, mais ce serait ridicule. Le logement est à son nom.

– Bien sûr. Entre, dis-je en m'effaçant pour le laisser passer.

Il pénètre dans le vestibule et tape ses pieds sur le tapis.

– Foutue neige, marmonne-t-il. T'as du café ?

Je relance la cafetière pendant que Jasper retire ses bottes, puis il me rejoint dans la cuisine. Un frisson parcourt mon dos. Je ne peux m'empêcher d'appréhender la discussion à venir. Elle est inévitable, je le sais. Mais depuis son départ, c'est comme si je m'étais entourée d'un duveteux nuage de ouate et que je n'étais pas encore disposée à m'en extirper.

Je le regarde accrocher son manteau au dossier de la chaise que David occupait il y a deux jours à peine et un profond trouble m'envahit. Je me sens vaciller. L'image d'un ballon que l'on gonfle jusqu'à l'éclatement me traverse l'esprit. Et le ballon, c'est moi. Si cela survient, il faudra me ramasser à la petite cuillère. Et je l'aurai bien mérité.

J'apporte deux tasses de café à la table.

– Je suis désolée de ne pas t'avoir rappelé. Le souper avec ma mère s'est étiré plus tard que prévu.

En fait, j'avais même complètement oublié que je devais le texter ou l'appeler. Pourquoi lui dire ? Ça ne ferait que le blesser davantage. Jasper verse du lait dans son café avant de s'étirer vers l'arrière, les bras croisés derrière la tête.

– Ce n'est pas compliqué d'envoyer un message texte aujourd'hui, mais je comprends que tu étais heureuse de revoir ta mère et que tu voulais lui consacrer tout ton temps.

Une pointe d'irritation monte en moi. Jasper a le don de me faire des critiques sans les formuler explicitement. Par le passé, ma propension à la distraction l'a toujours irrité et cet épouvantable défaut à ses yeux a été un sujet de récriminations tout au long de notre relation. J'avais aussi oublié à quel point ses reproches détournés me crispaient.

– Je me suis déjà excusée, dis-je sur un ton neutre avant d'avaler une gorgée de café.

Ses avant-bras viennent s'appuyer sur la table et il avance son torse vers moi.

– On a des choses à régler. Quand je suis venu chercher mes affaires, tu m'as demandé de te laisser quelques jours en promettant que tu allais me téléphoner après. Cela fait presque deux semaines maintenant. J'ai laissé courir, mais là, ça suffit. C'est aujourd'hui que ça se passe.

Il a dit tout ça si froidement ! Comme si cela ne lui faisait rien. Je scrute son visage si familier. Ses cheveux bruns en désordre, juste un peu trop longs, qui lui tombent sur les yeux, sa mâchoire à moitié camouflée par une barbe de plusieurs jours ; la petite cicatrice au-dessus de sa lèvre supérieure qui résulte d'une chute de balançoire quand il était petit. Il a l'air fatigué. Je dirais même épuisé. Et tout à coup, ça me frappe. Une épiphanie. Je ne suis plus amoureuse de lui. Peut-être même cela fait-il un bon moment déjà que je ne le suis plus.

– D'accord, dis-je en baissant les yeux sur ma tasse. Commençons par le logement.

Nous n'avons besoin que d'une dizaine de minutes pour tout régler, car j'acquiesce à tout. Jasper me donne jusqu'au 7 janvier pour me trouver un autre endroit où habiter et je lui laisse la plupart des meubles en échange d'un montant qui nous satisfait tous les deux.

– Tu comptes repartir à Montréal ?

Sa question ne me surprend pas.

– Je ne sais pas. C'est possible.

– Tu pourrais peut-être voir avec la Ville pour te relocaliser ? Ils doivent avoir des habitations pour leurs employés ?

– Je crois que oui. Mais comme je t'ai dit, je ne sais pas si je vais rester.

Il penche la tête.

– Je suis désolé.

Puis, il se lève de table.

– Merci. J'aime que tu collabores.

Il m'adresse un sourire pâle.

– Ça va, Jasper ?

Il esquisse une moue désabusée.

– Je ne sais pas trop. J'imagine que ça ira mieux dans quelques semaines.

– J'espère que tu prends soin de toi. Je ne suis plus là pour m'assurer que tu manges bien et que tu fais un peu d'exercice !

Ma tentative de plaisanterie tombe un peu à plat.

– Je sais. Je suis capable de faire ça moi-même. Écoute, je suis désolé de devoir t'éjecter de tout ça, ajoute-t-il en désignant l'espace qui nous entoure d'un large geste de la main. Et si tu veux rester, j'espère que tu trouveras quelque chose, sinon je vais me sentir encore plus coupable.

Il s'arrête subitement. Sa voix a chevroté sur les derniers mots. Une fêlure sous la carapace. Je me lève aussi et j'essuie mes mains moites sur mon pantalon, mal à l'aise.

– Ça ira.

Quoi dire d'autre ?

– Je ne sais pas pourquoi je suis ainsi, poursuit Jasper. Jamais bien où je suis. Jamais satisfait. Je sais ce que je ne veux pas, mais j'ignore ce que je veux. À mon âge, tu imagines ? Il faut que j'apprenne à mieux me connaître.

Ses propos me surprennent et me réconfortent à la fois. Mon ex n'est pas du genre à s'épancher. Ni à s'excuser. Je comprends enfin qu'il souffre aussi de notre séparation, mais d'une façon différente. Il s'agit peut-être de la dernière fois que nous nous retrouvons face à face tous les deux. À découvert. J'ai eu le cœur brisé. Je me suis sentie trahie et abandonnée. Jasper est en perte de repères et vit de la culpabilité. La décision qu'il a prise lui coûte, mais je comprends pourquoi il l'a fait. Il s'est écouté. Il s'est choisi. À moi de faire de même.

Prise d'une impulsion, je contourne la table et marche jusqu'à lui. Je le serre avec force dans mes bras.

– J'ai été heureuse avec toi. Je suis désolée que cela se termine ainsi, mais ce n'est pas de ta faute.

Ses bras viennent enserrer ma taille et j'appuie ma tête contre son épaule, luttant contre les larmes qui menacent de couler. Les souvenirs remontent à la surface les uns après les autres. Mon vingt-cinquième anniversaire dans un somptueux hôtel du Mont-Tremblant avec ma famille et mes amis. Une sortie aux pommes toute banale par une magnifique journée de septembre. Notre voyage au Mexique où, malgré une spectaculaire dispute dès le premier jour, nous avions fini plus amoureux que jamais. L'accident de voiture sur la 323. Notre premier appartement. Je cligne des yeux avec force. C'est ainsi que cela se passe lorsque l'on meurt, paraît-il. On revoit le fil de sa vie.

Je m'écarte à regret. Jasper essuie d'un doigt une larme qui a roulé sur ma joue et me regarde avec tendresse. Cela fait longtemps qu'il ne m'a pas regardée ainsi. Il va me manquer. Notre couple va me manquer. J'ai le cœur si lourd tout à coup qu'il me semble trop gros pour ma poitrine.

– Je te souhaite d'être heureuse, murmure Jasper. J'espère que tu rencontreras quelqu'un qui te conviendra mieux que moi et que tu pourras enfin fonder la famille dont tu rêves.

Ça y est, je pleure. J'observe les points brillants dans ses yeux, qui m'indiquent qu'il est ému à son tour.

– Tu devrais y aller, maintenant.

Il hésite. Puis il fait un pas vers moi pour m'enlacer à nouveau. Lorsque nous nous séparons, j'ai le sentiment que je viens de clore un chapitre, que cette dernière étreinte a réparé tout le mal que nous nous sommes fait. Toutes ces disputes, ces malentendus, ces divergences d'opinions, tout cela ne compte plus. Nous sommes deux êtres humains qui font de leur mieux pour être épanouis.

Avant de refermer la porte derrière lui, Jasper se retourne.

– Joyeux Noël, Jilliane. Que tes vœux se réalisent.

Cette phrase me rappelle la soirée avec Amélie où, comme deux gamines, nous avons écrit des lettres au père Noël. Je me demande si elle les a vraiment postées. Je ne me souviens plus exactement de ce que j'y ai écrit, mais ça n'a pas d'importance. Qui croit encore que les vœux sont exaucés ?

– Joyeux Noël à toi aussi. Je te souhaite d'être heureux.

Aujourd'hui, je ne vais pas courir pour écraser mon œil dans le judas de la porte. Cette fois, je sais que Jasper ne reviendra pas.

CHAPITRE 27

Quand j'entre au travail, je suis hyper motivée. La visite de Jasper a finalement jeté un pan de lumière dans mon esprit. La façon dont nous nous sommes quittés, si cordialement et apaisés, me permet d'envisager mon avenir avec plus d'optimisme. Je dois être réaliste. Il y a de fortes chances que je retourne vivre à Montréal, mais si j'envisage encore de rester ici, je dois au moins faire quelque chose. Je n'ai toujours pas suivi le conseil de Dominic de contacter les RH, car je n'arrivais pas à accepter ma situation. Comme si j'espérais qu'un miracle survienne et que mon Jasper me revienne. Mais Jasper n'est plus *mon Jasper* et… il y a David. David qui va partir, lui aussi. J'ignore comment tout cela va se terminer, mais je ne peux pas rester là les bras ballants. Je me rappelle les paroles de Mario lorsque je lui ai annoncé ma séparation. « On a toujours le choix. Tu as le choix. Si ce n'est pas celui de l'action, c'est celui de la réaction. »

Assise à mon bureau, je fais enfin ce que j'aurais dû faire il y a longtemps : j'appelle Marie, technicienne aux ressources humaines. Nous commençons par prendre des nouvelles l'une de l'autre, puis je lui explique succinctement ma situation.

– Oh, je suis vraiment désolée, Jilliane ! Mais tu es bien certaine de vouloir rester dans les parages ? À ta place, je saisirais l'occasion pour déguerpir d'ici !

Son rire clair et généreux résonne dans l'appareil avant de s'interrompre aussitôt.

– Excuse-moi. Je ne devrais pas rire ainsi. Tu es peut-être au trente-sixième dessous.

Tant de spontanéité me fait du bien.

– Plutôt au trentième, dis-je sur un ton léger. J'ai fait du progrès ces derniers jours.

Elle pouffe à nouveau avant de redevenir sérieuse.

– OK. Ça ne sera pas facile, par contre. Laisse-moi regarder ça et je te reviens, d'accord ?

– Merci, Marie.

Je raccroche avec un peu d'inquiétude. La suite ne dépendra pas de moi cette fois-ci.

Je passe le début de l'après-midi à compiler des statistiques et à jouer l'entremetteuse entre notre responsable TI et le fournisseur du logiciel de la bibliothèque, qui connaît quelques ratés depuis hier. Les courriels automatisés d'avis de retard et les factures ne s'envoient plus. Selon le technicien de la compagnie, le problème viendrait de notre système de sécurité informatique, mais Jean-Marc, le responsable TI, affirme que les *bugs* proviennent plutôt de leur serveur. C'est presque comme un match de tennis dans lequel je jouerais le rôle de l'arbitre et celui du ramasseur de balles, car je dois me taper les tests de vérification chaque fois que l'un modifie quelque chose. Je me retiens de leur dire que je me fiche de savoir qui est responsable. Je veux juste que ces satanés courriels s'envoient.

– L'inspecteur Coon est ici, m'informe Mario en se pointant dans l'embrasure de la porte de mon bureau. Il aimerait te voir.

Encore ? Je me redresse sur mon siège et rajuste mes vêtements. À force de fixer l'écran, j'ai les yeux qui brûlent.

– D'accord, fais-le entrer. Toi, ça va ?

Je demande pour la forme. Depuis que son fils est ici, Mario affiche une humeur désespérante.

– J'ai mal aux yeux, réplique mon collègue d'un ton boudeur.

Une fois par semaine, Mario entre à neuf heures pour effectuer l'inventaire et compiler quelques statistiques pendant que la bibliothèque est fermée. L'inventaire des documents est un exercice ennuyeux, mais nécessaire, qui demande de la concentration. En gros, cela consiste à vérifier, à l'aide d'un rapport, si les documents qui sont dans la base de données du logiciel sont bien sur les rayons. Après une heure, on finit par ne plus y voir clair.

– Désolée, dis-je de mon ton le plus compatissant.

– Ça va. Au moins, l'inspecteur n'est pas venu pour m'arrêter !

Je lui suis reconnaissante pour cette tentative de plaisanterie.

– Hilarant. S'il m'emmène, je te confie la bibliothèque.

J'accueille le policier vêtu de son habituel uniforme. Cette fois, il n'attend pas que je l'invite pour s'asseoir dans mon vieux fauteuil d'invité.

– Bonjour, inspecteur. Je ne croyais pas vous revoir si rapidement. Votre dernière visite date d'à peine deux jours. J'imagine que votre enquête avance ?

Je lui décoche mon plus beau sourire, mais mon charme est sans effet sur lui. Son visage affiche un air grave.

– Excusez mon intrusion, madame Henry, mais je viens vous informer que nous venons tout juste d'arrêter votre employé, euh…

Il sort son calepin de sa poche et feuillette quelques pages pendant que mon cerveau part dans tous les sens. Est-ce que j'ai bien entendu ? A-t-il vraiment dit « mon employé » ?

– Ah ! Voilà. Monsieur Hugo Roy-Desjardins.

Les yeux agrandis par la stupeur, je m'exclame :

– Pardon ? Hugo ? Mais… pourquoi ?

Je suis aussi stupéfaite que s'il m'avait dit que le beurre d'arachide n'existait plus. Je veux bien admettre qu'Hugo est un peu bizarre, mais pas de là à l'imaginer commettre un geste criminel ! Puis je me mets à douter. Et si, effectivement, il avait fait quelque chose de grave ? Devant mon air effaré, l'inspecteur précise d'une voix posée :

– Je comprends votre étonnement. Nous ne croyons pas qu'il soit coupable, mais…

Je l'interromps.

– Mais pourquoi alors ?

Le policier lève la main pour m'inciter au silence.

– Monsieur Roy-Desjardins nous cache intentionnellement des informations, ce qui nuit au développement de l'enquête. En vertu de quoi, nous pouvons l'arrêter.

Je porte la main à ma bouche en imaginant mille scénarios. Seigneur ! Je n'arrive pas à croire qu'Hugo ferait une telle chose. Camoufler de l'information dans le cadre d'un meurtre, c'est soit criminel, soit stupide ! À vue de nez, je pencherais pour la deuxième option.

– Quand même… Hugo… Vous devez vous tromper. Il ne ferait pas de mal à une mouche, vous savez ?

Trahissant ma nervosité, mes doigts pianotent sur la surface dure de mon bureau. Je me force à arrêter.

– Bon… Euh… Quand avez-vous procédé ?

– Plus tôt aujourd'hui. Il est encore au poste.

Aïe ! Pauvre Hugo. J'imagine sa tête lorsqu'il a aperçu des membres des forces de l'ordre à sa porte. J'espère, non, je suis sûre qu'il sera vite relâché. En attendant, je vais devoir le remplacer. Mais par qui ?

– Je vous remercie de m'en avoir informée.

Le visage de l'inspecteur demeure impassible.

– C'est tout à fait normal.

J'avale de travers. Je viens de me rappeler qu'Hugo travaille ce soir. Pas de veine. L'inspecteur se lève.

– Je vous laisse à vos obligations. Bonne journée, madame Henry.

Son formalisme m'aurait fait rigoler si je n'étais pas en train de me torturer l'esprit. Est-ce que par hasard Amélie serait disponible ce soir ? Comme par magie, alors que je ne l'attendais pas de la journée, ma collègue apparaît, vêtue de son éternelle doudoune rose et les bras à nouveau chargés de sacs.

– Coucou ! lance-t-elle joyeusement avant de s'immobiliser. Oups ! Je dérange ?

Je ne rêve pas. Ils sont encore là tous les deux.

Je fais signe à Amélie d'avancer. Finalement, j'aurais voulu arranger une nouvelle rencontre entre eux que je n'aurais pas mieux réussi.

– Entre, je t'en prie. L'inspecteur s'en allait.

– Laissez-moi vous aider, propose-t-il alors en s'avançant vers elle les bras tendus.

Confuse, Amélie le laisse prendre ses sacs.

– Je les dépose sur votre bureau ? demande le policier dont le visage s'est subitement empourpré.

– Euh, oui. Merci.

Elle bredouille presque pendant que le policier aligne les sacs sur sa surface de travail bien ordonnée. J'aperçois soudain Fripon sous le bureau d'Amélie. Roulé en boule sur une boîte de carton, l'animal ouvre un œil inquiet en apercevant les chaussures massives de l'inspecteur s'approcher de lui. Lorsqu'elles ne sont plus qu'à quelques centimètres, il saute sur ses pattes et détale en direction de la porte. Vive comme l'éclair, Amélie se penche et l'attrape de justesse, alors qu'il allait lui passer entre les jambes.

– Fripon ! Comment ça va, mon chat ?

La grosse peluche noire se débat dans ses bras, pressée de mettre de la distance entre elle et nous.

– Aïe ! Fais attention avec tes griffes !

Il finit par lui échapper, non sans lui avoir laissé quelques estafilades sur la main.

– Il faudra s'occuper de ces petits poignards, commente-t-elle. Il pourrait éborgner un enfant.

Je frissonne d'horreur.

– J'espère bien que non !

Elle tend vers nous sa main abîmée par les griffures. On y voit de légères gouttes de sang poindre à la surface. Je lui suggère avec sérieux :

– Tu pourrais déposer une plainte.

Amélie lève un doigt vers moi.

– Très bonne idée !

Elle s'avance ensuite vers l'inspecteur.

– C'est vrai ? Je peux ?

Elle cligne des yeux de façon si innocente que je n'en peux plus. Je laisse échapper un gloussement. Amélie, qui n'attendait que ça, éclate de rire.

Un moment déstabilisé, l'inspecteur se reprend et joue le jeu.

– Bien sûr, mademoiselle. Vous voulez m'accompagner au poste ?

Son sourire, ma foi, est assez provocant, pour un homme de loi en service. Mon amie en est déstabilisée.

J'éclate de rire.

– Vous êtes très drôles tous les deux. Je vais m'occuper moi-même de gronder Fripon. Dis, Amélie, avant que j'oublie, serais-tu disponible pour travailler ce soir ?

– Euh, en principe, oui… Hugo est malade ?

Je me contente de secouer la tête en marmonnant que je lui expliquerai plus tard. Puis, pour changer de sujet, je désigne ses sacs.

– Tu as quoi là-dedans ?

– Les cadeaux de Lucas, explique-t-elle. Je veux éviter qu'il les trouve. Il est à l'âge où il n'arrête pas de fouiller. Je t'assure, je vais devoir bientôt mettre des cadenas partout !

Avant que l'inspecteur ne se fasse de fausses idées, je m'empresse de préciser au passage que Lucas a perdu son père dans un accident de motoneige deux ans auparavant. Mon amie me jette un regard courroucé, tandis que le policier lui présente ses condoléances.

– Merci, inspecteur, dit-elle en hochant dignement la tête.

Elle se tourne vers moi et ses yeux sont maintenant deux lasers capables de tuer. Mal à l'aise, je lui offre un geste d'excuse.

– Je dois partir, ajoute-t-elle dans ma direction. Je reviendrai tout à l'heure pour remplacer Hugo.

Je la remercie avec effusion pendant que le policier s'empresse derrière elle.

– Je partais également. Merci, madame Henry. Je vous tiens au courant.

Après leur départ, je reste immobile. Je songe à Hugo. Qu'est-ce que ce gamin a bien pu faire pour se fourrer dans ce pétrin ? Je décide de lui envoyer un message texte pour lui demander de me contacter dès que possible. J'espère que je ne me trompe pas sur lui. Innocent ou pas, je dois informer mon supérieur de la situation. Je tends la main vers le téléphone fixe et compose le numéro de Dominic.

CHAPITRE 28

Comme moi, mon supérieur est stupéfait par cette annonce de l'inspecteur, même s'il ne connaît pas Hugo suffisamment pour se prononcer sur son innocence. Nous discutons de la situation et je raccroche sans avoir l'assurance de pouvoir combler les heures d'Hugo par un employé temporaire. Mais Dominic promet de trouver une solution si la situation perdure.

Je décide de sortir pour m'aérer l'esprit. Cette journée interminable est en train de saper le peu de forces qu'il me reste et j'ai un besoin impératif de bouger. Ces derniers temps, j'ai négligé l'activité physique.

Je prends la rue Le Carrefour jusqu'à Johnson, puis je descends Ericson jusqu'aux rues qui longent le lac Daviault. Le vent qui a soufflé toute la semaine est enfin tombé, et le soleil réfléchit ses rayons sur les trottoirs lisses et glacés, les faisant scintiller comme s'ils étaient faits de pierres précieuses. Pour une fois, il ne fait pas moins trente-deux degrés et c'est peut-être pourquoi je marche aussi longtemps. Car je perds la notion du temps. Je marche et marche encore, admirant le paysage qui m'entoure, le ciel dégagé, les arbres saupoudrés de glace. La plupart des habitations sont décorées et je regrette que le soleil ne soit pas encore couché pour pouvoir admirer les lumières colorées. Je m'arrête longuement devant une petite maison. Sur le minuscule bout de terrain entre la rue et elle, deux cerfs dorés s'élancent gracieusement dans la neige. Des ampoules rouges ornent chacune des fenêtres de l'habitation et sur l'une d'elles, quelqu'un, un enfant probablement, a décalqué un bonhomme avec de la fausse neige blanche.

Soudain, j'ai six ans. Je suis assise dans le fauteuil du salon de notre première maison. Au cours de la journée, ma mère et moi avons orné chaque fenêtre du rez-de-chaussée de décalques féeriques à l'aide d'une bombe à neige. Je suis vêtue de mon pyjama préféré en flanelle bleue avec des imprimés de petits chiens et je souris à l'objectif.

La photo qu'a prise ma mère est gravée dans ma mémoire. Mes cheveux clairs sont rassemblés dans une natte lâche et mes yeux brillent de convoitise. J'attends sagement que mon père arrive pour que je puisse enfin déballer mes cadeaux bien rangés sous le sapin, dont on aperçoit quelques branches à ma gauche. J'attends sagement, mais mon visage reflète toute l'excitation qui m'habite.

Ce que la photographie ne montre pas, toutefois, c'est que près de deux heures plus tard, je me languis toujours et ma mère s'impatiente. Elle a ouvert une bouteille de vin et nous sommes assises à la table de la cuisine, en train de faire un casse-tête, quand mon père surgit enfin, hirsute. Son visage est empourpré et le manteau qu'il porte est ouvert sur son torse, de sorte que l'on voit sa chemise à moitié sortie de son pantalon. Encore aujourd'hui, cette image est imprégnée dans mon esprit. Ma mère se met à l'invectiver, puis m'envoie dans ma chambre. Je me glisse sous l'édredon en me bouchant les oreilles. Quelques minutes plus tard, elle entre en coup de vent et referme la porte derrière elle avant de s'appuyer contre le battant. Un coup résonne contre le bois. « Va-t'en ! crie ma mère. Je ne veux plus te voir ! » Silence. Le temps est suspendu. Jusqu'à ce qu'un violent coup de pied dans la porte nous fasse sursauter toutes les deux. Mon père a murmuré un mot d'excuse et, sans bouger, nous avons écouté le bruit de ses pas décroître dans l'escalier.

C'est la dernière fois que je l'ai vu. Cette nuit-là, ma mère a dormi avec moi et je n'ai ouvert mes cadeaux que le lendemain. Elle m'a expliqué ensuite que mon père avait des problèmes et qu'il devait se faire soigner. Qu'il serait parti quelque temps. Il n'est jamais revenu, même s'il l'a promis plusieurs fois, notamment, lors de mon anniversaire l'année suivante.

Les premières notes de *The Christmas Song* s'élèvent dans l'air. Je tire mon téléphone de ma poche et souffle dans l'appareil.

– Oui ?

– Où es-tu ?

La voix de Mario est inquiète. Je me secoue.

– Je suis allée marcher.

– Ta mère est passée dire bonjour. Elle était étonnée que tu ne sois pas au travail. Ça commence à faire longtemps que tu es partie. Tout va bien ?

– Oui, merci. Je serai là bientôt.

Je raccroche et au même moment, je reçois un message texte de David.

Toujours partante pour ce soir ?

Je songe un instant à annuler. J'ai eu suffisamment d'émotions pour aujourd'hui. Mais mes doigts s'élancent sur l'écran avant même que mon cerveau n'ait pris sa décision.

Oui. On se retrouve au P'tit bar ?

OK. 17h30 ?

Parfait. À plus tard.

Je remets l'appareil dans ma poche et regarde autour de moi. Je me suis éloignée plus que je n'en avais l'intention. Je fais demi-tour, avançant à un rythme régulier. Le vent a pris de l'ampleur dans les dernières minutes et lorsque je m'engouffre dans la chaleur du mur, je suis heureuse de lui échapper.

Tandis que l'ascenseur s'élève jusqu'au quatrième étage, je me perds dans la contemplation d'une affiche faisant la publicité pour le réveillon de Noël de l'hôtel. Ma mère m'ouvre tout de suite. Comme si elle m'attendait derrière la porte. Son regard parcourt attentivement mes traits, puis elle m'invite à entrer. Je me suis parfois demandé si elle n'était pas un peu sorcière tant elle devine bien mes humeurs. Je m'assois sur le lit.

– Papa me manque, dis-je simplement.

À ces mots, le visage de ma mère se crispe. Elle s'avance vers moi.

– Je suis désolée, répond-elle doucement en s'assoyant à mes côtés.

– Pourquoi nous n'avons pas de ses nouvelles ? Pourquoi il ne m'appelle pas ? Je suis quand même sa fille !

Je ne sais plus combien de fois j'ai prononcé ces mots. Mais je persiste, car la réponse ne me satisfait jamais.

– Jill, ton père est malade. Il essaie de s'en sortir depuis des années, tu sais bien. S'il ne donne pas de ses nouvelles, c'est qu'il ne peut pas. Je sais que ce n'est pas facile à accepter pour toi.

Je m'obstine.

– Oui, mais je reste sa fille, non ? Il pourrait faire un effort.

– Jilliane...

Je me raidis, attentive à ne pas laisser mes émotions déborder. J'ai suffisamment pleuré avec Jasper, je ne vais pas recommencer maintenant. Ma mère se rapproche pour m'enlacer.

– Pour tout te dire, les dernières nouvelles que j'ai eues de Jean-Marc n'étaient pas très bonnes, commence-t-elle, la voix enrouée. Sa sœur m'a raconté qu'il avait plusieurs problèmes de santé et que, bien qu'il ait été sobre ces dernières années, il a rechuté il y a quelques mois. Il a eu un logement pendant un certain temps, comme tu sais aussi, mais…

Elle prend une pause, avant d'avouer dans un souffle :

– Il est retourné à la rue, Jilliane.

J'éclate en sanglots, incapable de me retenir davantage.

– Je suis désolée. Ne lui en veux pas trop, il est malade. Ce n'est pas de sa faute.

Sa main frotte mon dos tendrement pendant qu'elle continue de me parler, de me dire que mon père m'aime, mais qu'il a honte, bien trop honte pour me contacter. Qu'il ne veut pas que je le voie ainsi, même si ça lui fait beaucoup de peine de continuer à se priver de moi. Des mots qu'elle m'a répétés tant de fois, que je comprends, mais que je n'assimile pas. Pas même après toutes ces années.

Lorsque je me redresse, mon nez est bouché et je n'arrive plus à respirer. J'entreprends de vider la boîte de Kleenex sur la table de chevet.

– Je dois avoir une tête horrible, dis-je en jetant le dernier papier mouchoir dans la poubelle.

Ma mère m'examine.

– Peut-être un peu.

Je me précipite devant le miroir de la salle de bain. Je suis épouvantée par mon image.

« Eh merde ! Et David qui m'attend dans moins d'une heure ! »

– Qu'est-ce que tu dis ? s'enquiert ma mère en haussant le ton.

Je me passe de l'eau froide sur le visage avant d'aller récupérer mon sac sur le bureau près de l'entrée.

– J'ai rendez-vous avec David pour un verre.

– C'est vrai ?

Je retourne devant le miroir pour réparer les dégâts avec un peu de maquillage.

– On va prendre une bière, c'est tout.

– Hum…

Je ressors après quelques minutes, plus calme et avec une apparence quasi normale.

– Je suis désolée de te laisser toute seule ce soir.

Millie se lève du lit et marche jusqu'à la fenêtre en s'étirant.

– Bah, ne t'en fais pas, c'est très bien. Je pensais me commander de la pizza. Ils ont bien de la pizza ici ?

Je ris.

– Tu n'es quand même pas sur une banquise du pôle Nord ! Appelle au P'tit bar. Ils font la livraison.

Je m'avance pour l'enlacer.

– Désolée aussi pour ma petite crise. On se voit demain ?

– Bien sûr. J'aimerais savoir comment ça se passe avec ce jeune homme.

J'agite un doigt devant elle.

– Tu es bien curieuse !

– Mais je n'ai rien d'autre à faire !

Je quitte la chambre, plus sereine qu'à mon arrivée. Puis j'essaie de contenir l'excitation qui monte en moi à l'idée de revoir David.

CHAPITRE 29

Quand j'entre au P'tit bar, je suis accueillie par une bouffée de chaleur et de la musique de Noël. Je repère tout de suite celui que je cherche, même si je ne le vois que de dos. Il est installé au comptoir et sirote une pinte de bière blonde en discutant avec le mari de Janie, qui essuie des verres. Je m'empresse vers lui.

– Salut !

Il fait pivoter son tabouret vers moi. Ses traits sont détendus et ses yeux rieurs.

– Jilliane ! Content de te voir !

Il déplie son grand corps pour venir m'étreindre brièvement avant de se rasseoir. J'ai tout juste le temps de respirer son odeur, un mélange de linge frais lavé et de musc boisé. Le cœur battant, je retire mes mitaines et déroule mon foulard avant d'enlever mon manteau. Moi aussi, je suis heureuse de le voir.

– Donne-le-moi, propose David. Je vais le suspendre dans l'entrée.

– Merci, c'est gentil.

Pendant qu'il s'exécute, je salue Michel et replace ma robe de laine qui me colle aux cuisses. Je passe les doigts dans mes cheveux nerveusement. J'espère que le vent ne m'a pas trop décoiffée. J'essaie d'apercevoir mon reflet dans le miroir qui orne le mur derrière le comptoir encombré de bouteilles d'alcool. Peine perdue.

– Tu es belle, lance David en revenant vers moi.

Je rougis instantanément et me hisse timidement sur le tabouret libre près du sien. En prévision de notre rendez-vous de ce soir, j'ai revêtu ce matin cette courte robe de laine assez moulante, mais très confortable, couleur chocolat. Je la porte avec d'épais collants noirs et des bottes cavalières. Je sais que la couleur foncée de la laine réchauffe mon teint et fait ressortir mes yeux verts.

– Toi aussi, tu es très bien, dis-je en croisant les jambes.

Je trouve effectivement qu'il est beau, encore plus que dans mon souvenir, et je me demande un instant si je rêve. Comment se fait-il qu'il soit encore célibataire ? J'observe de nouveau discrètement le dessin carré de sa mâchoire, son nez droit, ses lèvres si bien dessinées, avant de m'attarder sur les fines rides qui se forment au coin de ses yeux quand il sourit comme il le fait maintenant. Tout en lui me fait craquer. D'autant plus que je sais désormais que ses épaules musclées m'enveloppent parfaitement et que son torse est suffisamment large pour que je puisse m'y blottir en toute sécurité.

– Alors, me demande-t-il, comment a été ta journée ?

Je réfléchis avant de répondre.

– Assez mouvementée, je dirais.

Il lève un sourcil.

– Encore ? Raconte-moi.

En quelques mots, je lui relate la visite surprise de Jasper, l'annonce de l'inspecteur à propos de l'arrestation d'Hugo et ma longue marche dans les rues enneigées, qui s'est conclue par une crise de larmes dans la chambre de ma mère.

David pousse un sifflement.

– Wow ! Tu as certainement besoin d'un verre !

– Je dirais même deux.

Il fait signe à Michel. Une minute plus tard, une pinte de bière blonde avec un collet de mousse parfait d'un demi-pouce surgit devant moi. David lève son verre pour un toast.

– À l'avenir, fait-il en cognant le mien.

Je ne dis rien. L'avenir m'apparaît plutôt incertain. J'avale une longue gorgée.

– Alors, poursuit-il, parle-moi de cette arrestation. C'est Hugo qui a tué l'ancienne directrice ?

Il a dit ça d'un ton tout à fait normal.

– Mais non, voyons ! Hugo ne ferait jamais ça !

Il s'esclaffe.

– Je sais. Désolé… C'était une mauvaise blague. J'ai croisé mon père avant de venir et il nous a raconté ce qui s'est passé, à ma mère et moi.

Je suis soulagée.

– C'est fou, hein ? Pauvre Hugo. J'espère qu'ils vont le relâcher.

– Tu l'as appelé ?

– Je lui ai envoyé un message. Mais il ne m'a pas répondu.

Je bois encore un peu de bière.

– Hum… Et toi ? Que se passe-t-il de ton côté ?

– J'ai fait du ski de fond aujourd'hui et mes jambes en tremblent encore ! J'avais oublié à quel point c'est exigeant ! Mais sinon, pas grand-chose. Je dors un max.

Nous discutons de tout et de rien, et j'apprends qu'il joue au soccer en Afrique et qu'il a même formé une équipe locale avec des collègues de travail.

– Mais honnêtement, les journées de travail sont si longues et la chaleur est si écrasante que la plupart du temps, je suis épuisé. Je ne pense qu'à me traîner au lit.

– Vous avez accès à un gym ?

Il acquiesce et nous repartons pour un tour. Ni l'un ni l'autre n'ose aborder la question qui flotte entre nous : celle de la date de son départ. Je voudrais lui demander, prendre un ton désinvolte comme si sa réponse m'importait peu, mais la vérité, c'est que je n'ai pas envie de savoir.

J'avale une nouvelle gorgée du liquide ambrée.

– Ta mère va bien ? finit par demander David.

– Très bien. Nous avons soupé ensemble hier. Par contre, elle s'inquiète pour mon beau-père. Elle dit qu'il travaille trop.

Il me questionne ensuite sur mon père biologique et je deviens subitement volubile. J'ai envie de lui en dire le plus possible sur moi. Je raconte d'emblée les ravages que sa maladie a eus dans notre vie, dans ma vie ; la thérapie que j'ai entreprise à dix-neuf ans, alors que je traversais une dépression ; ma difficulté à lui pardonner. Quand j'ai terminé, David presse doucement ma main.

– Je suis désolé. Ça n'a pas dû être facile de passer à travers tout ça.

Je le couvre d'un regard reconnaissant. Il comprend. Je le vois dans ses yeux.

David se penche vers moi. Pendant une seconde, je m'imagine qu'il va m'embrasser. Mais il inspire profondément avant de laisser échapper l'air bruyamment. J'ai l'impression qu'il tente de rassembler tout son courage pour me dire quelque chose de déplaisant. Peut-être souhaite-t-il mettre un terme à notre relation ?

– Il faut que je te dise...

Je baisse les yeux. Je ne veux pas entendre. Il va m'annoncer qu'il repart dans quelques jours. Et que nous ne nous reverrons plus.

Je retiens mon souffle et me prépare au pire. Mais le pire ne vient pas, car nous sommes interrompus par Michel.

– J'ai une table qui vient de se libérer, lance-t-il de sa voix puissante. Tu la veux toujours ?

Je comprends que David lui a demandé de nous réserver la prochaine table. Coïncidence, c'est celle que nous occupions lors de notre première rencontre. Nous le remercions et nous nous dirigeons vers l'endroit désigné, nos verres à la main. Un petit sursis avant le coup fatal.

Dès que nous sommes assis, Janie vient vers nous, toute pimpante avec sa queue de cheval haute, son chandail blanc et sa courte jupe noire.

– Ça va, vous deux ? demande-t-elle en me glissant un regard complice.

Mal à l'aise, je fais dévier la conversation.

– Oui, oui, et toi ? Vous êtes très occupés !

– Comme toujours le samedi soir ! Je rêve depuis des mois d'une fin de semaine de congé !

– Nous avons été servis par ton fils, l'autre fois. Il a été super. Tu as de la relève, en tout cas !

– Je lui transmettrai ton commentaire, répond Janie en souriant. Malheureusement, il ne peut pas faire autant d'heures que je voudrais. Franchement, je ne pensais pas que ce serait aussi difficile de remplacer Marie-Pier !

Je me retiens de lui dire que ce n'est pas une si grande perte à mon avis, car elle était un peu lente au service. À la place, j'esquisse une moue désolée.

– Oui. La pénurie de main-d'œuvre est toujours bien présente.

J'ai soudain une idée.

– Je te dis ça comme ça, mais Amélie me disait dernièrement que sa mère aimerait bien arrondir ses fins de mois autrement que comme femme de ménage à l'hôtel. Tu pourrais peut-être la contacter ?

Le visage de Janie s'éclaire.

– Tu crois ?

– Bien, ça ne coûte rien d'essayer.

– Tu as raison ! Je lui en parlerai la prochaine fois que je la verrai.

Elle nous tend les menus.

– Je vous laisse regarder et je reviens.

– Elle est sympathique, commente David.

– Oui. Elle et Michel forment un beau couple.

Subitement gênée par la simple utilisation du mot « couple », je plonge la tête dans le menu que je connais par cœur.

– De quoi tu as envie ? questionne David en s'y attardant à son tour.

Je refoule la réponse immédiate qui me vient à l'esprit. « De toi, David. De toi. »

– Hum... je ne sais pas. Je n'ai pas tellement faim. Je crois que je vais prendre la salade de poulet.

– Et moi la brochette de poulet. Même si le hamburger m'appelle...

– Et il a une jolie voix ?

– Très. Mais pas autant que la tienne.

Je me trouble.

– Et aussi, j'en ai déjà mangé un ce midi, confesse-t-il.

Je ne peux m'empêcher de rire. Il a l'air d'un petit garçon pris en flagrant délit de chapardage avec son air penaud.

– Tu fais bien, alors. Il paraît qu'il ne faut pas manger trop de viande rouge.

Il acquiesce d'un air sérieux.

– On ne doit pas non plus faire une surutilisation des décorations de Noël, ajoute-t-il.

Je réponds du tac au tac :

– Ni faire semblant que le cadeau que nous venons de recevoir est exactement ce que nous souhaitions.

Il pouffe de rire.

– Ni obliger son conjoint à regarder des films de Noël !

– Ah, zut ! J'adore les films de Noël.

– Tu pourras les écouter toute seule pendant que je bricole mon moteur.

Il se fige, interdit, et je me mords les lèvres, les yeux agrandis par la surprise. Ne vient-il pas de parler de nous au futur ?

Il bafouille :

– Désolé… je… J'ai parlé trop vite.

– Pas de problème, dis-je sur un ton que je souhaite désinvolte.

Nous sommes sauvés par Janie qui revient prendre notre commande. Le malaise entre nous se dissipe rapidement et nous discutons agréablement en sirotant notre bière. Je me rends compte que j'adore discuter avec lui, ne serait-ce que parce qu'il me laisse parler plus souvent qu'à mon tour, contrairement à Jasper ! Mais il n'y a pas que cela. Nous partageons de nombreuses valeurs, notamment la famille, l'entraide, le sens de la communauté. Et bien que la relation de David avec son père ne soit pas aussi harmonieuse qu'il le souhaiterait, je sens qu'il l'aime profondément. Cela se voit lorsqu'il parle de lui.

Nos assiettes arrivent et David en profite pour commander une autre bière. J'ai envie de le questionner sur ce qu'il souhaitait me dire avant que nous soyons interrompus, mais je me ravise. Je préfère attendre que cela vienne de lui. Pendant une minute ou deux, nous mangeons en silence. Janie apporte la bière commandée au moment où mon téléphone vibre sur la table en émettant un son de clochette. J'attrape l'appareil en m'excusant auprès de David.

– Désolé, je dois vérifier. C'est peut-être Hugo.

C'est bien lui. Son message laconique mentionne qu'il est chez lui et qu'il viendra travailler demain. Je pousse un soupir de soulagement avant de répondre.

Super ! À demain, alors.

David me lance un regard interrogateur et je lui montre le texto.

– Je suis tellement soulagée !

Je me détends enfin. L'ambiance est chaleureuse, quoiqu'un peu bruyante, et ça ne s'arrange pas lorsqu'au bar, le mari de Janie se met à chanter d'une voix de baryton par-dessus la très célèbre chanson de Noël du Live Aid. Quelques sifflements retentissent et David tape dans ses mains avant de renchérir. Je laisse échapper un rire. Il entreprend ensuite de me raconter un rallye qu'il a fait il y a quelques années dans le désert et un sentiment de bien-être envahit tout mon corps. Je pourrais rester ici toute la nuit à l'écouter.

Il a terminé son repas. Je pioche les quelques morceaux de salade qu'il me reste, quand tout à coup, il lâche les prémisses d'une bombe.

– Jilliane, je dois te parler de quelque chose et si je ne le fais pas tout de suite, je n'y arriverai jamais.

On y est. Mon cœur se met à cogner dans ma poitrine. Je repousse mon assiette. Je n'ai plus faim.

– OK. Qu'est-ce que c'est ?

– L'autre soir, chez toi… quand on a failli… tu sais…

Il plonge ses beaux yeux dans les miens. Je crois que je vais m'évanouir s'il me fait languir plus longtemps.

– Je veux m'excuser pour mon comportement.

Sa voix est plus assurée.

– Je te répète que cela n'avait rien à voir avec toi. C'est que…

Je ne veux plus savoir. Un nœud d'appréhension se forme dans mon ventre pendant qu'il attrape son verre à moitié vide pour avaler d'un trait une longue gorgée avant de se lancer :

– J'aimais beaucoup jouer au hockey quand j'étais jeune. Des parents avaient formé une ligue amateur avec deux équipes et organisaient des matchs. La première année a été super. Puis, mon coach a quitté la ville et un des amis de mon père l'a remplacé.

Il s'arrête pour se racler la gorge et je le fixe, décontenancée. Où diable veut-il en venir ? Pourquoi me parle-t-il de hockey ?

– Au début, je l'ai trouvé cool. Il était sévère, mais il nous traitait comme des adultes. Et on s'amusait bien avec lui. Puis, son comportement avec moi est devenu un peu bizarre. Toutes les occasions étaient bonnes pour me frôler ou me toucher. Il me faisait même des clins d'œil quand personne ne regardait. Comme si on partageait un secret, tu vois ?

Sa bouche se tord en une moue dégoûtée et mes yeux s'agrandissent lorsque je comprends soudain de quoi il retourne. Non. Ce n'est pas vrai. Ce doit être une blague. Mais pourquoi ferait-il ça ?

– Bref, un jour, j'ai été le dernier à quitter le vestiaire. Il est entré et m'a vu seul. J'ai juste eu le temps de comprendre ce qui se passait. Ç'a été rapide et brutal.

Il baisse la tête.

– Je n'ai pas pu l'empêcher. J'avais douze ans.

Je ne crois pas que mes yeux peuvent s'ouvrir plus grands. Je scrute son visage à la recherche d'un indice m'indiquant qu'il invente, mais je n'en trouve pas.

Je suis tétanisée de stupeur. Oh mon Dieu !

Il dit la vérité.

CHAPITRE 30

Le silence plane pendant quelques secondes. David a les yeux rivés sur les cernes laissés par son verre sur le napperon de papier, comme s'il cherchait à déchiffrer un dessin artistique abstrait. Il a la mâchoire crispée et les lèvres serrées en une mince ligne à peine visible. Je dois dire quelque chose. N'importe quoi.

– Je… Wow ! Je suis vraiment… vraiment désolée.

Il me regarde brièvement.

– Merci.

Je secoue la tête, encore abasourdie par cette révélation. J'essaie d'absorber l'information. En même temps, mon cerveau cherche à comprendre les impacts que cela peut avoir sur moi, sur nous. Malgré la chaleur du lieu où nous nous trouvons, un frisson me parcourt. Le visage d'une amie d'enfance me vient à l'esprit. Son beau-père l'avait agressée sexuellement pendant des années avant qu'elle n'en parle. Je me souviens de la stupéfaction que j'ai ressentie. Je ne comprenais pas pourquoi elle ne s'était jamais confiée à moi alors que nous étions si proches. Les dernières nouvelles que j'avais eues d'elle, il y a un peu plus de trois ans, n'étaient pas bonnes. Elle venait de faire une tentative de suicide.

Je regarde le visage impassible de David qui fixe toujours son napperon. Il semble indifférent à ce qui se passe, comme s'il avait parlé de quelqu'un d'autre. Je suis soudain bouleversée. Oui, d'une certaine façon, il a parlé de quelqu'un d'autre, car certainement, depuis, il n'est plus la même personne.

Je tends le bras devant moi, prends sa main et répète à voix basse :

– Je suis désolée.

J'aurais aimé dire quelque chose de moins banal, mais c'est tout ce qui me vient à l'esprit. Je doute même qu'il m'ait réellement entendue avec tout le bruit ambiant. Nous restons là un moment, nos doigts enlacés. Plusieurs interrogations m'habitent, mais je ne veux pas le brusquer. Je relâche sa main et m'adosse à mon siège. Je l'aborde d'un ton hésitant.

– Tu veux… en parler ?

– Pas spécialement, mais j'imagine que tu as des questions ?

Il me regarde enfin, puis se gratte le crâne à la frontière de la ligne de ses cheveux. Voyant son malaise, je m'apprête à changer de sujet, mais il ouvre la bouche.

– Ça fait très longtemps et je n'y pense pratiquement jamais. Sauf dans certaines circonstances, comme tu sais maintenant.

Ses lèvres s'étirent en un simulacre de sourire.

– Ce n'est arrivé qu'une fois. Après ça, j'ai quitté l'équipe. Je n'ai rien dit de ce qui s'était passé, j'ai juste arrêté de jouer au hockey. Mon père ne comprenait pas ce qui m'arrivait. Il me harcelait de questions. Tu sais comment il peut être, j'imagine…

– Oui, il est tenace quand il veut quelque chose…

– Tout ce que j'arrivais à lui dire, c'était que ça ne m'intéressait plus, mais il ne me croyait pas. À ce moment-là, je ne savais pas pourquoi je n'arrivais pas à en parler, mais j'ai compris plus tard que j'avais honte. On s'est disputés souvent pendant les semaines qui ont suivi. Ça ajoutait à mon malaise et j'ai commencé à me replier sur moi-même.

Je me mords les lèvres, attristée, en pensant combien il a dû se sentir seul.

– Ma mère lui disait de me lâcher. Elle croyait que ce n'était qu'une crise d'adolescence. Elle m'a posé quelques questions, sans insister. Je lui en ai un peu voulu par la suite. Mais qu'importe, au fond, puisque je n'arrivais pas à me confier. Je me demande si cela n'a pas contribué à ce que d'autres jeunes…

Il s'arrête. Il me vient en tête un procès retentissant impliquant justement un entraîneur de hockey. C'était il y a quelques années et l'homme avait fait plusieurs victimes. L'une d'entre elles avait multiplié les entrevues, détaillant sans gêne son expérience traumatisante. « Pour que cela serve à quelque chose, avait-elle expliqué. Pour que cela ne se reproduise pas. »

Je regarde cet homme que je connais si peu, mais qui prend déjà beaucoup de place dans ma vie. Je l'imagine à douze ans, un préadolescent un peu trop grand pour son âge, au corps dégingandé et aux traits encore enfantins. Mon cœur se serre.

Mue par un instinct de protection qui surgit de je ne sais où, je me penche en avant et je saisis à nouveau sa main. Cette fois, je la serre très fort. Il a de belles mains, larges et fortes avec de longs doigts parfaitement proportionnés, aux ongles carrés coupés court. Cet homme a-t-il même un défaut ? Bien sûr qu'il en a. Mais je suis convaincue que je saurais m'en accommoder.

– Je ne peux pas imaginer ce que tu as dû ressentir.

Je pèse mes mots.

– Jamais je ne pourrai comprendre comment des adultes peuvent abuser d'enfants innocents, ou de tout autre être humain. Comment ces gens peuvent-ils gâcher le reste de l'existence d'une personne, la blesser, la casser, sans que quelque chose en eux les freine. Tout ce que je peux faire, c'est dénoncer ces gestes et me tenir du côté des victimes. Je suis de ton côté. Encore une fois, je suis vraiment, vraiment désolée.

David me jette un regard gêné.

– Et moi, je suis désolé de plomber l'ambiance.

Je m'apprête à protester, mais il ajoute :

– Tu es la première fille à qui je le dis.

Je suis à la fois surprise et touchée. En même temps, je ne peux m'empêcher de me demander combien il y a eu de ces filles avant moi. Je chasse cette pensée puérile.

– Si je comprends bien, tu as fini par en parler ?

Il attrape son verre de bière, semblant étonné de le voir presque vide. Il avale la dernière gorgée d'un trait et le redépose un peu brusquement sur la table.

– Oui, dit-il. Quelques mois plus tard. Mon père était furieux, t'as pas idée. Le lendemain, il s'est rendu chez ce type pour lui casser la gueule et il a failli se retrouver en prison. Il voulait que je porte plainte, mais je ne pouvais pas. J'avais juste envie de tout oublier. Le gars a fini par quitter la ville et nous n'en avons plus reparlé. Dès que j'ai eu dix-huit ans, je suis parti. Je ne pouvais plus supporter la déception que j'avais causée à mon père en refusant de dénoncer mon agresseur. Son sentiment de culpabilité aussi. Il ne peut pas se pardonner de n'avoir rien vu venir.

Je porte la main à ma bouche, horrifiée par ce qu'il vient de dire. Pauvre Mario. Désormais, je saisissais mieux la dynamique entre eux. Je pouvais presque voir les fils emmêlés que cet événement avait dû créer dans la cellule familiale, fragilisant sa structure. C'était probablement à cette époque

que la femme de Mario l'avait laissé, avant qu'ils ne reviennent ensemble un an et demi plus tard.

– Je comprends, dis-je en hochant la tête. Tu as vu un psychologue ?

– Deux fois plutôt qu'une. La première était une dame très gentille qui m'a aidé à gérer ma propre culpabilité. J'ai appris que c'était normal de se sentir coupable. Quand on est victime d'abus, on croit qu'on est responsable de ce qui s'est passé. Qu'on a fait quelque chose qui a amené l'autre personne à nous traiter ainsi ! J'avais aussi beaucoup de colère. Contre moi, contre cet homme, mes parents, le monde entier, quoi ! Je pensais avoir réglé tout ça, mais il y a deux ans, j'ai consulté à nouveau. J'avais besoin de comprendre pourquoi je n'arrivais pas à m'attacher à une fille. C'était comme si mes sentiments restaient toujours à un niveau superficiel. J'ai compris que je me protégeais. Que j'évitais de me montrer vulnérable pour qu'on ne me fasse plus de mal. J'ai fait ça avec tout le monde. Sauf peut-être avec Demba.

Mon cœur se compresse sous le poids de cette vague de tristesse, énorme, que je sens monter, comme un sous-marin surgissant des mers. Je prends conscience qu'avec cet aveu, David veut probablement me dire qu'il ne peut pas sortir avec moi, qu'il est incapable de vivre en couple ou quelque chose de ce genre.

Comme s'il lisait dans mes pensées, David s'empare de ma main et la presse gauchement, pour me rassurer.

– Jilliane, si je te dis tout ça, c'est pour que tu comprennes qui je suis. Quand je t'ai embrassée l'autre soir, chez toi, j'ai été frappé par ce que j'ai ressenti.

Dans mon ventre, le sous-marin ralentit ses moteurs, mon esprit naviguant entre l'espoir et la déception.

– J'ai eu l'impression que la glace en moi était en train de dégeler, reprend lentement David. C'était bon, mais j'ai eu peur un instant de tout gâcher. Pourtant, c'est plus fort que moi. Je pense toujours à toi.

Il s'arrête. Mon cœur se met à battre un peu plus vite. J'essaie de contenir le fol espoir qui m'envahit soudain.

– Tout ça pour te dire, Jilliane… que je suis en train de tomber amoureux de toi.

CHAPITRE 31

Je n'ai pas fait de crise cardiaque. Janie a surgi à point nommé pour ramasser nos assiettes, m'empêchant de me répandre en émotions. Depuis, j'essaie de contenir la joie qui me submerge. Entendre David me dire qu'il est en train de tomber amoureux de moi me rend... euphorique ! Et me trouble. La moitié rationnelle de mon cerveau ne cesse de me marteler qu'une relation durable entre nous est hautement improbable. Les raisons sont multiples : ma récente rupture, son prochain départ, la distance, le fait que nous nous connaissons si peu lui et moi et enfin, cet abus dont il vient de me faire part et dont j'ignore toutes les conséquences.

– Je vous apporte du café ? Un dessert peut-être ? demande Janie.

Nous commandons tous deux un café. J'hésite à prendre un dessert, mais je finis par refuser de la tête.

À la place, je termine ma bière à mon tour. Malgré ma joie, je me sens inquiète. Peut-on réellement mettre une telle expérience derrière soi ? David porte probablement en lui une part d'ombre qui l'a changé à jamais et qui ne pourra pas le quitter. Est-ce que je vais pouvoir affronter ça ? En même temps, qui ne porte pas son lot de noirceur ?

La voix grave de David interrompt le ballet de mes réflexions.

– Excuse-moi. Je ne voulais pas te mettre mal à l'aise.

– Mais non… Ça va.

Je fouille ses prunelles assombries dans la lumière tamisée, et ce que j'y lis me trouble. Il semble si vulnérable. Alors, je me dis que je n'ai plus grand-chose à perdre de toute façon. Je choisis d'utiliser les mêmes mots que lui.

– Moi aussi, je suis en train de tomber amoureuse de toi, David.

Je l'ai dit dans un souffle, comme si je me lançais à l'eau. Son visage s'éclaire. Comme il est beau ! Une beauté qui n'est pas uniquement physique, mais qui tient de sa personnalité et de son âme.

– Je dois quand même avouer que j'ai peur aussi, dis-je avec honnêteté. On se connaît depuis peu, tu vis au loin, je viens de me séparer… Je ne sais pas si ça peut fonctionner.

David soulève les mains d'un geste fataliste.

– Mais on peut essayer, non ? Qui sait ce que l'avenir nous réserve.

Il m'offre l'un de ses sourires qui me font craquer et je sens fondre mes appréhensions. Nous échangeons un regard intense où se mélangent l'incertitude, l'espoir et le désir. À son tour, il prend ma main.

– Tu as quelque chose de prévu après ? demande-t-il en jouant avec mes doigts.

– Non.

– Au diable les cafés, alors. On y va.

Pendant qu'il se rend au bar pour régler la facture, je vais chercher mon manteau à l'entrée et le rejoins à la caisse. Je veux payer ma part du repas, mais il refuse.

– Laisse. C'est moi qui t'invite.

Encore ! Pour faire taire mes protestations, il passe son bras autour de mes épaules et me serre contre lui.

– Laisse-moi faire, souffle-t-il à mon oreille.

Oh mon Dieu, oui !

Il neige lorsque nous sortons du restaurant. De légers flocons vaporeux. David laisse la voiture de sa mère sur place et nous marchons lentement jusque chez moi. Les lampadaires du vaste stationnement sont ornés d'anges brillants et de cannes enrubannées. À une extrémité, les employés de la Ville ont entrepris l'installation du gigantesque arbre de Noël qui servira de point d'arrivée pour le défilé qui aura lieu dans quelques jours. Cette année, le père Noël marchera jusqu'à la bibliothèque, suivi par les enfants qui l'auront attendu à l'extérieur et ceux qui auront parcouru la route avec lui. Puis il présidera une heure du conte spéciale animée par Amélie.

Nous faisons un détour pour observer l'énorme sapin artificiel en nous émerveillant comme des gamins. Puis, transis, nous piquons un sprint jusque chez moi en nous chamaillant.

Il fait presque aussi froid à l'intérieur qu'à l'extérieur lorsque nous entrons dans mon petit logement. Je me débarrasse de mes bottes et de mon manteau en quatrième vitesse et je me précipite vers le thermostat pour monter le chauffage. Je propose ensuite à David de faire du chocolat chaud pour nous réchauffer. Quelques minutes plus tard, nous nous installons tout habillés sous la couette de mon lit, le dos calé dans les oreillers appuyés au mur et nous buvons notre boisson en causant de choses et d'autres. J'essaie d'ignorer le fait que nous sommes dans mon lit.

– Tu n'as pas encore de sapin ? me questionne soudainement David.

– Pas eu le temps.

– Tu préfères un sapin naturel ou artificiel ?

– Naturel. Je pensais justement aller en choisir un demain, puisque ma mère est venue jusqu'ici.

– J'y vais avec toi, décrète David.

Je suis agréablement surprise.

– Si tu veux.

Nous nous débarrassons de nos tasses vides en les ajoutant au fouillis de mon unique table de chevet. Puisque mes mains ne sont plus occupées, je ne sais pas quoi en faire et je les glisse sous mes cuisses. Est-ce qu'il va se décider à m'embrasser ? À cette évocation, les papillons dans mon estomac se réveillent.

– Je devrais y aller, murmure David à mes côtés. À moins que…

Je tourne la tête vers lui et demande le souffle court :

– À moins que quoi ?

– À moins que tu ne m'invites à rester.

Ses yeux rivés aux miens, David penche la tête vers moi. Son baiser est doux, léger, et sa bouche a le goût sucré du chocolat.

– Alors ? chuchote-t-il en se reculant.

Mon cœur fait un bond.

– Reste, dis-je à voix basse. Mais je te préviens. Il se peut que je ronfle.

Il rit et nous nous allongeons, ramenant les oreillers sous nos têtes pour plus de confort. David m'incite d'un geste à me coller à lui et, la tête contre son torse, je respire son odeur qui déjà m'est familière. Je me sens bien. En sécurité. Nos souffles s'élèvent au même rythme et j'écoute son cœur battre avec des sons irréguliers. Le nez dans sa clavicule, je chuchote :

– Ton cœur bat bizarrement.

– Je sais. J'ai un souffle au cœur.

Je relève la tête.

– C'est vrai ? C'est dangereux ?

Il rit devant mon air effaré.

– Non. Ce n'est pas pathologique. J'ai passé plusieurs tests et je n'ai pas à m'inquiéter, à ce qu'on m'a dit.

– Hum…

Je repose ma tête contre sa poitrine, attentive aux petits sursauts irréguliers. La main de David caresse mon dos en de lents effleurements qui me font frissonner et je m'enhardis à glisser la main sous son chandail pour la poser sur la peau chaude de son ventre. Je sens sous mes doigts les légers poils de son bas-ventre. Je remonte sur son torse et remarque l'accélération de la respiration de David. Son bras libre vient encercler ma taille et il se tourne vers moi. Je me sens soudain étourdie.

– Ça va ? murmure David dans mes cheveux. On peut juste dormir si tu préfères.

– Excuse-moi, je ne sais plus trop ce que je veux, dis-je en retirant ma main de sous son chandail et en me blottissant plus près de lui.

Je n'ai pas envie de lui expliquer l'enchevêtrement confus de mes émotions. J'essaie plutôt de plaisanter.

– C'est juste que je n'ai pas l'habitude de coucher avec des inconnus… Ça me gêne un peu.

Il émet un petit rire et cale son menton sur ma tête.

– Tu sais, je suis aussi gêné que toi.

Cet aveu m'étonne.

– C'est vrai ?

Sa main a repris ses doux mouvements dans mon dos.

– Quoi que tu puisses t'imaginer, je n'ai pas, moi non plus, l'habitude de coucher avec des inconnues, même si cela m'est déjà arrivé. Mais c'était beaucoup moins stressant que maintenant.

– Ah bon ? Pourquoi ?

– Parce que… parce que je veux être à la hauteur de tes attentes.

Je m'enflamme brusquement sous le flot d'images qui me viennent à l'esprit. Au creux de mon ventre, je sens le désir monter.

– Tu es déjà à la hauteur.

J'ai envie qu'il m'embrasse. Sa bouche se pose d'abord sur mon front avec tant de délicatesse que je me sens fondre. Elle effleure ensuite l'arête de mon nez, puis ma joue, avant de s'emparer de mes lèvres offertes. Cette fois, notre baiser est plus appuyé et les poils courts de sa barbe naissante irritent ma peau, mais cela m'est égal.

– Tu n'as pas un peu chaud ? me questionne David lorsque nous reprenons enfin notre souffle.

Mon cœur bat comme si je venais de courir un cent mètres.

– Maintenant, oui.

Nous nous débattons avec nos vêtements. Nos gestes sont maladroits, mais nous en rions. Je garde ma petite culotte, un sursaut de pudeur que je ne peux réprimer. Je m'enfouis ensuite sous les couvertures en jetant un œil discret sur David qui est en train de retirer son jeans et... son caleçon. Comme la dernière fois, j'évite de regarder vers son intimité, mais pour le reste, je ne me gêne pas. Et c'est bizarre, il est encore mieux que dans mon souvenir.

Je ne peux m'empêcher de penser à cette première fois ratée. Et à cet aveu qui me rend anxieuse. Va-t-il de nouveau reculer ? Je chasse ces pensées distrayantes pour me concentrer sur ce que je ressens. David, appuyé sur un coude, m'embrasse et mon corps se tend vers lui. Ses doigts glissent derrière mon cou pour venir masser d'un geste lent les muscles tendus de ma nuque. Je sens mon corps se liquéfier sous la charge de désir qu'il suscite en moi. Sa main délaisse mon cou et poursuit son massage sur mon épaule, puis sur mon bras avant de venir atterrir sur mon sein qu'il presse légèrement. Je frémis. Son pouce glisse sur mon mamelon raidi en effectuant des mouvements de rotation qui me mettent au supplice et il marmonne quelques mots incompréhensibles contre ma bouche avant de s'écarter.

– Si on continue comme ça, dit-il d'une voix rauque, je ne sais pas si je vais pouvoir m'arrêter.

Cette fois, c'est différent, je le sens. Il est totalement présent et je m'abandonne, incapable de cacher mon plaisir.

– Ne t'arrête pas, alors.

Un sourire satisfait sur le visage, David souffle tranquillement sur mon sein avant de poser ses lèvres sur mon mamelon qu'il suce avidement. Je manque défaillir.

– S'il te plaît…

C'est bien moi qui ai dit ça ?

Après plusieurs minutes de caresses mutuelles, il est évident que nous sommes prêts à passer à l'étape supérieure.

– Tu as des condoms ? finit-il par articuler. Sinon, j'en ai un dans mon manteau.

Je ne peux m'empêcher de le taquiner.

– Tu avais prévu ce qui arrive ? Et moi qui pensais que nous improvisions !

– Hum, grogne-t-il, je suis désolé, ma belle, mais je ne pense qu'à ça depuis la première fois que je t'ai vue dans ce bar.

Malgré moi, je suis flattée.

– Il y a une boîte dans le tiroir de ma table de chevet.

J'étire le bras vers le meuble. Mes doigts farfouillent dans le tiroir sans trouver ce qu'ils cherchent. Enfin, j'attrape la boîte et en tire un préservatif que je lui tends. Il se redresse sur les genoux et j'ai tout le loisir de l'admirer pendant qu'il déchire l'enveloppe.

– Laisse-moi faire, dis-je.

Je lui prends le condom d'une main et l'enfile avec délicatesse sur son membre. Il rejette la tête en arrière, les traits tendus. Je m'inquiète.

– Ça va ?

– Oui.

Puis, il ajoute à voix basse :

– Cela me facilite les choses que tu saches.

Nos mains s'enlacent et nous ne disons plus rien. Nous faisons l'amour dans la traditionnelle position du missionnaire, d'abord timidement puis avec plus d'intensité. Il me fait ensuite basculer sur lui en grognant et ses mains empoignent mes fesses tandis que j'ondule sur lui. Je me sens si connectée à lui, que j'ai l'impression de le connaître depuis des années. Je jouis avant lui. Lorsque je redresse la tête, un peu perdue, le visage de mon amant est tendu par le désir et son souffle est saccadé. Il me sourit avant de m'empoigner par la taille pour me faire basculer à nouveau sur le dos. Après quelques coups de reins rapides, il explose à son tour dans un long râle.

– Wow, lâche-t-il, exténué, en s'affalant sur moi.

Nous reprenons à nouveau notre souffle, collés l'un à l'autre, tous les deux étourdis par l'intensité de ce qui vient de se produire. Puis, il se retire en retenant le condom d'une main, avant de se laisser tomber sur le dos. J'ai froid maintenant et je me couvre d'un drap, tentant d'ignorer la boule qui se forme dans mon ventre.

– Tu es bien ? me demande David.

– C'est moi qui devrais te demander ça.

Pour toute réponse, il m'attire plus près. Je n'en dis pas plus. Je ne lui dis pas que j'ai l'impression d'être à la croisée des chemins. Que j'ai peur que notre relation ne tienne pas le coup bien longtemps vu la distance qui nous séparera bientôt. Que je redoute que Marie ne me trouve pas de logement et que je doive retourner vivre à Montréal. Franchement, je me demande si nous ne ferions pas mieux de mettre un terme à tout cela maintenant, après ces moments incroyables, puisque je ne crois pas avoir la force d'affronter son départ. Ça y est, je pleure.

– Désolée, finis-je par dire d'une voix hachée. Je ne sais pas ce qui me prend.

– Hum…

Il se tourne vers moi et approche une main de mon visage. Ses doigts relèvent mon menton et je n'ai d'autre choix que de le regarder. Ses yeux clairs comme un ciel sans nuages plongent dans les miens.

– Ça va aller. On va trouver une solution.

Je fais la moue et il dépose un rapide baiser sur mes lèvres.

– Dès que j'aurai été à la salle de bain retirer ce foutu condom ! précise-t-il d'un air taquin.

Je tente de sourire.

– Rapporte-moi des mouchoirs, alors.

Il se glisse hors du lit et revient une minute plus tard avec la boîte de Kleenex.

– Brrr, fait-il en plongeant sous la couette. On gèle chez toi.

– Je sais.

David se colle à moi pour se réchauffer. J'ose lui demander :

– Cette fois, tu restes ?

– Si tu veux.

– Je le veux.

Après quelques minutes de silence, il me relance :

– C'était bien pour toi, hein ?

Encore une fois, je sens la chaleur se répandre sur mon visage. Mais je comprends qu'il a simplement besoin d'être rassuré.

– Ç'a été fantastique. Et pour toi ?

– C'était incroyable ! La meilleure baise de toute ma vie !

Je l'apostrophe, sceptique.

– Tu te moques de moi ?

– Même pas !

Je me sens soudain plus légère. J'adore quand il est détendu comme en ce moment.

– J'ai encore le nez bouché, dis-je en roulant sur le côté. Je t'ai prévenu, je vais sûrement ronfler.

– Je te réveillerai, me souffle David en plaquant son ventre contre mon dos.

Son bras m'enlace, juste sous mes seins, et je pose la main sur son avant-bras avant de fermer les yeux. Une fois encore, j'accorde mon souffle au sien.

CHAPITRE 32

Au matin, nous prenons une longue douche chaude en batifolant un peu et en nous disputant la place sous le jet. Fatiguée, mais plus heureuse que je ne l'ai été depuis longtemps, je m'habille en sifflotant avant de me rendre à la cuisine faire du café.

– Ton plan de match aujourd'hui ? m'interpelle David depuis la chambre où il remet ses vêtements de la veille.

Je lève les yeux au ciel.

– Essayer de survivre ! C'est le défilé du père Noël cet après-midi. Ensuite, il est attendu à la bibliothèque pour assister à l'animation d'Amélie en compagnie des enfants. C'est la première année qu'on essaie cela et je m'attends à beaucoup de monde !

– Mon père est à l'horaire ?

– Tout le monde est à l'horaire ! Ce sera notre plus grosse journée de l'année ! Heureusement qu'Hugo sera présent, car je ne sais pas ce que nous aurions fait sinon.

David me rejoint.

– Merci pour le café, dit-il tandis que je verse le liquide chaud dans les tasses. Et pour l'hospitalité.

Il me fait un clin d'œil. J'ai envie de le taquiner encore un peu.

– C'est quoi ce truc que tu viens de faire ? Tu as quelque chose dans l'œil ?

– Tu te moques de moi ?

Je lui souris sans répondre.

– Tu prends quoi dans ton café ?

– Un peu de crème, c'est tout. Ou du lait.

Je lui tends une tasse fumante et pointe le frigo du doigt. Le message est clair, je ne suis pas sa servante. Il plisse les yeux sans commenter et me lance une grimace avant d'ouvrir la porte de mon vieil électroménager blanc.

Je suis convaincue que mes yeux pétillent de bonheur et je n'ai qu'un espoir : ne pas sourire niaisement toute la journée.

– On se voit plus tard ? demande David en tenant sa tasse à deux mains, le bas de ses reins appuyé contre l'arête du comptoir. J'irai acheter un sapin pendant que tu te tues au travail. Je crois qu'ils en ont au supermarché. Tu as des décorations de Noël ?

– Il y a une grosse boîte de plastique dans la garde-robe de la chambre d'amis. Tout est là.

– OK. Qu'est-ce que tu dirais d'une pizza en décorant le sapin ?

– Je dirais que tu es l’homme idéal ! Je pourrai écouter de la musique de Noël ?

– Ah non ! Pas de la musique de Noël !

Je proteste en le poussant sur l’épaule et quelques gouttes de café s’échappent de sa tasse pour venir s’échouer sur le plancher.

– Hé ! Attention à mon café !

Je lui tire la langue, puis je m’empare de la lingette sur l’évier pour essuyer le dégât. Lorsque je me relève, David dépose sa tasse sur le comptoir et s’avance vers moi avec un air menaçant.

– Pause ! bafouillé-je en reculant d’un pas, les mains levées devant moi dans une attitude de défense. Je ne le referai plus.

– Tu as intérêt, répond David en me pointant du doigt. Sinon, je te fais jouir jusqu’à ce que tu cries grâce.

Je plaque la main sur ma bouche, faussement scandalisée, avant de le défier.

– Tu n’oserais pas !

– Tu veux vérifier ? susurre-t-il.

– Une autre fois, peut-être.

– Dommage.

Il m’observe plus attentivement.

– Tu es toute rouge, commente-t-il.

– C’est de ta faute ! m’écrié-je en touchant mon visage. Ta barbe a irrité ma peau sensible.

– C’est vrai ? Tu aimerais que je me rase ?

Je fais mine de réfléchir.

– Non, dis-je finalement. Je t'aime bien comme ça. Ça te donne un petit air sexy.

Un coin de sa bouche s'étire en un demi-sourire et ses yeux se plissent légèrement. J'ajoute gaiement :

– Ne t'enfle pas la tête, OK ?

Je me débarrasse de la lingette dans le panier de linge sale de la salle de bain avant de revenir dans la cuisine. Je m'arrête devant le frigo.

– Tu veux manger ? Je te préviens, je n'ai pas grand-chose.

Je nous prépare un gruau à la crème et au sirop d'érable avec des rôties au beurre d'amandes, puis on mange en discutant des festivités de Noël. Je manque m'étouffer lorsque David m'invite à son souper de famille.

– Ce ne sera pas gênant, tu connais déjà mon père ! plaisante-t-il.

– Tu es sûr ? Mais, ma mère est ici… Et il se peut que mon beau-père nous rejoigne.

– Ils sont invités aussi, répond David avec assurance.

Je l'interromps d'un geste.

– Je ne crois pas que Mario serait à l'aise. Et c'est à peine si j'ai déjà parlé avec ta mère.

– Eh bien, tu apprendras à la connaître ! Allez, dis oui.

Il se dresse devant moi et pose ses mains sur mes épaules.

– Je ne sais pas de quoi l'avenir sera fait, mais là, je suis bien avec toi et j'ai envie de vivre le moment présent à fond.

Ces mots, de prime abord banals, ont sur moi l'effet d'un coup de massue. Ils ressemblent à ceux que l'on prononce lorsqu'on veut mettre notre interlocuteur en garde : « Ne te fais pas d'idées, d'accord ? Ne prévoyons rien pour le futur, vivons le moment présent ! » Je songe que David regrette peut-être d'avoir dit hier que nous trouverions une solution à notre situation. S'il souhaitait se laisser une porte de sortie ? Je suis blessée. Plus encore, je me sens rejetée. Je sais d'où ça vient. C'est lié à mon père et à tous ces souvenirs récemment remontés à la surface, mais cela n'y change rien.

J'essaie de conserver une attitude naturelle. Bien évidemment, dès que j'essaie d'avoir l'air naturel, je ne le suis plus. David m'adresse un regard interrogateur.

– Ça ne va pas ?

– Ça va.

Je ne l'ai pas convaincu. Ses sourcils se froncent de perplexité.

– Écoute, dis-je, on ne s'est encore rien promis, non ? Je ne veux pas que tu te sentes obligé de quoi que ce soit.

David semble un peu perdu, mais je continue comme si je n'avais rien remarqué.

– Ce qui est arrivé hier ne t'engage à rien.

Je racle le fond de mon bol, occupée à maîtriser le bouleversement qui monte dans ma poitrine lorsque je songe que notre histoire n'aura pas de suite.

Il est visiblement déconcerté.

– Mais... Je… Ce n'est pas ce que je voulais dire ! Tu te méprends sur mes intentions.

Sa voix. Son intonation. Il semble sincère. Je recommence à douter, mais je ne peux m'empêcher de songer aux mises en garde de Mario à propos de l'instabilité amoureuse de son fils. S'ajoute à cela le fait que je ne peux pas non plus faire abstraction de ce qu'il m'a révélé la veille. Cette agression, cette horreur qu'il a vécue a peut-être sapé toutes ses chances de vivre normalement. Mais ce n'est pas de sa faute. Je dois garder cela en tête.

– Peut-être, dis-je d'une voix adoucie. J'ai effectivement eu l'impression que tu regrettais tes propos d'hier.

David ouvre de grands yeux.

– Mais quels propos ?

– Tu as dit que tu étais en train de tomber amoureux de moi. Que nous trouverions une solution. Mais aujourd'hui, tu me lances que tu veux vivre le moment présent. Cela me rend confuse et me laisse supposer que… peut-être, tu regrettes.

– Mais non, proteste-t-il, ce n'est pas ça…

Il passe la main dans ses cheveux et regarde le plafond, cherchant visiblement ses mots.

– Ce que je veux dire, c'est que je préfère vivre au jour le jour plutôt que de m'angoisser pour l'avenir. Ou le passé.

Il grimace.

– Cela ne signifie pas que je n'ai pas envie que nous ayons un avenir ensemble. C'est juste une philosophie de vie que j'ai dû adopter pour m'en sortir. Ce qui est arrivé est arrivé et ce qui est à venir n'existe pas encore. On peut faire des plans, avoir des projets, mais… Tout peut changer en un instant. Crois-moi, j'en sais quelque chose. Alors… même si c'est un cliché de le dire, je crois vraiment qu'il faut être capable de vivre le moment présent.

– Hum…

Je ne sais pas quoi répondre à cela. Je comprends ce qu'il veut dire, mais moi, je ne suis pas comme ça. Moi, je m'inquiète pour l'avenir et je ressasse le passé. Moi, je veux prévoir le futur et contrôler le présent. Moi, je fais des projets et j'établis des objectifs. Moi, Jilliane, je me questionne sans cesse sur ce que je dois faire et je suis incapable de ne pas penser à ce qui m'attend dans une heure, dans une journée, dans une semaine. Vivre le moment présent me donne l'impression d'être assise sur le plancher d'un avion à la porte ouverte, avec les deux pieds dans le vide et un parachute qui s'ouvre une fois sur deux. Ça me fout une trouille monstre.

Je scrute les yeux de David, ses iris aussi clairs qu'un ciel dégagé, et je tente d'y lire quelque chose qui me rassurerait. Quelque chose qui ferait taire la petite voix en moi qui continue de me mettre en garde. « Tu le connais à peine, ce gars-là. Il est si différent de toi ! En plus, il a des problèmes avec l'engagement et toi, avec l'abandon. Ça ne peut pas marcher. Tu vas te faire du mal. »

– Bon, dis-je en me levant de table. Il faut que j'aille au boulot.

– Mais…

David se lève à son tour.

– Tu comprends ce que je veux dire, hein ?

– Oui. Mais j'ai besoin de réfléchir à tout ça.

Je me frotte les yeux. Mon euphorie de la nuit est retombée et je me sens lasse. Mes yeux me piquent. Le peu d'heures de sommeil que j'ai pu grappiller la nuit dernière commence à me rattraper.

– On se voit toujours ce soir ? avance David sur un ton hésitant.

J'essaie de l'éviter. Je ne veux pas craquer devant ses cheveux ébouriffés ou son air charmeur. J'entreprends plutôt de débarrasser la table. Je hoche vaguement la tête.

– Oui. Si tu veux.

Je suis un peu trop froide avec lui, mais je ne peux m'en empêcher. C'est mon attitude de défense, celle que je prenais enfant, quand mon père téléphonait pour dire qu'il ne pourrait pas passer me prendre comme prévu. « Ça ne fait rien », disais-je à ma mère lorsqu'elle m'annonçait la nouvelle d'un air désolé. Et effectivement, avec le temps, cela ne me faisait plus rien.

Nous enfilons nos manteaux et nos bottes en silence. David sort le premier de l'appartement et m'attend sur le balcon, pendant que je ferme la porte à clé. Lorsque je me retourne, il attrape mon bras.

– Jilliane, il n'y a rien de changé à propos de ce que je ressens pour toi.

Cette fois, je l'observe attentivement. Il semble désorienté et… inquiet. Je réagis peut-être trop fortement. Comment puis-je exiger des promesses de quelqu'un que je viens de rencontrer et vice versa ? Si ça se trouve, c'est moi qui vais changer d'idée, me dis-je mentalement.

– Je m'excuse. Ça va un peu vite et… je crois que j'ai peur d'être blessée à nouveau.

Face à moi, David reste silencieux. Le vent souffle mes cheveux sur mon visage et, de ses doigts gantés, il repousse une mèche derrière mon oreille. Je prends sa main.

– Viens ici… murmure David en m'attirant à lui.

Il m'enlace et j'enroule mes bras autour de sa taille, pressant ma joue contre le tissu rugueux de son manteau. Je l'entends pousser un soupir.

– Essaie de ne pas t'inquiéter, de profiter de chaque jour. Je te l'ai dit, je suis en train de tomber amoureux de toi. Je ne retire pas mes paroles, mais pour moi aussi, ça va vite. Je ne veux pas penser à tout ce qu'une histoire comme la nôtre impliquerait pour l'instant. Je veux apprécier ces moments uniques. Ce qu'on vit là, c'est magique ! Ça n'arrivera jamais plus, tu comprends ?

Tout ce qu'il dit est logique. Si je sens une telle urgence, c'est parce que je sais qu'il doit repartir bientôt, sinon je ne serais pas si... exigeante. Je pense à ma mère. Elle me dirait sûrement de me calmer le pompon. Que je sors à peine d'une rupture et que rien ne presse. Elle me dirait aussi que, comme toujours, j'ai si peur du vide que je préfère me priver de vivre une fabuleuse expérience plutôt que de courir le risque de me planter.

– Oui. Tu as raison.

Ses traits expriment du soulagement.

– Cool.

Il embrasse mon front.

– J'achète un sapin, alors.

Je le remercie, avant de me dégager doucement.

Nous marchons en direction du mur, moi pour y travailler, lui pour y récupérer sa voiture. Je songe que j'ai encore beaucoup de travail à faire sur moi. Je devrais peut-être reprendre la thérapie ? Le fait que Jasper m'ait quittée a visiblement ravivé des émotions enfouies profondément en moi. Je prends alors conscience des légers flocons qui se sont mis à tomber et je me fais la réflexion que cela fera un décor parfait pour le défilé.

Une journée à la fois. Je peux au moins essayer.

CHAPITRE 33

Quand je pousse la porte de la bibliothèque, le désordre qui règne dans la section jeunesse me ramène tout de suite à la réalité. Des sacs de plastique traînent par terre ainsi que des retailles de papier d'emballage et des feuilles de papier de soie dans lesquels Fripon se roule et se catapulte. Debout au milieu de ce fourbi, Amélie, aidée par Hugo, installe de longs filets de petites lumières blanches qui partent du plafond et descendent jusqu'à terre. Je me rappelle soudain son intention de créer des rideaux de lumière pour décorer l'entrée de la section où elle lira son conte de Noël. Mais pour tout de suite, mon attention est plutôt dirigée vers le jeune étudiant.

– Hugo ! Contente de te revoir.

Inutile d'attendre une salutation de sa part. Amélie me lance un clin d'œil.

– C'est super qu'il soit là ! J'ignore comment on aurait pu s'en sortir sans lui.

Je m'avance vers le jeune homme, grimpé dans un escabeau, à deux mètres de nous.

– Comment ça va ?

Ses longs cheveux se balancent dans le vide tandis qu'il hoche la tête, un clou entre les dents et le marteau serré entre ses cuisses.

– Ça s'est bien passé avec la police ?

– Ouais.

C'est tout ? Je le regarde enfoncer un clou dans le plafond à l'aide du marteau en prenant soin de le placer un peu de travers. Il y accroche ensuite le ruban de lumières formé d'une torsade de trois fils blancs et le laisse pendre par terre, à environ un pied du premier filet. Je me retiens de commenter. Je regrette presque d'avoir donné mon accord à Amélie pour ce projet. Le plafond va avoir l'air d'un gruyère lorsqu'ils auront fini. Hugo redescend de son escabeau et d'un geste de la main, envoie voler sa chevelure derrière son épaule.

J'insiste :

– Alors ? Pourquoi ils t'ont arrêté ? Ils ont dit que tu refusais de collaborer.

– Ben voyons… Hugo n'est quand même pas un criminel, grommelle Mario qui s'avance en poussant un chariot de livres. Je me demande bien ce qu'ils ont pu penser ! Ils devaient être à court d'indices.

Je lève la tête vers le jeune homme qui, toujours muet, a récupéré d'autres lumières dans une boîte de plastique et est remonté sur son escabeau pour enfoncer un nouveau clou dans le plafond. Misère…

– Tu n'es pas obligé de répondre, mais…

Un troisième rideau de lumières vient rejoindre les deux premiers. Hugo redescend et me jette un bref regard avant de replonger dans la boîte de plastique.

– Ils voulaient que je leur dise ce que je faisais avec les abonnés quand je les aidais à l'ordinateur.

Il attrape un dernier filet et remonte aussitôt.

– Ah ! Et, euh… Et toi, tu ne voulais pas leur en parler ?

– Ben, c'est confidentiel, non ? C'est des données personnelles.

Je m'apprête à le détromper, mais je m'arrête. Après tout, qu'est-ce que j'en sais ? Et j'ignore ce qu'il fricote lorsqu'il leur file un coup de main.

– S'ils t'ont laissé partir, c'est que tu as fini par leur parler, non ?

– Ouais.

Je ne pense pas que je vais réussir à en savoir plus. J'abandonne la cause et je me tourne vers Amélie.

– Tu te sens prête ?

Amélie rigole.

– Prête, pas prête, j'y vais ! Je crois que ça va aller, maintenant qu'Hugo est là. Si je l'avais en face, cet inspecteur Bloom, je lui dirais ma façon de penser pour le stress qu'il nous a fait vivre !

Je la corrige.

– Inspecteur Coon.

– *Whatever*… Il est peut-être bel homme, mais comme inspecteur, son efficacité reste à prouver.

Je plisse les yeux.

– Tu le trouves bel homme ? Vraiment ?

Amélie hausse ses jolies épaules moulées par un col roulé noir sur lequel flamboient, tel un coucher de soleil d'été, les longues mèches rousses de sa chevelure.

– Disons qu'il se laisse regarder, admet-elle.

J'ai à peine le temps de me réjouir de ses propos que Mario surgit à mes côtés.

– Ça vous dérangerait d'accélérer un peu ? Nous ne serons jamais prêts, si ça continue. Il y a les bonbons à sortir, les livres à déposer sur la table de suggestions de lecture et le comptoir de prêt n'est pas encore décoré...

Je le pousse gentiment du coude.

– Levé du mauvais pied ce matin ?

Tout le corps de mon collègue se raidit.

– Non. Mais parfois, je me demande s'il y a un patron ici.

Je le fixe, sidérée.

– Ton patron, justement, te demande de le suivre dans son bureau.

Mario pousse un soupir.

– Désolé. C'était une mauvaise blague.

– Non, dis-je d'un ton ferme. Suis-moi.

Je pars au-devant en m'arrêtant un instant pour caresser Fripon, qui me remercie en me mordant le dessus de la main. Dans la section administrative, je fais signe à Mario de m'attendre à mon bureau pendant que je retire mon manteau et mes bottes, ce qui me laisse quelques secondes pour réfléchir à la façon d'aborder la situation. Je suis certaine que ma relation avec David est en bonne partie responsable de sa mauvaise humeur. Je replace mes vêtements et j'enfile mes bottillons à talons plats avant de me diriger vers mon collègue.

Mario s'impatiente sur sa chaise tandis que je m'installe, prenant le temps d'allumer mon ordinateur d'une pression du doigt. Je remarque au passage le clignotement rouge qu'émet mon téléphone, signe qu'un ou plusieurs messages m'attendent, mais je l'ignore. Je fais pivoter mon fauteuil pour être face à Mario et croise mes mains sur la table.

– OK. Dis-moi ce qui se passe. Tu m'en veux pour quelque chose ?

Mario a l'air surpris par mon attaque directe. Il bredouille :

– Mais, non… Tout va bien. Enfin, je suis un peu fatigué, mais…

– C'est à cause de moi, n'est-ce pas ? Tu as appris que j'avais revu ton fils ?

Il s'attarde au mur derrière moi, une expression indéchiffrable sur le visage, puis il me regarde en face.

– Il a écrit à Marie-Andrée hier pour prévenir qu'il allait chez toi. Alors, comme il n'est pas rentré…

Je pince les lèvres, gênée malgré le fait que j'assume complètement mes actes.

– Euh, oui… Il a dormi chez moi.

Mario pousse un long soupir.

– Jilliane… souffle-t-il d'un ton las. Qu'est-ce que je t'avais dit ? Il va te faire du mal. J'ai dû remonter le moral à quelques filles quand il vivait toujours ici.

Il passe les doigts à plusieurs reprises dans ses cheveux drus. Son visage affiche de nouveaux plis et je discerne dans sa moue un mélange d'inquiétude et d'exaspération.

– Je suis désolée, dis-je sans pouvoir m'en empêcher.

Et c'est vrai. Je suis désolée qu'il le prenne si mal. Je sais qu'il m'aime bien et qu'il ne veut que me protéger, mais je ne peux pas le laisser me dicter ma vie. Je suis une adulte et ma vie sexuelle et amoureuse ne regarde que moi.

– Je l'ai prévenu pourtant !

Malgré moi, je me penche en avant, curieuse d'en savoir plus.

– Ah bon ? Qu'est-ce que tu lui as dit ?

– Que tu viens de vivre une rupture difficile. Et aussi que tu es une gentille fille qui ne mérite pas qu'on la traite avec désinvolture.

Je ne peux que penser aux propos de David ce matin, lesquels me sont apparus comme un pas de recul de sa part. Je me mords les lèvres. Mario a probablement raison. J'ai toutes les chances que cette histoire finisse très mal, mais je suis incapable d'y mettre un terme pour l'instant. David occupe toutes mes pensées. J'ai même des difficultés à me concentrer tellement la confusion règne dans ma tête. Des images *flash-back* de ma nuit passée avec le fils de l'homme assis en face de moi ne cessent de se présenter à mon esprit. Je me sens rougir.

– Bon, dis-je en posant mes mains sur mes cuisses. C'est très gentil de ta part de te préoccuper de moi. Mais je suis une adulte et je fais ce que je veux. Je te promets néanmoins de ne pas m'effondrer sur ton épaule lorsqu'il repartira.

Mon cœur se serre à cette idée, mais je n'en laisse rien paraître. De toute façon, je sais dorénavant qu'il y a autre chose dans l'attitude de Mario qu'une simple préoccupation pour ma santé mentale.

– Et toi ? Comment te sens-tu depuis que David est ici ?

Mon collègue me lance un regard interrogateur.

– Qu'est-ce que tu veux dire ?

– La présence de ton fils semble te déranger plus que te réjouir.

Mario se raidit.

– Ça, avec tout le respect que je te dois, ce ne sont pas tes oignons, Jilliane.

Je médite sur l'idée de lui révéler que je suis au courant pour l'agression sexuelle de David, mais j'y renonce. C'est à David de l'en informer.

– Excuse-moi, dis-je en balayant l'air de la main. Tu as raison, ce n'est pas mes oignons.

Je trouve difficile de naviguer entre mon rôle de patronne et celui d'amie, car c'est ce que Mario est devenu pour moi au fil du temps. Un véritable ami. J'essaie de trouver les mots justes.

– Écoute, je comprends tes inquiétudes et je te remercie. Je serai prudente avec David, c'est promis. Et si ça tourne mal, j'en assume l'entière responsabilité. Ton fils ne m'oblige à rien, tu sais ? Et puis, il me fait du bien. Pour l'instant.

Mario ne répond pas. J'ajoute doucement :

– Tu devrais parler avec lui. Je sais que cela ne me regarde pas, mais quoi qu'il y ait entre vous, je suis certaine que ça peut s'arranger. C'est ton seul enfant, Mario. Et il me semble être quelqu'un de bien.

Ses épaules s'affaissent.

– Je sais.

Il a l'air épuisé. Pour la première fois depuis que je le connais, je trouve qu'il fait son âge.

– Pourquoi ne prendrais-tu pas quelques jours de vacances ?

Mario me regarde, stupéfait.

– Mais… Qui va me remplacer ?

– Moi.

Je viens de penser que la meilleure chose à faire pour m'enlever David de l'esprit est de m'occuper le plus possible.

– Nous sommes le 17 et il reste peu de jours avant le congé des fêtes. Je peux très bien faire des heures supplémentaires. Et je vais demander à Hugo s'il est disponible pour m'aider. Tu pourrais profiter de ces quelques moments de libres pour passer du temps avec ta famille avant que ton fils ne reparte à l'autre bout du monde.

Visiblement, ma proposition tente Mario.

– Hmm, commence-t-il, c'est vrai que ce serait bien de passer un peu de temps avec Marie-Andrée.

Je ne relève pas sa mauvaise foi.

– Bon. C'est entendu. Tu es en congé à compter de demain. Et ne t'inquiète pas pour ta banque de temps. Tu as suffisamment d'heures accumulées pour te le permettre. J'en profite pour te remercier une nouvelle fois d'avoir accepté de remplacer Amélie quand elle a été malade, alors que j'étais en vacances à Montréal. J'espère pouvoir régulariser cette situation de manque de personnel pour l'an prochain. En attendant, pars l'esprit tranquille. Je m'occupe de tout.

Je sais que si Mario accepte de faire toutes ses heures, c'est en partie pour contrer la solitude qu'il vit à la maison, puisque Marie-Andrée travaille toujours. Peut-être que cela lui permet également d'éviter de trop penser à la situation avec son fils.

– OK. Merci. Et excuse-moi pour tout à l'heure.

– C'est oublié. Je te propose d'aller surveiller ce que font Hugo et Amélie avant que la bibliothèque n'ait l'air d'une bonbonnière !

Il se lève de sa chaise, un peu requinqué.

– À vos ordres, chef ! lance-t-il en portant la main à sa tempe.

Je lui souris, heureuse que nous ayons retrouvé notre complicité.

– Merci, sergent. Rompez, maintenant.

Mario s'immobilise.

– Pour ton âge, t'es une sacrée patronne, Jilliane.

Je sens le rouge me monter aux joues. Je peux encaisser beaucoup de choses, sauf les compliments, lesquels me mettent excessivement mal à l'aise.

– Euh, merci, Mario.

Il quitte la pièce et je me tourne vers mon ordinateur, habitée par un sentiment de satisfaction qui s'éteint aussitôt que je vois le courriel que vient de me faire parvenir Dominic. J'ouvre le message avec appréhension. Il écrit qu'il a lu mon plan et qu'il souhaite que nous en discutions plus sérieusement. Je frissonne. J'espère qu'il n'a pas été déçu par mes propositions. Mes idées sont loin d'être révolutionnaires.

Puis, je soulève le combiné de mon téléphone pour prendre mes messages. Mon cœur se serre à mesure que les mots enregistrés pénètrent mon esprit. Marie n'a pas pu me trouver un logement. À cette période de l'année et avec les nouvelles embauches d'Arctic Nord, c'était une mission quasi impossible, s'excuse-t-elle.

Voilà. La vie vient de décider pour moi.

CHAPITRE 34

Respectant l'horaire prévu, le père Noël arrive en fanfare près de la bibliothèque sous une neige légère et floconneuse, suivi par un cortège d'adultes et d'enfants aux yeux brillants. Le trajet planifié avait pour point de départ le parc du Rivage et un parcours d'une dizaine de minutes à pied environ jusqu'à la bibliothèque, mais que nous avions évalué à environ une demi-heure, vu la lenteur de mouvement des chars. Presque aussi excitée qu'une enfant, je sors avec Hugo à l'extérieur pour admirer l'immense chariot peint en rouge et vert ainsi que les quelques chars allégoriques qui le précèdent et qui avancent à pas de tortue sous une tonitruante musique traditionnelle de Noël version disco qui m'arrache les tympans.

J'échange un sourire avec mon jeune collègue. J'estime qu'à cette vitesse, ils mettront encore cinq bonnes minutes avant de se rendre au point de rencontre. Je remonte mon foulard sur mon menton pour me protéger du froid, mais mon cœur reste glacé. Les mots de Marie sont gravés dans mon esprit. J'ai tourné et retourné le problème, sans trouver de solution. Je refuse de demander à Mario ou à Amélie de m'héberger, j'aurais peur de gâcher nos relations, tant personnelles que professionnelles. De toute façon, Amélie n'a certainement pas de place pour moi avec sa mère et Lucas.

Mais ce n'est pas le temps de m'attarder sur mes problèmes. Je me tourne vers Hugo et lui demande à nouveau comment s'est passé son interrogatoire avec les policiers. Cette fois, il daigne me répondre.

– Correct…

J'attends quelques secondes et voyant qu'il n'ajoute rien, je persévère :

– Et… ça leur a été utile ?

– Je sais pas.

En ce moment, j'échangerais bien mon étudiant taciturne contre un jeune dégourdi et bavard qui ne cesserait de parler de lui et de ses projets très importants. Mais une journée seulement, hein ?

Le cortège s'arrête près de l'immense sapin et la musique laisse place à un chœur qui entonne *Petit papa Noël.* Un peu à l'écart, je crois reconnaître mon patron, en compagnie de monsieur Parenteau, le directeur des travaux publics, et de la mairesse. Hugo m'envoie un coup de coude.

– C'est la nouvelle mairesse, là-bas ?

– En effet, dis-je en plissant les yeux. La fameuse Mélanie Dufour-Lacoste…

– Elle est *hot,* hein ? commente mon jeune employé.

Je regarde dans sa direction, surprise par son commentaire.

– Tu la trouves *hot* ? répété-je. Et moi, tu me trouves *hot* aussi ?

J'observe avec amusement son visage rougir. Quoique je ne puisse dire avec certitude si cette rougeur est causée par la gêne ou le froid.

– Euh… balbutie-t-il. Ben... t'es pas mal.

Je lui donne un coup d'épaule, amusée par la situation.

– Laisse tomber. Pas besoin de te forcer, tu auras quand même une bonne évaluation.

Il répond par un demi-sourire. Nous observons la mairesse saluer le père Noël, puis faire signe à ses collègues de la rejoindre pour une photo de groupe. Quelqu'un installe un escabeau et Marianne, la photographe de la Ville, s'y hisse pour prendre quelques clichés.

– Cool ! commente Hugo. Est-ce qu'elle va venir prendre des photographies à l'intérieur aussi ?

Mais pourquoi il ne parle pas autant lorsqu'il s'agit de la police ?

– Je ne savais pas que tu aimais les parades de Noël, Hugo, dis-je pour changer de sujet.

Vêtu de son manteau matelassé bleu bien trop mince pour cette période de l'année, il croise les bras.

– Ouais. C'est cool le père Noël, réplique-t-il d'un ton placide.

Décidément, son vocabulaire est un peu limité.

– J'aime aussi les pouliches.

Quoi ? Je suis éberluée. C'est une blague ?

– Vraiment ?

Il rigole et je n'arrive pas à détecter s'il plaisante ou non.

– Tu ne connais pas le club des amateurs de pouliches ? reprend-il.

– Quoi ? Non !

Le plus sérieusement du monde, Hugo m'explique pourquoi les pouliches sont utiles à la société. Selon lui, elles appellent aux bons sentiments et à d'autres considérations que j'écoute à moitié tellement je suis sidérée, tant par son discours que par sa soudaine volubilité.

– Je t'enverrai le lien vers leur site, conclut-il. Tu verras, c'est *nice*.

Hugo pointe ensuite le rassemblement à quelques mètres de nous.

– Je pense que ça bouge, là.

Il a raison, le cortège avance dans notre direction, le char du père Noël en tête suivi d'une nuée d'habits de neige et de tuques à pompon. La nervosité me gagne. J'intime à Hugo de se placer devant la porte pour contrôler les entrées et lui rappelle que seuls les enfants qui sont sur la liste peuvent venir à l'intérieur et que ceux qui ont moins de trois ans doivent être accompagnés.

– *Shit*, souffle Hugo en regardant la foule s'avancer. On ne pourra jamais les empêcher d'entrer s'ils le veulent !

Ma tension monte d'un cran. Mais qui a eu cette idée délirante déjà ? Ah oui. C'est moi.

– Il le faudra ! Nous avons un maximum de personnes à respecter selon les règles de sécurité. C'est pourquoi Mario et Amélie prennent les présences à l'intérieur. À nous quatre, on va y arriver.

Il n'a pas l'air rassuré du tout.

– Ça va aller. Dans une heure, tout sera terminé. Je vais au-devant d'eux. Heureusement qu'il fait doux aujourd'hui !

Effectivement, la température s'est considérablement radoucie durant la journée pour atteindre le point de congélation. Malgré tout, la Ville a prévu le coup. Dans l'enclave aménagée pour accueillir les chars, des bornes chauffantes ont été installées, ainsi qu'un kiosque de boissons chaudes et de beignets pour sustenter les participants.

Je marche d'un pas déterminé au-devant du cortège qui s'avance toujours dans notre direction, me retournant un bref instant pour envoyer un sourire à Hugo, qui se tient droit comme un i devant la porte d'entrée. Je prie intérieurement pour qu'il ne se fasse pas bousculer. Avec sa frêle ossature, il ne tiendrait pas le coup, c'est certain.

Le père Noël m'accueille avec un tonitruant « Ho, ho, ho ! ». De près, ses sourcils sont franchement étonnants, très fournis et en accent circonflexe, mais sa barbe tend à vouloir se décrocher de l'une de ses oreilles. Peut-être la faute à un enfant qui a tiré dessus. Je prends mon air le plus avenant.

– Bonjour, père Noël ! dis-je sur un ton professionnel, en lui tendant la main. Je m'appelle Jilliane et je suis la responsable de la bibliothèque.

Il s'arrête face à moi et attrape ma main entre ses deux poignes solides. Derrière lui, tout le groupe ralentit. J'aperçois la mairesse et le directeur des travaux publics au sein de la mêlée.

– Enchanté, belle Jilliane. Avez-vous été sage cette année ? Ho, ho, ho…

– Malheureusement, je ne crois pas avoir été toujours sage.

Je ris nerveusement tandis qu'il agite l'index devant mon visage.

– Hum… J'imagine que vous aviez de bonnes raisons pour cela, mademoiselle ?

Je rougis, consternée d'être le point de mire de tous ces gens qui nous entourent et qui s'impatientent. Il y a même quelques personnes plus loin qui se tordent le cou pour voir ce qui bloque l'avancée de la troupe. Le gros bonhomme se penche vers moi.

– Avez-vous envoyé vos souhaits au père Noël, comme le veut la tradition, gente dame ?

Je sursaute. Mais qu'est-ce qu'il insinue ? Comment pourrait-il être au courant des lettres qu'Amélie et moi avons écrites plus tôt dans le mois ?

– Je… Peut-être bien que oui, dis-je, le rouge aux joues. Croyez-vous que mes souhaits seront exaucés ?

Les yeux sombres de l'homme m'observent avec attention. Il ignore qu'il n'y a plus aucune chance que ceux-ci se réalisent, mais j'ai quand même la désagréable impression qu'il peut lire en moi.

– En partie, oui, lance-t-il d'une voix grave et profonde. Selon les besoins de votre âme.

– Euh… Ah bon ? Et quelle partie ?

Le père Noël lâche un nouveau rire sonore.

– Ah ! Mais la meilleure partie, jeune demoiselle. La meilleure...

Si on m'avait demandé quelle était la probabilité de rencontrer un père Noël cultivé, capable de vous ensevelir de civilités, tout en vous faisant remettre en question vos croyances sur son existence réelle, j'aurais répondu qu'il y avait autant de chances que cela arrive que de me voir participer à un défilé de majorettes ! Mais où ont-ils pu le dégotter, celui-là ?

Les pleurnichements d'un enfant me ramènent à l'ordre.

– Eh bien, cher père Noël, si vous voulez bien prendre la peine de me suivre à l'intérieur. C'est l'heure de votre conte.

– Allons-y, très chère ! « *À l'abordage, moussaillon !* » comme dirait ma femme, tonne notre saint Nicolas local.

Je renonce à lui demander dans quelles circonstances sa femme peut bien prononcer ces mots.

Je pars devant, suivie de notre invité, lui-même suivi par une nuée d'enfants et de parents. Nous nous arrêtons à l'entrée de la bibliothèque et j'ouvre la porte. Un mouvement à ma gauche attire mon attention.

C'est lui. C'est David. Il se tient à une dizaine de mètres de distance, à l'écart du rassemblement, le visage à demi camouflé par la capuche de son manteau qu'il a remontée sur sa tête. Mais il pourrait être en tenue de scaphandrier que je le reconnaîtrais. Son allure, sa silhouette me sont déjà familières. Quand il s'aperçoit que je l'ai remarqué, il agite à nouveau le bras pour me saluer avant de lever le pouce pour me dire que tout va bien aller. Son sourire me fait presque mal et j'ai une soudaine envie de pleurer. Rien ne va comme je voudrais. Toute ma vie actuelle s'en va droit dans le mur, y compris mon histoire avec lui. Je refoule ma peine et lui souris à mon tour avant de détourner la tête à regret. Je tombe alors face à face avec le père Noël qui m'envoie un clin d'œil.

– Ça va s'arranger, murmure-t-il.

CHAPITRE 35

Le nombre maximal de personnes acceptées à l'intérieur étant atteint, Hugo referme la porte sur nous et se plante devant celle-ci pour s'assurer que personne d'autre n'entrera. Je traverse la petite foule et m'installe un peu à l'écart, dans la section des romans adultes, à la gauche du comptoir de prêt.

L'ambiance est pour le moins joyeuse. À l'opposé total de ce que je vis intérieurement. Je regarde distraitement Amélie qui rassemble les enfants devant le fauteuil du père Noël en les attirant à l'aide de bonbons. Vêtue d'une jupette verte, d'un col roulé rouge et d'un chapeau de lutin avec des grelots, elle est à croquer. Dommage que l'inspecteur Coon ne soit pas là pour la voir.

Quelques enfants se sont éloignés du groupe pour jouer à cache-cache entre les rayonnages et Mario les rappelle à l'ordre tout en surveillant la porte d'entrée intérieure où s'agglutinent quelques curieux. Le père Noël me semble un peu coincé sur sa chaise et notre mairesse, qui m'est passée sous le nez sans me saluer, se tient debout derrière lui, le dos aussi droit que possible. Elle a retiré ses gants et son chic manteau blanc qui trônent sur le dessus d'un rayonnage. Elle porte une robe noire moulante, trop chic pour les circonstances, et des bottes à talons aiguilles qui auraient davantage leur place dans une soirée mondaine. Ses longs cheveux blonds sont tirés sévèrement en arrière, dévoilant l'ovale parfait de son visage, ce qui me permet de constater que ses traits semblent légèrement figés, de même que son sourire. À mon avis, tout comme moi ces derniers temps, elle doit se demander ce qu'elle fait ici. À moins que ce ne soit dû à un excès de botox.

Pendant que je l'observe, je la vois esquisser un geste de la main en direction de Dominic, qui a été parmi les derniers à entrer. Il croise mon regard et nous nous saluons brièvement. En notant les signes évidents de fatigue qui marquent son visage, je suis traversée par un éclair de compassion. Lequel s'éteint lorsqu'il lance un sourire charmeur à sa nouvelle patronne avant de la rejoindre avec empressement.

Enfin, tout le monde est installé et la photographe prend quelques clichés. Amélie va bientôt pouvoir commencer son conte. Je m'apprête à me faufiler jusqu'à l'administration pour aller retirer mon manteau quand je sens une présence familière derrière moi.

– Je viens de recompter et nous avons dépassé la limite maximale, me murmure Amélie à l'oreille. Qu'est-ce qu'on fait ?

Mon cerveau surnage à présent. Je me retourne lentement et bredouille :

– Quoi ? Mais… vous étiez censés les compter, non ?

– Oui, mais…

Amélie baisse la tête, penaude.

– On a peut-être perdu le contrôle, avoue-t-elle. Il y a des gens qui sont entrés par la porte intérieure avant que Mario ne puisse les en empêcher.

Ah, mon Dieu ! Je la foudroie du regard, consciente que ce n'est pas de sa faute et que cela ne changera rien à la situation, mais il faut que je me défoule sur quelqu'un.

– Hé, ne me regarde pas comme ça, proteste-t-elle. On a fait de notre mieux.

– Hum…

Je fixe le plancher tout en tentant de réfléchir.

– OK… Bon… On dépasse de beaucoup, tu dirais ?

C'est à son tour de regarder par terre.

– Une dizaine ?

Ah zut ! Deux ou trois enfants, ce n'est pas la mer à boire, mais dix personnes ! Est-ce que pour une fois, une seule fois, les choses pourraient bien aller ? Je ferme les yeux et tente de me catapulter dans un autre monde.

– Quelqu'un d'autre est au courant ? dis-je en les ouvrant, déçue de constater que rien n'a changé.

Elle secoue la tête.

La seule personne qui ne doit pas savoir que nous avons failli à notre tâche est Dominic. S'il apprend que j'ai mis une partie de la précieuse population de Fermont en danger, et des enfants qui plus est, je vais en entendre parler longtemps.

Enfin, peut-être pas si longtemps.

– Bon. On ne peut rien faire. Fais ton animation et croisons nos doigts pour que tout se passe bien. Je ne vais tout de même pas mettre du monde dehors à ce stade-ci !

Elle est visiblement rassurée.

– D'accord. Super. J'y vais, alors.

Ses grelots tintent joyeusement tandis qu'elle marche d'un pas vigoureux vers le père Noël, une baguette magique dans une main. Dans l'autre, elle tient un panier d'osier où elle cache quelques accessoires délirants pour son conte. Quand ils la voient arriver, les enfants se mettent à l'interpeller tous en même temps, mais dès qu'elle prononce les premiers mots de son animation, le silence s'installe. Mon soulagement est immédiat. « Le pire est passé », dis-je en faisant demi-tour pour atteindre enfin la porte des employés. Mais en jetant un coup d'œil vers Mario qui fait le guet près de la porte vitrée donnant sur le hall, j'aperçois ma mère enchaîner les simagrées pour attirer mon attention. Je soupire.

– Ma mère est là, dis-je à Mario dans le creux de l'oreille lorsque j'arrive à ses côtés. Tu peux la faire entrer ?

Il secoue la tête, le visage sérieux.

– Pourquoi ?

– Ils vont me lyncher si je fais ça.

Avec son pantalon gris et son chandail bleu foncé, il a presque l'air d'un gardien de sécurité. En tout cas, c'est ce qu'il semble croire. Je croise les bras et me pince pour ne pas rire.

– Quel courage, dis donc ! Pousse-toi, je vais lui ouvrir moi-même.

Il lève les yeux au ciel et s'écarte d'un pas.

Je la fais entrer en multipliant les excuses sous les regards indignés des gens qui se massent autour d'elle. Une mère qui porte une fillette d'environ trois ans dans ses bras me jette un regard vindicatif.

– Pourquoi elle et pas nous, hein ?

– Je suis désolée, mais c'est la fée des étoiles. Elle est en retard pour le conte et doit vite se changer.

Mario sourit en m'entendant.

– Je suis franchement impressionné, commente-t-il lorsque je passe devant lui en tirant Millie derrière moi.

– Merci, dis-je poliment en inclinant la tête.

Dans la section administrative, j'invite ma mère à s'asseoir sur le banc près du vestiaire pendant que je me débarrasse de mon manteau et de mes bottes.

– Wow ! Il y a du monde ! s'exclame-t-elle. Où est caché ton chat ?

– Mario l'a enfermé dans la réserve.

– Il a bien fait. Il serait devenu fou avec tous ces enfants.

Elle retire sur sa cuisse un long poil noir qui a collé sur son pantalon.

– Je crois que ceci lui appartient, dit-elle en le tendant vers moi.

Je lui fais signe de le laisser tomber par terre et m'accroupis pour enfiler mes chaussures.

– Tu voulais me voir pour quelque chose ?

Elle m'annonce alors que Charles arrive le lendemain matin et qu'il me faudra une voiture pour aller le chercher à l'aéroport. Aïe ! Je croise les doigts pour qu'Amélie puisse encore me prêter la sienne !

– Tu peux peut-être demander à Jasper ? ajoute-t-elle, fort à propos. Tu as eu de ses nouvelles ?

– Pas récemment.

– Et pour la maison ?

Je pousse un soupir.

– Je ne crois pas que ce soit le moment, là…

Je ne veux pas lui dire tout de suite. Elle en sera trop heureuse et je n'ai pas envie de voir ça.

– Je dois y retourner. Tu viens ?

Ma mère se lève.

– Tu crois qu'on pourra faire le souper du réveillon chez toi ?

– Je nous vois mal finir dans ta chambre d'hôtel. Mais je te préviens, je n'ai rien fait encore ! Pas de décoration et rien pour le repas. Je ne suis même pas certaine qu'il reste une dinde à vendre au supermarché ! Et puis…

Est-ce que je dois lui parler de l'invitation de David ? Millie me fixe avec des yeux interrogateurs et je décide de passer outre.

– Non, oublie ça.

– Tu veux qu'on parle de tout ça ce soir ? Je pourrais aller chez toi et préparer ton souper. Ça te reposera de ta journée de travail.

Je commence à m'impatienter. Il faut vraiment que j'y aille.

– Euh… C'est que… David a proposé de venir m'installer un sapin.

Ma mère bat des mains.

– Super ! Je peux venir vous cuisiner quelque chose ?

Je n'ose pas lui dire que nous avions prévu nous faire une pizza. J'abdique et nous quittons la zone administrative. J'indique du doigt le fond de la bibliothèque où se trouvent les romans adultes.

– On va s'installer là-bas. Je ne peux pas te faire sortir maintenant.

Nous regardons la fin du conte. Quand arrive l'envolée de confettis qui clôt l'animation, je ressens un énorme apaisement. Le père Noël fait sa distribution de cadeaux avec un rire gras à faire trembler les murs. Il y a quelques semaines, j'ai réussi à soutirer à Dominic un petit budget pour acheter à chacun des enfants un cahier à colorier de saison, que j'ai commandé sur Internet. Une babiole à faible coût, mais qui marquera le moment qu'ils ont vécu. Lorsque je croise le regard de mon patron, il lève le pouce en guise d'approbation et je hoche la tête en lui souriant.

Une fois que Marianne a réalisé de nouveaux clichés, la délégation de la Ville quitte la bibliothèque, non sans être venue me féliciter au passage pour le succès de l'événement. Ma mère se tient fièrement à mes côtés en souriant suavement à mes supérieurs. Je n'ai d'autre choix que de la présenter. Elle échange quelques mots avec mon patron pendant que la mairesse me serre la main.

– Bravo pour votre idée et pour sa bonne exécution, me dit-elle en plantant ses yeux bleu glacier dans les miens. C'est exactement le genre de projets que je veux pour valoriser nos services et nos espaces. Cette communauté a besoin que l'on améliore sa qualité de vie. La majeure partie de nos citoyens sont ici pour le travail, mais il n'y a pas que cela dans la vie. Vous le savez certainement.

Ses yeux pétillent d'intelligence. J'en reste bluffée.

– Je… Hum... Merci beaucoup, finis-je par dire en bafouillant.

Je me creuse la cervelle pour ajouter quelques mots bien sentis, mais Mélanie Dufour-Lacoste n'en a pas terminé avec moi.

– J'habite Fermont depuis quelques années avec mon conjoint, qui travaille à la direction de la mine, et j'ai eu le temps de constater les problèmes qui y règnent. Mais malgré ceux-ci, j'apprécie notre vie ici. La nature, les grands espaces, la circulation fluide…

Elle s'interrompt pour émettre un petit rire.

– Disons que je ne m'ennuie pas de Laval où j'ai grandi, reprend-elle. Même si je dois passer une demi-heure par jour sous ma lampe de luminothérapie !

Je ne peux m'empêcher de rire aussi.

– C'est sûr que ce n'est pas ici que j'organiserais des concours de bronzage.

Nous nous sourions franchement.

– Je dois malheureusement y aller, ajoute-t-elle en reprenant son sérieux. Encore toutes mes félicitations à vous et à votre équipe pour le succès de cet événement.

– Merci, madame la mairesse, dis-je en inclinant la tête. Heureuse de vous avoir rencontrée.

– Moi de même, dit-elle en se détournant déjà.

Elle échange quelques mots rapides avec Dominic, qui a réussi à se libérer de ma mère. Puis elle repart vers la sortie extérieure, suivie par le directeur des travaux publics, telle une ombre silencieuse, et Dominic qui leur emboîte le pas.

Je n'ai pas le temps de me remettre de mes émotions que ma mère m'enfonce son coude dans les côtes.

– Aïe ! Qu'est-ce que j'ai fait ?

– Bravo ! Elle est sympathique, ta mairesse.

J'acquiesce de mauvaise grâce.

– C'est vrai.

– Je suis fière de toi, ma fille.

Malgré moi, j'ai un élan de satisfaction. Je décide sur-le-champ d'inviter les membres de mon équipe à prendre un verre au P'tit bar pour fêter ça. Mais ce n'est pas l'unique raison. Ce sera la dernière fois où nous allons être réunis tous ensemble. Un verre d'adieu, donc. Même si je ne vais pas leur dire.

CHAPITRE 36

Quand j'arrive chez moi, il est plus de six heures et je suis un peu saoule. Deux pintes de bière sur un estomac vide et stressé, c'est extrêmement efficace pour vous faire perdre la carte. Le vent froid m'a un peu dégrisée en chemin, mais aussitôt entrée dans la chaleur de mon logement, je sens que ma tête se remet à tourner. Je me rappelle soudain que j'ai oublié d'aviser David que ma mère serait là ce soir. Mais je m'inquiète sans raison. Les deux sont déjà là et discutent comme s'ils se connaissaient depuis des lustres.

Ma mère se lève de table en m'apercevant.

– Jilliane, enfin ! Viens, on va fêter le succès de ton activité.

Elle saisit une coupe à vin dans l'armoire de la cuisine et la remplit avec la bouteille qui trône sur la table. Je ne me souvenais pas d'avoir acheté du vin.

– Euh… pas trop pour moi, maman. Je suis déjà un peu…

David se lève également pour me saluer, un air contrit sur le visage.

– Salut, Jill… Euh… Désolé. Je ne savais pas que ta mère serait ici. Je voulais vous laisser, mais…

Millie l'interrompt.

– Il est venu t'apporter le sapin promis. N'est-ce pas gentil de sa part ? Nous l'avons mis près du téléviseur.

Elle pointe du doigt mon minuscule salon et effectivement, je vois s'y dresser un sapin touffu d'une hauteur raisonnable. Il est encore nu et son pied baigne dans une chaudière d'eau. Je reconnais celle que j'utilise pour laver le plancher.

David a un geste d'excuse.

– Ta mère a insisté pour que je me joigne à vous.

Il enfouit ses mains dans les poches de son pantalon, l'air mal à l'aise. Son chandail en coton rouge à l'effigie de Parcs Canada moule un peu trop son torse à mon goût et le souvenir de la nuit dernière me fait rougir. Il me fait craquer. Je lui en veux encore pour ce qu'il a dit ce matin, même si je sais qu'il a eu raison. Tout ce que je peux faire pour l'instant, c'est vivre au jour le jour. Et tenter de ne pas m'effondrer.

Je me force pour lui sourire.

– Ne t'en fais pas. C'est moi qui ai oublié de te prévenir.

J'ai dû faire un effort pour articuler, ma bouche étant encore gelée par le froid et peut-être par l'alcool. Je suspends mon manteau dans la garde-robe et m'attaque à mes bottes, le dos appuyé contre le mur. Je me risque ensuite à faire quelques pas sur le plancher glacé. David suit chacun de mes gestes avec un étonnement non dissimulé.

– Je te préviens, j'ai un peu trop bu.

– Je ne vais pas me moquer de toi, c'est promis.

Je lui tire la langue et ma mère grommelle quelque chose avant d'aller ouvrir la porte du four pour vérifier la température du poulet qui parfume la cuisine.

– Encore une quinzaine de minutes. Vous pourriez peut-être décorer le sapin en attendant ?

Incertaine, je me tourne vers David. Après tout, pourquoi pas ?

– OK. Mais je vais me changer avant.

– Mais tu es très belle ainsi, proteste ma mère. Cette chemise te va parfaitement.

Je baisse la tête pour examiner les carreaux rouge et bleu foncé de ma longue chemise cintrée.

– Peut-être, mais je suis complètement gelée, dis-je en frissonnant.

– Tu es toujours belle, intervient David, flatteur. Et ça n'a rien à voir avec ce que tu portes.

– Mon Dieu ! Un homme selon mon cœur ! s'exclame ma mère en portant les mains à sa poitrine.

Je ferme la porte derrière moi, un sourire idiot sur les lèvres, et m'assois sur mon lit pour calmer le tournis dans ma tête. Il faudrait que je grignote quelque chose. Mais avant, j'ai une petite surprise pour David. Je me relève lentement et inspecte la tablette de ma garde-robe. David dit que ma beauté n'a rien à voir avec mes vêtements ? Eh bien, on va voir si c'est vrai.

Quand je sors de la chambre, ma mère est la première à me voir. Elle éclate immédiatement de rire.

– J'adore ça ! Tu as la même chose pour moi ?

David m'observe, hilare. Je crois déceler de la tendresse dans son regard, mais je prends sûrement mes désirs pour la réalité.

– Très joli, dit-il avec une moue d'appréciation. Tout à fait de circonstance.

– Et très confortable, précisé-je en les rejoignant à la table.

J'ai revêtu ce que j'appelle mon pyjama de survie pour l'hiver. Un pantalon de flanelle rouge très doux, serré aux chevilles, et orné de motifs de sapins enneigés, assorti à un large chandail blanc en peluche arborant une tête de lapin, une capuche avec des oreilles et une poche abdominale dans laquelle je peux enfouir mes mains pour les réchauffer. Je porte aussi non pas deux, mais trois paires de bas enfilés les uns par-dessus les autres, et malgré cela mes pieds sont toujours froids.

Je m'assois face à David en repliant une jambe sous moi. Ma mère me tend mon verre de vin et retourne s'affairer à la cuisine. J'avise un bol de chips à demi plein devant moi que je m'empresse de vider.

– Comment trouves-tu le sapin ? me demande David.

Je regarde l'arbre, parfaitement proportionné et juste assez large pour remplir le coin vide.

– Il est magnifique.

– On sort les décorations ?

– D'accord !

Je le suis dans la seconde chambre et j'ouvre la garde-robe. Sur la tablette du haut, tout au fond, il y a une boîte de plastique Rubermaid qui contient un jeu de lumière, des guirlandes et quelques ornements. Par-dessus, il y a un sac dans lequel se trouve le pied pour faire tenir le sapin debout, ainsi qu'un ensemble de boules de Noël dans les teintes de rouge et d'or, bien rangées dans leur emballage de plastique clair. J'ai acheté tout cela avec Jasper. Pour notre premier Noël ici.

J'étire le bras pour tenter d'atteindre les boîtes, mais David me devance.

– Laisse, je m'en occupe.

Il les apporte au salon et nous nous installons par terre pour les ouvrir. Je redécouvre avec ravissement la douzaine de petites peluches à suspendre représentant divers animaux pour lesquels j'avais eu un coup de cœur l'an dernier. Ils sont tous plus mignons les uns que les autres. Mon préféré est un petit tigre blanc emmitouflé dans un long foulard rouge et bleu.

– Très *cute*, commente David en les examinant de plus près.

– Très *cute*, oui !

Nous nous attelons à la tâche. J'aide David à enrouler autour du sapin le long fil de lumières multicolores qui, une fois allumé, réchauffe la pièce de ses chatoiements bigarrés. Nous ajoutons une guirlande dorée, puis nous accrochons les boules scintillantes et les autres décorations. Nous terminons tout juste quand ma mère arrive à nos côtés.

– Le repas est prêt, dit-elle avant de s'exclamer devant notre œuvre avec un large sourire : Wow ! C'est très beau !

David et moi trinquons à la santé de notre sapin décoré avant de retourner nous asseoir à la cuisine. Avec le poulet, ma mère a préparé une purée fondante de patates et céleri-rave, une sauce barbecue et des petits pois. Mon repas préféré quand j'étais enfant. Pour le dessert, nous avons droit à une mousse au chocolat au lait de soya. Nous nous régalons en discutant de choses et d'autres, de façon naturelle. La chaleur, le vin, la nourriture et la fatigue ont enfin raison de moi. Lorsque je racle le fond de mon bol en poussant un long bâillement, David me jette un regard amusé.

– Je crois qu'il serait temps de laisser Jilliane se reposer.

Il s'étire, puis s'essuie la bouche avec sa serviette de papier.

– Merci, madame Henry. C'était vraiment très bon.

– Oh, je t'en prie, on se connaît bien maintenant. Appelle-moi Millie. Sinon, je vais me sentir comme une petite vieille !

C'est qu'ils semblent bien s'entendre, ces deux-là. Je ne peux nier que cela me réjouit.

– D'accord. Merci pour ce délicieux repas, Millie.

– Ce fut un plaisir, David, répond ma mère en inclinant la tête.

Lorsqu'il se lève de table, je fais de même et commence à ramasser les assiettes vides, mais ma mère m'arrête.

– Laisse. Je vais le faire. Dis plutôt au revoir à ton ami.

Je marche derrière *mon ami* en chancelant. Je suis non seulement saoule, mais aussi épuisée par cette journée éprouvante et je n'ai plus qu'une seule envie, m'effondrer dans mon lit.

Dans l'entrée, *mon ami* enfile ses bottes puis son manteau, pendant que je bâille maintenant sans retenue, appuyée contre le mur. Il ramasse ses gants par terre et se redresse lentement, comme s'il souhaitait étirer le temps avant son départ.

– Bon, eh bien… c'était sympa.

J'acquiesce.

– Oui. Merci encore pour le sapin. C'était très gentil de ta part.

– Je suis content qu'il te plaise.

Nous sommes à l'abri du regard de ma mère dans ce portique et l'idée qu'il va sûrement m'embrasser me donne des palpitations. Comme s'il avait lu dans mes pensées, David se penche vers moi et dépose un léger baiser sur mes lèvres. Instinctivement, j'attrape le col de son manteau pour l'attirer à nouveau vers moi. Nous nous embrassons avec passion et quand je le relâche enfin, il m'enlace avec force. Je sens contre ma joue le tissu rugueux de son manteau et je ferme les yeux, bouleversée. Pourquoi, mais pourquoi nous sommes-nous rencontrés à ce moment-ci ? Et pourquoi suis-je condamnée à souffrir ? Tout le monde me quitte. Je dois avoir quelque chose qui cloche. Craignant de ne plus pouvoir retenir mes larmes longtemps, je m'empresse de m'éloigner.

– Vas-y. On se parle demain.

Je garde les yeux baissés jusqu'à ce que j'aie refermé la porte, puis me précipite à la salle de bain où je m'enferme.

– Il est très gentil, me crie ma mère. Et intelligent. Assez mignon aussi. Je pense qu'il serait parfait pour toi.

Assise sur la cuvette, je ravale difficilement mes larmes, avant de me moucher le plus discrètement possible.

– Je sais, dis-je enfin en essuyant mes joues trempées.

Ma mère rit.

– Bon. Je te laisse te remettre de tes émotions. Va te coucher, moi je retourne à l'hôtel. J'ai tout rangé, mais il reste un peu de vaisselle dans l'évier. Ça va aller là-dedans ?

J'improvise.

– Oui. Je vais prendre une douche.

Ma mère s'avance de l'autre côté du battant.

– Tu m'appelles avant de venir me chercher demain ? Tu as une voiture ?

– Oui. Amélie nous la prête.

– À demain, alors.

– Merci pour le souper, maman.

– Pas de quoi !

Dès que j'entends la porte claquer, je m'effondre à nouveau. Cette fois, je me lâche et sanglote bruyamment pendant de longues minutes. Quand mes larmes se tarissent, je me sens complètement vidée.

Je prends une longue douche chaude et me rends ensuite à ma chambre pour y enfiler un pantalon en molleton gris et un chandail. Puis, je vais me planter devant le sapin illuminé. Je le contemple un moment, et je saisis mon téléphone que j'ai laissé sur le divan. J'ai reçu un message d'Amélie.

La voiture est déjà devant chez toi.

Je tape rapidement.

Merci. Comment es-tu rentrée ?

Je t'expliquerai. Tu as passé une bonne soirée ?

Oui. David m'a apporté un sapin
et on l'a décoré ensemble
avant de souper avec ma mère.

Wow ! Tu te sens comment ?

Épuisée. Troublée. Et un peu saoule.

Ah ! ! ! Exactement comme moi ! ☺

Comment ça ? Qu'est-ce qui t'est
arrivé ?

Un imprévu. Je te raconte demain.

Et pourquoi pas maintenant ?

Bonne nuit Jill.

Bonne nuit Amélie.

Je me demande ce qu'elle me cache. Mais je ne suis pas tout à fait honnête non plus. Je me promets de tout lui dire bientôt.

CHAPITRE 37

Dès que j'ai vu Charles, j'ai compris qu'il n'allait pas bien. Il a débarqué de l'avion comme s'il l'avait porté sur ses épaules tout du long : le dos voûté, les traits tirés et le teint crayeux. Son visage arborait tous les signes d'un épuisement physique et mental. Ma mère avait raison de s'inquiéter.

Nous casons ses bagages dans le minuscule coffre de la Honda d'Amélie et je reprends le volant, ma mère sur le siège passager et Charles sur la banquette arrière. Pendant le trajet, mon beau-père ne dit pratiquement pas un mot et finit par s'endormir. En l'entendant ronfler, je lance un regard éloquent à ma mère, qui lève la main.

– Je sais. Ne dis rien, s'il te plaît.

Je soupire en reportant mon attention sur la route. J'espère que ces quelques jours de repos feront du bien à mon beau-père. Ce dernier se réveille alors que j'immobilise la voiture devant l'entrée principale du mur.

– On est arrivés ? me demande-t-il d'une voix ensommeillée.

– Oui.

Nous sortons du véhicule. Il grelotte.

– Je savais qu'il ferait froid, mais là…

Je m'attarde à sa tête nue et à son mince manteau.

– Il va falloir t'acheter des vêtements plus chauds, dis-je gentiment. Il paraît que cette année, c'est plus froid que la normale. À la radio, ils ont dit que depuis le début du mois, nous battons des records !

– Quelle chance, marmonne ma mère en se rapprochant de Charles.

Nous sortons les valises du coffre et je vais stationner la voiture devant la bibliothèque puisque je n'ai pas besoin de la rapporter à Amélie tout de suite. Elle se rendra au travail par ses propres moyens, m'a-t-elle assuré alors que je m'en inquiétais. Je rejoins ma mère et Charles à leur chambre et nous discutons quelques minutes avant de convenir de nous retrouver pour le souper au P'tit bar. Je prends ensuite l'ascenseur pour descendre à la bibliothèque.

Dans la cabine feutrée qui sent le vieux tapis moisi, j'essaie de faire le ménage dans ma tête. Il y a tellement de dossiers en cours, je ne sais plus lequel est prioritaire. Je décide de me concentrer d'abord sur le travail. J'ai un rendez-vous avec Dominic cet après-midi. Je dois lui annoncer que je démissionne. Pas le choix. J'ai promis à Jasper qu'il aura son logement libre à la date prévue. Mon cœur se serre à cette idée. Il y a un peu plus de deux semaines, j'étais prête à tout quitter. Et là, c'est le contraire. Je ne veux plus partir. Même si David, lui, retournera inévitablement en Afrique, le fait que sa famille soit ici me laissait espérer qu'il reviendrait, peut-être plus souvent qu'il n'en avait l'habitude. À cause de moi. Mais tout a changé maintenant.

Au sortir de l'ascenseur, mon téléphone vibre. Je jette un coup d'œil à l'écran tout en me dirigeant vers la bibliothèque. Amélie m'écrit qu'elle aura un peu de retard. Elle me plonge dans l'expectative. Surtout après son message énigmatique d'hier !

J'ouvre la porte intérieure de la bibliothèque et je me fais attaquer par une boule de poils noirs qui se faufile entre mes jambes, avant de détaler à toute vitesse dans le vaste corridor.

– Fripon ! Reviens ici !

Je jure à voix basse et m'élance derrière lui, manquant renverser une femme qui proteste aussitôt.

– Désolée ! lancé-je dans mon dos, tout en m'efforçant de ne pas perdre Fripon des yeux.

Le matou poursuit sur sa lancée et j'accélère le rythme. Mais quelle mouche le pique ce matin ? C'est la première fois qu'il démontre un intérêt pour l'extérieur de la bibliothèque. Depuis son arrivée, nous ne laissons plus les portes intérieures ouvertes comme nous en avions l'habitude, afin d'éviter justement qu'il ne se sauve dans le *mail,* mais cela ne semblait pas faire partie de ses projets jusqu'ici.

Je crie son nom à quelques reprises, un peu gênée d'attirer l'attention des commerçants qui s'avancent au pas de leur porte sur mon passage pour observer ce qui se passe. Quelques mètres devant moi, je vois le petit filou bifurquer vers la pharmacie, ses pattes glissant sur le sol de céramique. Il se rattrape à temps pour s'engouffrer dans l'établissement juste au moment où j'arrive derrière lui. En moins de deux secondes, je l'ai perdu.

– Hé, merde ! Il ne manquait plus que ça !

Je reprends mon souffle en parcourant des yeux les allées quasi désertes et décide d'en arpenter quelques-unes, avant de revenir à l'avant du commerce, bredouille. Où a-t-il bien pu aller ? Près de moi, la caissière, que je connais de vue, termine une transaction avec un client.

– Vous cherchez quelqu'un ? demande-t-elle d'une voix traînante, lorsqu'elle a terminé.

Elle a une vingtaine d'années et des cheveux blonds qui forment une sorte de casque autour de sa tête. Son visage est agréable, mais son front un peu trop large et ses yeux en amande me font penser qu'elle est peut-être trisomique.

– Oui, dis-je en m'efforçant de sourire. Mon chat s'est sauvé et je l'ai vu entrer ici.

Ma voix est encore essoufflée à cause de ma course forcée. Vraiment, je dois faire plus d'exercice.

– Oh ! s'exclame la jeune fille, ses petits yeux bruns s'illuminant de joie. J'adore les chats ! Il est comment ?

Je lui décris Fripon et elle pouffe de rire en entendant son nom.

– Fripon ! répète-t-elle. C'est drôle, non ?

J'acquiesce en doutant de plus en plus de pouvoir le récupérer.

Zoé, selon ce qu'indique l'épinglette sur son chemisier, tend alors la main vers son micro.

– Bonjour et bienvenue à la pharmacie Jetté, dit-elle d'un ton chantant.

Son débit est exagérément lent et elle articule soigneusement chaque syllabe.

– Ce matin, poursuit-elle en me faisant un clin d'œil comme si nous étions les complices d'une opération secrète, nous avons besoin de votre aide pour récupérer un chat qui s'est sauvé. Il s'appelle Fripon.

Elle s'interrompt pour émettre un petit rire et je pince les lèvres avec force, me contraignant à la patience. Je tends mon téléphone pour lui montrer une photo de Fripon. Devant mon silence, Zoé poursuit :

– Euh, oui… Hum… Fripon est tout noir, il a beaucoup de poils et ses yeux sont verts !

Je commence à me balancer d'une jambe sur l'autre, fouillant des yeux l'espace autour de moi, convaincue que je ne retrouverai jamais mon chat.

– Si vous le voyez, continue Zoé, venez me voir à la caisse. Merci, tout le monde !

« Tout le monde », c'est un peu exagéré dans les circonstances. À part moi, un commis, Zoé et la technicienne de labo, je n'ai vu qu'un gros bonhomme au teint rougeaud qui avait l'air de faire une crise d'apoplexie devant les analgésiques.

– On va le trouver, madame, me rassure gentiment la caissière comme si j'étais une vieille dame apeurée.

Mes doigts tambourinent sur le comptoir. Encore cinq minutes et je m'en vais. Fripon finira bien par revenir à un moment ou à un autre, ne serait-ce que pour manger ! Je décide de sillonner quelques allées une dernière fois. Alors que je reviens près de Zoé, j'aperçois mon beau-père qui entre d'un pas décidé dans la pharmacie.

– Charles ! Mais qu'est-ce que tu…

Je m'arrête. Je m'apprêtais à lui demander ce qu'il venait faire ici, mais cela ne me regarde pas. Il vient peut-être simplement s'acheter du shampoing.

Mon beau-père s'est immobilisé, aussi surpris que moi.

– Jilliane… Ça va ?

Je lui explique rapidement que le chat de la bibliothèque s'est sauvé et semble s'être réfugié dans la pharmacie. Sondant les yeux ambrés de mon beau-père, je l'interroge à mon tour.

– Est-ce que tu vas bien ?

Il sursaute devant mon ton abrupt. Un air soucieux passe sur son visage et nous échangeons un long regard.

– Je pourrais te répondre que ce ne sont pas tes affaires, commence-t-il, mais ça ne servirait qu'à attiser ta curiosité, n'est-ce pas ?

Il me connaît bien.

– Je ne vais pas nier l'évidence, poursuit Charles. Mais j'ai prévu de vous en parler plus tard à toi et à ta mère. Tu crois que tu pourras patienter jusque-là ?

Je me raidis, inquiète, et mon cerveau élabore mille scénarios tous plus déplaisants les uns que les autres : il n'aime plus ma mère, il a un cancer en phase terminale, il a perdu tout son argent à la bourse…

– Bien sûr. Je…

Nous sommes interrompus par la caissière qui tire sur la manche de mon manteau.

– Madame…

Encore ce « madame » ! Ça y est, je suis officiellement passée de l'autre côté du miroir. À même pas trente ans. C'est pathétique. La caissière n'a pas remarqué ma contrariété et poursuit sur sa lancée.

– On a retrouvé Fripon !

Elle bat des mains, visiblement très heureuse de m'annoncer cette bonne nouvelle. Le soulagement m'envahit quand j'entends ces mots.

– Vraiment ? Où est-il ?

– Il est entré dans le labo, il a sauté sur le comptoir et s'est sauvé dans la réserve. Mais Caroline l'a enfermé dedans !

Je m'apprête à lui emboîter le pas, mais en même temps, j'hésite à quitter Charles.

– Vas-y, Jilliane. On se voit ce soir de toute façon.

Je l'observe en silence. J'ai l'intuition que ce qu'il va nous apprendre est sérieux et j'ai peur. Chaque fois que je me dis que ça ne peut pas aller plus mal, quelque chose de terrible survient. Je me résigne à suivre la caissière.

– Et où se trouve-t-elle, cette réserve ?

CHAPITRE 38

Zoé est extatique.

– Je vous montre.

Je récupère mon fugitif sous une étagère, accroupi entre deux boîtes de carton, le nez contre le mur. Bien entendu, même si toute sa queue et le bas de son corps dépassent, il s'imagine être parfaitement invisible dans sa cachette ! Je me penche vers lui avec douceur, pour ne pas l'effrayer. Lorsqu'il sent mes mains sur lui, Fripon se retourne vivement, prêt à détaler dans un autre coin, mais je resserre ma prise juste à temps.

– Méchant chat ! Viens ici, toi !

Je le soulève et le prends dans mes bras, le serrant avec force contre mon cœur pour l'empêcher de détaler à nouveau. Il se met immédiatement à ronronner.

– Viens, mon gros minou, on s'en va à la maison. Seigneur ! Qu'est-ce que tu es lourd !

Il a certainement pris quelques livres depuis qu'il est avec nous. Je lui donne un bisou sur la tête et me dirige vers la sortie de la pharmacie, Zoé derrière moi. Lorsque nous arrivons à sa caisse, Charles a disparu.

– Je peux le flatter, madame ? demande Zoé.

Je la laisse gratter le crâne de Fripon de ses petits doigts boudinés.

– Bye, bye, le chat ! dit-elle en rapprochant sa tête de la sienne. Arrête de te sauver, d'accord ?

Il soutient son regard avant de pencher la tête, penaud, mais ronronnant toujours. On dirait qu'il a compris. Je crois bien n'avoir jamais vu un chat plus mignon et de toute évidence, Zoé est de mon avis !

Je réussis à me rendre à la bibliothèque sans encombre et relâche Fripon à l'intérieur. Il me suit en trottinant et me regarde enlever mon manteau et mes bottes. Il fait de même lorsque je me rends à la cuisine remplir sa gamelle de nourriture et que je change l'eau de son bol. Puis, je nettoie sa litière et joue avec lui quelques minutes avant de m'installer à mon bureau pour ouvrir mon ordinateur. Déjà presque treize heures ! En l'absence de Mario, que j'ai mis en congé forcé, et vu le retard d'Amélie, je vais devoir procéder moi-même à l'ouverture de la bibliothèque.

Quelques minutes plus tard, je suis derrière le comptoir de prêt en train de terminer de compter la caisse lorsque je vois arriver madame Beauchemin. Tiens, il y a longtemps que je ne l'avais pas croisée ! Elle a encore la forme à ce que je vois : ensemble de ski jaune canari, bottes violettes et bonnet cobalt assorti à sa nouvelle couleur de cheveux bleu layette. J'ai soudain une illumination en la saluant : elle porte des perruques !

– Bonjour, madame Beauchemin. Vous allez bien ?

La sexagénaire s'arrête à quelques pas du comptoir, puis jette un regard inquisiteur autour d'elle.

– Mario n'est pas là ?

Son visage affiche un air contrarié.

– Non, désolée.

– Hum…

– Je peux vous aider, peut-être ?

Ses mains sont vides. Elle ne rapporte pas de livres, donc je présume qu'elle souhaite procéder à un emprunt. La vieille dame s'avance vers moi dans un chuintement de tissu.

– J'aurais aimé lui parler, dit-elle d'un ton pincé. Il sera absent demain aussi ?

Je prends un air grave.

– Malheureusement, oui. Jusqu'au retour du congé des fêtes. Voulez-vous que je lui transmette un message ?

Je peux voir qu'elle n'en a pas envie du tout.

– Non, ça va, finit-elle par dire.

Puis, comme si elle ne pouvait s'en empêcher, elle s'avance vers moi avant d'ajouter à voix basse :

– Ils ont arrêté un homme ce matin pour le meurtre de Colette.

Là, je suis vraiment intéressée.

– Ah oui ? Qui est-ce ? Vous le connaissez ?

Je vois qu'elle est ravie de susciter mon intérêt.

– Je ne peux pas vous dire son nom, répond-elle d'un ton de conspiratrice, mais c'est un homme qui fréquente beaucoup les réseaux sociaux. Il flirte avec de nombreuses femmes. Il a déjà essayé de coucher avec moi, mais je l'ai repoussé.

Je réprime un malaise en chassant les images qui surgissent dans mon esprit.

– C'est vrai ? Wow !

Elle plisse les yeux et je remarque pour la première fois qu'elle n'a plus de sourcils. À la place, deux traits de crayon roux en forme d'accent circonflexe encadrent ses yeux pâles.

– Vous savez pourquoi il l'aurait tuée ?

– Je ne pense pas pouvoir… commence-t-elle avant de s'arrêter.

Ben voyons. Tu en meurs d'envie, ma vieille.

– Ah… peut-être devriez-vous effectivement garder cela pour vous. Tant que la police n'annonce rien, c'est plus prudent, non ?

Le fait que je n'insiste pas la contrarie.

– La police n'a encore rien déclaré, en effet, concède-t-elle. Mais si vous promettez de ne rien dire, je peux vous dévoiler mon hypothèse…

Je promets, croix sur le cœur, et elle se penche davantage vers moi, ce qui me fait automatiquement reculer d'un pas devant la vague de parfum floral qui déferle dans mes narines. Je retiens mon souffle.

– Je crois qu'il l'a tuée pour de l'argent.

La surprise me rend muette.

– Madame Picotte avait de l'argent ? finis-je par articuler.

– Beaucoup, même. Elle avait hérité de son mari à son décès.

– Ah bon ?

Je réfléchis rapidement.

– Vous suggérez que cet homme, son petit ami, croyait qu'il allait hériter d'elle ? Il faudrait qu'ils se soient mariés pour cela. Si je me souviens bien, madame Picotte a un fils, non ?

– Ce bon à rien ? rétorque-t-elle d'un ton dédaigneux. Il y a longtemps qu'elle l'a déshérité, selon moi. Mais cela n'a rien à voir. Je crois plutôt que cet homme a voulu lui voler son argent. Avec ses cartes de crédit, vous voyez ?

Sa théorie me semble complètement alambiquée. Jeannette Beauchemin se redresse d'un air satisfait.

– Si vous voulez mon avis, ajoute-t-elle avec fiel, c'était prévisible. Elle était bien trop imprudente avec les hommes. Je l'avais avertie !

Je reste bouche bée face à tant de méchancetés. J'espère de tout cœur que Colette Picotte ne s'imaginait pas que cette vieille bique était son amie !

Je risque sur un ton léger :

– Vraiment, je vous trouve un peu dure.

Elle frappe le comptoir de sa main.

– La vie est dure, jeune fille ! Vous l'apprendrez bien assez tôt si ce n'est déjà fait. Il faut vous endurcir, c'est le meilleur conseil que je peux vous donner !

Je la regarde, stupéfaite. Mais qu'est-ce qui lui prend ?

– Bon. Je dois y aller. Je vous souhaite de joyeuses fêtes.

– Euh, merci. Vous aussi, madame Beauchemin.

Ainsi qu'une pneumonie, ne puis-je m'empêcher de penser en lui offrant mon plus beau sourire.

CHAPITRE 39

Amélie est entrée en coup de vent, essoufflée, et multipliant les excuses pour son retard. Occupée au comptoir de prêt avec monsieur Rochon, je lui fais un signe de la main au moment où elle me passe sous le nez pour s'engouffrer dans l'administration. Après plusieurs minutes de discussion, j'arrive à faire comprendre au doyen de la ville, qui agit encore en tant que concierge pour le *mail*, qu'il ne peut malheureusement pas renouveler le prêt de son livre, puisqu'il est réservé par un autre abonné. Dégoûté, l'homme me jette un regard furibond.

– C'est vraiment mal organisé, lance-t-il en chevrotant. On peut même pas finir de lire son livre.

Il s'échauffe.

– C'est mes taxes qui payent toute, icitte, madame !

En effectuant un léger moulinet du bras pour désigner ce qui l'entoure, il manque de perdre l'équilibre. Il se rattrape au comptoir de justesse.

– Pis, sont chères vos maudites taxes ! ajoute-t-il, comme si j'étais personnellement responsable des finances de la Ville.

Je prends mon ton le plus conciliant.

– Vous avez raison, tout ici est payé par vos taxes. Je comprends très bien votre frustration. Mais vous avez déjà renouvelé ce livre deux fois, vous savez. Ce qui signifie que vous l'avez depuis près de trois mois…

Le corps frêle de monsieur Rochon se raidit, comme piqué au vif. Vêtu de ce que je soupçonne être un pyjama – il habite dans le mur, comme la plupart des résidents de son âge –, le septuagénaire appuie ses mains sur la surface du comptoir, se penche en avant et me vrille de ses petits yeux bruns.

– Êtes-vous en train de m'insulter, mademoiselle ? Je ne lis pas assez vite, c'est ça ?

Aïe ! C'est qu'il va faire une crise cardiaque si ça continue. Je m'empresse de nuancer :

– Mais non ! Ce n'est pas du tout ce que je voulais dire…

Je m'avance et me prends une bouffée de son haleine fétide. Je recule immédiatement.

– Écoutez, je n'ai pas encore fait le retour de votre livre, il est donc toujours à votre dossier. En principe, vous avez jusqu'à jeudi, soit demain vingt heures pour le remettre. Comme vendredi est notre dernière journée d'ouverture avant le congé des fêtes, si vous n'avez pas le temps de terminer votre lecture d'ici là, gardez le livre et ramenez-le au retour des vacances. Vous n'aurez qu'à payer les frais de retard pour une journée.

Il me regarde de manière suspicieuse.

– C'est combien, les frais de retard ? demande-t-il en levant le menton.

– Dix cents par livre, par jour. Donc, euh… si vous le rapportez au retour des vacances, c'est-à-dire le 4 janvier, vous ne paierez que la journée de vendredi, soit dix sous, puisque les jours où nous sommes fermés ne comptent pas. Si vous le rapportez plus tard, calculez dix sous par jour de plus.

Il fronce les sourcils dans un effort de compréhension.

– Pendant que vous êtes fermés, c'est gratuit ?

– Oui…

Je m'apprête à lui expliquer que le système tient compte automatiquement des jours de fermeture dans son calcul des dates de retour pour le prêt des livres, mais je renonce. Mieux vaut ne pas ajouter à la confusion.

– OK. Je reviens le 4 janvier et je paie dix cents, c'est ça ?

– Exactement.

Il prend son livre sur le comptoir et le remet dans son sac de plastique.

– OK, répète-t-il.

Il s'apprête à tourner les talons quand je lance impulsivement :

– Vous êtes au courant pour madame Picotte ? Vous habitez le même étage, je crois.

Le vieil homme se fige sur place.

– Ouais. Quelqu'un l'a tuée.

– Madame Beauchemin dit qu'ils ont arrêté le meurtrier ce matin. Ou hier, je ne sais plus.

Le visage de monsieur Rochon se ferme.

– Cette vieille folle… grommelle-t-il. C'est à cause d'elle que Colette est morte.

Je sursaute. Qu'est-ce qu'il veut dire par là ?

– Comment ça, à cause d'elle ?

– Toujours le nez fourré partout, crache-t-il d'un air dégoûté. Elle est mauvaise, cette bonne femme.

Ça, je ne suis pas loin d'être d'accord. Mais je ne vois pas en quoi cela la rendrait responsable du meurtre de l'ancienne directrice. Sans rien ajouter, le vieil homme se dirige vers la sortie, son livre sous le bras. Amélie, qui a entendu notre conversation, vient me rejoindre au comptoir.

– Tu sais qu'il a probablement la maladie d'Alzheimer ? murmure-t-elle. Il ne se souvient même pas qu'il a déjà lu ce livre.

J'ouvre de grands yeux.

– Celui qu'il a maintenant ?

– Ben oui. Cela doit faire cinq ou six fois qu'il emprunte ce titre. La dernière fois que je l'ai servi, il m'a jeté un tas de bêtises quand je lui ai mentionné qu'il l'avait déjà lu.

J'en reste abasourdie.

– Si un jour je dois être aussi malcommode, je demande l'aide médicale à mourir, dis-je.

– Bah, je crois qu'on change d'idée rendu là. Personne ne veut vraiment mourir.

Malgré moi, je songe à Charles et mon cœur se serre.

– Peut-être, oui.

Amélie me demande ensuite comment a été ma soirée et je lui raconte mon souper impromptu avec David et ma mère. J'ai envie de lui parler de mon problème de logement et de ce que cela implique, mais j'ai peur qu'elle se sente obligée de faire quelque chose, alors qu'elle n'y peut rien. Je ne vais tout de même pas dormir sur le divan de son salon pendant des semaines, voire des mois !

– C'est mignon, ton histoire, commente-t-elle. Le fait qu'il t'ait apporté un sapin et que vous l'ayez décoré ensemble. Il a l'air de vraiment bien t'aimer.

À ces mots, je me sens submergée par une vague d'émotions. Depuis que Jasper m'a laissée, je navigue en plein brouillard. Je fais de mon mieux pour continuer à avancer normalement, mais cela mobilise toutes mes forces et je commence à me sentir épuisée. Avec cette histoire de logement et le prochain départ de David, j'ai l'impression de m'enfoncer dans un marécage boueux. Avec des crocodiles.

Mon cœur se met à battre plus vite et ma pression artérielle augmente. Je sens un serrement dans ma poitrine, comme si des bras m'enlaçaient de plus en plus fort. Qu'est-ce qui m'arrive ? Éprouvant de la difficulté à respirer, je me penche en avant, les mains appuyées sur mes cuisses.

– Jilliane, est-ce que ça va ?

Je ne peux pas répondre. La douleur que je ressens dans ma poitrine me fait craindre une crise cardiaque et je me mets à haleter, cherchant mon souffle.

– Attends-moi, je reviens !

La voix d'Amélie me parvient au loin, comme si elle était à l'autre bout d'un long tunnel. Je tombe à genoux tandis que mon regard se voile. Même si j'inspire et expire toujours plus vite, je ne sens pas l'oxygène se rendre à mes poumons. Ça y est, je vais mourir ici.

Après un temps qui me paraît interminable, quelqu'un pose quelque chose devant ma bouche et m'ordonne de respirer. Ça sent le carton et je comprends qu'il s'agit d'un sac de papier.

– Respire, Jill, bordel !

J'obéis, la tête dans le sac. Il me faut plusieurs secondes, voire une minute avant que ma respiration ne se calme. Je continue de respirer jusqu'à ce que le brouillard dans ma tête se dissipe et que ma vision s'éclaircisse. J'ai toujours ce point à la poitrine, mais la douleur est moins intense. Je lève la main pour signifier que ça va mieux et le sac est retiré de mon visage.

– *My God !* Ne me fais plus jamais ça !

Amélie se laisse tomber par terre, sur le dos, les bras en croix. Toujours à genoux, je m'allonge à mon tour sur le sol et tente de reprendre mes esprits.

– Désolée, finis-je par marmonner, la voix tremblante. Je ne sais pas ce qui m'est arrivé.

Je me redresse tant bien que mal et m'assois en tailleur, face à mon amie. Un sac cadeau en papier brun décoré d'un père Noël gît à ses côtés. Elle soulève le haut de son corps et m'observe.

– Tu as fait une crise de panique. Et même une solide, je dirais. Ça t'est déjà arrivé avant ?

– Non. Je fais un peu d'anxiété de temps à autre, mais rien de comparable.

Amélie prend une grande inspiration, puis expire bruyamment par la bouche. Elle se lève.

– On peut dire que tu m'as fait peur ! lance-t-elle en replaçant ses vêtements.

J'apprivoise à mon tour la position debout.

– Je voulais voir si le cours de secouriste que tu as suivi l'an dernier avait servi à quelque chose.

Sa bouche se tord en un rictus de dégoût.

– Hilarant. Tu crois que j'ai passé le test ?

Je frissonne.

– Tu l'as passé haut la main ! Je ne sais pas ce que j'aurais fait sans toi.

J'exhale un profond soupir, sentant monter l'émotion à nouveau, mais cette fois, je la retiens. Amélie me serre affectueusement le bras.

– Ce n'est pas une période facile pour toi. Tu as probablement l'impression de ne rien contrôler.

Tu ne sais pas de quoi demain sera fait et tu vis une peine d'amour en même temps que tu es en train de retomber amoureuse. Alors tu ne sais plus où tu en es. Et j'imagine que le fait que David retournera en Afrique dans peu de temps n'aide en rien la situation.

J'acquiesce de la tête. Elle me connaît si bien ! J'ai encore de la buée dans les yeux.

– Hé, murmure mon amie en me faisant une brève accolade, ça va s'arranger, OK ? Tout s'arrange toujours.

– Je vais être obligée de te croire sur parole.

– Viens, il faut que tu ailles te refaire une beauté, sinon tu vas faire fuir les abonnés. D'ailleurs, on a eu de la chance que personne ne se pointe !

Elle se dirige vers le comptoir de prêt et je m'apprête à pousser la porte de l'administration, lorsque je m'arrête.

– Et toi, alors ? Tu ne m'as pas dit pourquoi tu es en retard de près d'une heure. Il me semble que tu avais un drôle d'air en entrant.

– Moi ? Pas du tout ! proteste Amélie joyeusement.

J'agite un doigt en direction de son visage.

– Et tu me sembles de bien bonne humeur pour une fille en retard.

Elle laisse échapper un petit rire.

– Tu as raison. Je suis d'excellente humeur ! Mais je ne sais pas si je vais te dire pourquoi… lance-t-elle d'une voix mystérieuse.

– Tu te rappelles que je suis ta patronne, non ?

Elle lève une main en signe de trêve.

– OK, OK !

J'apprends alors que la veille, en sortant du P'tit bar, mon amie est tombée en panne d'essence à deux coins de rue de chez elle. Et qui passait dans le secteur par hasard ? L'agent Coon en civil ! Le dévoué policier s'est empressé d'aller lui chercher un bidon d'essence à la station-service, avant d'oser l'inviter à prendre un verre. Mon amie a d'abord refusé, prétextant qu'elle avait assez bu, mais il a alors suggéré d'aller manger un morceau. Elle a hésité, puis téléphoné à sa mère, laquelle n'a vu aucun inconvénient à garder Lucas plus longtemps. Amélie a donc laissé sa voiture devant chez moi tel que promis, et ils se sont rendus ensemble au restaurant où j'avais amené ma mère. À ses dires, le repas se serait même très bien passé. À un point tel qu'elle est allée chez lui prendre un dernier verre. La mâchoire manque de me décrocher.

– Quoi ? Tu es allée chez lui ? Toi ?

Elle hoche la tête avec un demi-sourire.

– Et tu… est-ce que vous…

J'en bégaie presque. Amélie rougit.

– Nous avons dormi ensemble, si c'est ce que tu demandes… Mais, rien d'autre, hein ? C'est juste qu'on avait un peu trop bu, alors il ne voulait pas prendre le volant, tu comprends ?

– Hum… Dormi ? C'est tout ?

– Bon, on s'est un peu embrassés…

Wow ! Je n'en reviens pas qu'elle ait fait ça. Je ne crois pas que ça lui soit déjà arrivé depuis la mort de son mari.

– Eh bien...

– James n'a pas voulu me réveiller quand il s'est levé à cinq heures pour aller au poste. Il dit que je dormais trop bien. Quand j'ai émergé, il était plus de huit heures et ma mère m'avait laissé plusieurs messages concernant Lucas. Il avait fait de la fièvre toute la nuit et cela l'inquiétait. J'ai pris un taxi pour venir chercher ma voiture à la bibliothèque, où tu l'avais laissée. Ma mère a appelé la clinique et a réussi à avoir un rendez-vous avant le dîner, c'est pourquoi je t'ai écrit pour te dire que j'allais avoir du retard. Avec le temps de consultation et le retour à la maison, bref…

J'ouvre des yeux ronds.

– Quoi ? Mais pourquoi tu ne m'as rien dit ? Comment va Lucas ?

Elle balaie l'air de la main.

– Oh, il n'y a pas de souci. C'est une simple otite. Une complication du rhume qu'il traîne depuis quelques jours. Je dois lui donner des antibiotiques.

– Ah ! Il me semble t'avoir déjà vue plus inquiète pour ton fils. Est-ce que ce serait un effet de « James » ?

Amélie fronce les sourcils.

– Ne va pas t'imaginer qu'on va se marier, hein ?

– Mais non, voyons !

Intérieurement, je pense le contraire. Quelque chose me dit que ces deux-là vont bien s'entendre. Je pourrais peut-être ouvrir une agence de rencontres si un jour j'en ai marre des bibliothèques ? Après tout ce que mon amie a vécu, elle mérite d'être heureuse et d'avoir quelqu'un qui prenne soin d'elle.

Une jeune femme entre dans la bibliothèque en compagnie d'une petite fille en bas âge et Amélie me pousse doucement.

– Vas-y ! Je m'en occupe.

– Appelle-moi si tu as besoin.

Soudain, je me rappelle mon rendez-vous avec Dominic.

– Oh là là… Je vais être en retard !

Je me précipite à mon bureau pour attraper mon cahier de notes et un stylo. J'y prends aussi autre chose : une lettre que je plie en deux et glisse dans mon cahier.

CHAPITRE 40

Alors que je me dirige d'un pas pressé vers les locaux de la Ville, je suis freinée dans mon élan par une main qui saisit mon épaule. Je fais demi-tour, prête à invectiver l'inconnu, mais la surprise me cloue sur place.

– David ? Mais qu'est-ce que tu…

Son sourire est toujours aussi craquant.

– Tu es passée devant moi sans me voir. Je t'ai fait signe, mais…

Il exécute un grand salut de la main en disant cela et je m'empourpre.

– Désolée. J'étais concentrée. J'ai une rencontre avec mon patron.

Les traits de son visage se détendent ; il semble soulagé.

– Tant mieux. J'ai cru que tu m'évitais. Tu n'as pas répondu à mon message de ce matin, alors je me suis dit que j'allais passer te dire bonjour.

Je suis perdue.

– Tu m'as envoyé un message ? Je ne l'ai pas vu. J'ai laissé mon téléphone dans mon sac au bureau et je crois bien que je ne l'ai pas regardé depuis mon réveil. La journée a été… complètement folle.

– Ne t'en fais pas. Je n'étais pas vraiment inquiet, tu sais. J'ai simplement saisi l'occasion pour venir te voir.

Il se tient à moins d'un mètre de moi, ses longues jambes légèrement écartées et les mains enfouies dans les poches de son large manteau. Même à cette distance, je peux voir les paillettes d'or au fond de ses iris gris. Son sourire s'élargit tandis qu'il m'examine attentivement et je sens une vague de chaleur poindre dans mon ventre.

Il fait un pas en avant et se penche vers moi.

– Quand est-ce qu'on se voit ? murmure-t-il à mon oreille.

Son haleine chaude semble traverser mon tympan pour se rendre directement au centre d'excitation sexuelle de mon cerveau. Il pose un furtif baiser sur ma tempe.

– Chez toi ce soir ?

Ah mon Dieu ! Comment résister à ce type ? Je secoue la tête dans l'espoir de m'éclaircir les idées.

– Euh, je ne peux pas… Mon beau-père vient d'arriver et…

Il prend un air déçu de petit garçon et j'éclate de rire.

– Tu n'as pas honte de me manipuler ainsi ?

Ses yeux se plissent.

– J'aimerais bien te manipuler maintenant.

De nouveau, le rouge me monte aux joues. Je lui donne une petite tape sur l'épaule.

– Bon, ça suffit. Je suis en retard à mon rendez-vous. Je te fais signe ensuite, ça te va ?

Il approuve avec vigueur.

– Super ! À plus tard, Jill.

Il tourne les talons et je le regarde s'éloigner avant de me secouer. Dominic sera irrité. Il déteste quand les gens ne sont pas à l'heure. J'essaie de ne pas penser au fait que, tôt ou tard, je vais devoir avoir une conversation sérieuse avec David. Comme chaque fois qu'il se manifeste ou que nous sommes ensemble, je me demande comment tout cela va finir. En restant ici, en travaillant avec son père, j'avais l'impression de conserver un lien avec lui. Mais maintenant que je dois partir moi aussi, je m'inquiète. Que va-t-il nous arriver ? Est-ce que notre relation tiendra la distance ? Est-ce qu'il voudra même que l'on essaie ?

Devant la porte entrebâillée du bureau de Dominic, je m'arrête et prends une grande respiration en reléguant mes préoccupations dans un coin de ma tête. Puis, je frappe deux petits coups sur le battant et pousse la porte.

Une fois de plus, je m'étonne de la propreté du bureau de mon directeur. Rien à voir avec le bordel qui règne sur le mien. Je me demande ce que cela veut dire de nos personnalités respectives et sur notre efficacité au travail. À coup sûr, je suis perdante dans les deux cas.

– Bonjour, Jilliane, me salue courtoisement Dominic. Assieds-toi, s'il te plaît.

Il est vêtu d'un pantalon noir et d'un veston de laine couleur taupe sur une chemise blanche à fines rayures. La classe. Je me réjouis intérieurement d'avoir pensé à soigner ma tenue ce matin. Je croise mes jambes gainées d'un épais collant noir, par-dessus lequel j'ai enfilé une courte jupe de laine assortie à mon chandail. Je lui réponds tout en retirant le long manteau de duvet que j'ai mis pour affronter le froid matinal.

– Bonjour, Dominic. C'est presque un sauna dans ton bureau !

– Ce doit être à cause du soleil.

Je jette un œil à la fenêtre à ma droite par laquelle entre effectivement une profusion de lumière. Tout le contraire de la pièce que je partage avec Amélie. Il faut dire que la bibliothèque est située sur le versant nord du mur. Je pose mon blouson sur mes genoux.

– Oui. Il fait beau aujourd'hui.

Dominic fait rouler sa chaise pour appuyer ses avant-bras sur la surface de son bureau dépourvu du moindre grain de poussière. Il croise les mains.

– Quelque chose de prévu pour les vacances ? me questionne-t-il aimablement.

J'explique que ma mère et mon beau-père sont venus me rejoindre pour fêter Noël.

– C'est bien. C'est leur première visite à Fermont ?

– Oui. Mon beau-père trouve le froid un peu intense, je crois !

– Cette année, c'est particulièrement difficile.

Puisqu'il souhaite visiblement débuter cette rencontre par un *kitchen talk*, je lui demande à mon tour si tout va bien pour lui. Il me répond avec enthousiasme.

– Ça va très bien. Julie et moi avons eu une bonne nouvelle !

Je devine tout de suite.

– Votre demande d'adoption ?

Il m'offre un large sourire.

– Oui. Une petite fille en Colombie. Julie est folle de joie.

Il y a un peu plus de trois ans, Dominic et sa femme ont appris que cette dernière était infertile. Après avoir encaissé le choc, ils ont envisagé de devenir famille d'accueil avant de se tourner vers l'adoption internationale. Les démarches ont été longues et ardues, mais lorsque leur dossier a finalement été approuvé pour la Colombie, ils ont fêté au champagne. Quand je suis entrée en poste, cela faisait déjà un an et demi qu'ils patientaient, mais on les avait prévenus que les délais seraient longs. Certains couples avaient dû attendre presque cinq ans avant de pouvoir accueillir un enfant. Mais là, pour Dominic et Julie, ça y était, et même plus tôt que prévu. J'étais sincèrement heureuse pour eux.

– Toutes mes félicitations ! Tu as une photo ?

L'enfant qu'il me montre sur son téléphone est adorable. Un visage rond, des yeux presque noirs, légèrement en amande, une petite bouche aux lèvres charnues et des cheveux bruns bouclés.

– Qu'est-ce qu'elle est mignonne !

Il s'anime.

– N'est-ce pas ? Elle vient d'avoir trois ans. Ils nous ont dit qu'elle avait peut-être un léger retard, car elle parle peu et est très timide, mais ça m'apparaît normal quand on connaît son histoire.

Son visage s'assombrit.

– Je ne te raconte même pas. Bref, nous, on l'aime déjà. On est en train de planifier le voyage pour aller la chercher.

Dominic a toujours un large sourire. Mes yeux s'attardent sur la photo encadrée qui trône à côté de son ordinateur. J'ai déjà rencontré sa femme à quelques reprises et je l'ai trouvée très sympathique. Sur la photo, elle est debout devant un plan d'eau et sourit à l'objectif, ses longs cheveux bruns fouettés par le vent. À ses côtés, Dominic est pratiquement méconnaissable en short et t-shirt gris, une barbe de plusieurs jours couvrant le bas de son visage. Ses traits sont détendus et ses yeux pétillent de joie. C'est ce qui m'obsède dans cette photo. Je ne reconnais pas mon patron.

– Julie est aux anges, commente-t-il. C'est le plus beau cadeau de Noël que nous aurions pu avoir !

– En tout cas, je vous trouve bien courageux. Je ne sais pas si j'aurais eu la patience et l'énergie pour entreprendre un tel processus !

– Bah, l'important c'est que nous ayons cette belle petite fille qui nous attend. Mais j'ignore si allons réussir à dormir d'ici notre départ !

À ces mots, mon patron s'agite sur sa chaise.

– À ce sujet, reprend-il, tout s'est précipité et nous prenons l'avion après-demain pour aller chercher Mia. Ensuite, je vais prendre un congé de paternité de trois semaines à compter de janvier.

Je me tortille à mon tour sur mon siège, mal à l'aise. En janvier, aussi invraisemblable que cela m'apparaisse maintenant, je serai à Montréal.

– Évidemment, dis-je néanmoins.

Il faut que je lui dise. Je n'ai pas le choix. Sans endroit où habiter, je ne vois pas d'autre solution que de retourner chez moi. Ma mère sera heureuse et je pourrai poser ma candidature pour le poste que j'ai vu il y a quelques jours. Le descriptif était intéressant et je possède les qualifications demandées.

– Euh, Dominic, je voulais te dire…

Je m'arrête et tire ma lettre de démission de ma poche arrière où je l'ai glissée plus tôt. Je la lui tends.

– Je démissionne, soufflé-je en baissant les yeux.

Lorsque je les relève, il me dévisage, les yeux ronds. Il n'a pas pris ma lettre, alors je la dépose sur le bureau et commence à lui expliquer que Marie n'a pas pu me trouver un logement et que j'ai donc décidé de repartir à Montréal.

– Jasper récupère la maison au début de janvier. Et puis, il y a un poste d'affiché à la BAnQ qui me plaît pas mal, alors…

On dirait que Dominic a perdu la fonction du langage. Il me fixe toujours avec une expression stupéfaite.

– Est-ce que… tout va bien ?

Il sort de sa torpeur.

– Excuse-moi, je suis surpris. Je croyais…

Il passe la main devant ses yeux, puis se masse le front.

– Je suis désolé, Jilliane. Je croyais qu'on pourrait te trouver quelque chose. Je n'ai pas pensé que…

Il pousse un profond soupir.

– Ça tombe mal. J'aurais aimé compter sur toi pendant mon absence, et puis… j'aurais voulu que ce soit toi qui t'occupes de nos nouveaux projets pour la bibliothèque. Je sais que tu aurais fait du bon travail.

Malgré moi, je suis touchée par cette dernière affirmation qui m'étonne un peu.

– Merci pour ta confiance. J'aurais aimé rester... Mais je suis encore plus désolée de te laisser en plan comme ça, à la dernière minute, en sachant que tu prends ce congé de paternité.

J'ai une brusque inspiration.

– Je peux peut-être demander à Jasper de m'accorder une semaine ou deux de plus ? Le temps que tu reviennes de ton voyage ?

Il mordille sa lèvre inférieure.

– C'est sûr que ça m'aiderait. Je vais faire afficher le poste aujourd'hui même et avec un peu de chance, les ressources humaines pourront passer quelques entrevues téléphoniques dès le retour du congé des fêtes.

– D'accord. Je vais l'appeler.

J'ignore si Jasper va accepter. Mais puisque nous sommes restés en bons termes, je me sens moins gênée de solliciter cette faveur. J'ajoute en me levant :

– Je te tiens au courant.

Je m'apprête à quitter la pièce quand Dominic me retient.

– Attends. Il faut quand même qu'on parle de ton plan.

Je me fige, puis me rassois lentement. J'avais complètement oublié l'objet de ma visite.

– Bien sûr, dis-je prudemment.

Je ne sais pas pourquoi je m'attends toujours au pire, comme c'est le cas en ce moment.

– Alors, écoute, il y a de bons éléments, poursuit Dominic en saisissant une pile de feuilles bien rangées près de son ordinateur. Plusieurs de tes propositions sont intéressantes et je suis prêt à les mettre en place. C'est pourquoi je suis déçu que… bref, passons. J'en ai discuté avec le directeur général, ainsi qu'avec la mairesse, et nous nous sommes entendus sur certaines des orientations à inclure dans le prochain plan quinquennal. Elles seront d'ailleurs entérinées par le conseil municipal à la prochaine réunion.

J'ai l'impression de ne pas bien comprendre. Est-ce qu'il a vraiment dit que j'avais fait plusieurs propositions intéressantes ?

– Entre autres, poursuit mon patron, nous avons décidé de créer un nouveau poste permanent, comme tu le proposes.

Quoi ? Je me retiens de battre des mains. Enfin ! C'est pratiquement inespéré. Je suis contente pour mes collègues et pour la personne qui me remplacera.

– C'est… Euh… C'est bien. Super !

– J'imagine que tu sais qu'une nouvelle ressource est toujours accompagnée de nouveaux projets.

Ah ! C'était trop beau pour être vrai. Au final, nous ne serons pas mieux lotis. Puis, je réalise que cela ne me concerne plus. J'ai tout de même un petit pincement au cœur. Dominic devient volubile.

– Le premier projet consiste, comme tu t'en doutes, à élargir nos heures d'ouverture. Il y a des discussions à prévoir avec le syndicat, mais à notre avis, ce serait envisageable de le faire dès l'automne prochain. Ainsi, nous pourrions ouvrir plus tôt le samedi, par exemple à neuf ou dix heures, et augmenter de quelques heures aussi en semaine. Il faudra évaluer l'achalandage avant de se décider. À ce sujet, j'attends toujours ton évaluation.

J'établis déjà mentalement des horaires.

– Hum… Je vais voir ce que je peux faire.

– Ensuite, je dois te dire que la direction aime ta proposition de moderniser le site Web de la bibliothèque.

– Génial !

Là, je suis sincère. J'avais proposé dès mon arrivée d'utiliser les habiletés informatiques d'Hugo pour effectuer quelques changements sur notre site Web. À cette époque, Dominic avait préféré attendre, arguant que la Ville envisageait une refonte de son site, ce qui inclurait celui de la bibliothèque. J'ai tout de même réitéré cette recommandation dans mon plan et je suis ravie de savoir que cette fois-ci, elle a été acceptée.

– L'idée d'y créer un cercle littéraire virtuel pour les adultes, avec des suggestions de lecture, a beaucoup plu. Tu proposais d'ajouter une page sur le site de la bibliothèque qui serait consacrée aux plus jeunes avec des idées de bricolages et des propositions de lecture, et on a aimé aussi. Qu'est-ce que tu en dis ?

Je me retiens une fois de plus de battre des mains. Ce sera beaucoup de travail, mais je sais qu'Amélie saura porter ce projet.

– Je suis contente.

– Finalement, nous aimerions positionner la bibliothèque comme un pôle touristique et communautaire. Les nouveaux arrivants qui débarquent ici, que ce soit pour le travail ou pour visiter des proches, n'ont souvent aucune information sur la Ville et ses services, à l'exception de ce qui se trouve sur le site Internet. Alors on voudrait en faire un peu plus.

Je dresse l'oreille.

– De quelle façon ?

– On a pensé ajouter un volet, disons, patrimonial à la bibliothèque. La Ville dispose de documents historiques sur sa création et ses industries, mais personne ne s'en occupe. À l'hôtel de ville, le personnel se fait demander de plus en plus souvent des renseignements de ce genre et la section archives des documents administratifs est un vrai fouillis. On aimerait que la ressource supplémentaire s'occupe de démêler tout ça. Les documents les plus intéressants pourraient être offerts en consultation sur place à la bibliothèque.

Je suis ébahie. Cette nouvelle mairesse a du coffre. J'ai toujours admiré les femmes qui ont de l'audace, d'autant plus que je n'en ai pas vraiment.

– Eh bien, ce sont des projets ambitieux. Tu es sûr que ce ne serait pas deux nouvelles ressources qui nous ont été accordées ?

Dominic a un sourire pincé.

– On verra. Ces mesures seront implantées graduellement. La personne qui te remplacera pourra évaluer tout cela.

Je réalise que j'appartiens déjà au passé de la bibliothèque. Et ça me fait mal. Dominic a peut-être senti mon désarroi, car il ajoute :

– J'espère que nous pourrons trouver quelqu'un d'aussi compétent que toi.

Je me mords les lèvres, émue par ce qu'il vient de me dire. Et moi qui croyais que je le décevais. Ma mère dit souvent qu'il se passe beaucoup de choses dans ma tête qui n'existent pas en réalité et là, je suis prête à la croire. Je dois avoir plus confiance en moi.

– J'aurais aimé mettre tout ça en œuvre.

Dominic se lève et me tend la main.

– Il ne me reste plus qu'à te remercier et à te souhaiter bonne chance.

Je me lève à mon tour.

– Merci, Dominic, dis-je en serrant la main tendue. J'ai beaucoup aimé travailler avec toi. Nous étions parfois en désaccord, mais j'ai toujours apprécié ton honnêteté et ton professionnalisme. Tu es un bon directeur.

Pour une fois, l'ambiance qui règne entre nous est agréable.

– Moi aussi, j'ai été heureux de travailler avec toi. Tu es à l'occasion trop émotive, du moins pour moi qui suis assez cartésien, mais tu as du cœur, de bonnes initiatives et tu es une excellente gestionnaire. Tes employés et les gens qui fréquentent la bibliothèque ne disent que du bien de toi.

J'essaie de contenir les émotions qui montent brusquement en moi. C'est officiel. Je vais bientôt quitter cette ville et mes collègues de travail, qui sont devenus mes amis. Il n'y a plus de retour en arrière possible. Je cligne des yeux rapidement pour chasser les larmes qui se pointent. Je dois partir avant que la situation ne devienne trop inconfortable.

– Je te souhaite de joyeuses fêtes et un bon congé. Tous mes vœux de bonheur avec Mia.

– Merci. Tu m'avises dès que tu as la confirmation que tu peux rester quelques semaines de plus ?

– Je crois que deux semaines, ce sera le maximum que Jasper m'accordera. Je te tiens au courant, oui.

Il contourne son bureau et on se fait une accolade. La première et peut-être la dernière. Après un dernier signe de la main, je franchis la pièce, la gorge serrée. Je ne pensais pas me sentir aussi bouleversée et je ne veux pas qu'Amélie me voie ainsi, car je n'aurai pas la force de répondre à ses questions. Après une brève hésitation, je me dirige vers le P'tit bar.

CHAPITRE 41

J'entre dans une ambiance survoltée. Un rapide coup d'œil autour de moi me permet de jauger la situation. Ça va mal. Très mal. Deux policiers, dont l'inspecteur Coon, essaient de menotter Michel qui se débat comme un diable, tandis que l'employé de cuisine tente de le calmer en criant plus fort que lui. Les quelques clients sur place sont tétanisés. Mon regard se déplace vers ma droite et je vois Janie, la tête entre les mains, effondrée, le dos contre un mur entre deux tables sur lesquelles s'empile de la vaisselle sale.

Je m'empresse vers elle.

– Janie. Qu'est-ce qui se passe ? Pourquoi ils arrêtent Michel ?

Elle lève la tête et agrippe vivement mon bras.

– Jilliane ! Oh, mon Dieu ! Ils ont dit qu'ils devaient l'emmener au poste pour lui poser des questions au sujet du meurtre de Colette Picotte. Michel s'est énervé, il a refusé de les suivre et ils ont sorti les menottes !

Je ne comprends pas.

– Mais je croyais qu'ils avaient déjà arrêté un coupable ? C'est madame Beauchemin qui me l'a dit. Un monsieur que Colette fréquentait, paraît-il. Pourquoi voudraient-ils emmener Michel ?

Janie gémit.

– Je ne sais pas ! Je ne comprends rien à ce qui se passe ! Mais mon mari n'a rien à voir là-dedans ! Que vont penser les clients ?

– C'est sûrement une erreur. Je vais aller voir.

Je dégage doucement mon bras et lui fais un sourire rassurant. Puis, je marche vers l'attroupement, mais un troisième policier m'arrête avant que je puisse atteindre Michel.

– Désolé, madame, on ne passe pas.

J'essaie d'attirer l'attention de l'inspecteur Coon qui tente, avec un collègue, de faire avancer Michel. Peine perdue. Il m'ignore ou ne me voit pas. Michel finit par bouger, tout en invectivant tout ce qui porte un uniforme, et le petit groupe se dirige vers la sortie, c'est-à-dire dans ma direction. Qu'est-ce qui se passe ? Cette histoire devient de plus en plus compliquée. Je m'avance vers eux, mais l'agent qui m'a empêchée de passer un peu plus tôt est plus rapide.

– Restez là où vous êtes, m'ordonne-t-il en m'attrapant le poignet.

– Mais…

Son seul regard me convainc que je perds mon temps. Je les observe sortir, incrédule. C'est certainement une erreur. Michel Legrand impliqué dans le meurtre de madame Picotte, c'est impossible ! À travers les fenêtres du restaurant, je vois les policiers pousser sur la tête de Michel avant de le forcer à s'asseoir sur la banquette arrière du véhicule de police. C'est une scène irréelle.

Je retourne auprès de Janie, les questions se bousculant dans ma tête.

– C'est sûrement un malentendu, lui dis-je en cherchant à m'en persuader moi-même.

Elle a repris ses esprits, mais je vois à ses yeux qu'elle est toujours bouleversée. Je m'efforce de la réconforter :

– Michel n'a rien fait, ils vont bien finir par s'en rendre compte et le relâcher. Ne t'en fais pas trop. Tout va s'arranger, j'en suis certaine.

Janie gémit.

– Mais qu'est-ce que je vais dire à Émile ?

Je ne sais pas quoi lui répondre. Je croise les doigts pour qu'effectivement tout s'arrange.

CHAPITRE 42

J'aide Janie à procéder à la fermeture du P'tit bar avant de retourner à la bibliothèque. Sans Michel pour faire la cuisine pendant la journée de congé de la cuisinière, elle a conclu qu'elle n'y arriverait pas. De toute manière, elle est encore trop affectée par les événements. Cela me fait tout drôle de voir le restaurant fermé. Ce n'est jamais arrivé depuis que j'habite dans cette ville, à l'exception des deux semaines de vacances que le couple a prises l'été dernier.

Amélie a ouvert de grands yeux en entendant mon récit.

– *My God !* Mais ça n'a pas de sens !

Je hoche la tête avec vigueur.

– Je pense comme toi ! J'ai voulu questionner ton bel inspecteur, mais il m'a complètement ignorée !

Amélie rougit.

– Premièrement, ce n'est pas mon bel inspecteur et deuxièmement, je ne vois pas pourquoi il t'aurait dit quelque chose. Et ne me demande pas de lui soutirer des informations !

Elle agite un doigt devant mon visage comme si elle réprimandait un enfant, ce qui me fait sourire.

– Zut ! C'est exactement ce que je pensais faire. Maintenant que tu as tes entrées dans la police…

Je ne suis pas assez rapide pour éviter la tape sur l'épaule qu'elle m'envoie.

– Arrête de te moquer ! Il n'y a rien de sérieux entre nous.

– Oui. Sauf qu'il est dingue de toi ! Et toi aussi à mon avis.

Elle s'empresse de changer de sujet.

– Et avec David, comment ça se passe ?

Je hausse les épaules.

– Aussi bien que possible dans une relation qui n'a pas comme but principal de s'établir dans la durée.

J'ai voulu prendre un ton ironique, mais j'ai plutôt l'air d'avoir envie de pleurer.

– Ne dis pas ça. Ce n'est pas parce qu'il retourne en Afrique que votre relation va nécessairement se terminer. Surtout qu'elle semble prendre une trajectoire plutôt sérieuse, tu ne trouves pas ?

Je voudrais bien lui dire que je devrai partir aussi, mais ce n'est pas le moment. Je dois d'abord parler à Jasper.

– Peut-être, dis-je. Bon. Je vais à mon bureau terminer quelque chose pour Dominic. On se voit tout à l'heure.

La première chose que je fais en entrant dans la pièce est de me précipiter sur mon sac pour en tirer mon téléphone. Effectivement, David m'a écrit plus tôt pour me souhaiter une bonne journée et me dire combien il a hâte de me revoir. Avec deux émoticônes de baisers. Ma résistance commence à flancher et je songe sérieusement à reporter le souper avec mes parents. Mais avant de décider quoi que ce soit, je dois appeler Jasper.

Cinq minutes de négociations ont suffi. Comme je le pensais, Jasper s'est montré compréhensif, mais a coupé court à mes effusions. Ce n'est pas à lui que je dois adresser mes remerciements, mais plutôt à son collègue qui l'héberge. J'ai promis de lui offrir un cadeau de Noël, avant de raccrocher, apaisée. Dominic pourra profiter de ses vacances sans s'inquiéter, mais il lui faudra tout de même me remplacer à son retour. J'espère qu'il trouvera vite quelqu'un. Heureusement, le mois de janvier est plutôt calme d'habitude.

J'essaie de travailler un peu, mais il n'y a rien à faire. Un certain jeune homme obsède mes pensées. Je jongle encore avec l'idée d'annuler le repas avec mes parents, puis décide sur un coup de tête de passer chez moi prendre une douche et me changer. Cela me laissera un peu de temps pour me décider. Et puis, après cette journée mouvementée, j'ai bien besoin de me rafraîchir ! Lorsque je retourne dans la bibliothèque, Amélie est derrière le comptoir de prêt avec Hugo, qui doit la remplacer un peu plus tard.

Il est en avance. Mais je ne pose pas de questions. Je sais ce que cela signifie.

Mon amie lève la tête à mon arrivée.

– Tu t'en vas déjà ? s'étonne-t-elle. Il est à peine seize heures.

Je reste vague.

– J'ai quelque chose de prévu.

– Oh ! Bonne soirée, alors, dit-elle avec un sourire en coin.

La porte extérieure grince dans ses gonds tandis qu'une bouffée d'air froid pénètre dans la pièce. Nous nous figeons tous sur place en apercevant l'inspecteur Coon. Je m'exclame spontanément :

– Inspecteur ! Je suis tellement contente de vous voir !

J'ai l'air d'en faire trop, mais je suis sincère. La scène à laquelle j'ai assisté ne cesse de me hanter et je me retiens de bombarder notre visiteur de questions. Le policier s'arrête à un mètre de moi et me salue avant de se tourner vers le comptoir de prêt, où telle une plante s'épanouissant au soleil, Amélie sourit de contentement. L'inspecteur incline discrètement la tête en sa direction, tandis qu'Hugo fait mine de regarder ailleurs.

Je n'y tiens plus.

– Que pouvons-nous faire pour vous, monsieur Coon ?

Le policier se racle la gorge en pointant Hugo du doigt.

– C'est lui que je suis venu voir.

Je jette un regard surpris à Hugo, puis à Amélie qui roule des yeux. L'interpellé ne dit rien.

Le policier fait un pas de plus vers moi.

– Nous pouvons utiliser votre bureau ?

– Mais… bien sûr.

La voix d'Hugo nous surprend tous.

– Il paraît que vous avez arrêté quelqu'un pour le meurtre de madame Picotte ?

Les paumes de ses mains appuyées sur le comptoir, ses longs cheveux bien tirés derrière les oreilles, notre jeune employé fixe le policier de ses petits yeux sombres. Je ne crois pas l'avoir jamais vu aussi alerte. S'il a eu peur en l'apercevant, ça lui est passé. J'essaie d'ignorer le fait que comme toujours, il porte un t-shirt au col relâché avec une inscription, le nom d'un groupe de musique, j'imagine, et un pantalon de style cargo qui lui descend un peu trop bas sur les hanches. De toute façon, j'ai épuisé ma banque de commentaires à ce sujet depuis longtemps déjà. Et je m'estime chanceuse d'avoir pu recruter un étudiant comme lui. S'il voulait porter un habit d'astronaute, ça m'irait.

L'agent de police se raidit.

– Qui vous a dit ça ? questionne-t-il en haussant un sourcil.

– Mon père. Il l'a appris de notre voisin.

L'inspecteur a l'air contrarié.

– Hum… les nouvelles vont vite.

À quoi il s'attend dans cette ville ? Un événement aussi dramatique qu'un meurtre n'arrive pas tous les jours.

– Vous voulez toujours mon bureau ? dis-je en montrant la porte de l'administration.

Hugo secoue la tête.

– Vous pouvez m'interroger ici, défie-t-il. Je n'ai rien à cacher.

Le policier saisit la balle au bond.

– Justement, je crois que vous ne nous avez pas tout dit lors de votre interrogatoire il y a quelques jours. Une voisine de madame Picotte, que nous avons aussi interrogée, nous a confirmé que vous aidiez souvent les personnes qui avaient du mal avec l'informatique. Je vous le demande encore : en quoi consistait votre aide, plus exactement ?

Le regard d'Hugo fuit vers le mur tandis qu'Amélie et moi tentons de réfréner notre stupéfaction.

– Alors ? insiste l'inspecteur. J'aimerais entendre votre réponse aussi clairement que votre protestation, monsieur Roy-Desjardins.

Comme s'il ne pouvait plus se retenir, les yeux du policier glissent rapidement sur ma collègue qui, de son côté, tente d'afficher un air indifférent. Je me tourne vers Hugo qui ne répond toujours rien. Je ne sais pas si Amélie lui a parlé de ce qui s'est passé plus tôt au P'tit bar.

– La police a aussi arrêté Michel au restaurant, dis-je.

Je pointe du doigt l'inspecteur qui me jette un regard désapprobateur. Hugo réagit immédiatement.

– Hein ? Comment ça ?

Je m'apprête à ouvrir la bouche, mais l'inspecteur me coupe.

– Madame Henry, commente-t-il sèchement, je vous prierais de me laisser faire mon travail.

– Désolée. Excusez-moi.

Hugo paraît troublé.

– Si j'étais vous, je retournerais interroger madame Beauchemin plutôt.

Le policier reporte son attention sur Hugo.

– Expliquez-vous.

Une fois de plus, je suis perdue. Mais qu'est-ce que madame Beauchemin vient faire dans cette histoire ? J'interviens :

– Hugo, qu'est-ce qui se passe ?

Il pousse un soupir, puis se gratte furieusement le crâne.

Nous apprenons alors qu'il avait aidé Jeannette Beauchemin à se créer un compte Facebook un peu plus tôt dans l'année et qu'elle est revenue au début du mois parce qu'elle voulait qu'il lui explique plus en détail comment modifier ses paramètres de sécurité. À cause de leur simplicité, il avait retenu involontairement son adresse courriel et son mot de passe alors qu'elle les tapait sur sa tablette. Ainsi, il avait été tenté de faire un tour sur son compte, accédant du même coup à certains échanges privés qu'elle aurait eus avec Colette Picotte. Il avait alors compris que les deux femmes s'étaient retrouvées dans un triangle amoureux avec un dénommé Pierre, que l'on suppose être… le père de Michel.

L'inspecteur ne peut plus contenir son mécontentement.

– Mais pourquoi vous ne l'avez pas dit plus tôt ?

Hugo se défend.

– Je ne pensais pas que c'était important ! Mais quand j'y ai réfléchi ensuite, j'ai regretté.

– Et il ne vous est pas venu à l'esprit de nous rappeler ?

Hugo baisse la tête.

– Je n'avais pas envie de vous dire que j'avais fouillé sur sa page. Vous auriez peut-être pu m'arrêter pour ça et mon père m'aurait tué. C'est ce que j'ai pensé d'ailleurs quand je vous ai vu débarquer chez moi…

– Et votre père, il a essayé de vous tuer, alors ? questionne l'inspecteur sur un ton sarcastique.

Hugo grimace.

– Non. Il était trop saoul pour se rendre compte de ce qui se passait.

Je dévisage Amélie. C'est la première fois qu'Hugo mentionne l'alcoolisme de son père, mais c'est de notoriété publique dans cette petite ville. Et c'est la raison pour laquelle Hugo passe plus de temps à la bibliothèque que ce qu'il reçoit en salaire. Jusqu'ici, l'entreprise qui emploie son père s'est montrée indulgente, mais s'il commence à manquer des journées de travail, il va se faire mettre à la porte. Ça me fait de la peine qu'Hugo ait à vivre ça.

J'essaie d'activer mes neurones. Si je comprends bien, le père de Michel aurait entretenu une relation intime avec mesdames Beauchemin et Picotte. Aurait-il pu tuer cette dernière pour une raison ou une autre ? Et pourquoi avoir arrêté Michel ? Je songe soudain aux propos de monsieur Rochon un peu plus tôt. Je me mords les lèvres, hésitante. Est-ce important ? Je me décide.

– Il faut que je vous dise, inspecteur, qu'hier après-midi, un locataire du mur a tenu des propos bizarres à propos de madame Beauchemin. Il semblait croire qu'elle avait une responsabilité dans le meurtre de madame Picotte.

Visiblement contrarié par ces nouvelles informations, l'inspecteur me fait répéter les mots exacts prononcés par monsieur Rochon et note soigneusement le tout avant de se mettre à l'écart. Nous l'observons sans dire un mot pendant qu'il utilise son émetteur-récepteur pour échanger quelques phrases brèves avec un collègue.

Je n'ai plus du tout envie de me moquer gentiment de lui. Son air sérieux combiné à son uniforme est même assez séduisant. S'il me fait cet effet, j'imagine qu'Amélie est en train de fondre tranquillement à mes côtés. J'essaie de croiser le regard de mon amie. En guise de réponse, elle fait semblant de m'ignorer.

L'inspecteur remet son appareil à sa ceinture et s'adresse à moi.

– J'aurais besoin des coordonnées de ce monsieur Rochon.

J'acquiesce. Derrière le comptoir, Hugo s'active déjà. Après qu'il a obtenu l'information souhaitée, le policier s'apprête à prendre congé.

– Quelqu'un viendra prendre votre déposition à tous les deux, dit-il avec un bref salut de la tête.

Je sursaute.

– Quoi ? Quelle déposition ?

– La vôtre et celle de monsieur Roy-Desjardins.

Je me mordille les lèvres, inquiète.

– Mais, euh, quand ça ?

– Le plus rapidement possible.

– C'est que… j'ai terminé ma journée et je dois quitter la bibliothèque pour… euh…

Je m'interromps, m'empêtrant dans mes mots sous le regard impassible du policier.

– Je suis désolé. Vous devez attendre ici qu'un de mes collègues vienne vous interroger. Vous pourrez partir ensuite.

– D'accord, dis-je de mauvaise grâce.

Je me console en me disant que c'est un signe du destin. Au fond, il est peut-être préférable que je ne voie ni mes parents ni David ce soir.

Amélie lève un doigt en l'air.

– Et moi ? Je dois rester aussi ?

Le regard du policier se pose sur elle et cela suffit à le déstabiliser. Il se racle la gorge.

– Vous, euh, vous pouvez y aller. Mais j'aurai peut-être besoin de vous plus tard.

Son teint vire rapidement au rouge lorsqu'il prend conscience du double sens de son propos. Je me retiens de rire. Le policier toussote.

– Je vous souhaite une bonne fin de journée, ajoute-t-il avant de tourner les talons.

Les clochettes de la couronne que Mario a fixée à la porte extérieure tintent alors que nous nous rassemblons autour d'Hugo, qui a l'air encore plus ahuri qu'à l'habitude, si la chose est possible. Je pense immédiatement à ce matin où je l'ai surpris, penché sur l'ordinateur du comptoir de prêt, dans le noir. Épiait-il le compte de madame Beauchemin à ce moment-là ? Si c'est le cas, inutile d'en chercher la confirmation. Notre jeune prodige de l'informatique a sûrement pensé à effacer l'historique de ses navigations.

– Mince, dis-je, et ça t'arrive souvent de faire ce genre de truc ?

J'ai rapidement compris pourquoi Hugo n'avait pas parlé de ses activités à la police. Madame Beauchemin ne devait pas être la seule qu'il espionnait par désœuvrement ou autre... Pauvre Hugo. J'espère que l'inspecteur ne retiendra aucune accusation contre lui. Amélie me jette un regard entendu.

– Je suis désolé, dit Hugo, penaud. Ça n'arrivera plus.

– Eh bien, commente Amélie, il ne reste plus qu'à attendre la suite.

Je hoche la tête et retourne à mon bureau. Je passe un coup de fil à ma mère pour lui expliquer la situation, avant de rédiger un bref message à David. Il me répond avec une émoticône triste. Je repousse l'appareil. Aussi bien m'atteler à ces propositions d'horaire que m'a demandées Dominic.

CHAPITRE 43

Je me présente au P'tit bar le lendemain matin, les yeux encore bouffis de sommeil. Le soleil est à peine levé et mes cinq minutes de marche dans le froid hivernal n'ont pas réussi à me réveiller totalement. J'ai besoin d'un café bien fort.

Je marche jusqu'au comptoir du bar en cherchant Janie. Je repense à cette soirée mémorable, il y a une semaine à peine, où tout a changé entre David et moi. Un frisson me parcourt l'échine. Tant de choses se sont passées en si peu de temps ! Janie surgit par la porte réservée aux employés et m'accueille tout sourire.

– Bon matin, Jilliane ! Un grand café, deux crèmes ?

J'acquiesce du menton, un peu éberluée de la voir si pimpante. En entendant mon nom, Michel passe la tête dans l'embrasure du large passe-plat qui se trouve juste derrière Janie et m'envoie un salut de la main avant de retourner, je suppose, faire cuire du bacon à la pelle, tant l'odeur est omniprésente. J'ai l'impression de rêver ! Tout a l'air si normal.

Tout en s'activant, Janie entreprend de m'éclairer. Je comprends que les policiers, qui ne souhaitaient au départ qu'interroger Michel, avaient dû l'embarquer lorsque ce dernier s'était mis à les abreuver d'insultes en apprenant que son père, Pierre, avait passé la nuit en prison alors que sa santé est précaire. L'homme avait été mis en examen après que la police a découvert qu'il entretenait une relation intime avec la victime, et qu'il était même chez elle le jour du meurtre. Il serait reparti à Val-d'Or après avoir, supposément, mis un terme à leur relation.

Je l'interromps.

– Quoi ? Alors… il serait venu ici pour la tuer ?

Elle acquiesce de la tête en me tendant l'appareil pour le paiement par carte bancaire.

– C'est ce que pense la police, en tout cas. Mais Pierre assure qu'il n'a rien fait de tel et Michel le croit. Le hic, c'est que les données de son téléphone confirment qu'il était dans le secteur.

J'effectue mon paiement tout en secouant la tête, éberluée.

– Mon Dieu ! Quelle histoire incroyable ! Mais…

Je me penche en avant et j'ajoute à voix basse :

– Avez-vous envisagé l'idée qu'il pourrait vraiment l'avoir tuée ?

Elle me jette un regard troublé.

– Moi, oui, mais Michel dit que c'est impossible. Pour l'instant, la police n'a pas de preuves, alors son père a été relâché ce matin avec ordre de rester dans la région. Michel a donc décidé de l'héberger pour quelque temps. Il trouve qu'il ne va pas très bien. Il a toujours eu des problèmes de cœur, mais nous avons l'impression qu'il commence à avoir quelques pertes de mémoire également. C'est peut-être pourquoi ç'a été si compliqué avec les policiers. Son histoire n'était pas claire, ont-ils dit à Michel. Ce fut un dur moment pour mon mari !

– Et il a repris le travail pour se changer les idées. Je le comprends.

J'ai envie de lui raconter ce qu'Hugo a avoué au policier la veille, impliquant madame Beauchemin, mais je me retiens. Je ne veux pas lui nuire et de toute façon, cela ne me regarde pas, comme dirait l'inspecteur Coon.

– En tout cas, dis-je en saisissant mon café, ce n'est pas tous les jours qu'il y a autant d'action dans le coin. J'espère que tout s'arrangera pour vous.

Janie a une moue inquiète.

– Merci. Je l'espère aussi. C'est dur pour nous tous, mais on essaie de faire comme à l'habitude.

Je retourne à mon lieu de travail l'esprit préoccupé par tout ce qui arrive. En cette dernière journée avant les vacances, je tente de profiter du calme qui règne avant l'ouverture pour mettre en ordre mes dossiers. David m'a écrit qu'il passerait me voir autour de midi. Il a, paraît-il, quelque chose à me remettre. Ce matin, Mario aurait surpris son fils en l'invitant à faire du ski de fond dans l'après-midi et à prendre un verre ensuite. J'étais contente pour lui. Mon sentiment me dit qu'une bonne conversation entre les deux règlerait bien des choses.

Fripon vient me rejoindre dès que je m'installe à mon poste de travail et se couche sur les papiers qui traînent sur mon bureau. Pendant qu'il fait sa toilette, je révise nos procédures pour faciliter le suivi de la personne qui prendra ma succession. Le souvenir de mon arrivée est encore très frais dans ma mémoire. L'absence de procédures écrites m'avait alors causé bien des maux de tête. L'ancienne directrice était en poste depuis si longtemps qu'elle connaissait par cœur le fonctionnement de la bibliothèque et j'avais dû me résigner à la contacter à quelques reprises après ma formation pour qu'elle m'éclaire.

Je suis totalement concentrée sur nos règles pour le traitement des documents lorsque j'entends la voix d'Amélie fredonner une chanson de Noël. Aussitôt, Fripon saute en bas du bureau et trottine jusqu'à la porte, la queue en l'air. Je me lève à mon tour, profitant de cette occasion pour me dégourdir les jambes.

Je regarde Amélie retirer son manteau, sa tuque et son foulard avec des gestes énergiques. Elle a les joues rougies par le froid, à moins que ce ne soit à cause de l'excitation.

– C'est la grande forme ce matin ! C'est la perspective des vacances ou un beau policier fringant qui te fait cet effet ?

– Qu'est-ce que tu en penses ?

Je fais mine de réfléchir.

Amélie a un large sourire.

– Laisse tomber. Tu sais ce que je viens de trouver pour Lucas ? demande-t-elle à brûle-pourpoint.

Elle s'assoit sur le banc pour retirer ses bottes. Je secoue la tête en guise de réponse.

– Un petit chien ! assène-t-elle d'une voix triomphante. Un petit chien mignon tout plein ! Je suis tellement contente ! Ça fait des mois que mon gars me harcèle avec ça.

– C'est vrai ? dis-je en m'adossant contre le mur. C'est super ! Tu vas l'emballer dans une boîte comme dans les films ?

Elle rit.

– Je ne sais pas. Pauvre animal ! Il risquerait d'aboyer et de vendre la mèche.

Je m'esclaffe à mon tour.

Puis, elle tire son téléphone de son sac à dos.

– Je te montre des photos ?

Nous contemplons, béates, un mignon petit bâtard au poil caramel avec des oreilles pointues et une tache blanche sur la truffe.

– Qu'est-ce qu'il est mignon !

– N'est-ce pas ? réplique Amélie, rayonnante de fierté.

C'est à croire qu'elle l'a elle-même porté tellement son visage est transi d'amour. Je suis contente pour eux. Car même si Lucas était très jeune lorsque l'accident a eu lieu, mon amie m'avait confié qu'il avait commencé à poser des questions sur l'absence de son père. C'est un enfant calme et sérieux. Bien trop sérieux. Un petit chien mettra de la joie dans leur foyer. Ainsi qu'un certain policier du secteur, peut-être ? C'est en tout cas ce que je leur souhaite de tout mon cœur !

– Et tu vas le chercher quand ?

– Demain matin ! Je vais devoir tricoter une histoire pour expliquer à Lucas que le père Noël est passé plus tôt cette année ! Habituellement, il a ses cadeaux le 25 au matin, alors que là, ce chien arrivera deux jours d'avance.

Je réfléchis avant de claquer des doigts.

– Je sais ! Tu n'as qu'à dire que le père Noël ne pouvait pas amener le chiot sur son traîneau pour faire sa tournée, car il est trop petit. Il aurait pu tomber !

Les yeux d'Amélie s'illuminent.

– Super idée !

Elle enfile ses chaussures et nous nous dirigeons ensemble vers la cuisine. Pendant qu'elle range son lunch dans le frigo, je démarre la cafetière. Fripon vient se frotter contre mes jambes, me signifiant ainsi que son bol de croquettes est vide.

Je l'observe d'un œil suspicieux.

– Tu ne trouves pas que tu es assez gros comme ça ? Franchement, il va falloir qu'on s'organise pour le ravitaillement. J'ai l'impression qu'il a pris quelques livres depuis qu'il est ici, à force d'être nourri par tout le monde.

Amélie hausse les épaules.

– Bah, ça lui va bien, non ? Il a l'air d'un gros toutou. L'important, c'est qu'il soit heureux.

J'approuve tout en versant des croquettes dans le bol.

– C'est vrai. Et nous sommes chanceux, car jusqu'à maintenant personne ne s'est plaint de sa présence. Et Dominic n'a rien remarqué encore !

Amélie ouvre de grands yeux.

– Tu ne lui as pas dit ?

– Je n'ai pas osé.

Je me balance d'un pied sur l'autre, mal à l'aise. Je dois lui dire que je démissionne.

– Écoute, il faut que je te parle de quelque chose…

Je suis interrompue par une notification de mon téléphone. Je tire l'appareil de ma poche arrière.

– Excuse-moi, c'est David. Il avait dit qu'il passerait et il vient d'arriver. Je vais lui ouvrir.

Je quitte avec empressement la cuisine tandis qu'Amélie s'écrie dans mon dos :

– Tu vas me laisser lui parler ?

Je marche d'un pas rapide vers la porte extérieure, le cœur battant, et je suis un peu essoufflée lorsque je lui ouvre. Je me prends une bourrasque en plein visage.

– Salut, Jill !

J'ai l'impression qu'il y a une éternité que je ne l'ai vu. N'est-il pas plus grand que dans mon souvenir ? Plus beau ? Plus blond ? Il sourit et de fines lignes se dessinent au coin de ses yeux.

– Salut ! Vite, entre. On gèle.

Je ferme derrière lui en frissonnant. Le vent est froid – à quoi s'attendre d'autre ici ! –, et les nuages qui s'amoncellent à l'horizon laissent présager une nouvelle bordée de neige.

Lorsque je me retourne pour lui faire face, je remarque tout de suite qu'il a les mains cachées derrière son dos.

– Qu'est-ce que tu mijotes ?

– Tu dois ouvrir ceci, dit-il en me remettant une enveloppe.

Intriguée, je passe mes doigts dans l'ouverture en triangle pour en retirer le rabat et je retire la carte qui se trouve à l'intérieur. C'est une vraie carte de Noël, avec un paysage enneigé, un peu montagneux, où se glissent ici et là des maisonnettes colorées et une église. À l'avant-plan, un sapin aux branches lourdes de neige, une étoile dorée à son sommet, jette les feux de ses lumières sur le sol.

Je l'ouvre. C'est une invitation à partager le réveillon de Noël de la famille Charlebois, signée par Marie-Andrée, Mario et David. Je ne sais pas pourquoi je suis si émue.

– Comme ça, c'est officiel. Tes parents sont invités aussi, bien sûr.

Je lève les yeux vers lui.

– Merci. C'est gentil.

Puis, il ramène en avant son autre bras et me donne un petit bouquet de fleurs, probablement acheté au supermarché. Qu'importe. C'est le geste qui compte.

– J'ai oublié de t'en offrir à notre premier rendez-vous officiel, alors… voilà.

Il esquisse un geste d'excuse en me tendant le bouquet avec en son centre une superbe rose blanche.

Je fonds.

– Merci. C'est très gentil.

Je prends le bouquet. J'aimerais bien enlacer David et me serrer contre lui, mais j'ai les deux mains occupées. Il se penche vers moi et m'embrasse. Ses lèvres sont froides.

– De rien.

Une voix pimpante vient casser l'ambiance.

– Hé, tu en as de la chance, Jilliane ! Des fleurs ! Il y a une éternité que je n'en ai pas reçu.

Nous nous tournons dans un ensemble parfait vers Amélie qui nous rejoint d'un pas décidé, les talons de ses hautes bottes claquant sur le sol. Elle est particulièrement jolie ce matin et je ne peux m'empêcher de me demander si David ne la trouvera pas plus attirante que moi. Ses longs cheveux roux sont tressés en une natte lâche qui balaie son dos à chacun de ses mouvements. Son chemisier crème et sa veste en jeans bleu font ressortir son teint ivoire et le vert de ses yeux, tandis que le pantalon noir qui la moule met en valeur ses formes voluptueuses. Pour la première fois depuis que je la connais, je ressens de la jalousie envers elle. J'essaie d'étouffer ce sentiment indigne.

– Salut, Amélie, dis-je en m'efforçant de sourire. Tu as déjà rencontré David.

Amélie s'arrête à deux pas de nous et tend la main à David qui la serre avec cordialité.

– Salut David ! lance-t-elle avec large sourire. Contente de te revoir !

– Moi aussi, renchérit-il avec un léger mouvement de tête. Mon père m'a parlé de toi, il y a quelques jours. Il t'aime bien.

Amélie prend un air sérieux.

– Oui, bon. Il a plutôt intérêt ! Malheureusement, on ne peut pas en dire autant de notre côté. C'est tout juste si on l'endure.

Voyant qu'un doute passe dans les yeux gris de David, Amélie secoue la tête.

– Je plaisante !

David rigole.

– Tu lui ressembles un peu, poursuit Amélie. Surtout tes yeux.

David étire les lèvres en un mince sourire, ce qui fait ressortir les étoiles au coin de ses yeux.

– Il paraît que je suis un bon mélange de mes deux parents, commente-t-il.

– Un excellent mélange, même ! renchérit Amélie avec un clin d'œil en ma direction. Ils ont plutôt bien réussi !

Je relève la tête, un peu irritée.

– Arrête ton numéro de charme, s'il te plaît.

Mais suis-je donc vraiment jalouse ? Une part de moi souhaiterait qu'elle nous laisse. Peut-être pas juste une part, en fait.

– Je ne lui fais pas du charme, proteste Amélie. Je dis ce qu'il en est, c'est tout.

Je lève les yeux au ciel, avant de lui tendre la carte et les fleurs.

– Tiens. Tu peux aller porter ça à mon bureau ?

Elle attrape machinalement les objets, mais ne disparaît pas pour autant.

– Tu es ici jusqu'à quand ? demande-t-elle à David.

– À Fermont ? Hum… en principe, je repars le 5 janvier.

Il a dit ça avec une trace de regret dans la voix, en m'envoyant un rapide sourire d'excuse. J'ai un coup au cœur. Jusqu'à maintenant, il n'était pas certain de sa date de départ, mais là il semble que si.

Je sens le regard d'Amélie qui me brûle le côté de la tête, mais je l'ignore.

– Ton père t'attend pour quelle heure ?

Visiblement heureux d'échapper aux questions indiscrètes de mon amie, David se tourne vers moi avec empressement.

– Dès que possible. Je vais y aller tout de suite si ça ne te dérange pas.

Je fais un bref signe à Amélie qui saisit tout de suite mon message.

– Bon, bien, je vais aller mettre ces fleurs dans l'eau. Contente de t'avoir revu, David.

– Pareil pour moi. Joyeux Noël si on ne se revoit pas.

Amélie tourne les talons et j'attends qu'elle soit assez loin pour parler de nouveau.

– Merci encore pour les fleurs. Et pour l'invitation. On y sera.

Son sourire est tendre et je sens mes jambes se ramollir lorsqu'il me couve d'un regard fiévreux.

– Pas de quoi. J'espère qu'on pourra se voir seuls avant. Tu fais quelque chose ce soir ? J'ai envie d'essayer différentes choses sur toi…

Il m'offre un baiser coquin et, en guise de protestation, je tends le bras en avant et pose le bout de mes doigts sur son torse, heureusement camouflé par son manteau, pour le repousser doucement.

– Qui te dit que, moi, j'en ai envie ? lui soufflé-je.

Il attrape ma main et m'attire à lui.

– Tout ton corps.

Une vague de chaleur m'envahit alors qu'il m'embrasse avec fougue. Seigneur ! Pourquoi me fait-il tant d'effet ? C'est d'un ridicule. J'ai l'impression de perdre toute volonté propre dès qu'il pose les yeux sur moi. Il se détache à regret.

– Malheureusement, je ne peux pas rester. Et pour être honnête, je ne sais pas comment ça va tourner avec mon père, alors je ne te promets rien pour ce soir. On se parle plus tard ?

Je tente de reprendre mes esprits.

– D'accord… Je comprends… Dis bonjour à Mario et ne t'inquiète pas pour moi.

Amélie est presque extatique quand j'entre enfin dans notre bureau.

– Wow ! s'exclame-t-elle. Il est…

Elle cherche le terme exact. Je suggère :

– Beau ?

– Je dirais plutôt sexy. Encore plus que dans mon souvenir. Et il semble très épris de toi.

– Tu crois ?

Elle hoche gravement la tête.

– Je crois, oui.

Malgré l'avenir incertain qui m'attend, malgré la peur qui m'étreint le cœur, je ne peux m'empêcher, à ce moment précis, de ressentir de la joie.

CHAPITRE 44

Ça y est. Nous sommes le 23 décembre et la bibliothèque est fermée pour deux semaines. Je peux enfin me prélasser dans mon lit toute la journée. Hier, la sortie de David avec son père s'est prolongée par un souper et même si j'étais déçue de ne pas le voir, j'étais heureuse pour eux. Je souhaite qu'ils puissent faire la paix avec leur passé et se pardonner mutuellement, car je les aime tous les deux. La famille, c'est la seule chose qui nous reste quand tout part au vent.

C'est pourquoi j'ai décidé d'inviter mes parents à manger chez moi. J'en ai profité pour leur transmettre l'invitation de David pour le réveillon de Noël chez ses parents. Ils ont tout de suite accepté. Ma mère était d'excellente humeur et Charles m'a semblé aller mieux, ce qui m'a rassurée. Comme il n'a pas fait mention de notre conversation à la pharmacie, je n'ai pas insisté. Après tout, c'est à lui de décider quand il voudra nous parler et je crois avoir fait preuve de suffisamment d'indiscrétion pour l'instant.

Aujourd'hui sera une magnifique journée ! David et moi avons prévu de nous voir en après-midi. Il est grand temps que nous ayons une conversation sérieuse. Tant de choses sont survenues depuis la dernière fois où nous avons passé plus de cinq minutes ensemble ! Il faut que je lui dise que j'ai dû démissionner, tout comme je dois me décider à l'annoncer à mes collègues. J'attends toujours le bon moment, mais…

Je repousse les couvertures et glisse mes jambes hors du lit, les laissant pendre dans le vide. La tristesse me balaie à l'idée de ne plus voir ces quatre murs d'ici peu. J'ai l'impression d'avoir survécu à un éboulement. Il y a quelques semaines à peine, tout coulait de source et la vie était belle. Normale. Pas comme les montagnes russes actuelles qui me donnent la nausée.

Je me secoue. Cela ne m'apportera rien de me lamenter sur mon sort. Je dois me changer les idées et je viens d'avoir la solution parfaite pour cela : aller chercher Fripon à la bibliothèque. Au départ, nous avons décidé de passer le voir chaque jour, chacun notre tour. Mais j'ai peur que notre beau matou ne déprime tout seul toute la journée, car il a été habitué à plus d'action ces dernières semaines. Et puis, je m'ennuie de sa petite bouille.

J'enfile mon habit de neige par-dessus mon pyjama et je chausse mes bottes de marche. À cette heure matinale, le soleil est encore bas et sa surface à demi voilée par une traînée de nuages donne une légère teinte épicéa au paysage. J'admire la nature enneigée et je me dis qu'elle va me manquer aussi. J'imagine que je n'ai pas fini de me faire ce genre de réflexion.

J'emprunte machinalement la rue Le Carrefour, qui fait une boucle autour du mur, et j'avance d'un pas régulier, perdue dans mes pensées. Pour une fois, on n'a pas l'impression d'être en Sibérie. Au contraire, la douceur de l'air est étonnante pour cette période de l'année. Sur un coup de tête, je bifurque sur Johnson pour aller emprunter la rue Anick. Il fait si beau que j'ai envie de prolonger ma sortie. J'essaie pour une fois de ne penser à rien d'autre qu'à ce que je suis en train de faire : marcher. Mais je tiens deux minutes, avant que mon cerveau ne se mette à dresser mentalement la liste de tout ce qu'il me faudra emporter avec Fripon. Je devrai faire au moins deux allers-retours.

Sans m'en rendre compte, mes pas me mènent sur Holway, la petite rue où se trouve la maison de Francis, l'ami de Jasper qui l'héberge présentement. D'où je suis, je vois très bien la couronne de sapin ornée de boucles rouges qui décore sa porte. Je remarque alors la voiture de mon ex, garée de l'autre côté de la rue, à quelques mètres de là, et je ralentis. Il doit se trouver à la maison. Je n'ai pas du tout envie de lui faire la conversation, alors pour éviter qu'il ne me voie, je m'apprête à faire demi-tour lorsque la porte s'ouvre. Une jeune femme, vêtue d'un manteau court en fausse fourrure rose et de bottes cavalières, surgit sur le perron. Probablement la copine de Francis, ai-je le temps de penser juste avant d'entendre une voix indistincte appeler la jeune femme. Celle-ci se retourne, faisant virevolter ses mèches brunes et un homme apparaît dans l'encadrement. Mon cœur s'arrête. Je suis le témoin involontaire d'un long baiser langoureux entre cette femme et… Jasper.

Sous le choc, je tourne les talons et m'éloigne d'eux le plus rapidement possible. Les questions se bousculent dans ma tête. Le plus étonnant est que j'ai le sentiment de connaître cette fille. Mon souffle s'accélère tandis que mon cerveau fait défiler les scénarios. Soudain, j'ai une illumination. Marie-Pier ! La serveuse du P'tit bar qui est partie brusquement le mois dernier en laissant Janie se débrouiller toute seule ! Non. Je dois me tromper. C'est probablement une fille qui lui ressemble. Mais j'ai beau essayer de m'en convaincre, je n'y crois pas.

Mon cerveau rame toujours pour trouver des explications à la scène que j'ai surprise lorsque j'arrive à la bibliothèque, essoufflée par ma course. Je parcours les lieux à la recherche de Fripon et le découvre roulé en boule sous le sapin. Il a l'air si bien que je remets en question ma décision de l'emmener avec moi. Le pauvre vient tout juste de s'habituer à son environnement, je ne voudrais pas lui causer du tort en le déracinant à nouveau. Je décide à la place de revenir au scénario initial. Nous irons le voir à tour de rôle tel que prévu et si ça ne suffit pas, je le visiterai plus souvent.

Je passe l'heure qui suit à utiliser toute la panoplie de jouets que nous avons achetés au fil des jours pour distraire notre gros matou. Je nettoie ensuite sa litière, change l'eau de son bol et remplis sa gamelle de croquettes. J'écrase une demi-boîte de nourriture humide au saumon dans une assiette et il se jette dessus avidement. J'en profite pour me sauver en douce.

De retour à la maison, je prends une douche bien chaude et m'habille confortablement avant de déjeuner avec deux rôties au beurre d'arachide et un café. Je brûle d'envie d'écrire à Jasper pour lui demander des comptes, mais je me retiens…

… cinq minutes seulement.

Mon doigt appuie sur son nom dans ma liste de contacts. Les sonneries s'égrènent dans le vide et je m'apprête à raccrocher lorsqu'il répond.

– Jill ? Ça va ?

Je comprends au ton de sa voix qu'il est déstabilisé par mon appel. Peut-être même inquiet.

– Euh, ça va, oui, finis-je par bredouiller. Et toi ?

– Oui, oui. Mais je dois partir bientôt. Tu m'appelais pour quelque chose en particulier ?

– Je… Oui…

Je cherche mes mots. Comment lui parler de ce que j'ai vu sans avoir l'air de l'espionner ?

– Jill ? T'es encore là ?

Je me secoue.

– Oui, désolée… Écoute… Voilà. Je marchais dans ton coin ce matin et je t'ai vu. Je veux dire, je t'ai vu avec cette fille.

Un long silence.

– J'étais là tout à fait par hasard, tu sais, et… tu as le droit de faire ce que tu veux. C'est juste que… j'ai besoin de savoir.

Après quelques secondes, sa voix me parvient, étouffée.

– Tu as raison, il est temps que tu saches.

Quoi ? ? ?

– Euh, qu'est-ce qu'il est temps que je sache ?

Encore un moment de silence.

– Il vaudrait mieux que l'on se voie, finit par dire Jasper. Tu es libre en fin de journée ?

Pour ma part, je ne sais plus si j'ai envie de savoir. J'acquiesce néanmoins.

– D'accord, dis-je en lui donnant rendez-vous à la maison.

Je préviens aussitôt David que j'ai un imprévu et que je dois déplacer notre rendez-vous à plus tard dans la soirée. Est-ce que nous allons enfin nous retrouver un jour ? La vie semble multiplier les obstacles entre nous depuis quelque temps et je ne suis pas loin de me demander si ce n'est pas un signe.

Jasper arrive un peu avant dix-sept heures, un paquet de six bières à la main. Nous nous assoyons dans le salon.

– Tu fais quelque chose pour Noël ? demandé-je pour briser la glace.

Il porte la canette à sa bouche et prend une gorgée.

– Je vais voir ma famille et je passerai quelques jours à Québec ensuite.

– Tu leur diras bonjour de ma part.

– Bien sûr, répond-il gravement.

Un silence plutôt désagréable s'installe. Je prends une gorgée de bière à mon tour.

– Vas-y, dis-je, raconte.

Et Jasper se confesse. Il m'explique qu'il a ressenti une attirance envers Marie-Pier dès la première fois qu'il l'a vue au P'tit bar, l'été dernier. Il a tenté d'ignorer ce qu'il ressentait, mais au fur et à mesure des rencontres, leurs conversations se sont étoffées et il est vite devenu clair que l'attirance était partagée. Il a alors décidé de ne plus aller au P'tit bar. Il se sentait coupable d'avoir laissé les choses aller aussi loin, d'autant plus qu'il savait très bien qu'il n'allait pas me tromper. Il en était incapable. Puis, Marie-Pier, que Janie hébergeait depuis qu'elle s'était séparée de son conjoint, a eu des problèmes avec ce dernier. Il s'est mis à la harceler après l'avoir surprise en conversation avec Jasper. Lorsqu'il est passé aux menaces, Marie-Pier a décidé de quitter la ville et sur le coup, Jasper s'est senti soulagé. Mais rapidement, il s'est aperçu qu'il était incapable d'arrêter de penser à elle. Il avait dû alors s'avouer qu'il ne m'aimait plus.

Il a donc repris contact avec elle après notre séparation. Les choses s'étaient tassées avec son ex-mari, qui avait finalement accepté de signer les papiers de divorce.

Francis ayant rejoint sa copine pour les vacances, Jasper a proposé à Marie-Pier de venir passer la fin de semaine avec lui, afin de voir si les choses pouvaient évoluer vers quelque chose de plus sérieux. C'est ainsi qu'elle est arrivée la veille en matinée.

Quand Jasper a terminé, je reste silencieuse un long moment. Je n'arrive pas à démêler l'enchevêtrement d'émotions qui m'habitent. Je finis par poser LA question.

– Est-ce que tu l'aimes ?

Il baisse la tête avant de la relever pour plonger ses yeux dans les miens.

– C'est un peu tôt, mais… je crois que oui.

Je croyais être en paix avec la fin de notre histoire, mais cela ne m'empêche pas d'avoir mal. De ressentir le rejet. Il a choisi une autre que moi et il me semble plus heureux qu'il ne l'a jamais été. Jasper émet un grognement.

– Je suis désolé, Jill. Je m'en veux terriblement de t'avoir caché tout ça, mais il faut que tu saches que lorsque nous nous sommes parlé la dernière fois, je venais tout juste de reprendre contact avec Marie-Pier et je ne savais pas du tout ce que cela donnerait. J'ai pensé que cela ne servait à rien de te le dire. Cela n'aurait fait que te blesser davantage.

J'ai du mal à réprimer ma colère. Comment a-t-il pu me faire ça ? Je brûle d'envie de le frapper tellement cela me fait mal, mais je me retiens. Jasper me regarde prudemment.

– Jill… Cela n'aurait rien changé que tu le saches. Ma décision n'a rien à voir avec Marie-Pier et tu le sais.

Tous les sentiments que j'ai ressentis lors de son départ me reviennent en force. La peine, l'humiliation, l'incompréhension. Je tempête avant de laisser couler quelques larmes. Jasper se rapproche de moi dans la causeuse et me prend dans ses bras pour me consoler. Je me tortille pour lui échapper, mais ses bras se resserrent au tour de ma taille. Il me tient jusqu'à ce que je me calme. Quand je relève la tête, je suis face à lui. Et sans que l'on comprenne tous les deux ce qui nous arrive, on s'embrasse.

Quelques secondes à peine. Je le repousse en même temps qu'il se recule. Il affiche un air à la fois abasourdi et navré. Et je comprends à ce moment précis que je ne l'aime plus. Pour de vrai. Car la seule chose dont j'ai envie, c'est de courir vers David.

Jasper se passe la main dans les cheveux. Il a un sourire d'excuse.

– Je ne sais pas ce qui m'a pris. Je n'avais pas l'intention… L'habitude, j'imagine…

J'attrape la boîte de mouchoirs sur la table basse. Je me sens plus légère, comme si on venait de retirer un gros poids de mes épaules. Je me mouche un bon coup.

– Ce n'est rien, dis-je. Je crois même que ce baiser m'a fait plus de bien que toutes tes paroles de consolation.

Après réflexion, j'ajoute :

– Jasper, je suis désolée d'avoir à te dire que je ne t'aime plus.

Visiblement soulagé, Jasper se met à rire.

– Eh bien, je pourrais me sentir insulté, tu sais ?

J'enchaîne, imperturbable :

– Moi aussi, j'ai quelque chose à t'avouer.

Et là, je lui raconte tout de mon histoire avec David.

CHAPITRE 45

J'ai ouvert grand le battant au premier coup frappé. C'est David, enfin.

– Entre, dis-je avec empressement.

Il s'engouffre dans le vestibule, entraînant avec lui un tourbillon de neige folle, et je l'aide à se débarrasser de son manteau. Il me prend ensuite dans ses bras et m'embrasse longuement.

– Je suis content de te voir, me souffle-t-il dans l'oreille.

– Viens, soufflé-je en le prenant par la main.

Nous marchons jusqu'au salon. J'ai allumé le sapin et mis des bougies sur la table. Il y a aussi une assiette de craquelins avec du fromage, des légumes coupés accompagnés d'une trempette au yogourt et une tablette de chocolat noir.

– Wow, tu as quelque chose à te faire pardonner ? me taquine David.

– Je suis simplement contente de te recevoir, dis-je en m'assoyant à la place où se trouvait Jasper un peu plus tôt. Du vin ?

Une fois servis, nous nous installons plus confortablement. David m'attire vers lui et je replie mes jambes sous moi, une cuisse appuyée contre la sienne. Il prend ma main et se met à jouer avec mes doigts.

– Alors, quoi de neuf ?

Je lève les yeux au ciel.

– Mon Dieu ! Tellement de choses que je ne sais pas par où commencer.

David sourit, faisant apparaître la fossette à sa joue.

– Par le début ? suggère-t-il.

Je lui raconte les derniers développements concernant le meurtre de madame Picotte. Lorsque j'ai terminé, j'ai pratiquement vidé mon verre et David a l'air éberlué.

– Tu es certaine que tu n'es pas en train d'enjoliver un peu ? Je crois me souvenir que tu aimes bien les romans policiers.

Je lui donne une tape sur l'épaule.

– T'es pas drôle. Tout est vrai à cent pour cent.

Il siffle entre ses dents.

– Wow. Alors, c'est la vieille qui l'a tuée ?

Je rectifie :

– En fait, nous ne le savons pas encore. Mais disons que l'attention est tournée vers elle. Et vers le père de Michel, naturellement.

– Je me demande comment elle a été tuée, poursuit David, songeur. C'était quoi la cause de son décès ?

– Traumatisme crânien, je crois. Elle a été frappée à la tête avec une poêle à frire.

Il ouvre des yeux ahuris.

– Il faudrait quand même que la personne ait une sacrée force…

– J'imagine que cela dépend de la poêle…

Je me ressers du vin et reviens m'adosser tout près de lui.

– Quoi d'autre ? demande David après avoir siroté une gorgée de vin.

Je contemple ma coupe que je tiens à deux mains et fais tourner le liquide grenat sur lui-même. J'hésite à raconter ce qui s'est passé avec Jasper. Je me décide donc pour mon dernier sujet.

– J'ai démissionné.

David manque s'étouffer dans son verre.

– Quoi ?

Je répète.

– Mais… pourquoi ?

J'entame mes explications, mais il me coupe aussitôt.

– Pourquoi n'irais-tu pas habiter chez mes parents ?

Je le dévisage, bouche bée.

– Qu'est-ce que tu dis ?

Il attrape mon verre de sa main libre. Après avoir déposé nos deux coupes sur la table, il s'empare de mes mains.

– Elles sont gelées, commente-t-il. Tu as froid ?

Les siennes sont chaudes et légèrement calleuses.

– Un peu. J'ai toujours froid l'hiver.

Il se lève et s'esquive un instant. Lorsqu'il revient, il tient ma douillette entre ses bras.

– Tiens, avec ça, tu auras chaud.

Il la dépose sur moi avant de se rasseoir à mes côtés et de reprendre mes mains entre les siennes.

– Écoute, je suis sérieux. Tu n'as qu'à prendre ma chambre. Je suis certain que mes parents seront d'accord ; mon père t'adore, tu le sais bien. Et puis… mon vol de retour est prévu pour le 5, alors tu n'as même pas besoin de demander à Jasper de garder la maison plus longtemps.

L'idée commence à me séduire. Si elle m'avait déjà effleuré l'esprit, je ne voulais pas demander cette faveur à Mario et de plus, je n'étais pas certaine que David serait d'accord. Mais puisqu'il le propose…

– Je… Je ne sais pas. Tu es certain que tes parents…

Il me rassure :

– J'en suis sûr. Et puis, cela ne veut pas dire que ce sera pour toujours… Ils te dénicheront peut-être un logement à la Ville.

C'est vrai. Peut-être que les RH finiront par me trouver quelque chose et je pourrais continuer mes recherches de mon côté. Soudain, une vague de joie monte en moi à la perspective de rester ici et parce que si David me fait cette proposition, c'est qu'il considère que notre relation se poursuivra après son départ. Autrement, il serait bien trop embarrassé dé me savoir chez lui. Je contemple son visage devenu familier. Ses beaux yeux gris aux reflets dorés, la petite bosse sur l'arête de son nez et la ligne décidée de sa mâchoire. Il étire ses lèvres en un demi-sourire.

– Alors… Qu'est-ce que tu en dis ?

Ses pouces massent le creux de mes mains en effectuant de lents allers-retours. Une bouffée de chaleur monte au creux de mon ventre.

– J'en dis que…

Il me presse.

– Oui ?

Je mouille mes lèvres asséchées. J'ai envie d'une gorgée de vin, mais je suis trop bien pour bouger. Avant de lui dire que j'accepte d'écrire à Dominic pour lui faire part de cette option, j'ai besoin d'avoir une confirmation.

– Attends… Est-ce que ça veut dire que pour toi, nous deux, c'est assez sérieux pour que l'on continue, même si tu dois repartir en Afrique ?

Je regrette presque d'avoir posé la question, tellement j'ai peur de la réponse.

Il poursuit son agréable massage.

– Je pense que oui, pas toi ?

Les battements de mon cœur s'accélèrent.

– T'es sérieux, là ?

Il émet un léger rire.

– Ce n'est pas ce que tu voulais ?

Je hoche vigoureusement la tête.

– OK, alors. Si tes parents sont d'accord… Mais je dois m'assurer que je peux récupérer mon poste avant d'accepter de prendre ta chambre.

À ces mots, une image de moi me prélassant dans les draps de David me fait monter le rouge aux joues. Il s'aperçoit de mon trouble et entrelace ses doigts avec les miens.

– Parlant de chambre… murmure-t-il avant de se rapprocher de moi.

Il s'arrête à quelques centimètres de ma bouche. L'anticipation de son baiser me fait presque gémir.

– Oui ? dis-je en humectant nerveusement mes lèvres.

– Ne fais pas ça, tu sais bien ce que ça me fait…

Ses lèvres chaudes se posent enfin sur les miennes et sa langue explore ma bouche avec une sensualité qui me rend toute molle à l'intérieur. D'un mouvement d'épaules, je me débarrasse de ma couette qui me tient beaucoup trop au chaud. David saisit mes jambes et m'attire à lui. Je me déplace pour venir m'asseoir à califourchon sur ses cuisses, glissant mes doigts derrière son cou pour caresser sa nuque dégagée. Notre baiser s'approfondit.

– Tu embrasses bien, murmure David contre ma bouche.

J'émets un léger bruit de gorge, concentrée sur mes sensations. Décollant son dos de la causeuse, David fait glisser ses fesses en avant sur le siège pour laisser plus d'espace à mes jambes qui s'enroulent instinctivement autour de sa taille.

Ses mains ont trouvé le moyen de se faufiler sous ma blouse de flanelle et font des cercles dans mon dos. Je soupire contre sa bouche et tire à mon tour sur son chandail. La peau de son ventre est chaude et douce entre mes doigts et je le sens se durcir sous moi. Une de mes mains s'aventure alors jusqu'à son entrejambe et tâtonne un peu par-dessus le jeans épais avant de trouver ce qu'elle cherche. David émet un grognement lorsque je presse ma paume contre son érection et j'entreprends de le caresser à cet endroit.

– Tu veux jouer à ça ? marmonne-t-il en délaissant mes lèvres pour picorer mon cou de baisers.

Il s'arrête pour me regarder un instant, les yeux mi-clos. Je souris avant de retirer lentement ma main. Me soulevant par les fesses, David m'attire plus près. Sa bouche descend et je renverse la tête pour lui laisser le champ libre. Je sens ses mains qui se frayent un chemin entre nos deux corps pour venir attraper mes seins et j'échappe un cri de contentement lorsqu'il les presse.

– C'est quel jeu déjà ? demandé-je, le souffle court.

– Celui-là…

Il retire ses mains et entreprend de défaire les premiers boutons de ma blouse. Lorsqu'il libère mes seins de leurs balconnets, l'air frais me fait frissonner. Il les serre à nouveau entre ses paumes tandis que ses pouces viennent caresser mes mamelons déjà raidis. C'est si bon que je me mets à gémir et à onduler sur lui, le bassin tendu contre son bas-ventre.

– J'aimerais bien jouer, dis-je en haletant légèrement.

Il arrête tout et se relève d'un bond. Surprise, j'ai tout juste le temps de m'accrocher à son dos pour ne pas tomber.

– Prépare-toi à crier alors, me prévient-il en marchant d'un pas décidé vers mon lit.

Et il tient parole.

CHAPITRE 46

David a insisté pour venir nous chercher. À seize heures pile, nous nous entassons dans la voiture de Marie-Andrée, moi sur le siège avant et mes parents sur la banquette arrière. Notre chauffeur improvisé a rangé dans le coffre le sac comprenant nos chaussures et les bouteilles de vin que Charles a apportées, mais ma mère a refusé de se départir de son cadeau pour Marie-Andrée. Le matin, elle a passé une heure au dépanneur-boutique du mur pour dénicher quelque chose à offrir à notre hôtesse. Elle a finalement arrêté son choix sur une délicate figurine d'ange illuminée et un ensemble de chandelles odorantes. J'ai hésité à acheter quelque chose pour David. Puis j'ai jugé que notre relation était peut-être un peu trop récente pour cela. À la place, je pourrais lui offrir un cadeau de départ, un souvenir pour qu'il pense à moi lorsqu'il sera à l'autre bout du monde ? Mais maintenant, assise à ses côtés, le doute m'effleure. De quoi vais-je avoir l'air s'il a un présent pour moi ?

Pendant le court trajet, mon beau-père engage la conversation avec David et tous les deux discutent cordialement jusqu'à ce que nous arrivions devant la résidence de Mario. À l'extérieur, le temps a brutalement changé. Le vent gronde avec force et de la neige s'est mise à tomber. Lorsque nous sortons de la voiture, je pousse un petit cri quand une rafale manque arracher ma portière. En l'espace de quelques minutes, nous sommes passés du calme plat à la tempête et nous nous dépêchons d'entrer dans la maison, aidés en cela par quelques bourrasques.

À l'intérieur, nous ôtons nos manteaux et bottes en nous bousculant un peu. Pour l'occasion, nous avons tous fait un effort vestimentaire. Ma mère est resplendissante dans une classique robe noire et Charles est très chic avec son costume cravate. Pour ma part, j'ai osé une pimpante jupe de cuir rouge que je me suis procurée il y a quelques années lors d'un événement regroupant des vêtements de designers soldés. Elle est coupée en A juste au-dessus des genoux et comporte une rangée de boutons en argent sur le devant. Je l'ai agencée avec un chandail gris perle aux manches ballons et des bottes hautes de couleur noire. Quant à David, il a l'air d'une couverture de magazine avec son chic pantalon gris anthracite et sa chemise noire qui fait ressortir ses cheveux et ses yeux clairs !

Mario nous accueille avec un plaisir évident et nous invite tout de suite à la cuisine où se trouve déjà sa femme. Marie-Andrée me semble beaucoup plus en forme que la dernière fois que je l'ai rencontrée, il y a déjà plusieurs mois de cela. Est-ce dû à la présence de son fils ? Les traits agréables de son visage sont détendus et ses grands yeux bruns pétillent de joie tandis qu'elle discute avec mes parents autour de l'îlot de cuisine en touillant une salade verte. Je regarde autour de moi. Le salon et la cuisine forment une grande pièce à aire ouverte sobrement décorée. Le look général est plutôt moderne, mais l'ambiance est chaleureuse. Ma mère et Charles s'installent sur les tabourets de cuir noir face à l'îlot et Millie propose tout de suite à son hôtesse de l'aider en découpant les légumes pour le plat de crudités que Marie-Andrée a prévu. Mario verse le pétillant dans des flutes et nous tend un verre à chacun avant de porter un toast à notre présence.

Il sort ensuite du four une plaque avec des hors-d'œuvre qu'il fait glisser dans une grande assiette blanche. Il nous détaille son contenu avant de nous inviter à le suivre au salon, mais mes parents choisissent de demeurer avec Marie-Andrée. Il met de côté quelques hors-d'œuvre pour eux, puis David et moi le suivons au salon. Un immense tapis gris placé sous les meubles délimite l'espace détente. Je m'assois près de David dans le canapé trois places, tandis que Mario s'installe dans le fauteuil face à nous. Je n'arrête pas de jeter des coups d'œil à mon compagnon et je dois me retenir de me pincer tellement il me semble irréel qu'un homme aussi séduisant s'intéresse à moi.

Comme s'il lisait dans mes pensées, David se tourne vers moi.

– Tu es toute jolie habillée ainsi. Ça me donne envie de te croquer.

Je lui donne une petite tape sur la cuisse, gênée par la présence de Mario.

– Retiens-toi, s'il te plaît.

Mais ce dernier semble s'amuser de la situation. Il nous observe, le visage détendu.

– N'hésitez pas à vous servir, dit-il en tendant le doigt vers l'assiette qu'il a déposée sur une table basse.

Tandis que je saisis un petit rouleau feuilleté dont j'ai déjà oublié la composition, David s'avance et attrape une pâtisserie en triangle qu'il engouffre d'un trait. Sa main vient ensuite se poser sur ma cuisse d'un geste machinal et ses doigts entreprennent de caresser doucement la surface du collant noir qui la revêt, remontant parfois jusque sous la lisière de ma jupe. Je glisse un regard par en dessous en direction de Mario, mais ce dernier semble n'avoir rien remarqué. Il enfile trois hors-d'œuvre l'un après l'autre avant de s'adosser à son siège.

– C'est terrible ce qui est arrivé à Michel, vous ne trouvez pas ? commente-t-il. Se faire arrêter ainsi, dans son propre commerce. Et son père ! Je croyais qu'il habitait Val-d'Or ?

Je lui réponds :

– Je sais. Cette histoire est complètement folle. Qu'est-ce que tu sais de ton côté ? Je crois que Marie-Andrée est très amie avec Janie, non ? Elles se sont parlé ?

– Bien sûr ! Ce matin, justement. Tu savais que le père de Michel fréquentait Colette Picotte ?

– Oui. C'est ce que j'ai cru comprendre. Le monde est petit, comme on dit !

Mario poursuit :

– Comme Pierre Legrand est le dernier à l'avoir vue, ça fait de lui un suspect idéal, c'est certain. J'espère pour Michel et Janie que ce n'est pas le cas.

Je songe à Amélie, à qui j'ai parlé plus tôt, et qui m'a dit sous le couvert de la confidence qu'il allait bientôt y avoir une arrestation pour le meurtre de l'ancienne directrice. J'espère que le bel inspecteur n'a pas trahi le secret professionnel en partageant cette information. Mais Amélie ne m'a pas précisé de qui il s'agissait, bien que je m'en doute un peu...

– En tout cas, dis-je, je n'avais jamais vu Michel dans cet état. Vous auriez dû l'entendre quand ils l'ont menotté pour l'emmener. Je ne pensais pas être témoin d'une telle scène un jour.

– Jill croit qu'il y a une autre personne d'intérêt dans cette affaire, ajoute David.

Là, je me rends compte que j'ai oublié de lui dire de garder le secret sur les confidences que je lui ai faites. Mais l'alcool aidant, je ne peux résister. Je leur raconte ce qu'Hugo a mentionné à l'inspecteur Coon, soit que madame Beauchemin avait affirmé sur Facebook avoir fréquenté, comme Colette Picotte, le père de Michel. J'évoque également ses dernières publications qui auraient été assez virulentes envers Colette Picotte.

– Et moi qui croyais que vieillir était ennuyeux ! commente David.

Mario a une moue sceptique.

– Cela m'étonnerait que Jeannette ait quoi que ce soit à voir avec ça.

Je me tourne vers lui, moqueuse.

– Ah ! Elle a réussi à te séduire, n'est-ce pas ? Blague à part, je trouve qu'elle a quelque chose de malsain, cette bonne femme. C'est peut-être un meurtre par jalousie ?

Je ne peux m'empêcher de grimacer en prononçant les derniers mots.

– On se croirait dans un scénario de film ! conclut David. Moi, je penche plutôt pour la cupidité. La victime cachait peut-être de l'argent sous son matelas. Ce motif serait plus crédible, à mon avis.

J'approuve de la tête. Ce serait, effectivement, plus facile à imaginer que de penser que madame Beauchemin est assez fêlée pour tuer son amie de sang-froid. Il y a un moment de silence, pendant lequel j'entends ma mère rire de bon cœur à quelque chose que mon père ou Marie-Andrée a dit dans la cuisine.

– Bon, ils n'ont encore accusé personne, finis-je par dire. Il y a peut-être une autre explication à tout ça.

– Il faut bien que quelqu'un lui ait donné ce coup de poêle à frire sur la tête, réplique Mario. J'ai du mal à croire que Jeannette Beauchemin a assez de force pour frapper quelqu'un au point de tuer.

– Et votre collègue ? enchaîne David. Celle qui a ses entrées dans la police ? Elle ne pourrait pas nous éclairer ?

Je me tortille sur le divan, mal à l'aise. Les sourcils de Mario ressemblent à des accents circonflexes.

– Qui ça ?

– Il parle d'Amélie et de l'inspecteur Coon.

Je donne un petit coup de coude à David et chuchote :

– J'aurais préféré ne pas en parler.

– Qu'est-ce qui se passe au juste entre Amélie et ce policier ? reprend Mario.

– Je crois qu'ils s'aiment bien, répond David avec un large sourire.

Mario roule des yeux.

– On parle bien de *notre* Amélie ? Elle sort avec ce policier ? Si je m'attendais à ça.

Il semble effectivement étonné et je garde le silence, embarrassée d'avoir en quelque sorte trahi mon amie.

David et son père se mettent alors à discuter des derniers changements survenus chez Arctic Nord et je prends une gorgée de mousseux en les écoutant distraitement. Je suis un peu nerveuse, j'ignore si David a parlé de sa proposition à ses parents, puisqu'il s'est contenté de me répéter de ne pas m'en faire.

J'observe le nouvel homme de ma vie pendant qu'il plaisante avec son père. Mario semble de très bonne humeur. Il a perdu son air tourmenté. C'est aussi un nouveau David que je découvre, et ce n'est pas pour me déplaire. Tout en discutant, il prend sa bière, en avale une longue gorgée et la redépose aussitôt pour remettre sa main sur ma cuisse. Cette fois, je sens le regard de Mario sur moi. Troublée, je tourne les yeux vers lui et il me sourit. J'ignore ce que David lui a dit, mais il semble avoir accepté l'idée que nous nous fréquentions. *Se fréquenter.* Cette expression désuète est charmante, mais ne m'apparaît pas appropriée pour décrire la relation passionnée que j'ai avec son fils.

Par contre, ce terme s'applique tout à fait à Amélie et l'inspecteur Coon. Lorsque nous nous sommes parlé ce matin, elle m'a dit sur un ton surexcité que le beau policier lui avait demandé si elle acceptait qu'ils se voient « plus sérieusement ». Abasourdie par sa proposition et les implications que cette décision aurait sur elle et son fils, elle lui a demandé un peu de temps avant de lui donner une réponse. Nous avons discuté de ses craintes, son principal souci étant de se protéger et de protéger son fils des risques liés au métier de son prétendant.

J'entends une musique en arrière-plan et il me faut quelques secondes avant de reconnaître la chanson de Noël de Mariah Carey qui fait office de sonnerie pour mon téléphone. Avec un mot d'excuse, je me précipite dans la cuisine pour saisir mon sac à main que j'ai laissé sur la table basse dans l'entrée. J'en extirpe l'appareil dont l'écran est allumé. C'est bien Amélie.

– Bureau des rennes du père Noël, comment puis-je vous aider ?

J'entends un petit rire au bout du fil.

– Très drôle ! Est-ce que je te dérange ?

– Nous n'avons pas encore commencé à manger. Tu as des nouvelles ?

– Oui. C'est pour ça que je t'appelle…

Quand je pénètre dans le salon, David et son père sont toujours en pleine discussion, cette fois sur les déboires des Canadiens de Montréal. Je reprends ma place sur le divan, puis vide ma coupe de mousseux d'un trait. David s'interrompt, perplexe.

– Il se passe quelque chose ? Tu as l'air bizarre.

Je reste muette.

– Alors ? me presse-t-il.

Mario me fixe aussi.

– Alors, dis-je en ménageant mon effet, la police vient officiellement d'arrêter quelqu'un pour le meurtre de madame Picotte.

– Qui est-ce ? me questionne Mario avec empressement.

– Je parie sur la bonne femme, ajoute David.

Je pince les lèvres, encore sous le coup de l'émotion de cette annonce qui sera communiquée aux journalistes sous peu. Je prends une grande inspiration avant de lâcher :

– Ils ont arrêté monsieur Rochon.

– Quoi ?

– Qui ?

Les deux se sont exclamés en chœur. Mario affiche un air éberlué qui correspond tout à fait à ce que je ressens.

– Qui est monsieur Rochon ? demande David.

– Un abonné de la bibliothèque, articule lentement Mario. Ouch ! Je suis sous le choc !

Je renchéris et garde le silence un instant avant de tout déballer.

– Accrochez-vous, c'est incroyable comme histoire. Monsieur Rochon aurait lui aussi fréquenté Colette Picotte il y a un an environ. Elle aurait mis fin à la relation, car il était agressif envers elle, à un point tel qu'elle aurait menacé de déposer une plainte à la police. Le vieil homme s'est calmé, mais pour se venger, il aurait tenté de séduire madame Beauchemin qui l'a envoyé promener. Ce qui expliquerait pourquoi il ne l'aime pas.

Je cherche à étancher ma soif, mais mon verre est vide. Aussitôt, David se précipite à la cuisine pour rapporter une deuxième bouteille de pétillant et me servir.

– Continue, me presse Mario.

– Il a appris que Colette fréquentait un autre homme et a commencé à la harceler. Cela s'est terminé comme on sait.

Autre moment de silence. David vide sa bière d'un trait avant de s'exclamer :

– Et moi qui croyais que la vie n'était qu'un long fleuve tranquille à cet âge ! Mais qu'est-ce qu'ils fichent tous encore ici, ces vieux ? Ils ne sont pas retraités ? Comment font-ils pour avoir un logement ?

– Madame Picotte était toujours employée par la Ville. Elle faisait des remplacements à différents postes, mais on n'en sait pas plus. Madame Beauchemin travaille un peu à l'hôtel. Quant à monsieur Rochon, il est dans l'équipe de concierges qui œuvrent dans le mur. Leur emploi leur permet de conserver leur appartement.

– Je trouve quand même bizarre qu'arrivés à cet âge, ils veuillent demeurer ici, commente David. Ils n'ont peut-être pas de famille à l'extérieur ?

Mario secoue la tête.

– Madame Beauchemin restait ici pour être proche de sa fille et en prendre soin. Quant au mari de madame Picotte, il est mort depuis quelques années.

J'apprends alors que l'homme est décédé dans un accident de travail chez Arctic Nord il y a cinq ans. L'entreprise n'aurait pas respecté les normes du travail en obligeant certains de ses employés à travailler au-delà de leurs capacités physiques, ce qui aurait causé la distraction fatale de l'un d'entre eux, qui se serait pratiquement endormi en conduisant une pelle mécanique dont le bras a frappé le mari de madame Picotte derrière la tête. Je suis horrifiée.

– Mon Dieu ! Quelle histoire !

– J'avais oublié ce tragique accident, dit David. C'est la hantise de tous les opérateurs de machineries lourdes, une telle tragédie !

– Avez-vous remarqué ? Les deux sont décédés d'un coup à la tête.

Mario me regarde.

– Bonne observation. Triste karma.

David se gratte le crâne, pensif.

– Encore une fois, on se croirait dans un film. Mais où s'en va le monde si les petits vieux commencent à s'assassiner entre eux ?

Au même moment, Marie-Andrée appelle Mario pour qu'il vienne l'aider à mettre la table. Notre hôte se lève en s'excusant et je demeure seule avec David. Pour me donner une contenance, je prends une nouvelle gorgée du mousseux qui oscille dans le verre que je tiens à la main.

– Pauvre madame Picotte, dis-je, encore choquée. Ce n'était pas quelqu'un d'agréable, mais elle n'a pas mérité de finir ses jours ainsi…

– C'est sûr. Allez, changeons de sujet ! Et tes parents ? Comment vont-ils ? Ils ont l'air en forme. Tu leur as dit pour...

Je complète :

– Pour nous deux ou pour le logement ?

– Les deux.

– J'attends que ce soit officiel…

– Si ça peut t'apaiser, j'en ai glissé un mot à ma mère avant que tu arrives. Il ne reste plus qu'à convaincre mon père.

– C'est vrai ?

– Ne t'en fais pas ! Je sais qu'il va dire oui. Je n'ai juste pas encore trouvé le bon moment. Il a passé la journée à réparer quelque chose sur sa motoneige et ça l'a un peu stressé.

– Hum. Et vous deux ? Ça va, maintenant ?

Il semble hésiter.

– Comme je t'ai dit l'autre jour, nous avons discuté et ça va mieux. Je crois qu'il a enfin compris que je ne lui en voulais pas. Que je souhaitais seulement passer à autre chose et qu'il devait enfin faire de même.

Je regarde ses yeux magnifiques, à peine voilés par cette terrible épreuve qu'il a vécue enfant.

– J'aimerais rattraper le temps perdu avec lui, mais… on sait tous les deux que c'est impossible. Il nous faut aller de l'avant.

David prend ma main qui repose sur ma cuisse. Il la lève jusqu'à ses lèvres et dépose un baiser sur mes doigts repliés.

– Et puis, je veux aller de l'avant avec toi.

Mon cœur se serre en même temps qu'il se gonfle de joie. Je suis heureuse que nous soyons officiellement ensemble, mais je redoute son départ prochain. Malgré l'assurance de nos sentiments partagés, j'ai peur de perdre cette complicité qui se développe entre nous. Notre relation est physiquement très intense et j'ignore si l'éloignement va jouer en notre faveur.

Je cherche à calmer mon souffle qui s'accélère devant l'arc sensuel de sa bouche et la petite fossette qui se dévoile lorsqu'il sourit à demi, comme maintenant. Nos yeux s'accrochent en silence. J'ai envie de le toucher, de l'embrasser. De me coller à lui et d'éveiller les émotions qu'il a tenues endormies toutes ces années. Sa bouche contre la mienne, il souffle :

– Tu m'aimes bien, hein, Jilliane ?

Ces simples mots chuchotés me bouleversent. Mon cœur a un élan que je reconnais aussitôt. Je suis amoureuse. J'avance un peu la tête et ma bouche effleure doucement ses lèvres offertes.

– Oui, je t'aime bien. Vraiment bien.

Nous échangeons un long baiser tendre, jusqu'à ce que je réalise qu'on peut nous surprendre à tout moment. Je me recule.

Un cri strident retentit. La voix de ma mère. Elle répète le nom de Charles plusieurs fois. Après un moment d'égarement, je me précipite dans la cuisine, suivie de très près par David. Charles est allongé par terre et Mario a déjà entrepris des manœuvres de réanimation.

D'une voix étranglée, je parviens à demander :

– Que… qu'est-ce qui s'est passé ?

Ma mère éclate en sanglots et Marie-Andrée la serre dans ses bras, faisant de son mieux pour la rassurer.

– Ça va aller, ça va aller…

David me pousse en passant devant moi pour rejoindre son père.

– Je vais t'aider, dit-il en s'agenouillant à ses côtés. Je m'occupe des respirations et toi du massage cardiaque. Jilliane, appelle le 911, s'il te plaît !

Sa voix a pris un ton déterminé que je ne lui connaissais pas encore. Je m'exécute immédiatement et cours jusqu'à mon sac chercher mon téléphone.

Les secondes qui suivent sont les plus longues de ma vie. J'essaie de garder mon calme tandis que je réponds aux questions de la standardiste. Ma mère n'arrive pas à cesser de pleurer. Quant à Mario et David, ils agissent de concert, en telle symbiose qu'on croirait que ce sont eux les ambulanciers. Je loue le ciel de leur présence. Peut-être vont-ils réussir à sauver Charles ? Charles… Charles qui est malade et qui nous l'a caché.

J'ai l'impression que l'ambulance met une éternité à arriver et nos deux secouristes improvisés commencent à se fatiguer. Je crains de plus en plus que leurs manœuvres soient inutiles. Il me semble que Charles aurait déjà repris connaissance, non ? Je fais les cent pas, tendue et angoissée, le téléphone collé à mon oreille comme me l'a demandé la préposée. Pour rester en contact. Quand je demeure trop longtemps silencieuse, elle me pose des questions et je réponds de façon automatique. Plus tard, je ne me souviendrai de rien de ce que je lui ai dit.

Les ambulanciers se présentent enfin. Ils s'excusent à plusieurs reprises pour le délai plus long qu'à l'habitude. La tempête fait maintenant rage et cela complique les déplacements. Ils prennent le relais des apprentis secouristes qui se retirent, épuisés. J'en informe la standardiste et je raccroche. David me rejoint et saisit ma main libre, la serrant très fort, tandis que Mario reste debout, les bras ballants, à deux mètres de la scène.

L'un des ambulanciers installe un défibrillateur et commence à envoyer des chocs à intervalles réguliers sur la poitrine inerte de Charles. Après le quatrième choc, le second ambulancier reprend le massage cardiaque, ne s'arrêtant que pour insuffler de l'air dans ses poumons. Les secondes passent si lentement que je pense m'évanouir. David m'attire à lui et j'appuie ma joue baignée de larmes sur sa chemise. Lorsque le plus jeune des ambulanciers, celui qui a installé le défibrillateur, secoue lentement la tête, je me retiens de hurler. L'autre s'interrompt et regarde ma mère et Marie-Andrée.

– Il ne respire toujours pas, dit-il. Nous l'emmenons tout de même à l'hôpital, mais avec cette tempête…

Et tout s'effondre.

CHAPITRE 47

Six semaines plus tard...

– Comment vous sentez-vous aujourd'hui, Jilliane ?

Je hausse les épaules. Mes yeux se perdent dans le dessin d'une fleur qui orne l'unique tableau de la petite pièce. Comment je me sens ? Mal. Très mal.

– Très bien, dis-je.

La femme dans la cinquantaine au visage agréable assise face à moi griffonne rapidement quelque chose dans le cahier qu'elle tient d'une main. J'examine les circonvolutions des pétales de l'immense rose rouge représentée sur un tableau derrière elle. Une reproduction en série, j'imagine.

– D'accord. Qu'avez-vous pensé de cette première séance, la semaine dernière ?

Ça me pique dans le cou, mais je ne bouge pas. Dire que je n'ai aucune envie d'être ici est un euphémisme.

– Je ne sais pas.

Elle griffonne à nouveau et je me retiens de rire tellement cela me semble cliché. Aussitôt, je me sens coupable. Ma mère a tant insisté pour que je fasse cette démarche et c'est elle qui paie mes séances. La moindre des choses serait que je les prenne au sérieux. C'est assez difficile pour elle en ce moment, elle n'a pas besoin que je lui en rajoute une couche. Mais ça ne veut pas dire que j'ai envie de parler à cette femme.

– Avez-vous pu mieux identifier les émotions qui vous habitent depuis le décès de votre père ?

Je la reprends :

– Mon beau-père.

La psychologue ne semble pas s'offusquer de mon ton abrupt.

– Votre beau-père, oui.

Ses yeux m'observent avec attention, à l'affût de chacune de mes réactions. Du moins, c'est ce que je crois. Mais je décèle aussi dans son regard une compassion qui me touche. Je baisse les yeux sur mes cuisses, gênée.

Elle parle de son ton calme et posé.

– La semaine dernière, je vous ai expliqué que perdre un proche dans des circonstances aussi brutales peut créer chez certaines personnes ce qu'on appelle un choc post-traumatique. Vous m'avez parlé de vos cauchemars. Vous dites que vous revivez la scène qui vous a marquée presque toutes les nuits. Avez-vous réfléchi à la question ?

– Un peu…

La femme aux cheveux roux foncé coupés au carré et aux yeux bleus perçants pose son crayon.

– Vous savez, je me suis demandé si cet événement n'avait pas eu une résonance en vous en lien avec votre père biologique. Ne l'avez-vous pas perdu lui aussi d'une certaine façon ?

Je me raidis, les émotions m'empêchant de parler.

– Vous vous souvenez des étapes du deuil ? Nous avons discuté plus particulièrement de la première, celle du déni, et des comportements qui en résultent. Vous avez mentionné à ce moment le départ de votre père biologique en affirmant que vous vous en étiez bien remise. Que vous l'aviez accepté. Aujourd'hui, quel lien faites-vous entre l'absence de celui-ci et la mort de votre beau-père ?

Je lutte pour ne pas me mettre à pleurer. Tout ce que je peux faire, c'est de la regarder sans parler. Ses yeux m'étudient. Attentifs. Clairvoyants.

– Vous savez ce que je crois, Jilliane ?

Je me mords les lèvres et secoue la tête, bien que je devine ce qu'elle va me dire. Cette idée a tourné en boucle dans ma tête toute la semaine.

– Je crois que la mort de votre beau-père fait résonner en vous la perte symbolique de votre père biologique et que c'est cette douleur qui vous habite. Toutes ces années, vous avez tenté d'ignorer le sentiment d'abandon que vous ressentez depuis son départ. Et voilà que votre amoureux vous quitte et que votre beau-père décède d'une crise cardiaque.

Les larmes inondent maintenant mes joues. Je tends le bras vers la boîte de mouchoirs judicieusement placée sur une table d'appoint à la droite de mon fauteuil.

La psychologue reprend, plus doucement :

– Pour pouvoir accueillir ces deuils récents, je crois que vous devez d'abord surmonter le deuil originel, celui de votre père. À ce moment seulement, vous pourrez surmonter d'autres événements tragiques. Lorsque nous sommes profondément blessés par une situation ou par quelqu'un, il arrive que nous établissions sans nous en rendre compte des mécanismes de protection visant à nous éviter de vivre des douleurs semblables.

Je renifle un coup, les lèvres serrées, et fixe mes mains en l'écoutant attentivement.

– Jasper était, si j'ai bien compris, votre premier vrai amoureux.

Elle s'arrête, attendant que je confirme. Ce que je fais, d'une petite voix.

– Oui.

– Son départ vous a surprise et vous en avez ressenti beaucoup de souffrance, car vous l'aimiez.

À nouveau, j'acquiesce.

– Mais vous étiez-vous impliquée suffisamment dans cette relation ?

Je relève la tête, interdite. La psychologue poursuit :

– N'avez-vous pas eu tendance à ignorer les signaux d'alarme que votre conjoint vous a envoyés ? À fermer les yeux sur ce qui pouvait mettre en danger la relation plutôt que d'affronter les questions difficiles ?

La colère monte en une flambée violente qui me brûle l'œsophage.

– Vous n'avez pas le droit de dire que je ne me suis pas impliquée ! J'ai tout donné pour cet homme ! Je l'ai fait vivre pendant ses études, j'ai pris soin de lui, je l'ai même suivi dans ce trou perdu !

Je m'arrête, à la recherche de mon souffle. Mon cœur bat la chamade et je le sens jusque dans ma gorge. Je suis à deux doigts de me lever et de quitter cette pièce.

La psychologue esquisse un mouvement d'excuse.

– Je suis désolée, je ne voulais pas vous blesser. J'essaie de voir avec vous si vous n'avez pas établi certains mécanismes de protection visant à garantir que cet homme reste auprès de vous. En faisant ces sacrifices, par exemple. En le faisant passer avant vous et vos besoins. Allant jusqu'à nier les besoins que lui-même exprimait, ce qui a fini par faire tomber l'échafaudage que vous aviez créé autour de lui pour le retenir et vous préserver.

Ma respiration a repris un rythme plus régulier. Mon intuition me souffle qu'il y a une part de vérité dans ses propos. Il me vient alors à l'esprit tous ces moments où j'ai réprimé l'expression d'un désaccord. Où j'ai pris sur moi pour régler une dispute en me rangeant de son côté ou en m'excusant. Aux lunchs faits pour lui, tard le soir, avec les restes du souper, tandis que je me contentais d'une boîte de soupe et d'un œuf dur. À la vaisselle et au ménage que je détestais, mais que j'avais pris sous ma responsabilité. Aux activités que nous choisissions et qui étaient le plus souvent des choses qu'il aimait.

Les exemples se multiplient, se bousculent en moi, comme s'ils étaient heureux de pouvoir enfin se manifester. Je soutiens enfin le regard de cette femme qui m'aborde sans jugement. Paisiblement. J'ai l'impression qu'elle voit défiler toutes ces images qui passent en moi, qu'elle me comprend.

– Quelque chose vous parle dans ce que j'ai dit ? demande-t-elle calmement.

– Oui, peut-être…

Elle sourit.

– Il ne faut pas vous juger. Vous avez fait de votre mieux pour vous protéger. Mais vous êtes confrontée au fait que tous ces efforts et ces sacrifices n'ont pas empêché votre petit ami de vous quitter. Car la vie est, par définition, changeante et imprévisible. Et que les gens ne peuvent pas être contrôlés.

Ces derniers mots flottent un instant dans l'air.

– Jilliane, vous ne pourrez pas vous éviter totalement la souffrance. Mais vous pouvez apprendre à y faire face. À la transformer.

Un silence. J'ai l'impression que quelque chose en moi se fissure. D'être au bord d'un précipice. Et c'est extrêmement désagréable.

– Je me souviens d'une phrase que j'ai lue par hasard, poursuit la psychologue. Je me rendais à un cours donné dans une maison ancestrale un peu négligée, appartenant à un organisme communautaire. Dans l'entrée, sur un bureau de bois qui m'a semblé avoir au moins cent ans, je suis tombée sur une pile de feuillets vendus deux dollars et qui portaient le titre, *Aimez ce qui est*. Ce titre m'a accrochée. Par curiosité, j'ai pris un feuillet pour le lire après le cours.

Je tends l'oreille comme une petite fille qui espère que l'adulte de confiance face à elle fasse disparaître son chagrin d'un coup de baguette magique.

– L'auteur y expliquait sa philosophie en regroupant les événements de la vie en trois catégories : *nos affaires, les affaires des autres* et *les affaires de Dieu*[3]. En définitive, les seules sur lesquelles nous pouvons exercer un certain contrôle, ce sont nos affaires. Lorsque quelque chose nous dérange ou nous rend malheureux, posons-nous la question. Cette chose qui m'empêche d'être bien en ce moment, est-ce que c'est de mes affaires ? En d'autres termes, est-ce que je peux y changer quelque chose ? Par exemple, le fait que Jasper ne vous aime plus, est-ce que ce sont ses affaires ou les vôtres ?

---

3. Tiré de la démarche de Katie Byron, qu'elle appelle Le Travail (The Work) dans *Aimer ce qui est* (*Aimer ce qui est*, Katie Byron, Éditions Ariane, 2003.) L'auteure y explique notamment d'où viennent nos souffrances en les catégorisant en trois types d'affaires. Selon elle, nous nous éloignons du bonheur dès lors que nous nous occupons des affaires des autres ou de celles de Dieu.

Elle s'arrête, attendant ma réponse.

– Ses affaires, dis-je d'une petite voix. Mais cela a un impact sur moi.

– Tout à fait. Mais vous ne pouvez pas le forcer à vous aimer, car ce ne sont pas de vos affaires.

Je réfléchis à cela. Même si ça me tue de l'entendre, elle a raison.

– Ce qui n'est pas de nos affaires ne nous appartient pas. Nous ne pouvons rien y faire. Cela peut sembler difficile à accepter, mais au fond, c'est très libérateur. Ainsi, est-ce que l'alcoolisme de votre père fait partie de vos affaires ?

Encore un silence.

– C'est plutôt une des siennes, n'est-ce pas ? Que cette situation l'ait amené à faire des choix qui ont eu un impact significatif sur vous peut vous amener à penser que ce sont vos affaires, mais en réalité, c'est de sa vie qu'il s'agit. Vous ne pouvez rien y changer, malgré toute votre volonté.

Elle marque une pause. C'est la première fois qu'elle a toute mon attention. Je cligne des yeux sous l'intensité de son regard.

– C'est la même chose pour le décès de votre beau-père, Jilliane. La mort, les catastrophes naturelles appartiennent aux *affaires de Dieu* ou à une puissance divine, si vous préférez. Êtes-vous d'accord ?

Je hoche lentement la tête.

– En revanche, continue la psychologue, ce qui est de vos affaires, c'est la façon dont vous allez gérer ces situations. Comment allez-vous faire preuve de résilience et intégrer ces expériences difficiles pour vivre pleinement votre vie, malgré ces pertes et ces deuils, ou plutôt avec ces pertes et ces deuils qui peuvent vous rendre plus forte, plus humaine et je dirais même, plus vivante. Vous voyez ce que je veux dire ?

Je vois. Je pense à David. À ce qu'il a vécu et à la façon dont cela l'a transformé. À la résilience dont il a dû faire preuve.

– Oui, mais… dis-je d'une voix hésitante, comment on fait ?

– On commence par regarder les choses en face. Reconnaître nos blessures et nos peines plutôt que les nier. Tenter de comprendre ce que cela fait résonner en nous, s'accorder le droit de ressentir ces émotions et les accepter comme des expériences de vie qui font partie de notre humanité. Ainsi, ces émotions difficiles peuvent tout simplement nous traverser, et non nous imprégner de façon à créer en nous de nouvelles sources de souffrance. Car ce ne sont pas les choses elles-mêmes qui créent de la souffrance, mais le regard que nous portons sur elles.

Je médite sur ce que je viens d'entendre. Puis, j'inspire profondément.

– Je comprends.

Les yeux de la psychologue se plissent de satisfaction.

– Bien. On se revoit la semaine prochaine ?

CHAPITRE 48

Je peste en cherchant désespérément un endroit où stationner ma voiture. La métropole vient de recevoir vingt-cinq centimètres de neige en un peu moins de cinq heures et la ville est paralysée. Comme je déteste Montréal en hiver ! Je repasse devant l'immeuble où habite ma mère, rue de Châteauguay, pour la troisième fois lorsqu'une place se libère par miracle devant moi. J'y précipite ma voiture en croisant les doigts pour que mes tentatives de stationnement parallèle ne créent pas un bouchon sur des kilomètres, mais là encore, j'ai de la chance. Je réussis du premier coup.

Je sors de la voiture et verrouille les portières après avoir vérifié les panneaux pour être certaine que je n'aurai pas de contravention.

Les trottoirs sont tellement enneigés que je manque de tomber avec mes bottes à talons. Je me retiens juste à temps en m'accrochant à une clôture de métal rouillé sur la devanture d'un terrain. Enfin, j'arrive devant le triplex reconverti en duplex par

Charles et ma mère, deux ans après leur rencontre. Il me semble aujourd'hui que c'était dans une autre vie. J'avais alors une dizaine d'années, Jordan était encore un bébé et son berceau avait été installé dans la chambre de mes parents. Ils avaient entrepris des travaux afin de récupérer le deuxième étage pour agrandir leur appartement. Je me souviens combien j'adorais ma nouvelle chambre ! J'avais moi-même choisi les deux nuances de rose qui ornaient les murs et la douillette brodée de fleurs. C'est cette chambre que j'habite depuis mon retour. Mais le rose a été remplacé par du gris. Au propre comme au figuré.

J'utilise ma clé pour ouvrir la porte et entre dans le vestibule fermé doté d'un large placard avec portes coulissantes. Je me débarrasse de mon manteau et de mes bottes avant d'enfiler mes chaussures de sport qui traînent dans un coin. Dans la cuisine, je trouve ma mère en train de préparer un gâteau sur l'immense îlot qui nous sert aussi de table à déjeuner. La radio diffuse un programme d'après-midi avec un animateur bien connu. Nous sommes déjà au mois de février et c'est ma fête aujourd'hui. Jordan doit venir nous rejoindre avec Sabrina pour le souper.

– Tu veux que je t'aide ? demandé-je en déposant mon sac à main sur un tabouret.

Ma mère brandit sa spatule, faussement irritée.

– Tu n'es quand même pas pour préparer ton propre gâteau de fête !

Je la regarde mesurer la farine, puis le sucre, en écoutant distraitement le présentateur à la radio.

– Comment s'est passée ton entrevue ?

J'appréhendais cette question. Mon entretien au collège Brébeuf pour un poste de bibliothécaire ne m'a pas particulièrement emballée. J'aurais préféré quelque chose du même genre que le poste que j'avais vu passer alors que j'étais toujours à Fermont. Mais ce dernier a été comblé avant que je puisse proposer ma candidature.

– Bien. Enfin, je crois. Mais je ne suis pas certaine d'en avoir envie. Un collège privé…

Je grimace avant d'ajouter :

– Je ne m'y vois pas trop… De toute façon, quelques nouvelles offres se sont affichées sur le site que je consulte.

Je n'ose pas lui dire que je doute que les gens qui m'ont évaluée ce matin me rappellent. Je n'ai pas été en mesure de répondre convenablement à certaines questions, n'ayant pas pris la peine de me renseigner sur l'établissement.

– Tu as donc réussi à te garer !

– Oui.

Je me dirige vers le comptoir et branche la bouilloire pour me faire un thé. Ma mère entreprend de battre les œufs au fouet.

– Tu n'as pas laissé ta voiture dans le stationnement de la pharmacie ?

– Arrête avec ça ! Ce n'est arrivé que deux fois !

Elle a un petit rire moqueur et je lui fais ma plus belle grimace avant de m'asseoir à la table de la cuisine, près des fenêtres. Une pile de courrier envahit une bonne partie de sa surface.

– Ça te dérange si je fais le tri ?

Ma mère approuve sans me regarder. J'ai remarqué que depuis la mort de Charles, elle néglige parfois de payer les comptes. J'avise les cachets de poste et constate que certaines lettres reçues il y a plus d'une semaine sont toujours cachetées. Je lui jette un œil. Elle mélange la pâte d'un coup de main expert et à la voir si efficace, si concentrée, quiconque ne la connaît pas parfaitement penserait qu'elle se conduit de façon tout à fait normale. Qu'elle semble même heureuse.

Mais, moi, je la connais. Moi, je sais. Ma mère, tout comme moi, est dévastée par un chagrin immense.

Je tends le bras pour faire glisser vers moi un paquet de lettres de différentes tailles. Je passe machinalement en revue les enveloppes une à une. À l'œil, je dirais que celles qui me semblent plus anciennes sont probablement des cartes de condoléances. Encore. Charles avait un grand réseau d'amis et de connaissances, ici comme à l'étranger. Je comprends ma mère d'éviter de les ouvrir. Chaque fois, elle doit revivre ce soir fatidique et regretter le silence de Charles sur son réel état de santé.

Mais cela aurait-il vraiment changé quelque chose si nous avions su qu'il souffrait d'athérosclérose, ce pour quoi il prenait des médicaments depuis peu ?

Une enveloppe rouge ornée de plusieurs timbres retient mon attention. Elle porte le cachet de Fermont. Je la regarde longuement avant de me décider à l'ouvrir. Dès que je reconnais l'écriture en pattes de mouche d'Amélie, mes yeux se brouillent.

Chère Jilliane,

Tu me manques. En fait, tu nous manques à tous. Je ne sais pas comment tu vas, puisque tu ne réponds pas à nos messages, mais j'espère que tu t'en sors, ainsi que ta mère. Je pense être en mesure d'imaginer ce que vous ressentez toutes les deux. Ainsi que ton frère. Mais je sais aussi que je ne peux rien pour vous aider. Sauf te rappeler que je suis là. Que je serai toujours là pour toi.

Ici, la vie suit son cours. Tu n'as pas encore été remplacée. Le poste a été affiché, mais ils n'ont aimé aucune des candidatures. Je crois que Dominic espère secrètement que tu reviennes. En attendant, Mario et moi tenons le fort. La Ville a envoyé une employée temporaire pour nous filer un coup de main. Elle s'appelle Clara. Tu l'as déjà rencontrée, elle était au courrier avant. C'est une jeune fille assez douée avec les clients. Même Hugo est sous son charme ! Il a commencé à porter des chemises propres et a fait couper ses longs cheveux. Tu ne le reconnaîtrais pas, je te jure ! Il vient pratiquement tous les jours pour s'occuper de Fripon, même quand il ne travaille pas. Je crois que ce chat lui fait du bien. Comme aux enfants, d'ailleurs. Personne ne s'est plaint de sa présence et nos statistiques de fréquentation ont même augmenté ! Par ailleurs, Dominic n'est pas intervenu lorsqu'il a découvert que nous hébergions Fripon pendant une visite avec sa femme et sa fille. J'ai bien vu qu'il était surpris, et peut-être un peu mécontent, mais sa petite Mia, elle, était ravie ! Avant de partir, il nous a dit qu'il était très important de l'informer si un abonné manifestait un inconfort. Mais rien de tel ne s'est produit jusqu'ici.

Ma relation avec James est devenue des plus sérieuses. Il commence à parler d'habiter ensemble, mais je trouve que c'est trop tôt. Je préfère que nous continuions à apprendre à nous connaître. Parfois, j'ai l'impression que c'est l'homme de ma vie, alors qu'à d'autres, je voudrais qu'il parte tellement je me sens coupable d'oublier si rapidement mon mari. J'aimerais tant que tu sois là pour que nous puissions aller prendre un verre et bavarder comme avant ! Mais rassure-toi. James est très compréhensif et attentionné. Un peu conventionnel parfois, mais c'est un homme honnête et sincère, et je sais que son cœur est bon. D'ailleurs, Lucas l'aime beaucoup. Et James est si merveilleux avec lui que je pourrais l'aimer juste pour cela ! Mais, heureusement pour lui, j'ai aussi tout un tas d'autres bonnes raisons, comme le fait qu'il soit si sexy en habit de policier !

Ton cher David est passé à la bibliothèque hier. Quel dommage que tu sois partie alors même qu'il allait t'annoncer qu'une possibilité s'était présentée à lui de travailler à la mine ! Je lui ai fait part de mon intention de t'écrire et il a insisté pour que je t'envoie son bonjour et que je te dise qu'il pense à toi. Je le vois régulièrement maintenant qu'il vit ici. D'ailleurs, nous devons nous rejoindre au P'tit bar ce soir, avec James et Mario.

David parle souvent de toi. Le fait que tu ignores nos messages et nos appels semble encore plus difficile à accepter pour lui que pour moi. Je crois que ton absence lui a permis de confirmer ses sentiments à ton égard. Le proverbe « loin des yeux, loin du cœur » ne semble pas s'appliquer dans son cas ! Mais il comprend ta situation et est sûr d'avoir bientôt de tes nouvelles. Il a accepté cet emploi à la mine à cause de toi, tu le savais ? Il me l'a dit l'autre jour pour la première fois. Il m'a dit aussi qu'il voulait te l'annoncer ce soir-là. Et qu'ensuite, il n'a pas pu. Il ne voulait pas que tu te sentes coupable de partir.

Pour l'instant, il habite toujours chez Mario et Marie-Andrée, mais il aura bientôt son propre logement. En attendant, je crois que ses parents sont heureux d'avoir leur fils à leurs côtés.

Janie te salue, ainsi que Michel. Le père de ce dernier est toujours avec eux, mais sa santé n'est pas meilleure. J'ai bien peur qu'il ne passe pas l'année. Enfin, j'ai croisé Jasper la semaine dernière et il semblait en pleine forme. Sa copine a récemment emménagé avec lui et a repris son travail au P'tit bar.

Madame Beauchemin a quitté la ville il y a deux semaines. Elle est allée s'installer plus près de sa fille. Les événements passés l'ont beaucoup affectée. Elle a perdu de sa superbe. C'est maintenant une vieille dame comme les autres. Quant à monsieur Rochon, il est toujours en détention préventive et les résultats de son évaluation psychiatrique devraient être connus sous peu. Entre toi et moi, je ne crois pas qu'il ait toute sa tête, mais est-ce suffisant pour le déclarer non criminellement responsable ? J'en doute.

Et toi, belle Jilliane ? Comment vas-tu ? M'écriras-tu enfin ? Si tu reviens faire ton tour sur Facebook, cherche Bibliothèque de Fermont. Hé oui ! Nous sommes entrés dans la modernité ! C'est Hugo qui s'occupe d'une bonne partie des publications. Je t'ai dit que son père a finalement cessé de boire ? Pour l'instant.

Chère Jilliane, nous comprenons que tu aies eu besoin de te retirer. Seulement, nous aurions aimé pouvoir t'offrir notre soutien.

Je t'aime, mon amie. Je t'envoie toutes mes plus belles énergies et mes meilleurs vœux pour ta fête. Nous t'embrassons tous.

Amitiés,

Amélie xxxx

Mes mains tremblent lorsque je dépose la lettre. Comme Amélie me manque ! Ils me manquent tous. Et David… J'ai bloqué son contact dans mon téléphone pour ne pas avoir à lui parler. Pour la première fois de ma vie, je me concentre sur moi. Je travaille, enfin, à faire mon deuil et je ne veux pas m'enfuir comme je l'ai toujours fait, en tournant mon attention vers quelque chose ou vers quelqu'un.

– Ça va ? demande ma mère d'une voix inquiète en m'entendant renifler.

– Oui, dis-je d'une voix étranglée.

Je revois en pensée le visage de David, son sourire si craquant, son regard profond. Lui, j'ai mal tellement il me manque. J'ai mal dans mon ventre noué de désir, dans ma poitrine lourde de regrets, dans mon cœur écorché et brûlant.

– C'est une lettre de Fermont ?

– C'est Amélie, oui. Elle me donne des nouvelles.

– Elle va bien ? Enfin, ils vont bien, tous ?

J'acquiesce du menton et je repousse la lettre. Depuis mon retour à Montréal, j'essaie de me persuader que tout est pour le mieux. Que ma vie est ici. Que c'était la chose à faire dans les circonstances. Et bien sûr, ce l'était. Jamais je n'aurais pu laisser ma mère faire face seule au départ précipité de Charles. Ces heures difficiles, que je n'oublierai jamais, nous ont rapprochées au-delà de ce que j'aurais pu imaginer.

Mais… comment lui dire que je m'ennuie de ma ville froide, de mon travail et de mes amis ? Que si cela ne tenait qu'à moi, je prendrais probablement le prochain avion pour Fermont ?

Je n'y arrive pas. Je ne trouve pas les mots.

– Oui. Tout le monde va bien.

Je me lève, reprends la lettre et la plie plusieurs fois jusqu'à ce qu'elle soit réduite à un petit carré que je fourre dans ma poche arrière. Puis, je continue machinalement mon tri, mettant de côté les factures à payer.

– Ton frère devrait arriver d'ici une heure, annonce mère. Tu ne veux pas te changer ?

Je m'attarde un instant sur le veston noir et la chemise blanche que j'ai enfilés avec un pantalon propre ce matin en prévision de l'entrevue.

– Mets quelque chose de joli et de confortable, me conseille ma mère. Tu as l'air coincée dans ces vêtements.

Je lève les yeux au ciel, mais je ne proteste pas. Je déteste aussi cet habillement. J'ai l'impression d'être déguisée.

– J'y vais. Je crois que je vais en profiter pour faire une sieste.

– Bonne idée, approuve ma mère.

Dans ma chambre, j'enfile un jeans *stretch*, un t-shirt en coton et une longue veste rose pâle toute douce en polyester bouclé. Je m'allonge ensuite sur mon lit en rabattant l'épais jeté de laine à mes pieds. Les yeux fermés, je m'imagine de retour à Fermont. Bien sûr, je peste encore contre la neige et le froid, mais tandis que je marche en pensée jusqu'à ma petite bibliothèque aux meubles défraîchis, mon cœur est léger. Amélie, Mario et Hugo m'y attendent. Nous discutons de tout et de rien, puis je me rends à mon bureau. Ma boîte de courriel contient plusieurs messages de condoléances, mais je lis d'abord celui de Dominic qui me souhaite aussi la bienvenue. Je vais ensuite me chercher un café au P'tit bar et pique une jasette avec Janie et Michel, avant de retourner au travail. En fin de journée, David vient me chercher et nous allons acheter des pâtes pour finir la sauce à spaghetti que j'ai cuisinée il y a deux jours. Lorsque nous allons nous coucher, je me serre contre lui et respire son odeur boisée, un peu piquante. Je me love dans sa tendresse, savoure la caresse de sa main sur mes cheveux. Tout a l'air si réel que j'entends même sa voix murmurer mon prénom. Quelque chose ne va pas. J'ouvre les yeux.

– Désolé de t'avoir réveillée, dit une voix chaude à mon oreille.

Je me redresse brutalement dans mon lit. David est allongé à mes côtés, la tête dans une main, un sourire sur le visage. Je le regarde, stupéfaite. Mais qu'est-ce que… Je vais devoir rappeler la psychologue et lui dire que j'ai maintenant des hallucinations. Je ferme les yeux le plus fort que je peux, puis les rouvre. Il est toujours là. Un David en chair et en os qui se redresse sur un coude.

– Je ne voulais pas te faire peur.

Il m'adresse un petit sourire contrit. Les battements de mon cœur résonnent jusque dans mes oreilles et je secoue la tête, toujours incrédule. C'est impossible qu'il soit vraiment là. Et pourtant…

Je porte la main à ma poitrine par réflexe, tout en me déplaçant de façon à m'éloigner de lui.

– Comment es-tu entré ? Qu'est-ce que tu fais là ?

Il laisse échapper un petit rire devant l'affolement de ma voix, dévoilant la fossette sur sa joue.

– Tu devrais voir ta tête. On dirait que tu es en plein film d'horreur !

Je n'aime pas qu'il se moque de moi. Je commence même à être un peu fâchée. Il aurait pu me dire qu'il venait ici, non ? Puis, je me rappelle que j'ai bloqué son contact.

Je pousse un petit cri de douleur.

– Qu'est-ce que tu fais ? dis-je, contrariée en me frottant le bras.

– Je te pince. Pour que tu voies que je suis bien réel.

Il prend place face à moi, une jambe repliée sous lui. Son grand corps envahit une bonne partie de l'espace de mon lit et je ne peux m'empêcher de détailler son jeans foncé, tendu sur ses cuisses et le chandail vert à capuche qui fait ressortir le ton caramel de ses cheveux, un poil plus longs que la dernière fois où nous nous sommes vus. Les yeux de David se plissent tandis qu'il m'observe et, comme toujours, il semble sûr de lui, pourtant je remarque que sa bouche a un petit tic nerveux, un mouvement bref et sec.

J'essaie de trouver quelque chose d'intelligent à dire, mais le choc a gelé mon cerveau. David me glisse un sourire timide.

– Euh, je suis désolé. Ta mère a pensé que ce serait une belle surprise.

J'ouvre de grands yeux.

– Pour ta fête, précise-t-il. Elle voulait te faire un cadeau.

Je ne sais pas si je dois sauter de joie ou hurler. Les yeux de David se voilent légèrement et je peux voir le doute s'y insinuer. Alors, je me détends. Je pense à ce que m'a dit la psychologue, et avant elle, Mario. La seule chose que je peux contrôler ici, c'est ma réaction à ce qui survient. Et puis, même si je déteste savoir que tout cela s'est tramé dans mon dos, je suis heureuse qu'il soit là.

– Je suis contente de te voir, dis-je en caressant sa main.

Le soulagement se peint sur son visage.

– Fiou ! J'étais en train de me dire que j'aurais mieux fait de rester à Fermont.

Je souris.

– Maintenant que tu es là, tu vas au moins manger du gâteau.

Nos regards s'accrochent et brusquement, l'atmosphère autour de nous se charge d'électricité. Seigneur qu'il est beau ! Comme il m'a manqué ! Et c'est exactement les mots qu'il prononce en se penchant vers mon visage.

– Tu m'as manqué, souffle-t-il.

C'est moi qui l'embrasse la première et tout me revient d'un coup. La douceur de ses lèvres, sa barbe de quelques jours qui me pique le menton, sa langue chaude et insistante.

– J'allais oublier, dit-il en se dégageant à regret. J'ai quelque chose pour toi.

Je remarque alors le sac à dos déposé près de ma porte. Il fouille dedans et finit par en tirer une enveloppe froissée.

– De la part d'Amélie, dit-il en me la tendant.

– Mais qu'est-ce que…

Quand je lis l'adresse, tout s'éclaire.

– Quoi ? C'est ma lettre au père Noël ? m'exclamé-je d'une voix étouffée.

– Elle m'a seulement dit que tu comprendrais.

J'examine l'enveloppe de plus près. On dirait que quelqu'un l'a ouverte puis recachetée, peut-être avec de la colle en bâton. Est-ce vraiment ma lettre ? Si oui, pourquoi Amélie ne l'a-t-elle pas envoyée ? Et surtout, pourquoi me la remet-elle maintenant ? Je déplie lentement la feuille et rougis en reconnaissant mon écriture, de même que le vert du crayon que j'avais choisi.

– C'est vraiment une lettre que tu as écrite au père Noël ? me questionne David, curieux.

Il vient se rasseoir à mes côtés.

– Oui. Une idée stupide d'Amélie. Tu te rappelles la première fois que nous nous sommes vus au bar ?

Il hoche la tête.

– C'est à ce moment que je l'ai écrite. Amélie en a écrit une aussi. C'était pour me changer les idées.

– C'est quand même drôle, dit-il. Mais… on n'est pas censé les expédier ? Ton souhait ne peut pas se réaliser si le père Noël ne l'a pas lu.

Il affiche un air faussement sérieux et je lui jette un regard qui signifie « Arrête de te moquer de moi ! » avant de balayer l'air de ma main sans répondre. J'écarte la lettre de sa vue. Il faut que je la lise. Dès les premiers mots, je suis émue. C'était une période horrible. Mais Charles était toujours vivant.

Cher père Noël,

Mon amie m'a persuadée de vous écrire et je le fais pour lui faire plaisir, car je sais très bien que vous n'existez pas. Mais je veux bien jouer le jeu. Alors voici mes souhaits pour Noël.

D'abord, j'aimerais pouvoir garder mes amis encore longtemps, surtout Amélie, qui est la personne que j'aime le plus au monde en dehors de ma famille. J'imagine donc qu'il faudra que je reste dans cette ville où on gèle comme vous n'avez pas idée. Mais vous ne pourriez pas me négocier un logement et une augmentation de salaire ?

Ensuite, j'aimerais arrêter de pleurer pour des personnes qui ne le méritent pas. En ce moment, j'ignore comment m'y prendre. Peut-être pourriez-vous aussi faire en sorte que j'accepte le fait que mon vrai père ne soit pas Charles. Cela m'aiderait à ne plus être en colère.

Enfin, si ce n'est pas trop demander, je souhaiterais rencontrer un homme qui m'aimera sincèrement et sera prêt à parcourir des kilomètres pour me le prouver. Bien sûr, je devrai l'aimer en retour. Cela faciliterait les choses s'il était bel homme ! Voilà. Je crois que ça suffira. Je vous remercie d'avoir pris le temps de me lire et je vous assure que j'ai été bien sage toute l'année.

Votre dévouée,

Jilliane

Je suis émue par ce que je viens de lire. Les pensées se bousculent dans ma tête et l'image du père Noël de Fermont s'impose subitement à mon esprit.

Je lève les yeux vers David.

Mes souhaits…

Qu'avait dit le père Noël déjà ? Qu'ils allaient se réaliser « selon les besoins de *mon* âme ».

Je suis tellement bouleversée que je ne sais pas quoi dire.

– Alors ? me presse-t-il. Qu'avais-tu écrit ?

Mes mains tremblent un peu lorsque je range la lettre dans l'enveloppe. S'apercevant de mon trouble, David vient effleurer mon front, repoussant une mèche égarée.

Je prends une grande inspiration. Quelque chose monte en moi. Un souffle léger, qui prend peu à peu de l'ampleur. Un vent qui gonfle ma poitrine et balaie mes doutes. Un alizé chaud sur mon sang glacé. Je regarde David. Ses yeux gris scrutent les miens, inquiets. Le vent change soudain de direction. C'est maintenant un mistral qui laisse sur son passage des tourbillons de neige folle.

Je souris.

– Tu crois que je pourrais repartir avec toi ?

Il se fige.

– Tu veux dire que… ?

Différentes émotions se succèdent sur son visage. Mon sourire s'accentue.

– Oui, dit-il d'une voix rauque. Tu pourrais repartir avec moi.

Puis, il se lève.

– Attends.

Il fouille à nouveau dans son sac et en sort une boîte bleue avec un chou rouge et une autre enveloppe. Je le questionne du regard.

– Ouvre, me dit-il en me donnant la boîte.

Elle est lourde. Je défais délicatement le couvercle et en sors une magnifique boule de neige représentant un paysage enneigé. À l'intérieur, des sapins, un cerf, une petite maison. Je la secoue et regarde les paillettes blanches et argentées voleter. Puis, David me tend l'enveloppe. Je la décachette. Est-ce que c'est bien ce que je crois ?

– Ton billet d'avion, précise-t-il.

Maintenant, c'est moi qui suis étonnée.

– Quoi ? Tu avais prévu cela ?

– Non. Mais je l'espérais.

Je suis tellement heureuse que j'ai l'impression que je vais perdre connaissance.

– Je t'aime, dis-je simplement.

– Je t'aime plus encore.

Nous nous embrassons comme si c'était la dernière fois. Sauf que c'est la première. La première de notre nouvelle vie. Soudain, quelqu'un frappe à la porte.

– Jilliane ? David ? Ça va, vous deux ?

J'étouffe un rire contre la bouche de mon amoureux, avant de répondre.

– Oui, ça va ! Je me remets de mes émotions !

J'entends ma mère s'esclaffer.

– J'imagine que vous avez plein de choses à vous dire, en effet. Ton frère est là. Il a bien hâte de rencontrer David.

– D'accord. On arrive.

Des pas s'éloignent et une soudaine appréhension me serre le cœur.

– Je ne devrais peut-être pas la laisser seule. Et si on attendait un peu pour lui dire ? Je pourrais aller te rejoindre plus tard ?

– Ne t'en fais pas. Elle sait.

– Qu'est-ce qu'elle sait ?

– Que tu vas repartir. Quand elle m'a contacté pour me demander si je voulais venir te voir pour ta fête, elle m'a dit que tu étais malheureuse ici. Qu'elle se sentait coupable de te retenir à Montréal. Et que ce serait peut-être mieux pour toi que tu retournes à ta vie d'avant. À Fermont.

Je secoue la tête, incrédule.

– Elle veut ton bonheur, tu sais.

Je reste paralysée.

– Viens là, ajoute David.

Il s'allonge sur mon lit et m'attire vers lui. Je me blottis contre son corps chaud et pose ma joue sur son torse, écoutant les battements si particuliers de son cœur. Et je pense à Charles, dont le cœur ne bat plus.

– Joyeux Noël en retard, murmure David.

– Joyeux Noël aussi.

Silencieusement, je promets à mon beau-père que sa mort ne sera pas vaine. Je remercie ensuite mon père biologique pour sa courte présence dans ma vie. Je lui souhaite de trouver la paix. À ma mère aussi. Je lui souhaite de retrouver le chemin de la joie. Elle le mérite.

Quant à moi, je dois partir.

J'ai une vie à vivre.

REMERCIEMENTS

Toute ma reconnaissance aux éditions Hugo Publishing qui ont cru en mon projet et m'ont permis de réaliser un rêve. Plus particulièrement, merci à Pierre Bourdon pour avoir pris le temps de me rassurer et de répondre à mes nombreuses questions et à Sandrine Lazure, ma merveilleuse éditrice, qui a mené ce marathon avec délicatesse et professionnalisme. Chère Sandrine, grâce à tes compétences et tes judicieux conseils, le résultat est au-delà de mes espérances !

Plusieurs personnes m'ont soutenue et encouragée. J'aimerais les remercier. En premier lieu, ma mère, à qui ce roman est dédié. Ensuite ma complice d'écriture, ma chère amie Isabelle, qui est arrivée à point nommé dans ma vie et dont l'amitié m'est précieuse. Merci également à Taïk – te voir travailler à réaliser tes projets et tes rêves m'a poussée à persévérer –, et à Karine, pour les soins et les échanges qui m'ont nourrie. Mes remerciements aussi à Nadine, pour me garder son amitié, ainsi qu'à Louise, pour son écoute et son humour – j'irai te voir à l'Île ! – et à Cynthia, nouvelle maman : le monde se porte mieux avec des gens comme toi. Merci aussi à ma cousine Isabelle, pour ses commentaires qui m'ont permis de m'améliorer, et à toute ma famille proche et lointaine. La famille, malgré les écueils, demeure au centre de tout.

Enfin, pour Luc. Nos chemins se sont croisés il y a vingt ans dans un supermarché et nous sommes toujours là, amoureux malgré les difficultés. Je ne connais personne qui a autant de volonté et d'énergie que toi ! Tu me pousses à sortir de ma zone de confort et c'est tant mieux. Je t'aime.

Pour finir, merci à mon chat adoré, Méo, décédé l'an dernier. Tu as accompli ta mission. Repose en paix au paradis des chats.

Composition et mise en pages
Nord Compo à Villeneuve-d'Ascq